HEYNE BÜCHER

SCIENCE FICTION

Herausgegeben
von Wolfgang Jeschke

Ein Verzeichnis aller STAR-TREK®-Romane
finden Sie am Schluß des Bandes.

PETER DAVID

STAR TREK®
THE NEXT GENERATION

IMZADI

Roman

Star Trek®
The Next Generation™
Band 30

WILHELM HEYNE VERLAG
MÜNCHEN

HEYNE SCIENCE FICTION & FANTASY
Band 0605357

Titel der amerikanischen Originalausgabe
IMZADI
Deutsche Übersetzung von ANDREAS BRANDHORST

Umwelthinweis:
Dieses Buch wurde auf chlor- und
säurefreiem Papier gedruckt

Redaktion: Rainer Michael Rahn

Vorabdruck unter gleichem Titel als gebundene Ausgabe bei
vgs verlagsgesellschaft, Köln
Printed in Germany Oktober 1997
Umschlagbild: Pocket Books/Simon & Schuster, New York
Umschlaggestaltung: Atelier Ingrid Schütz, München
Technische Betreuung: M. Spinola
Satz: Schaber Satz- und Datentechnik, Wels
Druck und Bindung: Ebner Ulm

ISBN 3-453-13307-2

Dieses Buch muß ich Harlan widmen

DAS ENDE

1

»Laßt uns von hier verschwinden.«

Ein dumpfes, gespenstisches Heulen erklang. Es schien von verzweifelten Seelen zu stammen, die irgendwann einmal existiert hatten, nie existieren würden oder in einem seltsamen Zwischenzustand verharrten.

In der Ferne erstreckte sich die für immer namenlose Stadt. Graues Zwielicht herrschte, und ein sonderbares Prickeln in der Luft vermittelte den Eindruck, daß es jeden Augenblick zu einem Gewitter kommen konnte. Dieses Gefühl hatte man ständig. Doch das Unwetter blieb aus. Es schien zu warten und Kraft zu sammeln, um alle Reste des unbegreifbaren Phänomens namens ›Realität‹ hinwegzufegen.

Diese Dinge spielten für den Anführer keine Rolle – für jenen Mann in seiner goldgelben Uniform, der in Gedanken ganz woanders weilte, an einem anderen Ort und in einer anderen Zeit. Hinter ihm standen seine Freunde, Mitglieder der Crew. Sie rührten sich nicht von der Stelle. Eine Zeitlang schien sich der Mann zu fragen, wie lange die Geduld seiner Kameraden noch währen würde. Fand sie früher oder später ein Ende? Oder brachten sie dem Captain wahrhaft unbegrenztes Vertrauen entgegen?

Nun, dem Mann lag nichts daran, die Geduld seiner Gefährten länger als notwendig auf die Probe zu stellen. Jahrelang hatte er das All durchstreift, immer auf der Suche nach dem Neuen und Fremden, und jetzt sah er sich mit der Möglichkeit endlosen Forschens konfrontiert. Von hier aus konnte man das gesamte Universum beobachten und seinen Blick in jede beliebige Zeit richten. Aber er war nicht begeistert. Ganz im Gegenteil. Er empfand Unbehagen, und alles in ihm drängte danach, diesen Ort so schnell wie möglich zu verlassen.

»Laßt uns von hier verschwinden.« Die Worte überraschten durch ihre Schärfe. Gleichzeitig schwang in ihnen eine Mischung aus Sehnsucht und Resignation mit, und die darin liegende Botschaft lautete: *O Gott, ich halte es nicht mehr aus. Bringt mich fort von hier, damit ich nicht mehr denken und fühlen muß und einfach nur noch* sein *kann.*

Die Personen hinter dem Anführer rückten dichter zusammen. Es handelte sich um eine Art Reflex, der gewährleisten sollte, daß alle vom Transporterfeld erfaßt wurden. Diesmal kam allerdings noch etwas anderes hinzu. Jeder von ihnen verspürte den Wunsch, dem Mann zu helfen, ihm Unterstützung zu gewähren. Doch sie mußten sich allein mit ihrer Anwesenheit begnügen – Worte oder Taten waren sinnlos. Kaum jemand von ihnen ahnte, was dem Captain durch den Kopf ging.

Sie hatten noch nichts von seinen Opfern erfahren. Sie wußten nicht, daß er einen neuen Teil seines eigenen Ichs gefunden hatte, und zwar im Körper einer Frau, zu der er sich hingezogen fühlte. Und anschließend hatte er jenen Teil seiner Seele verloren, den er erst seit kurzem zu vermissen begonnen hatte. Er hatte ihn unter den Rädern eines Lastwagens verloren ...

Und unter den erbarmungslosen Rädern der Geschichte. Die Liebe und Seele dieses Mannes waren ins Getriebe der Zeit geraten, um dort zerrissen und zermahlen zu werden. Zurückgeblieben waren nur blutige Fetzen.

Es war deutlich zu spüren, wie sehr ihr Captain sich im Gegensatz zu früher verändert hatte. Er hatte nicht immer den Sieg errungen und so manche bittere Niederlage hinnehmen müssen. Aber stets war es ihm gelungen, sich rasch davon zu erholen. In diesem Fall aber wirkte er … gebrochen.

Transporterenergie schimmerte.

Und Commodore Data beobachtete, wie die Gestalten entmaterialisierten.

Sie hieß Mary Mac. Ihr Nachname begann tatsächlich mit einer Silbe, die wie ›Mac‹ klang, aber der Rest blieb für gewöhnliche Zungen unaussprechlich. Daher nannten die anderen Wissenschaftler sie einfach ›Mary Mac‹.

Sie war einzigartig. Und sie stammte aus dem Volk der Orioner. Das allein mochte nicht sehr außergewöhnlich sein, etwas anderes war es sehr wohl. Denn sie trug Kleidung – im Gegensatz zu den meisten Orionerinnen, die sich damit begnügten, Männern im allgemeinen und Orionern im besonderen als sexuelle Spielzeuge zu dienen. Orionische Frauen galten als lasterhaft und hinterhältig und standen in dem Ruf, überaus gefährliche Kämpferinnen zu sein. Wie eine Sonne Wärme und Licht ausstrahlte, verströmten sie puren Sex. Und womöglich sogar noch etwas mehr …

Mary Macs grüne Haut entsprach dem Durchschnitt der Orionerinnen. Dafür unterschied sie sich in praktisch allen anderen Aspekten um so mehr von ihren Artgenossinnen. Mit voller Absicht trug sie weite Kleidung, um die überaus reizvollen Kurven und Wölbungen ihres Körpers nicht zu deutlich zu zeigen. Uneingeschränkte Bewegungsfreiheit war ihr sehr wichtig, und deshalb verzichtete sie auf lange Ärmel. Gelegentlich trug sie einen knappen Umhang. Sie hatte langes, pechschwarzes Haar, doch es fiel ihr nicht auf die Schultern hinab, sondern war zusammengebunden und geflochten. Sie sah damit keineswegs schlecht aus, aber diese Frisur diente kaum dazu, erotische Phantasien zu stimulieren.

Außerdem benutzte Mary Mac eine große Brille mit getönten Gläsern.

Dieser Umstand war recht sonderbar. Heutzutage trug niemand mehr eine Brille. Man hielt sie für altmodisch und häßlich.

Und haargenau aus diesem Grund verwendete Mary Mac eine.

Gelegentlich bedauerte sie, daß sie ihre Attraktivität tarnen oder gar ganz verbergen mußte, um einen angemessenen Platz in der Gesellschaft einzunehmen. Inzwischen hatte sie sich daran gewöhnt. Glücklicherweise traten im alltäglichen Leben der Föderation nur selten Vorurteile zutage. Leider gehörte die Vorstellung, Orionerinnen seien nichts anderes als animalische Sexmiezen, dazu. Diesem Urteil mochte es an Subtilität und Takt mangeln, aber sie traf auf fast alle Orionerinnen zu, unter ihnen auch jene, die Mary Mac persönlich kannte.

Was sie selbst betraf, so scheute sie keine Mühe, um mit ihrem Erscheinungsbild und Gebaren darauf hinzuweisen, daß sie sich von diesem Klischee unterschied. Mit dieser Strategie hatte sie es recht weit gebracht. Vielleicht ergab sich dadurch sogar ein Vorteil für sie. Wenn sie einen wissenschaftlichen Vortrag hielt, hörten ihr die Leute stets mit großem Interesse zu – weil sie zum erstenmal einer Orionerin lauschten, die Sätze mit mehr als nur vier oder fünf Worten formulierte. Die ganze Zeit über wartete das Publikum darauf, daß sie aus der Rolle fiel und sich in eine typische orionische Frau zurückverwandelte. Was natürlich nie geschah. Dafür hatte sie viel zu lange und zu hart an sich gearbeitet. Dies alles führte dazu, daß sie eine echte Ausnahme darstellte. Und schließlich liebten es die Leute überall in der Galaxis, überrascht zu werden.

Es war Mary Mac gelungen, sich in der wissenschaftlichen Hierarchie emporzuarbeiten, und schließlich hatte sie den Posten der Projektleiterin hier auf der Ewigkeitswelt bekommen.

Einen offiziellen Namen hatte der Planet nicht. Auf irgendeine Art und Weise erschien es anmaßend, daß Sterbliche einer Welt wie dieser einen Namen geben sollten – genausogut hätte man einen Schnurrbart auf ein Gottesbild malen können. Irgendwann hatte jemand einmal von der ›Ewigkeitswelt‹ gesprochen, und diese Bezeichnung hatte sich durchgesetzt.

Mary Mac begegnete ihrem Kollegen Harry, der sie nicht zu bemerken schien. Der kräftig gebaute und dunkelhäutige Terraner sah auf das Display eines Datenblocks und betrachtete einige Formeln.

»Hallo, Harry«, sagte Mary Mac, als er an ihr vorbeiging. Er winkte geistesabwesend und setzte den Weg fort. Vermutlich hatte er zwei, drei Sekunden später bereits wieder vergessen, daß ihn die Orionerin überhaupt angesprochen hatte.

Mary Mac schritt durchs Lager, nickte den übrigen Wissenschaftlern zu oder unterhielt sich kurz mit ihnen. Auf der Ewigkeitswelt neigte man dazu, stets mit gedämpfter Stimme zu sprechen. Einen speziellen Grund dafür gab es nicht. Es gab weder Vorschriften noch Traditionen, die leise geführte Gespräche verlangten. Doch wenn man draußen stand und das gespenstische Heulen hörte, das einem bis in die Tiefen der Seele zu dringen schien, dann sorgte eine Mischung aus Demut und Ehrfurcht dafür, daß man die Stimme fast zwangsläufig senkte. Mary hatte es einmal so ausgedrückt: Man gewann den Eindruck, daß einem hier der ganze Kosmos auf die Lippen schaute. Ihre Kollegen teilten dieses Empfinden.

Kleine Steine knirschten unter Mary Macs Stiefeln, als sie die andere Seite des Lagers erreichte und sich dem Objekt näherte, das den permanenten Aufenthalt dieser kleinen Gruppe von Föderationswissenschaftlern auf der Ewigkeitswelt erklärte.

Direkt vor ihr befand sich ein glühendes Etwas, das dem klagenden Seufzen des Windes ein gleichmäßiges Summen hinzufügte. Es waren die leuchtenden Schlieren eines energetischen Kraftfelds. Mary Mac stieg über eine kleine Anhöhe hinweg, und dahinter erhob sich wie immer das Etwas.

Wie immer – das traf den Kern der Sache genau. Soweit man wußte, befand sich der Wächter der Ewigkeit seit dem Anbeginn der Zeit an diesem Ort, und wahrscheinlich würde er hier auch bis zu ihrem Ende bleiben.

Er war in ein Kraftfeld gehüllt, anscheinend deshalb, um ihn vor archäologischen Plünderern zu schützen. Der wahre Grund jedoch war ein anderer: Der Energieschild sollte das existierende Leben vor sich selbst schützen.

Direkt vor dem Kraftfeld hatte man eine etwa zwei Meter hohe Plattform errichtet. Diverse Instrumente maßen die energetischen Fluktuationen im Bereich des Wächters. Zwei Anzeigen waren zu erkennen. Die eine leuchtete rot, die andere pulsierte in einem matten Grün.

Rechts von der Plattform war ein großer Bildschirm installiert. Er diente dazu, die Aufzeichnungen verlangsamt wiederzugeben. Wenn man den Wächter um visuelle Informationen über eine bestimmte Epoche bat, so konnte selbst der aufmerksamste Beobachter nicht mehr als einige dahinhuschende Schemen erkennen. Das Aufnahmemodul hielt die Videodaten fest und präsentierte sie in einer für Normalsterbliche geeigneteren Form.

Der Wächter hatte gerade eine historische Infosequenz beendet, auf die eine Phase offensichtlicher Inaktivität folgte. Mit unerschöpflicher Geduld wartete die Entität auf eine neue Anfrage.

Der Androide stand außerhalb des Schutzfelds und sah zum Wächter. Der Bildschirm zeigte eine vor wenigen Sekunden aufgezeichnete Szene, die Mary Mac bereits kannte.

Sie verharrte und dachte über die Absurdität der Situation nach. In gewisser Weise hatte sie eine Maschine vor sich, die sich mit einer anderen Maschine befaßte. Aber in beiden Fällen handelte es sich um weit mehr als nur ›Maschinen‹. Beide verfügten über individuelle Intelligenz, und dadurch bekamen sie einen ganz neuen Status und waren zu etwas ... anderem geworden – zu etwas, das sich nicht ohne weiteres klassifizieren ließ.

Einerseits erschauderte Mary Mac innerlich, wenn sie an Dinge dachte, die nicht kategorisiert werden konnten, doch andererseits waren derartige Phänomene eine angenehme Erinnerung daran, daß es im Universum nach wie vor ungelöste Rätsel gab.

Anfangs hatte Mary Mac den Androiden, obgleich er im Rang eines Commodore stand, ebenso als ein Neutrum angesehen wie den Wächter. Doch als sich die Kontakte mit Commodore Data gehäuft hatten, hatte sie ihre Ansicht revidiert, und aus *es* war *er* geworden. In bezug auf den Wächter der Ewigkeit hatte sie sich allerdings noch keine endgültige Meinung gebildet und beschränkte sich darauf, in Begriffen wie ›Was-auch-immer‹ oder ›Wann-auch-immer‹ zu denken.

Data hatte die Hände hinter dem Rücken verschränkt und stand kerzengerade da. Im ewigen Zwielicht schienen die schwarzen und grünen Konturen seiner Uniform mit den silbernen Säumen an Ärmeln und Hosenbeinen zu leuchten. Nach einer Weile drehte er den Kopf, und sein Blick glitt vom Wächter hinüber zum Bildschirm.

Die Orionerin hörte eine vertraute Stimme, in der Entschlossenheit und tiefe Trauer lagen. »Laßt uns von hier verschwinden.«

»Das erstaunt mich nicht«, sagte Mary Mac und lächelte.

Data wandte sich um und musterte sie in seiner ruhigen, gefaßten Art. Seine goldgelbe Haut glänzte. »Wie bitte?«

Die Projektleiterin deutete zum Wächter. »Diese Szene. Sie ist sehr beliebt.«

Data nickte langsam. Auf dem Bildschirm war nun zu sehen, wie die Gestalten aufeinander zutraten. Unmittelbar darauf trug sie ein Transporterfeld fort.

»Ich verstehe«, erwiderte der Androide. »Zwar gibt es weitaus eindrucksvollere historische Episoden, aber die Geschichte von James Kirk und der *Enterprise* zeichnet sich zweifellos durch ein hohes Maß an Faszination aus. Die Zuschauer reagieren mit mehr Anteilnahme, wenn sie jemanden beobachten, der nicht allzu weit außerhalb ihres eigenen Bezugssystems steht. Nun, ich finde in erster Linie die Primitivität der damaligen Transportertechnik interessant.«

Mary Mac runzelte verwundert die Stirn. »Viele Leute haben sich diese Szene angesehen, Commodore. Kirks Reise in die Vergangenheit und das Opfer, das er darbrachte, um die historische Struktur zu schützen ... Dies alles ist weithin bekannt. Die Reaktionen auf eine direkte visuelle Konfrontation mit den entsprechenden Ereignissen schwanken zwischen Hysterie und Kummer. Nie zuvor habe ich gehört, daß jemand allein technische Aspekte kommentiert hätte. Zumindest nicht beim ersten Betrachten.«

Data blickte wieder zum Schirm. »Bei mir war es eben das zweite Mal.«

»Wann haben Sie die Szene denn schon einmal gesehen?«

»Vor eins Komma drei Minuten, als der Wächter sie zeigte.«

Mary Mac blinzelte verblüfft. »Sie waren imstande, bei der Projektion durch den Wächter Einzelheiten zu erkennen?«

»Natürlich. Die Aufeinanderfolge der einzelnen Bilder mag für Sie zu schnell sein, doch für mich ist sie recht langsam. Trotzdem habe ich mir die Aufzeichnung ebenfalls angesehen, um ganz sicher zu gehen, daß mir keine Einzelheiten entgangen sind. Dabei hat sich ergeben, daß es mir tatsächlich gelungen ist, alle Details zur Kenntnis zu nehmen.«

Die Orionerin schüttelte den Kopf. »Eines muß ich zugeben. Sie unterscheiden sich wirklich sehr von allen anderen Besuchern, Commodore. Die meisten Leute reagieren mit Unsicherheit, wenn sie sehen, wie ihre Vorfahren dort zu neuem Leben erwachen.« Sie deutete zum Wächter.

»Das ist durchaus verständlich«, meinte Data. »Vielleicht reagiere ich deshalb anders, weil ich... keine Vorfahren habe.«

»Sie wurden konstruiert. Vor Ihnen gab es andere Androiden. Wenn das keine ›Vorfahren‹ waren – was dann?«

Data überlegte kurz. »Prototypen.«

Mary Mac lächelte und klopfte ihm auf den Rücken. Kommen Sie. Mich und meine Kollegen würde es sehr freuen, wenn Sie uns beim Abendessen Gesellschaft leisten.«

»Ich möchte ihn berühren.«

Die Orionerin schaute ihn an. »Wen?«

»Den Wächter der Ewigkeit.«

»Warum?«

Data sah die Frau an, und der sonderbare Glanz seiner gelben Augen ließ Mary Mac innerlich erzittern. Ähnliche Gefühle hatten sich in ihr geregt, als sie zum erstenmal vor dem Wächter gestanden hatte.

Der Androide schien ihre Gedanken zu erraten. »Den Grund kenne ich nicht genau. Der Wächter und ich... Wir sind Raritäten in diesem Universum. Unsere Einzigartigkeit verbindet uns.« Datas Blick kehrte zu der Entität zurück. »Für kurze Zeit hatte ich einen Bruder, aber jetzt existiert er nicht mehr. Obwohl ein Teil von ihm für immer bei mir verbleibt. Er hob die Hand zur Stirn. »Und eine noch kürzere Zeit – vor zweiundvierzig Jahren – hatte ich eine Tochter. Sie existierte kaum lange genug, um ein Echo ihrer Präsenz zu hinterlassen. Ich spüre eine Art ... Seelenverwandtschaft zwischen dem Wächter und mir.« Data sah Mary Mac an. »Halten Sie das vielleicht für absurd, Doktor? Glauben Sie, daß ein Androide keine Seele haben kann?«

»Nein«, entgegnete die Orionerin leise. »Nein, solche Annahmen liegen mir fern. Aber ... ein direkter, sogar *physischer* Kontakt mit dem Wächter ... Die Vorschriften lassen so etwas eigentlich nicht zu. Genauer gesagt: Sie *verbieten* es sogar.«

»Ich kenne die Starfleet-Vorschriften, Dr. Mac, und infolge meiner Programmierung bin ich überhaupt nicht imstande, mich bewußt über sie hinwegzusetzen. Das Verbot betrifft eine unbefugte Verwendung des Wächters, insbesondere in Hinblick auf die Manipulation von Zeitlinien. Solche Absichten habe ich nicht. Mir geht es einfach nur um ...«

Data zögerte und schien nach den richtigen Worten zu suchen – erstaunlich für jemanden, der sonst nie um Ausdrücke verlegen war. »... um eine Verbindung«, beendete er den Satz.

Mary Mac musterte den Androiden eine Zeitlang und lächelte schief. »Na schön, Commodore. Ich bin einverstanden – obgleich ich damit einen Tritt in den Hintern riskiere.«

Falten bildeten sich in Datas Stirn, und sein Blick wanderte am Rücken der Orionerin hinab. Mary Mac winkte sofort ab.

»Schon gut«, sagte sie rasch. »Ich habe es im übertragenen Sinn gemeint. Wenn die Sache bekannt wird, muß ich mit Kritik von meinen Vorgesetzten rechnen.«

Sie legte ihre Hand auf ein Kontrollfeld neben der Plattform, und Data bemerkte etwas an ihrem Oberarm. »Woher stammt der Fleck, Doktor? Er hat eine seltsame Form.«

Mary Mac sah auf die betreffende Stelle. Tatsächlich – am rechten Oberarm zeigte sich ein rundes Druckmal, in etwa so groß wie ein aus Daumen und Zeigefinger geformter Kreis. »Offenbar bin ich irgendwo angestoßen.«

Sie vergaß die Sache sofort wieder und wandte sich der Plattform zu. Ein roter Lichtstrahl stach auf sie zu, traf ihr rechtes Auge und tastete das Netzhautmuster ab. Der Computer verglich die Werte mit den gespeicherten Daten und bestätigte Priorität Alpha. Einige Sekunden später verschwand der glühende Energievorhang des Kraftfelds, und das Summen der Generatoren verklang. Nun war nur noch das dumpfe Heulen des Windes zu hören.

Commodore Data trat langsam vor, näherte sich dem Wächter und spürte fast so etwas wie Beklommenheit. Dicht vor der Entität blieb er stehen. »Wer bist du?«

Es flackerte im großen, runden Portal, und eine hallende Stimme erklang, die aus allen Richtungen gleichzeitig zu kommen schien. **»Ich bin der Wächter der Ewigkeit.«**

»Bestehen deine Aufgaben als Wächter darin, zu bewahren oder zu beschützen?«

»Sowohl als auch. Und weder noch.«

Data neigte den Kopf ein wenig zur Seite. Mary Mac hatte unterdessen den kleinen Recorder an ihrem Handgelenk eingeschaltet. Jede direkte Kommunikation mit dem Wächter konnte zu neuen Erkenntnissen führen. Die Orionerin hatte mehrmals mit der Entität gesprochen, und jedesmal hatten die Antworten interessante Bedeutungsnuancen aufgewiesen.

»Wie ist eine so widersprüchliche Einschätzung möglich?« erkundigte sich Data.

»Da ich möglich bin, ist *alles* möglich.«

Data dachte kurz darüber nach. »Du hütest die Zeit

und bewahrst sie vor Veränderungen. Aber da jede Person Herr ihres eigenen Schicksals ist, kannst du der Zeit keinen wirksamen Schutz vor jenen Leuten gewähren, die Einfluß darauf nehmen wollen. Stimmt diese Interpretation?«

»Alles Lebendige beeinflußt Strom und Entwicklung des Existierenden. Ich bin nur eine Pforte durch die Zeit. Es gibt zahllose andere.«

Diese Antwort ließ Mary Mac überrascht die Brauen wölben. Data blieb weiterhin auf den Wächter konzentriert.

»Es gibt also noch andere Entitäten wie dich?«

»Natürlich. Ich bin in jedem einzelnen Abschnitt der Zeit, genauso wie ihr in jeder Phase eures Lebens seid. Ihr existiert in einzelnen Momenten; ich hingegen existiere in ihnen allen.«

»Heiliger Kolker«, hauchte Mary Mac.

»Du reichst demzufolge über alle Grenzen von Raum und Zeit hinweg?« fragte Data.

»Nein. Ich reiche nicht über sie hinweg.«

»Sondern?«

»Ich bestimme sie.«

Data sah zu Mary Mac und offenbarte damit eine bemerkenswert menschliche Reaktion. Der Androide schien sich vergewissern zu wollen, daß die Projektleiterin noch immer zugegen war. Anschließend richtete er seine Aufmerksamkeit wieder auf den Wächter.

»Darf ich dich berühren?« fragte Data.

»Du verfügst über einen freien Willen. Entscheide selbst.«

Der Androide setzte sich in Bewegung, trat zwei, drei Schritte vor und streckte die Hand zum Rand des Felsenrings hin aus.

Licht glühte unter seinen Fingern. In diesem Bereich herrschte eine recht niedrige Temperatur, und daher hatte Data erwartet, daß sich das Material kalt anfühlte. Statt dessen spürte er pulsierende Wärme. Data hob die Hand ein wenig an und nahm übergangslos nicht mehr die geringste infrarote Strahlung wahr. Als er mit der Hand erneut das Gestein berührte, wiederholte sich diese seine Empfindung.

»Seltsam«, sagte er. Eine Zeitlang verharrte er, ehe er schließlich zurückwich. »Vielleicht können wir eine andere Gelegenheit nutzen, um ein weiteres Mal miteinander zu reden.«

»Alles wird geschehen«, erwiderte der Wächter.

Data drehte sich um und ging zu Mary Mac. Sie beobachtete ihn neugierig. Ein normaler Besucher hätte bestimmt einen Blick über die Schulter geworfen. Nicht so Commodore Data. Der Androide hatte die eine Sache erledigt und wandte sich nun der nächsten zu.

»Danke dafür, daß Sie mir diesen Wunsch erfüllt haben«, sagte er.

Mary Mac nickte in Richtung Wächter. »Ergeben die Antworten für Sie irgendeinen Sinn?«

»Ich glaube, daß die Ergebnisse der von mir durchgeführten Signifikanzanalyse im großen und ganzen korrekt sind. Es dürfte interessant sein, meine Vermutungen mit denen Ihrer Kollegen zu vergleichen.«

»Deshalb sind Sie hier, nicht wahr? Sie sollen feststellen, welche Fortschritte wir erzielt haben – um dann Starfleet Bericht zu erstatten. Nun, die Einladung zum Abendessen gilt nichtsdestotrotz.«

»Danke. Bitte erlauben Sie mir, meinem Schiff Bescheid zu geben ... Commodore Data an *Enterprise.*«

Mary Mac sah, wie der Androide ins Leere starrte.

»Gut. Ich bleibe noch einige Stunden auf dem Planeten. Halten Sie das Schiff weiterhin außerhalb der temporalen Störungen. Schließlich wissen wir nicht genau, wie sich ihre langfristigen Einflüsse auswirken könnten ... Und schicken Sie den wissenschaftlichen Offizier Blair zu mir ... Gut, sobald er damit fertig ist ... Danke, Lieutenant Commander. Data, Ende.«

Mary Mac schüttelte den Kopf. »Es kommt mir noch immer gewöhnungsbedürftig vor«, sagte sie. »Das mit dem Kom-Implantat. Die Stimme eines Gesprächspartners so direkt im Kopf zu hören ...«

»Die Installation dauert nur zwei Sekunden – der Mikrokommunikator wird mit dem Injektor implantiert. Man kann ihn nicht verlieren, und das bedeutet: Ein Kommunikationskontakt ist *immer* möglich. Darüber hinaus gewährleistet dieses Verfahren mehr Privatsphäre. Ich hätte meine Antworten auch flüstern können, und dann wären Sie nicht in der Lage gewesen, *irgend etwas* zu verstehen. Allerdings bestand diesmal kein Anlaß, etwas vertraulich zu behandeln.«

»Wie ist sie?« Mary Mac blickte gen Himmel, als sei das Schiff mit bloßem Auge zu erkennen. »Die *Enterprise,* meine ich.«

Data zögerte. »Die *Enterprise* 1701-F ähnelt weitestgehend der 1701-D, zu deren Besatzung ich damals gehört habe. Sie ist größer und in jeder Hinsicht leistungsfähiger. Die Crew besteht aus 2023 Personen.«

»Und Sie sind der Kommandant?«

Der Androide nickte langsam. »Ja, ich bin der Kommandant. Und doch ... Ich muß immer häufiger an die Vergangenheit denken. Ich schätze, das ist ganz normal, wenn sich mehr Erinnerungen ansammeln.«

»Ja. Ja, das ist es tatsächlich. Wahrscheinlich gerade für jemanden wie Sie.«

2

Starbase 86 fehlte jeglicher attraktive Aspekt.

Sie war weit entfernt von den zentralen Verbindungsrouten der Föderation. Besucher verirrten sich nur selten hierher, was leider ebenso für Frachter und Handelsschiffe galt. Die Ausstattung konnte kaum als modern bezeichnet werden.

Die Starfleet-Raumstationen erfüllten mehrere Aufgaben. Meist dienten sie als Werft und Raststätte; sie boten die Möglichkeit, sich zu entspannen und angrenzende Raumbereiche zu beobachten. Darüber hinaus fungierten sie als eine Art Banner mit der Aufschrift: »Hier beginnt die Vereinte Föderation der Planeten. Unsere Gedanken verweilen bei Ihnen, und wir sind bereit, Ihnen zu helfen.«

Starbase 86 genügte diesen Erfordernissen – nicht mehr und nicht weniger. Und damit gab man sich zufrieden.

Die Station hatte einen ähnlichen Niedergang erlebt wie ihr kommandierender Offizier. Einst wäre er nicht dazu bereit gewesen, sich mit weniger als dem Besten zufriedenzugeben. Doch seitdem waren viele, viele Jahre vergangen. Der heutige Kommandant von *Starbase 86* hatte sich so sehr verändert, als ob er heute eine vollkommen andere Person wäre …

Er blickte aus dem Fenster seines Büros und beobachtete den Glanz von Sternen, die in diesem Augenblick vielleicht gar nicht mehr existierten. Ihr Licht war bereits seit vielen, vielen Jahren durch die ewige Nacht des Alls unterwegs. *Es ist wie ein Blick in die Vergangenheit,* dachte der Mann. *Wie seltsam …* Seine Augen zeigten ihm, daß es diese Sterne gab, daß sie auch jetzt noch leuchteten, doch sein Verstand sagte ihm, daß es keine Gewißheit gab, ob dem wirklich so war.

»In diesem Fall sind ›sehen‹ und ›glauben‹ nicht miteinander gleichzusetzen«, murmelte er.

Es summte an der Tür, doch der Mann machte keine Anstalten, darauf zu reagieren. Was hatte Eile für einen Sinn? Wenn er ruhig sitzenblieb, würde es bestimmt nicht lange dauern, bis sich das Summen wiederholte … Und anschließend ein zweites Mal. Die Dinge geschahen – ob er es nun wollte oder nicht. Zu dieser bitteren Erkenntnis hatte er sich schon vor geraumer Zeit durchgerungen.

Das Summen wiederholte sich tatsächlich, und besorgt klingende Worte waren zu hören. »Admiral? Admiral Riker? Ist alles in Ordnung mit Ihnen?«

Ein Lächeln umspielte Rikers Mundwinkel. Es handelte sich zweifellos um die Stimme seines Stellvertreters Lieutenant Dexter. Er klang stets beunruhigt, und Riker kannte den Grund dafür. Dexter hatte eine hypochondrische Ader. Zwar behinderte sie ihn nicht bei seiner Arbeit, aber seine Sorge ums allgemeine Wohlergehen beanspruchte einen großen Teil seiner Aufmerksamkeit. Dabei dachte er nicht nur an sich selbst, sondern auch an alle anderen.

Immer wieder fragte er, wie es Riker ging, und dadurch konnte er mitunter zu einer echten Nervensäge werden. Inzwischen hatte sich der Admiral einigermaßen daran gewöhnt. Im Grunde genommen brauchte er sogar jemanden wie Dexter, denn er selbst verschwendete kaum einen Gedanken an seine Gesundheit. Er war jetzt dreiundsiebzig Jahre alt. Zwar hatte er nichts dagegen, vierundsiebzig und noch älter zu werden, aber er sah keinerlei Anlaß, sich auch noch darauf zu freuen. Entweder es geschah – oder es geschah eben nicht. Alles andere war eher nebensächlich.

Je länger Riker eine Antwort schuldig blieb, desto mehr wuchs Dexters Besorgnis. Vermutlich stellte sich der Lieutenant bereits einen Admiral vor, der bewußtlos – oder gar tot! – vor seinem Schreibtisch lag. Riker wußte genau, wie sich Dexter in einem solchen Fall verhalten würde: Bestimmt würde er auf die Knie sinken, um der Leiche einen Vortrag zu halten und ihr ins Gewissen zu reden.

Ich habe Ihnen doch gesagt, daß Sie besser auf sich achten sollen, hörte er Dexters imaginäre Stimme, und seine Phantasie ließ ihn sehen, wie der Lieutenant den Kopf schüttelte. *Immer wieder habe ich Ihnen geraten, mehr auf sich und Starbase zu achten. Aber Sie haben natürlich nicht auf mich hören wollen. Und was ist das Resultat? Die durchschnittliche Lebenserwartung beträgt heutzutage 114 Jahre und Sie sind dumm genug gewesen, auf mehr als vierzig davon zu verzichten.*

»Herein, Lieutenant«, sagte Riker.

Dexter befand sich im Büro, noch bevor der Admiral die letzte Silbe ausgesprochen hatte. Er hüstelte nervös. »Störe ich?«

Riker hob die faltigen Hände. »Wobei? Ich habe Zeit.« Er deutete zur Seite. »Jede Menge Zeit ...«

Seine Geste galt dem einzigen Einrichtungsgegenstand, an dem ihm etwas lag: der großen, üppig verzierten Standuhr aus der Schweiz des Zwanzigsten Jahrhunderts. Das Prachtstück war sorgfältig restauriert worden und befand sich nun in einwandfreiem Zustand. Es schmückte eine Ecke des ansonsten eher schlichten Büros, und das Pendel schwang langsam hin und her. Ein lautes, rhythmisches Ticken begleitete die Bewegung.

Das Geräusch zog unterschiedliche Reaktionen nach sich, je nach Person. Riker empfand es als beruhigend und entspannend, während Dexter dadurch noch nervöser zu werden schien. Wenn sich der Lieutenant im Büro des Admirals befand, warf er immer wieder verärgerte Blicke in eine ganz bestimmte Ecke des Zimmers.

»Ja, Sir. Eine Menge Zeit. Wie Sie meinen.« Dexter strich sich durchs dünne blonde Haar. »Es gibt da einige, äh, Angelegenheiten, die Ihrer Aufmerksamkeit bedürfen.«

Riker nahm hinter dem Schreibtisch Platz und drehte den Sessel so, daß er auch weiterhin nach draußen ins All blicken konnte. Er sah Dexter kaum mehr an. Vor drei Jahren war das anders gewesen, als er den vorherigen Kommandanten der *Starbase* abgelöst hatte. Damals hatte Dexter noch zu den wenigen Personen gehört, mit denen Riker ein echter Dialog gelungen war. Inzwischen hatte er auch daran das Interesse verloren und langweilte sich nur noch.

Müde stützte er das Kinn auf die Hände und spürte einen Bart, der inzwischen fast grau geworden war; nur hier und dort zeigte sich noch ein wenig Braun darin. Mit einer Hand tastete er nach seinem ergrauten Haar und wußte, daß er nur etwas fester daran zu zupfen brauchte, um ganze Strähnen zu lösen. Natürlich hätte er sich gegen diesen Haarausfall behandeln lassen können, aber welchen Sinn hätte das gemacht? Wen hätte er beeindrucken wollen? Dexter? Nein. Sich selbst? Wohl kaum.

»Nächste Woche kommt das Vermessungsschiff *Chance*«, sagte Dexter und blickte auf die Anzeigen eines Datenblocks. Das Gerät hatte mehr symbolischen Charakter. Der Lieutenant hatte ein ausgezeichnetes Gedächtnis und vergaß so gut wie nie etwas. Trotzdem legte er großen Wert darauf, die Daten zu *sehen*, entweder in ausgedruckter Form oder auf einem elektronischen Display. »An Bord ist es zu einer Fehlfunktion der Synthetisierer gekommen. Die *Chance* braucht sowohl entsprechende Ersatzteile als auch neue Vorräte ...«

Riker nickte. »Sorgen Sie dafür, daß wir entsprechende Lebensmittelvorräte bereithalten.«

Er erteilte diese Anweisung mehr der Form halber – bestimmt hatte sich Dexter schon um alles gekümmert. Aber er hätte sich wie ein Narr gefühlt, einfach nur zu nicken.

»Ja, Sir«, erwiderte der Lieutenant in unverbindlichem Tonfall und ließ sich nichts anmerken. »Außerdem ist eine Mitteilung von Starfleet eingetroffen. Man klagt darüber, daß wir die Formulare vom Typ 1021-JKQ nicht schnell genug weiterleiten.«

Riker wölbte amüsiert eine Braue. Es erstaunte ihn immer wieder, wieviel Bedeutung Dexter einer Sache beimessen konnte, die er selbst für banal hielt. »Wir leiten die Formulare nicht schnell genug weiter?«

»Nein, Sir.«

»Wie schnell *sollten* sie denn weitergeleitet werden?«

Der Lieutenant blinzelte wie eine Eule. »Die Übermittlung muß achtundvierzig Stunden nach dem Abflug von Schiffen stattfinden, die zur Constellation-Klasse gehören oder noch größer sind.«

»Und wie lange dauert es bei uns?«

Dexter räusperte sich nervös und klopfte kurz auf den Datenblock. »Im Durchschnitt drei Wochen.«

Riker bedachte seinen Stellvertreter mit einem ernsten Blick. »Mein Gott. Dadurch könnten wir ja glatt das Ende der Föderation einleiten. Und es wäre allein unsere Schuld. Den Rest meines Lebens in dieser Gewißheit verbringen zu müssen ...«

Dexter schnaufte ungeduldig. »Das ist nicht komisch, Admiral.«

»Ich kann mich nicht daran erinnern, gelacht zu haben, Lieutenant. Wenn ich mich recht entsinne, habe ich nicht einmal gegrinst. Seit meinem letzten Lachen mögen zwar bereits einige Jahre vergangen sein, Mr. Dexter, aber ich weiß noch immer genau, wie so etwas klingt.«

»Sie haben wirklich nicht gelacht, Sir«, bestätigte der Lieutenant. »Aber augenscheinlich weigern Sie sich, den Ernst der Situation zu erkennen.«

Riker beugte sich vor und preßte die Fingerspitzen aneinander. »Wenn wir die Weiterleitung der Formulare nicht beschleunigen, Dexter, was droht mir dann? Eine Versetzung? An einen schlimmeren Ort? Wir beide wissen, daß es keinen schlimmeren Ort als diesen geben könnte.«

Dexter erschauderte.

»Ihnen ist das ebenso klar wie mir«, fuhr der Admiral gnadenlos fort. »Und soll ich Ihnen noch etwas sagen, Dexter?« Er lehnte sich zurück und faltete die Hände hinterm Kopf. »Ich möchte es gar nicht anders haben. Ich bin genau dort, wo ich sein will.«

Einige Sekunden lang musterten sich die beiden Männer stumm.

»Sonst noch etwas?« fragte Riker.

Dexter räusperte sich erneut. »Es traf noch eine zweite Nachricht ein. Für Sie. Anscheinend handelt es sich um eine Botschaft persönlicher Natur.«

Riker runzelte die Stirn. »Worum geht's?«

»Nun, Sir, ich stecke meine Nase nicht in Dinge, die ...«

»Sie finden immer eine Möglichkeit, Ihre Neugier zu befriedigen.« Ungeduld vibrierte in Rikers Stimme. »Versuchen Sie nicht, mir etwas vorzumachen. Ganz gleich, was in diesem abgelegenen Raumsektor geschieht, Sie haben in jedem Fall Ihre Finger drin. Ich frage Sie noch einmal: Worum geht es?«

»Nun, Sir ... Die Nachricht stammt von Betazed.«

Riker schwieg eine Weile. »Von Betazed?«

»Ja, Sir.«

Die Finger des Admirals trommelten auf den Schreibtisch. »Die Mitteilung stammt von *ihr,* nicht wahr?« fragte er und sah dabei zur Seite.

»Ja, Sir.«

»Ist alles in Ordnung mit ihr?«

Dexter preßte die Lippen zu einem dünnen, blutleeren Strich zusammen. Er holte tief Luft, bevor er antwortete: »Nein, Sir. Sie stirbt.«

Riker schwieg eine Zeitlang. »Und?« fragte er schließlich.

»Sie möchte mit Ihnen reden.«

»Möchte sie das? Ja ... das kann ich mir denken.« Riker dachte nach. »Ich kann den Planeten unmöglich rechtzeitig erreichen.«

»Repräsentanten der betazoidischen Regierung haben mit Starfleet gesprochen. Die betreffende Dame ist sehr einflußreich.«

»Ja, ich weiß. Das ist mir klar. Und wie hat Starfleet reagiert?«

»Die *Hood* befindet sich in diesem Sektor. Es war nicht geplant, daß sie hierherkommt, aber der Umweg ist kaum der Rede wert. Außerdem beträgt die Entfernung zwischen Betazed und dem Ziel der *Hood* nur wenige Parsec.«

»Wie praktisch.« Riker runzelte einmal mehr die Stirn. »Die Hood ist Crushers Schiff, nicht wahr?«

»Ja, Sir. Den Befehl hat Captain Crusher.«

»Hmm. Die Geister der Vergangenheit, Dexter.«

»Wie bitte?«

»Die Geister der Vergangenheit«, wiederholte Riker. »Sie kommen, um mich zu quälen.« Er trommelte wieder mit den Fingern auf den Schreibtisch, aber jetzt veränderte sich der Rhythmus. »Geister, die mich zu sich rufen. Und andere Geister, die mich geradewegs zu ihnen bringen. Ich kann diese Einladung wohl kaum zurückweisen, oder?«

»Diese Möglichkeit steht Ihnen durchaus offen«, entgegnete Dexter steif. »Wie Sie selbst sagten. Es ist eine *Einladung*, kein Befehl.«

»Ja.« Erneut strich Riker sich durchs graue Haar. »Wann trifft die Hood hier ein?«

»Etwa um vierzehn Uhr dreißig, Sir.«

»Na schön. Teilen Sie Betazed mit, daß ich so schnell wie möglich komme. Und richten Sie der *Hood* aus, daß ich für die Reise bereit bin, sobald sie hier ist.« Riker stand auf und maß Dexter mit einem durchdringenden Blick. »Sonst noch etwas?«

»Nein, Sir. Es ist nur …«

Der Admiral konnte seine Ungeduld kaum zügeln. »Was denn? Heraus damit!«

»Nun, ich wollte nur sagen … Ich glaube, daß es gut für Sie ist, nach Betazed zu reisen, Sir. Sie, äh …« Der Lieutenant hüstelte und fuhr fort: »Sie haben sehr oft von dieser Dame gesprochen. Das alles dürfte Ihnen recht nahe gehen.«

»Ich stand schon schwierigeren Dingen gegenüber, Dexter«, erwiderte Riker. Er zögerte und fügte leise hinzu: »Allerdings waren sie nicht *sehr viel* schwieriger.«

Er trat hinter dem Schreibtisch hervor und ging zur Tür.

»Was glauben Sie, Sir?« fragte sein Stellvertreter. »Aus welchem Grund möchte sie mit Ihnen reden?«

Riker verharrte dicht vor der Tür, die sich bereits geöffnet hatte und wieder zuglitt, als er auch weiterhin stehenblieb. »Was glauben *Sie?*«

»Vielleicht möchte sie mit Ihnen ins reine kommen«, spekulierte Dexter.

»Ins reine?« entfuhr es Riker erstaunt. Er schien das für absurd zu halten. »Lieutenant … Offenbar wissen Sie nicht genau, um was für eine Art von Person es sich handelt.«

»Wenn man stirbt, verändert sich die Sichtweise«, beharrte Dexter. »Dann sieht man alles in einem ganz anderen Licht.«

»Sie haben jede Menge Erfahrung mit dem Tod, nicht wahr, Lieutenant?«

Dexter ignorierte den Seitenhieb. »Vielleicht möchte

sie sich von einer Last befreien. Vielleicht möchte sie nicht mit dem Wissen um ihren Streit in den Tod gehen. Vielleicht ist sie bereit, Ihnen zu vergeben.«

Riker schüttelte langsam den Kopf. »Wie kann sie mir vergeben, wenn nicht einmal ich selbst fähig bin, mir zu verzeihen?«

Er verließ das Büro, und Dexter blieb allein mit dem gleichmäßigen Ticken der Standuhr zurück.

3

Die Gebäude, in denen die Wissenschaftler der Ewigkeitswelt arbeiteten und wohnten, waren schlicht und funktionell eingerichtet. Offenbar gaben sich die Leute dieses Berufsstandes damit zufrieden, wenn ihre elementaren Bedürfnisse erfüllt waren.

Der Androide ließ seine Blicke den Tisch entlangwandern, an dem die Forscher ihre Mahlzeiten einnahmen. In den für kollektiven Verzehr von Nahrungsmitteln bestimmten Räumen an Bord der *Enterprise* hatten beim Essen immer Gespräche stattgefunden – allem Anschein nach dienten solche Gelegenheiten also auch der Kommunikation. Zwischen der Versorgung des Körpers mit neuer Energie und angeregter Konversation schien jedoch kein direkter Zusammenhang zu existieren. Vielmehr handelte sich dabei anscheinend um einen grundlegenden Aspekt der terranischen beziehungsweise gesamten humanoiden Kultur. Jedenfalls hatte Data das bislang so erfahren.

Doch hier sah die Sache anders aus. Die sechs Wissenschaftler am Tisch aßen weitestgehend in Schweigen gehüllt. Und wenn überhaupt jemand von ihnen sprach, ging es dabei nur um Bemerkungen wie »Reichen Sie mir doch bitte das Salz« oder dergleichen.

Direkt neben dem Androiden saß Blair, der wissenschaftliche Offizier der *Enterprise,* der kaum zu übersehen war. Er war einen Kopf größer als Data, und dichter brauner Pelz bedeckte seinen gesamten Körper. Das Kinn ragte weit nach vorn, und die kleinen Augen ließen sich nur dann ausmachen, wenn man aufmerksam nach ihnen Ausschau hielt. Natürlich benötigte er eine spezielle Uniform, die seiner Größe und Masse gerecht wurde.

Die übrigen Personen am Tisch hatten ein wenig zusammenrücken müssen, um Platz für Blair zu schaffen.

Nach einer Weile unternahm Data den Versuch, ein Gespräch zu beginnen. Erneut sah er sich am Tisch um und sagte: »Ich dachte, Ihre Gruppe besteht aus *sieben* Personen.«

Mary Mac schürzte die Lippen und seufzte. »Bis vor kurzem war das auch der Fall. Aber Mar Loc ließ uns im Stich. Vor einigen Tagen verließ er den Planeten, und seitdem haben wir nichts mehr von ihm gehört. Sie sollten Ihre Daten auf den neuesten Stand bringen. Um ganz ehrlich zu sein – wir verlieren andauernd Mitarbeiter.«

»Warum?«

»Das Leben auf dieser Welt fällt einem nicht leicht, Commodore«, antwortete Harry und füllte seinen Teller. Seine Kollegen nickten stumm. »Der ständige Wind. Die Einsamkeit. Und das Etwas dort draußen ...« Er legte eine kurze Pause ein und suchte nach den richtigen Worten. »Der Wächter vermittelt einem das Gefühl, in einen ... einen Spiegel aus der Hölle zu blicken. Früher oder später erkennt man etwas darin und sieht eine Reflexion, die einem nicht gefällt. Und dann wird's Zeit, der Ewigkeitswelt den Rücken zu kehren. Sonst läuft man Gefahr, den Verstand zu verlieren.«

»Was nicht zum erstenmal geschähe«, kommentierte Mary Mac. Wieder nickten die anderen.

Schweigen hielt Einzug. Die einzigen Geräusche bestanden aus dem Klirren von Geschirr und dem unablässigen, dauernden Heulen des Windes.

»Ist es hier immer so still?« fragte Blair nach einigen Minuten.

Er sprach vergleichsweise leise, doch in dieser besonderen Umgebung schien seine Stimme regelrecht zu donnern. Die Forscher ließen Messer und Gabel sinken und wechselten verwirrte Blicke.

Mary Mac lehnte sich vor. »Es ist nicht einfach nur still. Wir arbeiten.«

»Sie arbeiten?« erkundigte sich der Androide.

»Ja«, bestätigte Harry. »In Gedanken gehen wir noch einmal unsere Beobachtungen durch. Abends zeichnen wir unsere Schlußfolgerungen auf, und morgens erörtern wir sie gemeinsam.«

»Einmal im Jahr bewertet die Föderation Ihre Arbeit«, sagte Data höflich. »Deshalb bin ich hier, wie Sie sicher wissen. Ich würde mir die von Ihnen aufgezeichneten Daten gerne ansehen, wenn Sie nichts dagegen haben.«

Die Wissenschaftler sahen sich erneut an, und einige von ihnen zuckten andeutungsweise mit den Schultern.

»Kein Problem«, entgegnete Mary Mac.

»Was untersuchen Sie hier?« fragte Blair.

»Unsere Untersuchungen gelten den Gesellschaftsformen«, sagte Mary Mac. Ganz offensichtlich war sie die Sprecherin der Gruppe, nicht nur wegen ihres Ranges als Projektleiterin, sondern auch aufgrund ihres Wesens. »Insbesondere der historischen Gesellschaftsformen. Die meisten von uns sind auf Sozialwissenschaften spezialisiert, Commodore … Lieutenant«, fügte sie mit einem höflichen Nicken hinzu, das Blair galt. »Wir untersuchen die geschichtlichen Entwicklungen verschiedener Gesellschaftsformen und ziehen daraus unsere Schlüsse – nicht nur in Hinsicht auf ihre Vergangenheit, sondern auch bezüglich der gegenwärtigen und zukünftigen Entwicklungen.«

»Ich möchte Ihnen ein Beispiel nennen«, warf Harry ein. »Die beiden Planeten Gamma Delta und Gamma Origii haben über Jahrhunderte hinweg gegeneinander Krieg geführt. Zwar hatten die betreffenden Gesellschaften einen relativ hohen kulturellen Entwicklungsstand erreicht, aber trotzdem existierte eine alte Tradition des Hasses. Bei unseren Ermittlungen und Analysen hier auf der Ewigkeitswelt haben wir den wahren und längst vergessenen Grund für den Konflikt entdeckt.«

»Und der wäre?« fragte Blair.

Harry verzog keine Miene, als er antwortete: »Ein D'clat, der dem Kaiser von Gamma Delta gehörte, fraß die geliebte Markill der Kaiserin von Gamma Origii.«

Blair blickte verwirrt von Harry zu Data. Der Hauch eines Lächelns umspielte die Lippen des Androiden, als er sagte: »Der D'clat ist ein großes, hundeartiges Tier, das sehr bissig sein kann und bis zu drei Meter lang wird. Markills sind katzenartige Geschöpfe, die ein ganzes Stück kleiner und sehr friedfertig sind.«

Blair begann zu verstehen. »Soll das etwa heißen, daß der Hund des Kaisers die Katze der Kaiserin gefressen hat?«

»So in etwa.«

»Und allein *deshalb* entstand ein Krieg, *der Jahrhunderte* dauerte?«

»Der Zwischenfall führte zu Ärger und Zorn auf beiden Seiten«, korrigierte Mary Mac im Tonfall einer pedantischen Lehrerin. »Was wiederum Feindseligkeiten auf beiden Seiten nach sich zog. Beim Übergang zur modernen Epoche geriet der Grund für die Fehde in Vergessenheit, doch an dem Haß zwischen den beiden Völkern hat sich nichts geändert.«

»Wie haben die beiden Welten reagiert, als sie von der Ursache ihrer Kontroverse erfahren haben?« fragte Data.

Mary Mac schmunzelte. »Die beiden Staatsoberhäupter haben sich bei einer feierlichen Zeremonie getroffen und ein Gesetz verabschiedet, das vorschrieb, D'clats künftig an der Leine zu führen. Anschließend überreichte man der amtierenden Kaiserin von Gamma Origii eine neugeborene Markill als Geschenk. Die ganze Sache verursachte allgemeine Verlegenheit, aber auf beiden Seiten war man froh gewesen, endlich einen Schlußstrich ziehen zu können.«

»Na, das ist doch wunderbar«, freute sich Blair. »Einfach wunderbar.«

Er zögerte, und Mary Mac spürte, daß ihn etwas anderes beschäftigte.

»Lieutenant?« fragte sie behutsam.

»Ich habe gerade überlegt ... Geraten Sie nie in Versuchung? Ich meine, in die Vergangenheit zu reisen ...«

»Nein«, erwiderte die Orionerin überraschend schnell und mit erstaunlich viel Nachdruck.

»Hat so etwas gar keinen Reiz für Sie?«

»Nicht den geringsten, für niemanden von uns.« Mary Mac sah zu ihren Kollegen, die wiederum nickten.

»Warum liegt Ihnen nichts daran?«

»Wir lehnen eine derartige Verantwortung ab. Sie ist viel zu groß. Man müßte fast ... fast ein Gott sein, um mit so etwas fertig zu werden. Nein, danke, für mich – für *uns* – kommt das nicht in Frage.«

»Wenn Sie diese Verantwortung ablehnen ...«, wandte Data ein. »Warum hat dann überhaupt jemand Zugang zum Wächter?«

»Es gibt keine andere Möglichkeit, mit ihm zu kommunizieren«, sagte Mary Mac. »Die Entität lehnt es ab, unsere Anfragen zu beantworten, solange wir uns auf dieser Seite des Kraftfelds befinden. Sie reagiert erst, wenn keine Barriere mehr zwischen uns existiert. Und außerdem: Bei direkten Kontakten lassen wir größte Vorsicht walten. Übrigens, ihr Gespräch mit dem Wächter war sehr interessant, Commodore. Welche Schlüsse haben Sie eigentlich daraus gezogen?«

»Offenbar scheint sich eine unserer Theorien zu bestätigen: Die Zeit ist eine Art Fluidum. Allerdings ...« Der Androide nahm sich einige Sekunden Zeit, um Daten aus seinen internen Speicherbänken miteinander abzustimmen. »Es ist genauso gut noch eine andere Interpretation möglich, und bei ihr geht es um die gleichzeitige temporale Koexistenz aller Epochen.«

»Sie meinen Paralleluniversen«, vermutete Mary Mac. Irgend etwas in ihrem Gesicht wies darauf hin, daß sie nicht zum ersten Mal über dieses Thema sprach.

»So etwas hat man bereits in Erwägung gezogen«, erwiderte Data. »Paralleluniversen könnten mit alternativen Zeitströmen identisch sein. Vor kurzem erschien ein faszinierender Artikel, der ein Konzept erweiterte, dessen Wurzeln bis ins Zwanzigste Jahrhundert zurückreichen.«

»Die Niven-Doktrin«, warf Blair ein. »Ich kenne den Artikel. Er hat in der Fachwelt für einigen Wirbel gesorgt.«

»Alternative Zeitlinien.« Mary Mac nickte. »Diese Szene, die Sie vorhin beobachtet haben, Commodore ... Die entsprechenden Erfahrungen von Captain Kirk bieten dafür ein gutes Beispiel.«

»Es gibt auch noch andere«, fügte Data hinzu. »Ich denke da nur an Captain Kirks Erlebnisse in Hinsicht auf eine aggressive, kriegerische Föderation, die in einem Paralleluniversum existierte. Ich selbst geriet in eine ... seltsame Situation, deren Einzelheiten mir erst Jahre später klar wurden.«

»Ach, tatsächlich?« entgegnete Mary Mac neugierig. »Worum ging es dabei, Commodore?«

»Unter anderem um eine bemerkenswerte junge Frau. Sie hieß Natasha Yar, doch die meisten Leute nannten sie einfach Tasha.« Datas Miene brachte wie immer Ruhe und Gelassenheit zum Ausdruck, doch Blair kannte seinen Vorgesetzten schon seit einer ganzen Weile und wußte daher, daß diese Erinnerungen eine besondere Bedeutung für den Androiden hatten. »Es war eine ... einzigartige Situation. Es geschieht nur sehr selten, daß jemand von einem Paralleluniverssum in ein anderes hinüberwechselt. Nun, einen Präzedenzfall habe ich erwähnt: Captain Kirk und einige seiner Gefährten haben einen alternativen Zeitstrom erreicht, in dem eine militaristische Föderation existiert hat. Tashas Erfahrungen hingegen waren anderer Art. Für sie ist die Sache nicht so gut wie für Kirk und seine Begleiter ausgegangen.«

Data schwieg, und Mary Mac begriff, daß der Androide nicht gewillt war, Einzelheiten zu schildern. So etwas wie Enttäuschung regte sich in ihr.

Data erkannte ihre subtilen mimischen Hinweise.

»Wenn Sie mir in bezug auf jenen Zwischenfall Fragen stellen möchten, so bin ich gern bereit, Antwort zu geben«, sagte er. »Sie müssen nicht befürchten, meine Privatsphäre zu verletzen.«

»Ich hätte trotzdem das Gefühl, aufdringlich zu sein.« Die Orionerin zögerte kurz. »Wie dem auch sei, Commodore ... Ich möchte Ihnen etwas zeigen. Etwas, das mit diesem Thema in Zusammenhang steht. In den Aufzeichnungen der visuellen historischen Daten, die uns vom Wächter zur Verfügung gestellt werden, haben wir einige ganz besondere Ereignisse entdeckt.« Mary Macs grüne Lippen formten ein Lächeln. »Die betreffenden Sequenzen dürften gerade für Sie von großem Interesse sein.«

4

Riker saß im Gästequartier der *Hood*, sah aus dem Fenster und beobachtete, wie die Sterne vorbeiglitten. Seit seinem letzten Flug mit Warp-Geschwindigkeit an Bord eines Raumschiffs war viel Zeit vergangen, und der Anblick wirkte irgendwie … falsch. So verrückt es auch klingen mochte: Seinem Gefühl nach durften sich die Sterne nicht bewegen.

»Haben Sie das vermißt, Admiral?«

Erst jetzt bemerkte Riker, daß sich die Tür geöffnet hatte. Langsam drehte er sich um.

Captain Wesley Crusher stand mit verschränkten Armen im Zugang. Er war einen halben Kopf größer als Riker, und allein das empfand der Admiral als beunruhigend. Hinzu kamen ein Spitzbart und ein etwas zu langes Haar – es reichte zum Teil über die Ohren –, das an den Schläfen grau zu werden begann. Auf eine einladende Geste hin kam der Captain herein, und Riker beobachtete amüsiert, wie Crusher dabei am Saum seiner schwarzgrünen Uniformjacke zupfte. Ein solches Verhalten hatte der Admiral schon seit Jahren nicht mehr gesehen. Das unbewußte Glattstreichen oder Zurechtrücken der Uniformjacke … Man sprach in diesem Zusammenhang auch vom ›Picard-Manöver‹ – nach der berühmten Kampftaktik, die ein gewisser Jean-Luc Picard erfunden hatte.

Crusher blieb stehen, offenbar aus Respekt dem älteren Mann gegenüber.

»Bitte setzen Sie sich, Captain«, forderte Riker ihn auf. Er spürte Erheiterung, als Crusher nach einem

Stuhl griff, ihn umdrehte und rittlings darauf Platz nahm. »Haben Sie sich noch andere Angewohnheiten von mir angeeignet?«

Der Captain musterte ihn überrascht. »Wie meinen Sie das, Sir?« Er starrte in einer Art auf den Stuhl hinab, als sähe er ihn jetzt zum erstenmal. »Haben Sie etwa früher auf diese Weise gesessen?«

»Ja«, erwiderte Riker. »Bis sich meine Rückenmuskeln darüber beschwert haben. Und was Ihre Frage von vorhin angeht, Captain ... Nein, ich vermisse es nicht.«

»Nein?«

»Sind Sie überrascht, Captain Crusher?«

Früher einmal hätte Wesley den Blick zu Boden gerichtet, vielleicht gestottert, sich geräuspert und um seine Fassung gerungen.

Mir kommt es vor wie gestern, dachte Riker.

Der Starfleet-Captain namens Crusher zuckte nur kurz mit den Schultern. »Nun, ich muß zugeben, daß ich tatsächlich ein wenig überrascht bin.«

»Einmal ein Raumfahrer – immer ein Raumfahrer, wie?« fragte Riker.

»Etwas in der Art.«

Der Admiral ging langsam durchs Zimmer, ohne den Blick vom Captain abzuwenden. Sie haben eine ziemlich steile Karriere hinter sich, Mr. Crusher. Ihr Vater wäre stolz auf Sie.«

»Danke, Sir.«

»Was ist mit Ihnen, Wes?« Es fühlte sich seltsam an, die Kurzform des Vornamens laut auszusprechen. Riker schien sich an jemanden zu wenden, der überhaupt nicht zugegen war. »Sind Sie stolz?«

»Ich habe meine Pflicht erfüllt, und zwar so gut wie möglich.« Zwei oder drei Sekunden lang schwieg Wesley. »Ich verdanke meinen Erfolg ausgezeichneten Lehrern.«

»Die Professoren und Ausbilder der Starfleet-Akademie verstehen ihr Handwerk.«

»Das stimmt. Aber ich dachte dabei nicht an die Akademie, Sir. Und ich glaube, das wissen Sie auch.«

»Wir brauchen nicht so förmlich zu sein, Wes. Nennen Sie mich Will.«

Crusher dachte kurz darüber nach. »Nein, lieber nicht. Es käme mir ... anmaßend vor, Sir.«

»Wie Sie meinen«, sagte Riker. Aus den Augenwinkeln sah er sein Spiegelbild. So alt. So verdammt alt. Und er schien noch älter zu werden, wenn er sich mit dem athletisch gebauten Captain verglich, der nun Platz nahm. Athletisch gebaut... Obgleich er schon über fünfzig Jahre alt war.

»Was halten Sie von mir, Wes?«

Crusher blinzelte überrascht. »Was ich von Ihnen halte?« Er rang mit seiner Verwirrung. »Ich ... bewundere Sie sehr. Sie sind einer der ...« Er unterbrach sich und begann noch einmal von vorn. »Bei allem Respekt, Sir – mit ziemlicher Sicherheit sind Sie der zweitbeste Offizier den ich kenne.«

Rikers Züge offenbarten Ungläubigkeit. »Sie sind noch immer imstande, auf diese Weise von mir zu denken?«

»Natürlich.«

Der Admiral schüttelte langsam den Kopf und setzte sich nun ebenfalls – allerdings drehte er den Stuhl nicht um. »Wesley ... Vor langer Zeit haben wir alle einmal jemanden bewundert und gewissermaßen in den Himmel gehoben. Neigen Sie etwa nach wie vor dazu, mich aus einem solchen Blickwinkel zu sehen?«

Crusher verlagerte das Gewicht – ein Zeichen von Unbehagen? »Nun, ich hebe Sie nicht in den Himmel, Admiral. Aber ich schätze Sie noch immer sehr. In gewisser Weise begegne ich Ihnen mit der gleichen Einstellung wie damals, als wir uns kennengelernt haben. Ich sah und sehe in Ihnen einen starken Mann, der es versteht, die richtigen Entscheidungen zu treffen, der ein Held sein kann und alle Eigenschaften eines guten

Starfleet-Offiziers aufweist. Es ist keineswegs ungewöhnlich, daß der erste Eindruck von Bestand bleibt. Ich meine, seien Sie doch mal ehrlich ...« Der Captain lächelte. »Es fällt Ihnen schwer, mich wirklich als Erwachsenen zu akzeptieren. Dabei bin ich nun Kommandant eines Raumschiffs, zum zweitenmal verheiratet und Vater von drei Kindern. Aber Ihnen gaukelt die Erinnerung noch immer einen Jungen auf Farpoint vor, der nur zwei Wünsche hat: unbedingt die Brücke zu besuchen und einen Grund zu haben, sich öfter als einmal pro Woche zu rasieren.«

Riker lachte, und seine eigene Stimme klang ihm fremd. »Ja, Wes, damit haben Sie ins Schwarze getroffen. Es ist nur ...«

»Es ist nur was, Sir?«

Der Admiral wurde wieder ernst. »Irgendwann beginnt jeder damit, die Helden als das zu erkennen, was sie wirklich sind – nämlich gewöhnliche Leute. Ganz gewöhnliche Leute mit Fehlern und Schwächen.«

Crusher schwieg eine Zeitlang. Etwas Bedrückendes breitete sich im Zimmer aus – vielleicht eine Prise Selbstmitleid, möglicherweise auch ein Hauch Sterblichkeit. »Haben Sie heute das Gefühl, mit besonders vielen Fehlern und Schwächen ausgestattet zu sein, Admiral?«

»So empfinde ich schon seit Jahren, Wes. Sehen Sie mich an. Können Sie mit wirklich gutem Gewissen behaupten, nicht einen mutlosen, resignierten Kommandeur einer unwichtigen Starbase in mir zu sehen? Ich weiß, wie ich in Ihren Augen erscheinen muß – als jemand, der seine guten Chancen nicht genutzt, der sein eigenes Entwicklungspotential vergeudet hat und der nie das gewesen ist, was er hätte sein sollen. Sehen Sie mich an, und sagen Sie mir, daß Sie nicht bitter enttäuscht sind!«

Bei jemand anderem hätten solche Bemerkungen bestimmt theatralisch geklungen, doch Riker sprach ruhig und sachlich. Alles an ihm verkündete, daß er sich längst damit abgefunden hatte.

Crusher kniff die Augen zusammen. »Wenn Sie das von sich selbst glauben, Sir …«, brummte er fast verärgert. »Nun, Sie haben natürlich ein Recht auf eine eigene Meinung. Aber wenn Sie eine Bestätigung hören wollen, so müssen Sie sich jemand anderen suchen.«

Riker seufzte und lächelte knapp. »Ist das Ihr letztes Wort?«

»Ja. Da wir uns an Bord meines Schiffes befinden und ich ebenfalls ein Recht auf meine eigene Meinung habe … Ich fürchte, Sie müssen sich damit abfinden.«

Crusher wollte noch etwas hinzufügen, aber sein Blick glitt plötzlich ins Leere – ganz offensichtlich empfing er eine Nachricht vom Mikrokommunikator. »Entschuldigen Sie bitte, Admiral … Hier Crusher.« Er lauschte einer Stimme, die nur er hören konnte, und nickte dann. »Ausgezeichnet. Wir kommen gleich. Crusher, Ende. Er wandte sich wieder an Riker. »In fünf Minuten erreichen wir Betazed.«

»Eine problem- und ereignislose Reise, Captain. Meine Anerkennung dafür.«

»Danke, Sir.«

Crusher stand auf und ging zur Tür. Dort verharrte er und drehte sich noch einmal um. »Möchten Sie, daß ich Ihnen Gesellschaft leiste?«

»Oh, ich glaube, das ist nicht nötig, Captain.«

»Es wäre leicht zu rechtfertigen.« Crusher kehrte einen Schritt weit in die Kabine zurück. »Als Kommandant der *Hood* gehört es sogar zu meinen diplomatischen Pflichten, bei solchen Anlässen zugegen zu sein. Und es wäre durchaus verständlich, daß ich Ihnen als … Freund moralische Unterstützung gewähre.«

Riker wollte erneut ablehnen, doch als er genauer darüber nachdachte … Zu seiner eigenen Überraschung nickte er. »Na schön, Captain. Vielleicht ist es tatsächlich keine schlechte Idee.«

»In fünf Minuten«, erwiderte Crusher. »Bitte kommen Sie nicht zu spät. Unpünktlichkeit deutet auf geistige Schlampigkeit hin und gebührt keinem Starfleet-Offizier.«

»Woher stammt diese Weisheit? Von der Akademie?«

»Nein, Sir. Sie haben mich mit diesem Hinweis ermahnt, als ich zu spät zum astrophysikalischen Unterricht gekommen bin, den früher einmal Geordi veranstaltet hat.«

»In diesem Fall sollte ich den Rat wohl besser beherzigen.«

»Wenn er für den Captain der *Hood* gut genug ist, so dürfte er auch für Sie gut genug sein«, entgegnete Crusher fest. Er drehte sich um und trat in den Korridor.

Riker blickte durchs Fenster und sah, wie der Planet Betazed rasch größer wurde.

Hilf mir, dachte er. *Hilf mir, alles zu überstehen, Imzadi.*

Natürlich bekam er keine Antwort. Schon seit langem blieb er mit seinen Gedanken allein.

5

Die Realitäten auf Betazed unterschieden sich sehr von Rikers Erinnerungen.

Eigentlich kein Wunder. Schon seit vielen Jahren hatte er diesem Planeten keinen Besuch mehr abgestattet. Beim letzten Mal war er Erster Offizier der *Enterprise* 1701-D unter dem Kommando von Captain Jean-Luc Picard gewesen.

Und damals …

Er erschauderte, hob die Hand zum Kopf und spürte Crushers festen Griff an der Schulter. »Ist alles in Ordnung mit Ihnen, Admiral?«

»Ja!« stieß er hervor. »Sie brauchen nicht gleich so verdammt herablassend zu klingen!«

Der junge Wesley Crusher wäre jetzt sicherlich einige Schritte zurückgewichen und erblaßt. Und vermutlich hätte er versucht, eine Entschuldigung zu stammeln.

Captain Wesley Crusher hingegen ließ Rikers Schulter los und durchbohrte ihn mit einem ernsten, mißbilligenden Blick. »Bisher bin ich davon überzeugt gewesen, daß es zu den guten Umgangsformen gehört, sich nach dem Wohlergehen anderer Personen zu erkundigen. Ich wußte nicht, daß man darin auch Herablassung erkennen kann.«

Riker begegnete Crushers Blick. »Ja«, erwiderte er langsam. »Ja, Sie haben völlig recht, Captain. Ich bitte um Entschuldigung.«

Crusher deutete mit einem knappen Nicken an, daß er den Zwischenfall bereits zu den Akten gelegt und vergessen hatte. Er blickte gen Himmel. »Offenbar steht uns schlechtes Wetter bevor, Sir.«

Riker nickte. Damit mußte man auf Betazed rechnen. Die meiste Zeit über war das Wetter sehr angenehm und entsprach fast einem tropischen Klima, aber es konnte von einem Augenblick zum anderen zu einem jähen Wechsel kommen. Der Admiral kannte es aus Erfahrung. In einer Minute herrschte wolkenlos blauer Himmel, in der nächsten Minute tobten Blitz und Donner.

Er erinnerte sich aber auch an etwas anderes: Lwaxana war damals nie ohne Regenschirm unterwegs gewesen, erst recht nicht bei längeren Ausflügen und Spaziergängen. Sie hatte immer voller Stolz betont, auf alles vorbereitet zu sein.

Auf *alles*.

»Hier entlang«, sagte Riker.

Sie waren in einem der besseren Stadtviertel materialisiert. Hier wohnten die Reichen und Vermögenden in ihren luxuriös ausgestatteten Villen. Die Abstände zwischen ihnen waren groß – aber nicht *zu* groß. Betazoiden mußten einen Kompromiß zwischen ihrem Wunsch nach Privatsphäre und der Einsicht schließen, daß es so etwas für sie gar nicht geben konnte. In einer Gesellschaft von Empathen existierte das Private nur dann, wenn Höflichkeit und Taktgefühl einen entsprechenden Freiraum schufen.

Crusher hätte einen Transfer direkt zum Ziel veranlassen können, aber Riker hatte ihm Koordinaten genannt, die etwa achthundert Meter entfernt lagen. Es schien ihm daran gelegen zu sein, nicht sofort einzutreffen.

Der Admiral ging mit langsamen Schritten, und Crusher wanderte neben ihm her. Zunächst schwiegen sie, und vielleicht hätten sie es die ganze Zeit über getan, wenn nicht eine unerwartete Stimme erklungen wäre.

»Du bist es *wirklich.*«

Die beiden Männer drehten sich um, und Riker lachte leise.

»Wendy Roper. Ich kann es nicht fassen.«

Die Frau schien einige Jahre jünger zu sein als der Admiral. Sie war klein und schlank, hatte weißgraues Haar, in dem es noch einige dunkle Strähnen gab und das zu einem komplexen Muster geflochten war. Das Funkeln in ihren Augen wies darauf hin, daß sich in dem alten Körper eine viel jüngere Frau verbarg.

»Will Riker, du alter Schlawiner!«

Er trat auf Wendy zu und umarmte sie so vorsichtig, als befürchtete er, sie zu zerbrechen. Nach einigen Sekunden wich er zurück und musterte sie.

»Wag es bloß nicht!« sagte die Frau. »Wag es bloß nicht, mich darauf hinzuweisen, wie alt ich geworden bin.«

»Warum sollte ich das tun?«

»Die Vorstellung, daß ich schon vor einem halben Jahrhundert so aussah wie jetzt, wäre unerträglich.«

Rikers Lächeln wuchs in die Breite. »Darf ich wenigstens sagen, daß du für eine Frau deines Alters großartig aussiehst?«

»Das klingt gut.« Wendy berührte den Bart des Admirals. »Seit wann wachsen dir Haare im Gesicht?«

»Seit etwa vierzig Jahren.«

»Damit siehst du wie ein Greis aus.«

»Ich fühle mich auch wie einer.« Er zögerte kurz und schüttelte dann den Kopf. »Ich kann kaum glauben, daß du noch immer hier bist. Ich meine, nach wie vor auf diesem Planeten stationiert zu sein, zusammen mit deinem Vater ...«

Ein Schatten fiel auf Wendys Züge. »Daddy starb vor zehn Jahren, Will.«

»Oh.« Riker wurde übergangslos ernst. »Das tut mir leid. Da fällt mir ein ...« Er trat noch einen Schritt zurück und winkte seinen Begleiter näher. »Captain Wesley Crusher – Wendy Roper.«

Sie schüttelte Crushers Hand. »Wendy Berg, um ganz genau zu sein.«

Riker bedachte sie mit einem überraschten Blick. »Du bist verheiratet?«

»Ja.«

»Wann fand die Hochzeit statt?«

»Zwei Jahre nach deiner Abreise. Mein Mann ist Betazoid – ein Lehrer. Deshalb bin ich hier geblieben.«

»Meine Güte …«

Wendy klopfte Riker auf den Arm. »Mach dir nichts daraus, Will. Ich weiß, daß solche Nachrichten nicht gerade mit höchster Warpgeschwindigkeit im All unterwegs sind.«

Der Admiral ließ langsam seinen Atem entweichen. »Wie dumm von mir … Ich bin einige Male auf diesem Planeten gewesen, ohne dir über den Weg zu laufen. Und ich habe nie versucht, Kontakt mit dir aufzunehmen.«

»Ich gehörte zu den Trauergästen bei der Bestattung.«

Riker blinzelte verblüfft. »Im Ernst? Ich habe dich überhaupt nicht bemerkt.«

»An jenem Tag hast du kaum jemandem bewußte Aufmerksamkeit geschenkt.«

Der Admiral nickte langsam und stumm. »Ja, das stimmt.« Kurze Stille. »Ich hätte dich besuchen sollen. Es tut mir leid.«

»Sei unbesorgt. Wenn man unter Betazoiden lebt, so lernt man rasch, die Gefühle anderer Personen zu respektieren. Meiner Ansicht nach läßt sich das ganze betazoidische Kredo mit einem Wort ausdrücken: RaBeem.«

»RaBeem?« wiederholte Crusher verwirrt.

Riker drehte den Kopf. »Das bedeutet: Ich verstehe.«

»Kompliment, Will«, lobte Wendy.
»Ich hatte eine gute Lehrerin.«
Eine Zeitlang schwiegen sie voller Unbehagen. Schließlich räusperte sich Wendy. »Nun, ich möchte nicht den Eindruck erwecken, daß unsere Begegnung reiner Zufall ist, Will. Ich wußte, daß du kommen würdest. Und daß sie dich hierher bestellt hat. Und ich habe gedacht ...«
»Du hast gedacht, du könntest mir moralische Unterstützung gewähren«, sagte Riker und warf Crusher bei diesen Worten einen kurzen Blick zu. »Du bist nicht die erste Person, die mir ein solches Angebot macht, Wendy. Nun, je mehr, desto ...« Er unterbrach sich. »Ich schätze, ein solches Verhalten ist der Situation nicht angemessen, oder?«
»Nein«, bestätigte Wendy.
Riker stand einfach nur da und glaubte zu treiben. Solche Empfindungen regten sich recht häufig in ihm – in letzter Zeit fühlte er sich immer öfter allein, von allem um ihn herum losgelöst, ohne irgendwelche Bindungen zu anderen Personen. Eine seltsame Art von Schwerfälligkeit hinderte ihn daran, die richtigen Worte zu finden, die richtigen Anweisungen zu erteilen ... Manchmal kostete es ihn viel Mühe, die einfachsten Entscheidungen zu treffen.
Er gab sich einen Ruck.
»Kommt«, sagte er. »Gehen wir.«

Sie schritten den sanft geneigten Hang hinab, der zu dem Haus führte, das Riker so gut kannte. Seit Jahren hatte er es nicht mehr betreten – sein letzter Aufenthalt darin schien in einem ganz anderen Leben stattgefunden zu haben –, und doch waren ihm alle Einzelheiten des Gebäudes vertraut geblieben. Sie waren für alle Zeiten in seinem Gedächtnis verankert. Die zugleich elegant und prächtig wirkende Villa zeichnete sich durch einen besonderen Baustil aus. In

Wirklichkeit ragten die oberen Stockwerke nicht besonders weit empor, aber ein optisches Phänomen gaukelte dem Beobachter vor, daß sie fast den Himmel berührten. Einen Himmel, der sich nun zusehends verfinsterte. Bislang hatte das Unwetter eine für Betazed untypische Zurückhaltung geübt. Es schien fast auf etwas zu warten …

Die Tür öffnete sich, bevor Riker anklopfen konnte. Eine Gestalt erschien im Zugang und verblüffte den Admiral. Eine Sekunde später fragte er sich nach dem Grund für seine Reaktion. *Natürlich* weilte dieser Mann hier. Wo hätte er denn sonst sein sollen?

»Mr. Homn …« Riker deutete eine Verbeugung an.

Wesley Crusher hob verwundert den Kopf. Damals an Bord der *Enterprise* hatte er Homn gelegentlich gesehen, und er erinnerte sich an ihn als jemanden, der unglaublich groß war. Jahre später hat er sich gefragt, ob es vielleicht an seiner Perspektive als kleiner Fähnrich Crusher gelegen hatte, die ihm einen Riesen zeigte. Als reifer Erwachsener mußte er nun jedoch feststellen, daß sich an der imposanten Präsenz dieses Mannes kaum etwas geändert hatte.

Wendy sah den Diener zum erstenmal und starrte ihn einfach nur an.

Mr. Homn gab praktisch nie einen Ton von sich, und deshalb war es um so überraschender, daß er nun sprach. Soweit Riker wußte, war das bisher nur ein einziges Mal geschehen.

Homns Stimme klang überraschend leise und sanft für einen solch großen Mann. Er schien sogar ein wenig zu lispeln, als er sagte: »Sie wartet.«

Von einem Augenblick zum anderen begannen Rikers Gedanken zu rasen. *Auf was wartet sie? Auf mich? Auf den Tod? Ist das eine gar mit dem anderen verbunden?*

Mr. Homn gab den Weg frei, und der Admiral trat ein, gefolgt von Wendy und Crusher.

Nach all der vergangenen Zeit fand Riker noch

immer, daß es dem Innern des Hauses an Stil mangelte. Den einzelnen Zimmern fehlte die äußere Eleganz des Gebäudes, und Riker kannte auch den Grund dafür. Lwaxanas verstorbener Mann hatte die Struktur der Villa entworfen, die Inneneinrichtung jedoch seiner Frau überlassen. Wie üblich war Lwaxana nicht bereit gewesen, irgendeine Art von Zurückhaltung zu üben.

In allen Ecken und auf jeder freien Fläche zeigten sich die verschiedensten … *Dinge.* Wohin Riker auch blickte, überall sah er Möbel, Andenken, Porträts, Trophäen, Souvenirs und unzählige Kunstgegenstände, deren Qualitätsspektrum von akzeptabel bis schauderhaft reichte. Im Hause Troi herrschte eine – gelinde gesagt – eklektische Atmosphäre.

Mr. Homn stand am unteren Ende der breiten Treppe und verharrte wie eine Statue in völliger Reglosigkeit – wie ein lebendes Denkmal, das an vergangene Zeiten erinnerte.

Riker brachte eine Stufe nach der anderen hinter sich. Die Treppe schien endlos zu sein. Früher einmal wäre er imstande gewesen, sie emporzu*laufen* und dabei zwei oder gar drei Stufen auf einmal zu nehmen. Und oben hätte eine Frau mit ausgebreiteten Armen auf ihn gewartet, das Gesicht heiter und voller Liebe, umrahmt von schwarzem Haar, das lockig auf die Schultern fiel.

Damals … damals, als er ein ganz anderer Mensch gewesen war. Jetzt schleppte er sich als alter Mann die Treppe hoch, und die einzige Gemeinsamkeit mit jenem früheren Selbst bestand im Namen.

Er hielt sich am Geländer fest und zog sich daran nach oben. Auf einem Treppenabsatz blieb er kurz stehen, um nach Luft zu ringen, dann setzte er den Weg fort. Crusher und Wendy befanden sich direkt hinter ihm, boten jedoch keine Hilfe an. Sie wußten, daß er abgelehnt hätte.

Nach einer halben Ewigkeit erreichte er den ersten Stock. Der dortige Korridor schien sich kilometerweit zu erstrecken. Dieser Eindruck resultierte besonders daraus, daß im Flur nur einige wenige Lampen leuchteten, und ihr Licht reichte nicht aus, um alle Schatten zu vertreiben. Hinzu kamen die großen Spiegel zu beiden Seiten des Ganges.

Es war alles nur Schein. Aber so etwas war ihr immer sehr wichtig gewesen … Und vielleicht blieb ihr heute nichts anderes mehr als der Schein.

Zuerst wußte Riker nicht, in welchem Zimmer sie lag, doch dann sah er eine Tür, die einen Spaltbreit offenstand, und dahinter hörte er mühevolles Atmen. Es klang so, als klammerte sich eine Sterbende mit letzter Kraft am Leben fest.

Vielleicht bleiben ihr nur noch wenige Sekunden, fuhr es Riker durch den Sinn. *Wenn ich nicht schnell genug bei ihr bin …*

Wesley Crusher trat neben ihn. Dessen Gesichtsausdruck deutete darauf hin, daß er die Gedanken des Admirals erriet.

Riker verfluchte sich. *Verdammt, sei ein Mann! Reiß dich endlich zusammen und bring es hinter dich!*

Unbewußt ballte er die Hände zu Fäusten und näherte sich der Tür. Seine Haltung zeigte mehr Entschlossenheit, als wirklich in ihm steckte.

Ehe er den Raum betreten konnte, erstarb das leise Schnaufen plötzlich.

Ein letztes dumpfes Keuchen – und dann nur noch Stille. Riker sah Crusher an, und die Betroffenheit im Gesicht des Captains bestätigte seine eigenen Vermutungen. Die müde Wendy hatte gerade erst das Ende der Treppe erreicht; deshalb hatte sie von all dem nichts bemerkt.

Für einen Sekundenbruchteil spürte Riker Erleichterung. Doch unmittelbar darauf brodelte Ärger in ihm auf – ein Zorn, der seiner Feigheit galt. Er setzte sich wieder in Bewegung und betrat das Zimmer.

Erstaunt sah er sich um.

Gerade hier hätte er eine besonders üppige und kitschige Einrichtung erwartet, doch das Gegenteil war der Fall. Das Schlafzimmer enthielt ausschließlich ein Bett. Eine Art Himmelbett mit schwarzen Vorhängen. Andere Möbel gab es nicht.

Riker begriff. Die übrigen Möbelstücke waren fortgebracht worden. Nur hier und dort zeigten sich noch ihre Umrisse auf dem Boden und an den Wänden. Aber warum hatte man diesen Raum praktisch leergeräumt?

Wendy schien seine Gedanken zu lesen. »Das ist betazoidische Tradition«, erklang ihre leise Stimme hinter ihm. »Manche Bewohner dieses Planeten glauben, daß sie mit nichts zur Welt gekommen sind. Und wenn der Tod dann naht, trennen sie sich von all den Dingen, mit denen sie sich während des Lebens umgeben haben. Sie sehen darin nicht mehr als ... überflüssiges Gepäck.«

»Oh«, entfuhr es Riker.

Er schritt gemächlich auf das Bett zu. Jetzt schien keine Eile mehr geboten zu sein. Er zweifelte nicht daran, daß die Frau vor ihm aus dem Leben geschieden war. Noch immer verspürte er Ärger – und hinzu gesellte sich eine Verachtung, die ebenfalls ihm selbst galt. *Genau das hast du dir doch gewünscht, nicht wahr? Deshalb hast du so lange gezögert und dir Zeit gelassen. Warum freust du dich nicht?* Die Antwort darauf lautete, daß er sich schuldig fühlte.

Sieh sie dir wenigstens an. Zumindest das mußt du tun!

Behutsam strich er den hauchdünnen schwarzen Vorhang beiseite.

Lwaxana Troi lag in ihrem Bett und rührte sich nicht. Ihre Haut spannte sich straff über den Wangenknochen und war ebenso farblos wie ihre Lippen und – unglaublich! – ihr Haar. Riker blickte auf bloße Arme und Schultern hinab. Vermutlich ruhte ein nackter Leib unter der hochgezogenen Decke. Die gleiche Nacktheit war auch bei betazoidischen Hochzeiten Brauch. Lwaxana Trois gesenkte Lider bewegten sich ebensowenig wie ihre Brust.

Riker holte vorsichtig Luft, und das dabei ertönende Keuchen erschien ihm viel zu laut. Der Geruch des Todes haftete diesem Ort an, aber es hinderte ihn nicht, auf der Bettkante Platz zu nehmen. Crusher und Wendy hingegen wahrten respektvollen Abstand.

»Es tut mir leid«, flüsterte Riker und meinte es ernst. Ja, es tat ihm wirklich leid. Er begriff nun, daß Lwaxana ihn tatsächlich zu sich gerufen hatte, um ihm zu verzeihen – um die Geister der Vergangenheit endlich ruhen zu lassen. Und er war so dumm gewesen, aufgrund von Furcht und Unsicherheit die letzte Chance zu einem gegenseitigen Frieden zu versäumen.

Er beugte sich vor, um Lwaxana Troi sanft auf die Stirn zu küssen.

Plötzlich zuckte eine faltige, klauenartige Hand nach oben und packte ihn am Hals.

Riker keuchte, als die Finger der Greisin zunehmenden Druck auf seine Kehle ausübten. Lwaxanas Augen waren nun geöffnet, und das Feuer des Hasses brannte heiß in ihnen.

»Admiral!« entfuhr es Crusher. Alles in ihm drängte danach, dem vorgesetzten Starfleet-Offizier zu helfen, und mit einem Satz war er neben Riker. Dort erstarrte er jedoch abrupt, als er die intensive Aura der Wut spürte, die Lwaxana Troi verströmte.

Ihre spröden Lippen teilten sich, und anklagende Worte kamen aus den Tiefen ihrer Seele. Sie klangen wie ein Fluch.

»Es ist Ihre Schuld!«

Die Stimme klang nicht mehr annähernd so schwungvoll wie früher und war nur noch ein Krächzen. Trotzdem wohnte ihr eine Vitalität inne, die sich nicht von so banalen Dingen wie dem Tod beeindrucken ließ.

»Es ist Ihre Schuld!« wiederholte Lwaxana. Ihr Zorn ließ sie von Kopf bis Fuß erbeben. »Sie hätten ihr helfen können. Sie hätten sie retten können! Sie hat sie darum angefleht! Sie hat *gefleht!* Sie waren ihr Imzadi und haben sie einfach sterben lassen!«

Riker versuchte zu antworten, aber die Hand drückte zu fest zu. Wesley versuchte, Lwaxanas Finger von der Kehle des Admirals zu lösen, doch sie bohrten sich ihm tief in den Hals. Lange Fingernägel ritzten seine Haut auf. Hier und dort zeigte sich ein Tropfen Blut.

»*Sie haben meine Tochter sterben lassen!*« fauchte sie. »Obwohl sie noch so jung gewesen ist … Jung und schön. Sie haben ihr nicht geholfen, und dafür sollen Sie für *immer und ewig in der Hölle schmoren!* Es ist ganz allein Ihre Schuld …«

Es gelang Crusher, Lwaxanas Hand fortzuziehen. Riker taumelte zurück und schnappte nach Luft. Schmerz glühte nicht nur in seiner Kehle, sondern auch in seinem Herzen. Dennoch brachte er hervor:

»Mich trifft keine Schuld! Ich habe alles versucht! Bitte glauben Sie mir …«

»Admiral …«, begann Wesley.

Riker achtete nicht auf ihn. »Bitte!« rief er. »Es war nicht meine Schuld! Ich habe nichts unversucht gelassen, Lwaxana. Es geschah alles so schnell. Ich …«

Wendy berührte ihn sanft am Arm. »Es ist zu spät, Will«, sagte sie.

Sie hatte recht. Lwaxanas Kopf war aufs Kissen zurückgesunken. Ihre Augen waren weiterhin geöffnet, aber sie hatten sich getrübt. Ihre Hand schien noch immer eine Klaue zu formen und würde für immer unfähig sein, sich ihm entgegenzustrecken, ihm zu verzeihen.

Wesley Crusher beugte sich vor und schloß der Toten die Augen.

»Es war nicht meine Schuld«, flüsterte Riker noch einmal.

Aber er glaubte ebensowenig daran wie zuvor Lwaxana Troi.

6

Bedachte man Lwaxanas aufwendiges Leben, erwies sich die Bestattungszeremonie als erstaunlich schlicht. Riker hatte sich ihre Bestattung immer sehr prunkvoll und pompös vorgestellt.

Doch ihr Testament enthielt eindeutige Anweisungen. Nur wenige Personen sollten dem Begräbnis beiwohnen: ihre besten Freunde, einige hochrangige Politiker und … Riker.

Die anderen waren längst gegangen, aber er stand noch immer da und blickte auf Lwaxanas Leichnam hinab, der in einem transparenten Sarg lag.

Ständig suchte er nach Möglichkeiten, ihren Haß und ihr Streben nach Rache zu rechtfertigen. Bei ihrer ersten Begegnung war sie ganz anders gewesen. Er erinnerte sich an ihren ziemlich stark ausgeprägten Eigensinn, an Sturheit und die Neigung, sich in alles einzumischen. Aber Ärger und Zorn? Dafür hatte es in ihrem Wesen keinen Platz gegeben. Jedenfalls hatte Riker das damals noch geglaubt.

Doch die Zeit führte zu Veränderungen – gerade bei Personen. Es waren die Zeit und unangenehme Erfahrungen, die Kälte im Herzen schufen und die Seele in Finsternis hüllten.

Vielleicht …

Vielleicht hatte Lwaxana ihn ja tatsächlich zu sich gerufen, um ihm zu vergeben und die Kluft zwischen ihnen zu überbrücken. Vielleicht war es tatsächlich ihr Wunsch gewesen, mit ihm ins reine zu kommen. Doch als dann der Tod zu ihr gekommen war und mit ihm die Angst vor dem Schritt ins unendliche Nichts ... Es hatte sie in Panik verfallen und ihre guten Absichten vergessen lassen. Möglicherweise war es Lwaxana gar nicht darum gegangen, ihm während ihrer Bestattung den Eindruck zu vermitteln, daß er sie für den Rest ihres Lebens um Glück und Zufriedenheit gebracht hatte. Vielleicht hatte sie seine Gedanken damit lediglich auf ihre Tochter lenken wollen – schließlich war er ihr Imzadi gewesen.

Wie angewurzelt stand Riker da, umgeben von der Kühle des Troi-Mausoleums. Es gab nicht viele solche Gedenkstätten auf Betazed. In den meisten Fällen fand eine Kremation statt, und anschließend wurde die Asche der Verstorbenen dem Wind übergeben. Zu solchen Ritualen kam es oft auf den nördlichen Klippen im Tal des Liedes.

Die älteren Familien hingegen – und kaum eine Familie war älter als das Fünfte Haus von Betazed – hielten an der traditionellen Methode fest. Dabei ging man davon aus, daß man einen besonders klaren Eindruck von seinen Ahnen erhielt, wenn man sie vor sich sah.

Diesem Zweck diente das Mausoleum. Riker starrte nach wie vor auf die reglose Lwaxana hinab – und dachte erschaudernd daran, wer in der nächsten Kammer lag.

Nicht wer, sondern was, verbesserte er sich in Gedanken. *Sie ist keine Person mehr gewesen, seitdem ...*

Seitdem du ihren Tod zugelassen hast.

Er versuchte, diese Überlegungen aus seinem Bewußtsein zu verdrängen. Verdammt! Er hatte ihren Tod nicht zugelassen! Es war einfach geschehen.

Er fand nicht die Kraft, den Nebenraum zu betreten und *sie* zu betrachten.

Nach einer Weile drehte sich Riker um und ging zur Tür. Das Unwetter gab seine Zurückhaltung endgültig auf. Zuvor waren schon einige wenige Tropfen gefallen, und er hatte gehofft, daß es dabei bleiben würde.

Doch jetzt schlug das Unwetter mit voller Wucht zu. Blitze zuckten über den Himmel, und von einem Augenblick zum anderen regnete es in Strömen. In der Ferne zeichnete sich die Troi-Villa vor dem dunklen Horizont ab – eine Szene, die gut in einen alten Horrorfilm gepaßt hätte.

Riker kehrte ins Mausoleum zurück und blickte wieder auf Lwaxana.

»Das haben Sie wahrhaft ausgezeichnet arrangiert«, sagte er ironisch. »Noch keine zwölf Stunden sind Sie im Jenseits, und schon zeigen Sie den anderen, wo's langgeht.«

Lwaxana gab keine Antwort. Aber das war auch gar nicht nötig. Der Donner sprach für sie. Riker seufzte. »Na schön.«

Er ging an dem durchsichtigen Schrein vorbei, und in einem Anflug alter Respektlosigkeit klopfte er kurz darauf. Im nächsten Zimmer …

… lag *sie.*

Er näherte sich ihr langsam, und seine Phantasie zauberte unwirkliche Bilder vor sein inneres Auge. Er sah, wie er den Deckel des Stasis-Sarges abnahm und sich vorbeugte, um die Frau zu küssen. Und nach dem Kuß … da öffneten sich ihre Lider und …

Sanft strich er mit den Fingerkuppen über das transparente Material. Deanna bot sich ihm auf die gleiche Weise dar wie ihre Mutter: reglos und in ein weißes Leichengewand gehüllt. Aber es gab einen gewichtigen Unterschied: Die Tochter war noch immer hinreißend schön.

Es schien, als würde sie lediglich schlafen. Ihr dichtes schwarzes Haar glänzte noch immer, und die vollen Lippen formten ein kleines O. Ihr fein geschnittenes Gesicht war makellos und in allen Einzelheiten perfekt erhalten. In der Blüte ihrer Jahre war sie aus dem Leben geschieden, aber ihre Attraktivität war bewahrt geblieben.

Riker sehnte sich danach, den gewölbten Deckel anzuheben und die Frau darunter zu umarmen. Aber so etwas stand natürlich außer Frage. Dadurch hätte er die Konservierung ihres Körpers beeinträchtigt und ihn einem jähen Zerfall ausgesetzt. Außerdem wäre er gar nicht imstande gewesen, *sie* in den Armen zu halten. Er sehnte sich nach einem Leib voller Wärme, nach weicher Haut und Augen, in denen das Licht einer lebenden Seele glänzte.

Nein, die Deanna Troi von damals existierte nicht mehr. Übriggeblieben war nichts anderes als ihre Hülle – ein Körper ohne Inhalt. Nie wieder würde sich ihr Mund öffnen, um ihn mit seinem Namen anzusprechen ...

»Will?«

Riker zuckte heftig zusammen und hätte beinahe aufgeschrien. Er wirbelte herum, preßte den Rücken an Deannas Sarg und sah einen Wesley Crusher, der ebenfalls erschrak.

»Ich schätze, ich hätte etwas taktvoller sein sollen.«

Riker seufzte und wartete, bis sein Herz wieder ruhiger schlug. »Zum Teufel auch, woher kommen Sie so plötzlich?«

Crusher war völlig durchnäßt und deutete hinter sich. »Von draußen. Ich habe mich hierherbeamen lassen. Der Bestattungszeremonie bin ich auf Ihren Rat hin ferngeblieben, aber jetzt, da alles vorbei ist, dachte ich ...«

»Sie dachten, daß ich zum Gehen bereit sei.«

Der Captain nickte, wobei ein paar Tropfen aus seinem regennassen Haar zu Boden fielen.

Riker musterte ihn amüsiert. »Wie lange waren Sie draußen im Regen?«

»Vielleicht zwei oder drei Sekunden lang. Es erschien mir ungebührlich, die Entmaterialisierung hier stattfinden zu lassen. Ich hätte nicht gedacht, daß der Regen so stark ist.«

»Ein ganz normales betazoidisches Gewitter«, kommentierte Riker. »Nun, Sie haben recht, Captain. Ich bin bereit für die Rückkehr.«

»Gut. Crusher an *Hood* ...«

»Bis auf ...«

»Kom-Kanal schließen«, sagte Wesley ungerührt. Er blickte Riker erwartungsvoll an.

»Die Sache ist nicht ganz einfach«, fuhr Riker fort. »In Lwaxanas Vermächtnis gibt es eine für mich bestimmte Klausel: Sie möchte, daß ich ihre Andenken katalogisiere und ihre Aufzeichnungen ordne.«

Crusher blinzelte. »Wie bitte?«

»Sie haben richtig gehört, Captain.«

»Warum sollte sie so etwas von Ihnen verlangen?«

Riker stützte die Hände auf Deannas Sarg. Crusher vermutete, daß sich der Admiral dieser Geste nicht einmal bewußt war. Er schien sich von der Toten Kraft zu erhoffen. »Angeblich überträgt Lwaxana diese Aufgabe mir, weil ich besonders gut dafür qualifiziert bin. Aber das ist natürlich Unsinn. Mr. Homn bringt bessere Voraussetzungen dafür mit. Nein, sie hat gewollt, daß ich mich an alles erinnere. Daß ich die damaligen Ereignisse noch einmal durchlebe.«

»Aber ... warum?«

»Weil ...« Riker seufzte. »Wahrscheinlich ist kein einziger Tag vergangen, ohne daß sie daran gedacht hat, was damals geschehen ist. Und vielleicht hat sie geglaubt, ich würde all das irgendwie verdrängen. Sie hat mir zugetraut, zu etwas fähig zu sein, das ihr selbst unmöglich war – und vielleicht ist das sogar eine Art Kompliment. Deshalb nutzte sie ihre letzte Möglichkeit – eine testamentarische Anweisung –, um dafür zu sorgen, daß ich mich noch einmal mit allem befassen muß.«

»Sie sind nicht dazu gezwungen, Admiral«, wandte Crusher ein. »Sie könnten einfach behaupten, daß Sie nicht genügend Zeit dafür erübrigen können. Weisen

Sie darauf hin, daß Mr. Homn viel besser als Sie für eine solche Aufgabe geeignet ist. Sagen Sie ...«

»Soll ich mir etwa irgendwelche Ausreden einfallen lassen?«

Crusher zuckte mit den Achseln. »So könnte man es auch ausdrücken, ja.«

»Das entspricht nicht meinem Stil.« Riker schüttelte den Kopf und entfernte sich vom Sarg. »Ich respektiere Lwaxanas letzten Willen, selbst wenn er sich gegen mich richtet. Es ist feige genug von mir gewesen, erst im letzten Augenblick herzukommen. Welche Einstellungen sie mir gegenüber auch immer gehabt haben mag – ich habe das Gefühl, in ihrer Schuld zu stehen. Und ich ...«

Er unterbrach sich, als er bemerkte, daß Crusher ihn gar nicht mehr ansah. Wesleys Blick galt Deanna, die er erst jetzt ganz deutlich sehen konnte – bis eben hatte ihm Riker die Sicht versperrt. Der Admiral schwieg und begnügte sich damit, Wesley zu beobachten.

Etwa eine halbe Minute verstrich. Dann rieb sich Crusher den Nasenrücken und zwinkerte, als sei ihm etwas ins Auge geraten.

»Sie haben damals für Deanna geschwärmt, nicht wahr?«

Wesley sah ihn an. »Sie wissen davon?«

Riker hob die Schultern. »Teenager glauben häufig, sie könnten ihre Gefühle gut verbergen. Aber in Wirklichkeit ist ihren Gesichtern deutlich anzusehen, was in ihren Köpfen vor sich geht.«

Crusher seufzte, als sei eine schwere Bürde von ihm gewichen. »Deanna war die außergewöhnlichste Frau, die ich je gekannt habe. Man mußte ihr nichts vorspielen. Sie akzeptierte einen vorbehaltlos, ohne jede Einschränkung. Alle Jungs bewunderten sie. Wir saßen zusammen und ...«

Crusher errötete ein wenig und räusperte sich.

Riker nickte. »Sie saßen zusammen und malten sich aus, wie es sein würde, mit ihr …«

»Ja«, gestand der Captain. Er klang erstaunlich verlegen, wenn man an sein Alter und die vielen Jahre dachte, die seitdem verstrichen waren. »Damals waren wir kaum mehr als Kinder.«

»Das gilt für uns alle. Für Sie, für mich, für Deanna und für jeden anderen. Obwohl wir uns so groß und erwachsen gefühlt haben.« Riker lächelte. »Erinnern Sie sich noch an Deannas blaugrüne Uniform?«

»Oooh, ja. Sie sah darin toll aus.«

»Ganz meine Meinung. Manchmal habe ich sie sogar übergestreift und damit Ausflüge aufs Holo-Deck unternommen.«

Crusher starrte Riker mit großen Augen an. »Sie haben *was?*«

»Ein Scherz, Wesley.«

»Oh.«

»Ich habe gerade ein paar seltsame Vorstellungen in Ihnen geweckt, nicht wahr?«

»Ja, Sir. Und ob.«

Riker ging langsam zur Tür und sah in den strömenden Regen hinaus. »Worum ging es bei den Gesprächen damals sonst noch?«

»Möchten Sie das wirklich wissen?«

»Sonst hätte ich nicht gefragt.«

»Wir haben sie für dumm gehalten, weil Sie sich mit einer Freundschaft zufriedengegeben haben, wo Sie viel mehr hätten haben können.«

Riker musterte ihn verwirrt. »War mein Privatleben an Bord der *Enterprise* so bekannt?«

Crusher zuckte mit den Schultern. »Tausend Menschen, die in einem Raumschiff leben und über Jahre eine verschworene Gemeinschaft bilden … Unter solchen Bedingungen bleiben einem nicht viele Geheimnisse, Admiral.«

»Ich verstehe.« Riker atmete tief durch. »Wenn Sie's

genau wissen wollen, Captain Crusher ... Die Beziehung zwischen Deanna und mir ging über Freundschaft weit hinaus. Und wenn wir, wenn *ich* einen Fehler begangen habe, dann den, zu viel für selbstverständlich zu halten. Ich bin davon ausgegangen, daß sie immer da sein würde. Und ich habe geglaubt, die Art unserer Beziehung jederzeit ändern zu können. Darin bestand meine größte Vermessenheit.«

Eine Zeitlang schwiegen sie und lauschten dem Prasseln des Regens. Ab und zu donnerte es fast ohrenbetäubend laut, und die beiden Männer zuckten zusammen. Crusher hätte jederzeit zu seinem Schiff zurückkehren können, doch er blieb. Wahrscheinlich wollte er so lange bleiben, wie ihn der Admiral brauchte.

Oder zumindest bis er glaubt ich würde seine Hilfe nicht mehr benötigen, dachte Riker.

Er fragte sich, an wie vielen Fäden Wesley gezogen hatte, um mit dieser speziellen Mission beauftragt zu werden. Zweifellos warteten wichtige Einsätze auf die *Hood.* Einen Passagier nach Betazed zu bringen und ihm dort Gesellschaft zu leisten ...

Crusher hatte offenbar seine Beziehungen spielen lassen, um ihn begleiten zu können – und dafür war ihm Riker sehr dankbar.

»Wie ist es passiert, Sir?«

»Was meinen Sie, Mr. Crusher?«

Es schien Wesley zu widerstreben, die Sache in Worte zu fassen. »Ich habe davon gelesen. Ich meine, darüber wie sie gestorben ist. Es steht in den offiziellen Berichten. Meine Mutter hat selten darüber gesprochen. Dazu ist sie viel zu sehr erschüttert gewesen. Und später hat sie dieses Thema ganz gemieden. Offenbar hat es ihr zu große Schmerzen bereitet – so wie allen anderen. Aber mittlerweile ...«

»Mittlerweile möchten Sie genau wissen, was damals geschah?«

»Ich war nicht dabei«, sagte Crusher. »Damals habe ich das zusätzliche Ausbildungsjahr an der Akademie absolviert. Als ich dann davon erfahren habe, habe ich es kaum fassen können und mir nichts mehr gewünscht als …«

»Antworten?«

»Ja, Sir. Ich weiß noch, wie ich in meinem Quartier gesessen und einfach nur den Kopf geschüttelt habe … Ich habe eine seltsame Art von Benommenheit verspürt und nicht einmal Tränen vergießen können. ›Warum?‹ habe ich mich immer wieder gefragt. ›Warum nur?‹«

»Und nun hoffen Sie, Auskunft zu bekommen.«

»Das stimmt, Sir.«

Riker seufzte einmal mehr, ging zur Tür und trat einen Schritt hinaus – weit genug, um Regentropfen in sein Gesicht klatschen zu lassen. Erneut donnerte es, und Riker erhob seine Stimme: »Ich habe keine Antworten für Sie, Wesley. Nicht eine einzige. Aber wenn Sie wissen möchten, was damals passiert ist … Ich werde Ihnen die Geschichte erzählen. Es ist Ihr gutes Recht, davon zu erfahren. Alle sollten Bescheid wissen.«

Admiral William Riker nahm auf dem Boden des Mausoleums Platz, wie jemand, der sich am Lagerfeuer oder in einem Spukhaus anschickte, eine Geschichte zu erzählen. Und dann berichtete er Wesley Crusher von den Ereignissen, die sich vor vielen Jahren zugetragen hatten, und er ließ keine Einzelheiten aus …

DAS ENDE
VOM ANFANG

7

»Herein.«

Commander William Riker kam der Aufforderung seines vorgesetzten Offiziers nach und betrat den Bereitschaftsraum des Captains. Jean-Luc Picard saß hinter seinem Schreibtisch, blickte auf den Computerschirm und bedeutete seinem Ersten Offizier mit einem knappen Wink, Platz zu nehmen. Riker griff nach einem Stuhl, drehte ihn um und setzte sich. Anschließend wartete er geduldig.

Er wußte: Sobald sich Picard vom Monitor abwenden würde, würde sein Gesichtsausdruck darauf hinweisen, was für eine Art von Gespräch bevorstand.

Innerlich seufzte Riker erleichtert, als der Captain den Schirm zur Seite drehte – und lächelte. Offenbar gab es keine Probleme.

Wie dem auch war – es konnte dennoch nicht schaden, vorsichtig zu sein. »Sie wollten mich sprechen, Sir?«

»Ja, Nummer Eins. Ich wollte Sie nach dem Stand der Dinge fragen. Sind die Delegierten mit ihrer Unterbringung zufrieden?«

»Ich glaube schon, Sir. Bei unserer letzten Begegnung waren sie recht guter Stimmung. Die Botschafter und Adjutanten der Byfrexianer, Luss und Cordianer haben sich nicht über ihre Quartiere beklagt. Die Byfrexianer haben lediglich darum gebeten, die Temperatur in ihren Räumen ein wenig zu senken. Was inzwischen von mir veranlaßt worden ist.«

»Mit anderen Worten: Bisher läuft alles erstaunlich

glatt.« Picard wirkte überrascht. »Gibt es denn überhaupt keine Schwierigkeiten?«

»Nun ... es ist in der Tat zu einem peinlichen Zwischenfall gekommen«, sagte Riker. »Ein Kind ist im Korridor dem cordianischen Botschafter über den Weg gelaufen und ...«

»Und was?«

»Nun, das Kind hat den Cordianer offenbar für ein wandelndes Akkordeon gehalten und den Botschafter gebeten, ihm ein Lied vorzuspielen.«

Picard stöhnte leise. »Wie hat der Diplomat reagiert?«

»Sehr diplomatisch, Sir. Er hat gemeint, daß es nicht das erste Erlebnis dieser Art gewesen sei. Außerdem hat er die Absicht geäußert, Musikunterricht zu nehmen.«

»Gut.« Picard lehnte sich zurück. »Es freut mich, daß er auf diese Weise reagiert hat. Missionen wie diese sind immer sehr heikel, Nummer Eins. Die Botschafter und Delegierten sind zwar beauftragt, die interstellare Harmonie zu fördern, aber manchmal bringen sie es fertig, das genaue Gegenteil zu bewirken und zusätzliche Konflikte zu schaffen.«

»Das stimmt, Sir. Ich glaube allerdings, daß wir so etwas in diesem Fall nicht zu befürchten brauchen. Alle sind erleichtert darüber, daß die Sindareen endlich bereit sind, ihren jahrzehntelangen Krieg zu beenden.«

»Was mich kaum überrascht. Ich habe mich gerade über die Hintergründe des Konflikts informiert, Nummer Eins.« Picard deutete zum Computerschirm. »Die Aggressivität der Sindareen steht der der Klingonen und Kreel kaum nach. Erstaunlich ist dabei nicht in erster Linie die Entschlossenheit, mit der sie kämpfen, und auch nicht die fanatische Verbohrtheit, mit der sie jeden noch so banalen Disput austragen, nein, weitaus mehr Bedeutung kommt dem Umstand zu, daß sie überhaupt in der Lage gewesen sind, einen so langen Krieg zu führen.«

»Soweit ich weiß, haben sie kein bißchen darauf geachtet, daß es mit ihrer Wirtschaft immer mehr bergab ging«, meinte Riker.

»Ja. Die Sindareen haben sich eingeredet, daß all ihre Probleme nach dem endgültigen Sieg über den Feind sofort verschwinden würden. Allerdings haben sich selbst dann, wenn sie Siege errungen haben, dadurch überhaupt keine Vorteile für sie ergeben. Die Eroberungen haben ihnen nämlich weder Reichtümer noch sonst irgendwelche nützlichen Dinge eingebracht.«

»Es handelte sich demnach um Pyrrhussiege.«

»Genau. Und schließlich haben die Sindareen einen Punkt erreicht, an dem ihnen einfach die Puste ausging.«

»Sie haben die erste kluge Entscheidung seit hundert Jahren getroffen, indem sie beschlossen haben, Friedensverhandlungen vorzuschlagen«, sagte Riker. »Und sie können von Glück sagen, daß ihre nächsten Feinde – die Cordianer, Byfrexianer und Luss – ebenfalls zu Gesprächen bereit sind. Sie hätten die günstige Gelegenheit genauso gut ausnutzen können.«

»Ja, das stimmt. Vielleicht handelt es sich dabei um eine Lektion in Toleranz und Entgegenkommen, aus der die Sindareen eine Menge lernen könnten. Wenn sie sich endlich in einer zivilisierten Art und Weise verhalten würden, würden sie dem interstellaren Frieden einen großen Dienst erweisen. Andererseits ...« Picard beugte sich vor. »Die Sindareen sind über die gegenwärtige Situation sicher nicht allzu begeistert. Wir müssen verhindern, daß ihr Ärger bei den Botschaftern nicht das Feuer der Selbstzufriedenheit schürt. Es handelt sich um vernünftige, intelligente Personen, doch unter den gegenwärtigen Umständen könnte sich eine Neigung zur Selbstgefälligkeit ergeben. Darauf sollten wir achten.« Picard legte eine kurze Pause ein, um dann fortzufahren: »Aus gleichem Grund müssen wir die Sindareen im Auge behalten. Sie haben zwar die Friedensverhandlungen vorgeschlagen, aber es bleibt die Frage, ob sie es damit auch ernst meinen.«

»Das scheint in Trois Zuständigkeitsbereich zu fallen.«

»Ich habe bereits mit Counselor Troi gesprochen«, sagte Picard. »Sie hat gesagt, daß die emotionalen Sondierungen in diesem Fall schwieriger als sonst seien. Offenbar führt die natürliche Aggressivität der Sindareen dazu, daß Troi ihre Fähigkeiten nur in einem eingeschränkten Maß nutzen kann.«

»Ich weiß«, erwiderte Riker. »Aber wenn Deanna lange genug mit einzelnen Sindareen zusammen ist, so dürfte sie in der Lage sein, deren Barriere zu durchdringen und einen deutlichen Eindruck zu bekommen.«

Picard versuchte nicht, seine Überraschung zu verbergen. »Sie haben Troi fast wortwörtlich zitiert.« Seine Miene zeigte, daß er eine Erklärung erwartete.

Riker zuckte mit den Schultern. »Deanna hatte schon einmal Gelegenheit, Erfahrungen mit Sindareen zu sammeln.«

»Sie hat Ihnen davon erzählt?«

»Sozusagen.«

»Gibt es irgend etwas, das Sie daran hindert, mir mehr über Trois erste Begegnung mit den Sindareen zu erzählen?«

»Ja, Sir.«

»Und das wäre?«

Riker lächelte. »Meine Verschwiegenheit, Sir.«

»Ich verstehe.« Der Captain räusperte sich. »Nun gut, Commander. Es liegt mir natürlich fern, Ihre Verschwiegenheit in Frage zu stellen.«

»Danke, Sir. Ist das alles?«

Picard zögerte kurz. »Wir sollten weiterhin wachsam bleiben, Will. Derzeit scheint alles glatt zu laufen, doch haben wir Sindar noch nicht erreicht. Wenn wir dort eintreffen, könnte sich alles ändern. Daher erscheint es mir angebracht, auf alles Ungewöhnliche zu achten.«

»Das ist eine der wichtigsten Erfahrungen meines Lebens, Sir: Es ist *immer* angebracht, auf Ungewöhnliches zu achten.«

»Da bin ich ganz Ihrer Meinung, Nummer Eins. Wir beide haben entsprechende Erlebnisse durchgemacht. Und manchmal haben wir einen hohen Preis für unsere Erfahrungen bezahlen müssen. So etwas würde ich in Zukunft gerne vermeiden.«

»Manchmal kann man noch so vorsichtig sein, Sir – die Dinge geschehen trotzdem.«

Picard nickte langsam. »Auch in diesem Punkt muß ich Ihnen zustimmen, Nummer Eins.«

8

Riker setzte sich mit Worf in Verbindung und erkundigte sich danach, welche Sicherheitsmaßnahmen ergriffen worden waren. Anschließend begab er sich in den Quartiersbereich, um Deanna Troi zu besuchen. Er hatte schon einmal mit ihr über die emotionalen Einstellungen der verschiedenen Botschafter geredet, und seine Mitteilungen an den Captain basierten auf ihrem Bericht. Doch es konnte sicherlich nicht schaden, noch einmal mit ihr zu reden und sich danach zu erkundigen, ob sie inzwischen mehr gespürt hatte – verborgene Feindseligkeiten oder irgend etwas anderes, das den Erfolg der Mission gefährden könnte.

Er erreichte ihre Kabinentür und betätigte den Melder. »Deanna?«

Es kam keine Antwort, und Riker vermutete zunächst, daß sich Deanna gar nicht in ihrer Unterkunft befand. Er berührte seinen Kommunikator. »Computer! Lokalisierung von Counselor Troi.«

»Counselor Troi hält sich in ihrem Quartier auf«, lautete die Antwort.

Diese Auskunft verwirrte Riker und weckte Besorgnis in ihm. Gab es ein Problem? Warum antwortete sie nicht?

Erneut betätigte er den Türmelder. »Deanna? Ist alles in Ordnung? Ich bin's, Will.«

Das Schott glitt beiseite, und dort stand sie, gekleidet in einen goldgelben Morgenmantel, der von einer ihrer Schultern zu rutschen drohte. Ein langer Schlitz entblößte ihr rechtes Bein. Deanna schloß ihn schnell, als sie Rikers Blick bemerkte. Sie schien ein wenig außer Atem. Ihre Haut glänzte. Schweiß? Oder hatte sie eine Art Feuchtigkeitscreme aufgetragen?

»Ich weiß, daß du es bist, Will.«

»Stimmt was nicht? Ich wollte mit dir reden, und zwar über ...«

Und dann sah er ihn.

Der Mann – es war ein Angehöriger der Luss-Delegation, wenn sich Riker richtig entsann – saß auf dem Bett. Er war nackt und hielt seinen Schoß mit einem Kissen bedeckt. Das Laken lag auf dem Boden und befand sich somit außerhalb seiner Reichweite.

Seine orangefarbene Haut glänzte ebenfalls, und seine Ohren, die normalerweise in die Höhe ragten – hingen nun ein wenig herunter. Ein deutliches Zeichen von Enttäuschung.

Riker wartete darauf, daß sich der Boden öffnete, um ihn zu verschlingen.

»Du bist beschäftigt«, stellte er fest.

»Ich bin beschäftigt *gewesen*«, erwiderte Troi nicht ohne gewisse Schärfe.

Riker wollte sich bewegen, aber seine Füße schienen plötzlich mehrere Tonnen zu wiegen. Deanna seufzte ungeduldig, griff nach Wills Arm und zog ihn herein. Hinter ihm schloß sich die Tür.

Troi strich eine Strähne aus der Stirn und versuchte, höflich zu klingen: »Wenn ich vorstellen darf: Will Riker – Dhanii Lendann, Berater des Botschafters der Luss. Dhann ist ein alter ... Freund. Dhann – Commander Riker.«

»Ich kenne ihn.« Der Luss schlug die Beine übereinander und trachtete vergeblich danach, seine Verlegenheit zu überspielen. »Er hat uns an Bord begrüßt.«

»Ja. Aber allem Anschein nach fiel mein Willkommensgruß weniger ... herzlich aus als der unserer Counselor«, kommentierte Riker.

Deanna warf ihm einen Blick zu, der imstande gewesen wäre, die Schilde der *Enterprise* zu durchdringen. *Das hättest du dir sparen können, Will,* erklang ihre mentale Stimme. Riker war überrascht – auf diese Weise hatte Deanna schon seit langer Zeit nicht mehr mit ihm kommuniziert.

»Es sollte ein Scherz sein«, sagte er. »Um, ah, die Atmosphäre ein wenig aufzulockern.«

Dhanns Blick wanderte zwischen ihnen beiden hin und her. Er schien zu ahnen, daß sich der Counselor und der Erste Offizier auf eine Weise verständigten, die ihm verborgen blieb.

Deanna rückte den Morgenmantel zurecht und achtete darauf, daß der lange Seitenausschnitt geschlossen blieb. »Ich glaube, Sie sollten jetzt besser gehen *Commander*«, sagte sie förmlich.

»Oh, natürlich. Ja ... ich gehe jetzt.« Riker wich zur Tür zurück und fühlte sich in seinem eigenen Körper fremd. »Freut mich, Sie gesehen zu haben, Dhann ... Obwohl ich kaum damit rechnen konnte, *soviel* von Ihnen zu sehen ...«

In Deannas Augen blitzte es. Riker deutete mit dem Daumen zur Tür, und Troi nickte. Er drehte sich um, sammelte die wenigen übriggebliebenen Reste seiner Würde zusammen und trat in den Korridor. Diesmal schloß sich das Schott des Quartiers mit einem fast zornig klingenden Zischen.

Der Erste Offizier lehnte sich an die Wand und stöhnte. »Lieber Himmel ...«

Riker saß am üblichen Tisch in der Bar der *Enterprise* und nippte an seinem Glas. Ab und zu schritt das eine oder andere Besatzungsmitglied in seine Richtung, aber wenn die betreffenden Leute nahe genug herankamen, empfingen sie seine wortlose Botschaft, die verkündete: *Laßt mich in Ruhe.*

Guinan ließ sich davon natürlich nicht abschrekken.

Die Wirtin verharrte neben dem Tisch und wartete geduldig, bis Riker zu ihr aufsah.

»Das Problem ist sicherlich das Wetter«, sagte die dunkelhäutige Frau.

Der Erste Offizier starrte sie groß an. »Was soll das heißen?«

»Eine beliebte Methode, Gespräche zu beginnen, besteht darin, etwas Belangloses anzusprechen – etwas, auf das man keinen Einfluß ausüben kann. In dieser Hinsicht hat sich das Wetter immer als besonders geeignet erwiesen. Bemerkungen wie ›Ich glaube, es bewölkt sich‹ bieten seit jeher eine gute Möglichkeit, das rhetorische Terrain für die Erörterung wichtigerer Dinge vorzubereiten.« Guinan nickte in Richtung Fenster. »Aber da draußen gibt es leider kein Wetter. Was soll man also statt dessen sagen? ›Hm, heute sieht es mir fast nach einem Vakuum aus. Und daran soll sich bis morgen wenig ändern.‹ Tja, besonders überzeugend klingt das nicht gerade.«

»Das ist einem Gespräch wirklich abträglich«, sagte Riker ernst.

Guinan stand noch immer auf der anderen Seite des Tisches. »Dasselbe gilt für allzu deutlich erkennbare Wut und Frustration.«

»Strahle ich so etwas aus?«

»Blicken Sie sich um, Riker. Bevor Sie gekommen sind, haben sich hier doppelt so viele Personen aufgehalten. Die Hälfte ist gegangen, um woanders mehr Spaß zu haben als hier in Ihrer Nähe. Vielleicht hat sich ja jemand von Ihrer enormen Fröhlichkeit anstecken lassen und läßt sich nun aus einem Photonentorpedo-Schacht in den Weltraum schleudern.«

»Ist es denn so schlimm?«

Guinan schüttelte ansatzweise den Kopf. »Nein, *ganz* so schlimm ist es nicht. Manchmal reagieren Menschen eben übertrieben. Wenn Sie ein einfacher Fähnrich wären, wäre das kaum ein Problem. Aber wenn der stellvertretende Kommandant so aussieht, als hätte er seinen besten Freund verloren – das schlägt der Crew aufs Gemüt.«

»Ich werde versuchen, künftig mehr Rücksicht auf die Bedürfnisse anderer Personen zu nehmen.«

»Und was ist mit Ihrem besten Freund?«

»Was soll mit ihm sein?«

»Haben Sie ihn verloren?«

Riker sah in sein Glas. »Keine Ahnung. Ich weiß nur, daß sie mich jetzt für einen Idioten halten muß.«

»Ich verstehe. War Ihr Verhalten so unverzeihlich? Haben Sie Deanna etwa geschlagen?«

»Natürlich nicht!« entfuhr es Riker empört.

»Haben Sie sie grob behandelt?«

»Nein!«

»Wie sieht's mit Beleidigungen und dergleichen aus?«

»Sie sollten eigentlich wissen, daß das nicht zu mir paßt. Außerdem würde Deanna so etwas nicht dulden.«

»Und wenn Sie einem ihrer Freunde Schmerzen zufügen würden? Wäre Deanna bereit, das hinzunehmen?«

»Nein.«

»Na bitte.« Guinan nickte zufrieden. »Was also würde sie Ihrer Meinung nach davon halten, daß Sie sich selbst quälen?«

Riker öffnete den Mund – und schloß ihn wieder, ohne einen Ton von sich gegeben zu haben.

»Ja?« sagte Guinan nur.

Dann wandte sie auf die für sie so typische Art den Kopf zur Seite und reagierte auf etwas, das für andere erst noch geschehen mußte.

Riker reckte den Hals und starrte ebenfalls zum Eingang. Zwei Sekunden später sah er seine Vermutung bestätigt: Deanna betrat den Gesellschaftsraum. Sie blickte zu ihm herüber und wölbte dabei eine Braue. Der Ausdruck in ihrem Gesicht ließ sich nicht deuten.

Guinan näherte sich ihr. »Er gehört Ihnen«, sagte sie. »Falls Sie ihn wollen.«

»Da bin ich mir nicht sicher«, entgegnete Deanna mit einem Hauch Heiterkeit. »Er sieht niedergeschlagen und zerknirscht aus.«

»Manchmal trügt der Schein«, erwiderte Guinan. Sie sah zu Riker, dann wieder zu Troi. »Andererseits – manchmal kann man sich durchaus auf ihn verlassen.«

»Danke, Guinan.«

»Schon gut.«

Deanna ging mit zielstrebigen Schritten durch die Bar. Ganz bewußt ahmte sie Riker nach, indem sie nach einem Stuhl griff und ihn umdrehte, bevor sie darauf Platz nahm.

»Ich ...« Will suchte nach den richtigen Worten, doch ihm fiel nichts Besseres ein als ein banal klingendes »Es tut mir leid.«

Er wartete darauf, daß Deanna etwas erwidern würde, doch eine Zeitlang musterte sie ihn nur stumm.

»Und?« fragte sie schließlich.

Riker blickte wieder auf sein Glas herab. »Ich habe ziemlich mies reagiert, und meine einzige Entschuldigung besteht darin, daß es sich um eine sehr ... schwierige Situation handelte. Eine ... Person dabei zu überraschen, wie sie mit jemand anderem ... So etwas ist mir ausgesprochen peinlich. Und noch peinlicher wird's, wenn man der betreffenden Personen bestimmte ...«

»Ja?«

»... wenn man ihr bestimmte Gefühle entgegengebracht hat«, beendete Riker den Satz. »Gefühle, von denen man glaubte, sie unter Kontrolle zu haben. Doch wenn man sich sicher ist, sie endgültig überwunden zu haben – dann geschieht etwas.«

Er zögerte erneut, und wieder fragte Deanna nach einigen Sekunden: »Ja?«

Ein Teil von Rikers Verlegenheit verwandelte sich in

Ärger. »Nun, ich meine ... Du bist die Bordcounselor und damit auf Gefühle spezialisiert, Deanna. Ich schätze, auch du würdest wenigstens einen Teil deiner Fassung verlieren, wenn du in eine solche, äh, Situation geraten würdest. Stell dir vor, selbst jemanden *dabei* zu überraschen, zum Beispiel ...«

»Fähnrich Ro?« spekulierte Deanna.

Riker zog eine Grimasse. »Ich könnte mir bessere Beispiele vorstellen.« Seine Miene erhellte sich. »Weißt du, als ich dich mit Dhann gesehen habe, habe ich so eine Art ... umgedrehtes Déjà-vu-Erlebnis gehabt. Ich weiß noch genau, daß du auf Betazed ebenfalls nicht besonders gut reagiert hast, als ...«

Troi winkte rasch ab. »Jugend entschuldigt eine Menge«, behauptete sie, aber Riker wußte, daß er mit seiner Bemerkung ins Schwarze getroffen hatte. Und das war auch Deanna klar. Als sie ihn anschaute, sah er in ihren Zügen etwas, das er gut kannte – Verständnis und Anteilnahme.

»Will ...«, sagte sie langsam. »Eine Menge hat sich zwischen uns abgespielt, und es gibt viele Gründe, warum unsere derzeitige Beziehung so und nicht anders ist. Eine Erklärung lautet, daß wir beide an Bord desselben Raumschiffs arbeiten. Eine andere ...« Troi unterbrach sich kurz. »Ich brauche dir keine Einzelheiten zu nennen; du kennst sie. Und du weißt auch, daß ich ebenso wenig ein zölibatäres Leben führen möchte wie du.«

»Ja, ich weiß, Deanna. Wir haben eine entsprechende Vereinbarung getroffen; das leugne ich nicht. Ich stelle keineswegs dein Recht in Frage, eine intime Beziehung mit irgend jemand anderem zu unterhalten. Ich freue mich sogar, wenn du von diesem Recht Gebrauch machst und dadurch glücklich wirst.« Rikers Lächeln deutete darauf hin, daß er es ernst meinte. »Du hast alles Glück dieser Welt verdient. Wir haben beschlossen, unsere Beziehung auf eine einfache Freundschaft zu beschränken, und deshalb ...«

»In unserer Beziehung ist nichts einfach, Will«, sagte Deanna mit Nachdruck.

»Zugegeben. Ich wollte nur auf folgendes hinaus: Ich *weiß*, daß bei Beziehungen zwischen Mann und Frau die körperliche Komponente eine erhebliche Rolle spielt. Wir beide sind da nicht die Regel, sondern eine Ausnahme.«

Guinan erschien wie aus dem Nichts stellte ein Glas vor Deanna auf den Tisch und verschwand wieder lautlos wie ein Phantom. Fast unbewußt griff die Counselor nach dem Drink, tauchte den kleinen Löffel hinein und rührte geistesabwesend.

»Wir erheben keinen Anspruch aufeinander«, sagte sie.

»Und es ist völlig normal, wenn wir andere Beziehungen eingehen.«

»Diesen Punkt wiederholst du andauernd, Will. Willst du ihn damit betonen? Oder versuchst du, ihn dir selbst einzureden?«

Riker lächelte schief. »Sowohl als auch, nehme ich an. Weißt du, ich betrachte das alles aus einem intellektuellen Blickwinkel. Aber ganz plötzlich mit der konkreten Realität konfrontiert zu werden... Es hat mich überrumpelt. Ja, ich war überrascht und...« Er hob die Hand, wobei er Daumen und Zeigefinger nur wenige Millimeter weit auseinander hielt. »... und vielleicht auch ein bißchen eifersüchtig.«

»Nur ein bißchen.«

»Eine Winzigkeit, ja.« Riker breitete hilflos die Arme aus. »Schließlich bin ich auch nur ein Mensch.«

»Ich habe versucht, dir daraus nie einen Vorwurf zu machen«, erwiderte Deanna würdevoll.

Darauf stießen sie an.

9

Captain Picard wahrte eine alte Tradition, indem er das Messer mehrmals vorsichtig ans Glas stieß.

Die am Bankettisch sitzenden Delegierten unterbrachen ihre Gespräche, stellten die Gläser ab und sahen zum Kommandanten der *Enterprise.*

Zu den Anwesenden gehörten die Botschafter der Cordianer, Luss und Byfrexianer. Auch Data, Worf, Riker und Troi saßen mit am Tisch.

Riker hatte nicht direkt neben der Counselor Platz genommen, sondern einige Meter entfernt. Die ursprüngliche Sitzordnung hatte anders ausgesehen – und Deanna Troi war erstaunt gewesen, als sie sich plötzlich neben Dhann wiedergefunden hatte.

»Commander Riker hat darauf bestanden«, hatte der Luss ein wenig verwirrt erklärt. »Ich bin davon ausgegangen, bei meiner Delegation zu sitzen, aber …« Er zuckte mit den Schultern.

Deanna hatte sich umgedreht und den Blick auf Riker gerichtet, der neben dem lussianischen Botschafter saß und sich angeregt mit ihm unterhielt. Der kahlköpfige Luss nickte nachdenklich, und seine Lippen formten jenes rätselhaft anmutende Lächeln, das für die älteren Repräsentanten seines Volkes typisch war.

Nach einer Weile schien Riker die Aufmerksamkeit der Counselor zu spüren und sah in ihre Richtung. Ihr Schmunzeln sagte alles: *Die Veränderung der Sitzordnung ist nicht erforderlich gewesen, aber es ist eine nette Geste. Danke.*

Der Erste Offizier neigte als stumme Antwort kurz

den Kopf und konzentrierte sich dann wieder auf sein Gespräch mit dem Botschafter.

Bislang war es an diesem Abend zu keinen Zwischenfällen gekommen. Die *Enterprise* befand sich im Standardorbit über Sindar, dem Heimatplaneten der Sindareen. Die Ankunft hatte in aller Ruhe stattgefunden, ohne besondere Vorkommnisse, und allein das war schon bemerkenswert. Noch vor kurzer Zeit hatte noch jeder, der sich dem stellaren Territorium der Sindareen bis auf ein Parsec näherte – von der unmittelbaren Nähe ihrer Heimatwelt ganz zu schweigen –, mit Herausforderungen und Feindseligkeiten rechnen müssen. Das hatte sogar für offizielle Besucher gegolten.

Doch als die *Enterprise* in das Hoheitsgebiet der Sindareen eingedrungen war, hatte Stille im Kommunikationsäther geherrscht. Und in der Umlaufbahn um Sindar hatten sie keine unfreundlichen Worte empfangen, sondern einen Gruß der planetaren Regierung. Darüber hinaus versicherte man, daß die Delegierten, die im Namen der Sindareen Friedensvereinbarungen mit den ehemaligen Feinden schließen sollten, bald eintreffen würden. Diese Delegierten saßen nun am Tisch und schenkten dem Captain höfliche Beachtung, als er klopfte.

Picard wartete, bis es still wurde.

»Die Föderation ist eine Organisation, die sich in erster Linie dem Frieden verschrieben hat. Deshalb ist eine Mission wie die gegenwärtige besonders erfreulich, da sie dem wichtigsten Prinzip der Vereinten Föderation der Planeten gerecht wird. Ich möchte die Delegierten der Cordianer, Luss und Byfrexianer noch einmal herzlich willkommen heißen.« Bei diesen Worten hob der Captain das Glas. »Darüber hinaus möchte ich die Gelegenheit nutzen, um auch die Delegierten der Sindareen zu begrüßen – Nici und ihren Bediensteten Eza.«

Nici erhob sich langsam. Sie war groß, trug das pechschwarze Haar nach hinten gekämmt und zusammengesteckt, wodurch ihr schmaler Hals zur Geltung kam. Ihr Mund bewegte sich kaum, wenn sie sprach. Ihre Stimme erklang am Halsansatz, wo eine Nickhaut vibrierte.

»Es ist uns eine *Ehre,* mit unseren ... früheren Gegnern *hier* zusammenzutreffen, an Bord dieses Schiffes anstatt auf einem Schlachtfeld.« Nici wählte ihre Worte mit Bedacht. »Seit Jahren trete ich bereits für die Einstellung aller Feindseligkeiten ein. Unsere Regierung hat endlich die Unvermeidlichkeit ...«

Sie legte eine kurze Pause ein, und Picard erkannte sofort den Grund dafür. Nici wartete darauf, daß einer der Delegierten den begonnenen Satz mit *einer Niederlage eingesehen* beendete.

Doch alles blieb still. Die Zuhörer der Botschafterin faßten sich in Geduld.

»... eines Kompromisses eingesehen«, sagte sie schließlich.

Es erleichterte Picard, daß diese ersten Sindareen-Worte nicht mit einer Provokation beantwortet wurden. Während der Captain erneut sein Glas erhob, diesmal zusammen mit allen anderen, begriff er, daß die Sindareen damit begonnen hatten, das Mittel der Sprache als eine neue Waffe zu benutzen. Sie untersuchten, sondierten und erforschten, lockten potentielle Gegner aus der Reserve und veranlaßten sie, ihre Absichten zu offenbaren. Auch die Delegierten der Cordianer, Luss und Byfrexianer wußten um diese Neigung der Sindareen, und deshalb hatten sie sich gehütet, in Nicis verbale Falle zu tappen.

Neben der Botschafterin und rechts von Deanna saß der Bedienstete Eza. Seine Haut war dunkler als die von Nici – vielleicht, weil er aus einer anderen Provinz stammte. Er schnitt eine finstere Miene. Die aktuellen Ereignisse schienen ihn nicht sonderlich zu begeistern.

Wenigstens behielt er seine Meinung für sich. Riker hoffte, daß Eza keine Probleme bei den bevorstehenden Verhandlungen verursachen würde.

Doch Ezas Verdrießlichkeit schien nicht permanenter Natur zu sein. Während der Mahlzeit lächelte er mehrmals, als Deanna ihn in ein Gespräch verwickelte. Er schien sehr dankbar für ihre Aufmerksamkeit zu sein, und gelegentlich lachte er ziemlich laut, wobei seine Nickhaut am Hals wild flatterte. Riker sah darin ein positives Zeichen. Trois Fähigkeit, andere für sich einzunehmen, blieb offenbar nicht auf ihn – oder Dhann – beschränkt.

Gegen Ende des Essens herrschte eine prächtige Stimmung. Einen besseren Beginn dieser schwierigen diplomatischen Mission hätte man sich kaum wünschen können.

Anschließend bildeten die Delegierten kleine Gruppen und setzten die Gespräche in lockerem, entspanntem Rahmen fort. Die erste offizielle Verhandlungsrunde sollte erst am nächsten Tag beginnen.

Riker und Picard fanden Gelegenheit, mit Deanna zu sprechen.

»Wie ist Ihr Eindruck von den Sindareen?« fragte der Captain leise. Er lächelte noch immer und nickte Nici zu, als sie ihm von der anderen Seite des Zimmers her einen Blick zuwarf.

»Nun, allem Anschein nach sind sie tatsächlich bestrebt, Frieden zu schließen, Captain.«

»Gibt es irgendwelche verborgenen Absichten?« erkundigte sich Riker.

Deanna zögerte und dachte nach. »Ich bin mir nicht sicher. Ich habe es Ihnen bereits gesagt, Captain, und Commander Riker weiß es ebenfalls: Unter gewissen Umständen sind die Sindareen schwer zu sondieren. Aber wenn die Kontakte erst einmal länger andauern, werde ich mich schon an die einzelnen Individualsphären gewöhnen und kann sie dann leichter erfassen.«

»Ich zweifle nicht daran, daß Sie sich Mühe geben, Counselor«, meinte Picard. »Wenigstens hat alles gut begonnen.«

Eine Hand berührte Deanna an der Schulter. Sie drehte sich um und sah in Dhanns lächelndes Gesicht.

»Bist du hier fertig, Deanna?« fragte er. Sein Blick glitt zu Picard und Riker. »Bitte entschuldigen Sie, meine Herren. Ich wollte Sie nicht unterbrechen.«

»Schon gut, Dhann«, sagte Troi. »Wir sind fertig.« Sie wandte sich an den Captain. »Das sind wir doch, oder?«

»Ja.« Picard kniff die Augenlider ein wenig zusammen, während er Dhann und Deanna hinterherblickte. Der Luss schlang seinen Arm wie besitzergreifend um Trois Taille, und die Counselor lachte erheitert, als er ihr etwas ins Ohr flüsterte.

Jean-Luc drehte sich halb um, musterte den Ersten Offizier und stellte fest, daß dessen Wangenmuskeln mahlten. »Irgendwelche Probleme, Nummer Eins?«

»Nein, Captain«, erwiderte Riker in neutralem Tonfall.

Picard trat einen Schritt dichter an seinen Stellvertreter heran. »Dhann und Deanna scheinen recht vertraut miteinander zu sein. Das bereitet Ihnen doch keine Schwierigkeiten, oder?«

Riker erwiderte den Blick des Captains und wölbte die Brauen. »Ich habe bereits gesagt, daß es keine Probleme gibt, Sir. Sie denken doch hoffentlich nicht, daß ich Sie belüge.«

»So etwas käme mir nie in den Sinn, Nummer Eins.«

»Danke, Sir.«

Picard wartete zwei oder drei Sekunden, ehe er hinzufügte: »Allerdings … Vielleicht belügen Sie sich selbst.«

Riker gab sich überrascht. »Deannas Glück ist auch mein Glück«, sagte er fest. Als er dem Echo seiner Stimme lauschte und zu dem Schluß gelangte, daß sie viel zu scharf und aggressiv geklungen hatte, fügte er versöhnlicher hinzu: »Sir.«

Picard nickte knapp. »Eine sehr lobenswerte Einstellung, die von Reife kündet, Nummer Eins. Wenn Sie mit der Situation zufrieden sind, so bin ich es ebenfalls – zumal sie mich eigentlich gar nichts angeht.«

»Ganz wie Sie meinen, Sir.«

Ein Byfrexianer kam herbei und stellte Picard einige Fragen in Hinsicht auf die Ethik der Ersten Direktive – der Botschafter hatte ein Seminar über dieses Thema geleitet, und dabei war es zu heftigen Streitgesprächen gekommen. Riker hörte eine Zeitlang zu und näherte sich dann Nici, um eine höfliche und – wie er hoffte – aufschlußreiche Konversation mit ihr zu beginnen.

Doch sein Blick kehrte immer wieder zum Eingang des Bankettsaals zurück, zu jener Tür, durch die Counselor Troi mit Dhann nach draußen gegangen war. Riker erinnerte sich nicht nur an den um Trois Taille geschlungenen Arm, sondern auch daran, wie Deanna ihre Hand auf die ihres Begleiters gelegt hatte – als wollte sie dafür sorgen, daß Dhann seinen Arm nicht fortzog.

»Ich freue mich wirklich für dich«, flüsterte Riker.

10

Riker lag auf dem Rücken und starrte in die Dunkelheit seines Quartiers.

Er hatte die Hände hinter dem Kopf gefaltet und fühlte ein weiches Kissen darunter. Schon seit einer Stunde versuchte er vergeblich, Schlaf und Ruhe zu finden.

Das Bemühen, die eigenen Empfindungen zu sortieren und zu analysieren, schien mit den Stunden nicht einfacher, sondern immer schwerer zu werden. Er erinnerte sich an eine Begegnung vor einigen Jahren in Deannas Quartier … und an seine damalige Stimmung, die sich genau wie die der Counselor am besten mit ›melancholischer Romantik‹ umschreiben ließ, und zumindest bei Riker war hinzu noch die entspannende Wirkung von Synthehol gekommen. Eins hatte zum anderen geführt, und ein freundlicher Gute-Nacht-Kuß hatte sich plötzlich in etwas Leidenschaftliches verwandelt.

Dann jedoch hatte Deanna mit leiser Stimme zu ihm gesprochen und ihn gebeten, rechtzeitig aufzuhören. Sie hatte ihn daran erinnert, welche Schwierigkeiten sich aus einer engeren Beziehung ergeben würden, solange sie zur Crew desselben Raumschiffs gehörten. Doch während sie die mahnenden Worte formuliert hatte, hatte etwas anderes an ihr Bereitschaft signalisiert …

Trotzdem war Riker zurückgewichen. Deannas Stimme hatte den Synthehol-Dunst in seinem Bewußtsein gelichtet und jähe Nüchternheit gebracht. Er entsann sich daran, welche Grenzen sie sich selbst gesetzt hatten.

Das hatte genügt – und zwischen ihnen war nicht mehr geschehen.

Obwohl er sich mehr gewünscht hatte. Ebenso wie Deanna.

Aber *was* wünschten sie sich eigentlich? Eine flüchtige Befriedigung? Oder vielleicht eine Rückkehr zu dem, was einst zwischen ihnen gewesen war?

Möglicherweise hatten sie sich etwas vorgemacht. Auf der einen Seite Riker, Erster Offizier der *Enterprise,* ein Mann, der einen hohen Platz in der Kommando-Hierarchie einnahm. Auf der anderen Seite Deanna Troi, Bordcounselor und Expertin für das Emotionale. Sie hatten geglaubt, ihre Beziehung und ihre Gefühle kontrollieren – sie gewissermaßen ein- und ausschalten – zu können, ganz nach Belieben.

Wie realistisch war eine solche Einschätzung? In der Dunkelheit stellte sich Will vor, wie Deanna in Dhanns Armen lag und ihm etwas zuflüsterte ...

Hörte der Luss die gleichen zärtlichen Bemerkungen von ihr wie damals er?

Irgendwann beruhigte sich der Aufruhr in Riker, und daraufhin döste er in der Überzeugung ein, daß am nächsten Morgen alles ganz anders aussehen würde.

Er wußte nicht, wieviel Zeit verstrichen war, als ihn *etwas* veranlaßte, sich so plötzlich aufzusetzen, daß ihm schwindelig wurde.

Jemand befand sich im Raum. Über das Wie und Warum vermochte Riker nichts zu sagen. Er spürte nur eine Präsenz, die sich in einer Ecke verbarg, im Dunkeln lauerte und ...

»Licht an«, sagte er laut.

Sofort wurde es hell im Quartier des Ersten Offiziers. Er sah sich um.

Nichts.

Die Tür war geschlossen. Niemand hatte die Unterkunft betreten. Niemand lauerte in irgendeiner Ecke.

Riker versuchte, sich über seine seltsame Empfindung klar zu werden. Es war, als ob ... *als ob jemand auf sein Grab getreten war!*

»Hallo?« brummte er und kam sich wie ein Narr vor.

Der Computer – der wußte, daß sich nur eine Person in diesem Quartier aufhielt – interpretierte das Wort als eine Aufforderung zum Dialog.

»Bereitschaft«, meldete er und wartete geduldig auf Anweisungen.

Eine sonderbare Desorientierung erfaßte Riker, als er fragte: »Computer – wer hält sich in dieser Kabine auf?«

»William Thelonius Riker.«

»Sonst niemand?«

»Nein.«

Er nickte langsam. »Licht aus«, sagte er nach einigen Sekunden.

Er ließ den Kopf wieder aufs Kissen sinken, als die Dunkelheit zurückkehrte. *Bin ich so sehr mit den Nerven fertig, daß ich schon an Halluzinationen leide?* fuhr es ihm durch den Sinn.

Eine Weile lang war er noch hellwach, aber schon nach wenigen Minuten senkte sich Müdigkeit in sein Bewußtsein, und er schlief ein.

Deanna geisterte durch seine Träume. Sie lächelte und kam mit ausgebreiteten Armen auf ihn zu. Allein ihre Anwesenheit schien dafür zu sorgen, daß alles mehr Sinn bekam. Ohne sie ...

»IMZADI!«

Der Schrei erklang hinter Rikers Stirn, hallte in allen Zellen seines Körpers wider und ließ ihn innerhalb eines Sekundenbruchteils wach werden.

Er wußte, daß es sich um keine Einbildung handelte. Der Schrei hatte eindeutig von der realen Deanna gestammt. Irgend etwas geschah und erfüllte sie mit Entsetzen.

»Deanna!« entfuhr es Riker.

Die Sprachprozessorstimme des Computers erklang. »In diesem Quartier befindet sich nur William Thelonius Riker …«

»Still! Licht an!«

Will sprang auf, eilte zum Schrank und zerrte einen Morgenmantel daraus hervor. Er tippte auf seinen Kommunikator. »Riker an Counselor Troi!« rief er, um einen Kanal zu Deanna zu öffnen.

Es blieb alles still, aber Riker fühlte, wie erneut das emotionale Echo panischer Angst in ihm widerhallte. Deanna benutzte nicht das Kommunikationssystem der *Enterprise;* ihre Antwort kam durch den mentalen Äther.

Will streifte den Morgenmantel über. »Riker an Dr. Crusher!«

Diesmal erfolgte eine direkte Reaktion. Beverlys Stimme klang schläfrig – vermutlich hatte Riker sie geweckt. Aber so etwas wie Überraschung war ihrer Stimme nicht zu entnehmen. Ärzte waren daran gewöhnt, mitten in der Nacht aus dem Schlaf gerissen zu werden.

»Hier Crusher.«

»Mit Deanna stimmt etwas nicht! Schicken Sie ein Medo-Team zu ihrem Quartier!«

Beverly Crusher verlor keine Zeit mit verwirrten Fragen wie »Woher wissen Sie das?« oder »Warum haben Sie sich nicht direkt mit der Krankenstation in Verbindung gesetzt?« Vermutlich nahm sie an, daß sich Riker bei einem medizinischen Notfall an diejenige Person wandte, der er das größte Vertrauen entgegenbrachte. Außerdem: Wenn es um Will und Deanna ging, war die Ärztin bereit, eine Menge einfach so zu akzeptieren.

»Bestätigung«, sagte sie nur.

Riker hörte die knappe Erwiderung gar nicht – er lief bereits.

Er stürmte durch den Korridor, und die Passanten warfen ihm erstaunte Blicke zu. Immerhin trug er nur einen Morgenmantel, und auf seinem Gesicht lag ein Ausdruck größter Besorgnis. Fähnrich Chafin hatte das Pech, im falschen Augenblick um die falsche Ecke zu kommen und in den Weg des Ersten Offiziers zu geraten. Der Aufprall schleuderte Chafin an die gegenüberliegende Wand. Riker sprintete weiter und schien überhaupt nicht zu merken, daß er jemanden umgestoßen hatte.

Deannas Quartier befand sich direkt voraus, und Riker hielt sich erst gar nicht damit auf, an sein eigenes Wohl zu denken und irgendwelche Sicherheitsvorkehrungen zu treffen. Er hatte keine Ahnung, welche Gefahr der Counselor drohte. Vielleicht schickte sich ein übergeschnappter Sindareen an, sie bei lebendigem Leib in Stücke zu schneiden, und war nur allzu bereit, eine solche Behandlung auch dem Ersten Offizier angedeihen zu lassen. Doch das war Riker egal. Ihm kam es nur darauf an, Deanna zu helfen – alles andere war unwichtig.

Er betrat das Quartier. Ihm bot sich ein schrecklicher Anblick.

Die Counselor lag auf dem Boden. Krämpfe schüttelten ihren Leib. Abgesehen von einem Laken, das jemand wie ein Leichentuch über sie gebreitet hatte, war sie nackt. Dhann stand neben ihr, nur mit einer Hose bekleidet. Er wirkte hilflos und verwirrt.

»Deanna!« rief Riker.

Dhann sah ihn an und schien dabei noch blasser zu werden. »Ich ... ich weiß nicht, was passiert ist! Sie zitterte plötzlich und ...«

»Verdammt, warum haben Sie keine Hilfe angefordert?« erwiderte Will scharf.

»Weil ich nicht wußte, wie man so etwas anstellt«,

entgegnete der Luss. »Ich bin nie zuvor an Bord eines Raumschiffs gewesen! Welche Tasten hätte ich drücken müssen, um …«

Der Erste Offizier schob ihn unsanft beiseite. »Riker an Krankenstation! Wo bleibt das Medo-Team?« Er wartete keine Antwort ab und kniete neben der zitternden Troi.

Ihr Gesicht war kalkweiß. Riker griff nach Deannas Hand und spürte kalte, feuchte Finger. Er fühlte die gleiche Hilflosigkeit, die er zuvor in Dhanns Zügen gesehen hatte, als er sagte: »Ganz ruhig … Es wird alles gut. Ich bin bei dir.«

Ihre Augen trübten sich. Konnte sie überhaupt noch etwas erkennen? Er wußte nicht, was hier geschah. Und Deanna schien es ebenfalls nicht zu wissen.

»Imzadi«, flüsterte sie und wiederholte jenes Wort, das Riker geweckt hatte. »Bitte … hilf mir …«

Will hob sie vorsichtig hoch, trat durch die Tür und eilte in Richtung Krankenstation. Er war recht kräftig, und der Adrenalinschub verlieh ihm zusätzliche Energie. Immer wieder sprach er Deanna leise Trost zu, als befürchtete er, daß sie starb, sobald seine Stimme verklang.

Unterwegs begegnete er der Medo-Gruppe. Beverly Crusher hatte sich nicht einmal die Zeit genommen, einen Morgenmantel überzustreifen: Im Nachthemd hastete sie durch den Korridor, gefolgt von einigen Assistenten mit einer Antigravbahre.

Deannas Hand schloß sich fest um Rikers Unterarm, als er sie auf die Bahre legte. »Hilf mir …«, brachte sie hervor. Ihr Leib erbebte noch heftiger. »Bitte … hilf mir. Es ist so … kalt …«

Riker lief neben der Bahre her, hielt noch immer Deannas Hand und wußte nicht, *wie* er ihr helfen sollte.

»Versuchen Sie, ihren Zustand zu stabilisieren!« rief Crusher. Dr. Selar reagierte sofort und verabreichte der Betazoidin eine Injektion.

»Ich helfe dir«, wandte sich Riker an Deanna. Furcht wuchs in ihm auf und umklammerte sein Herz. Um ihn herum schien sich die ganze Welt aufzulösen. »Das verspreche ich dir, Imzadi. Ich lasse nichts unversucht, um dir zu helfen. Was auch immer nötig sein mag ...«

Aber Deanna hörte nicht mehr.

Sie keuchte, holte noch einmal mühsam Luft und ...

... starb, als das Medo-Team wenige Sekunden später die Krankenstation erreichte.

Tausende von Lichtjahren entfernt erwachte Lwaxana Troi. Und schluchzte.

Zwei Stunden lang weinte sie.

Anschließend war sie nicht mehr die gleiche Frau wie vorher.

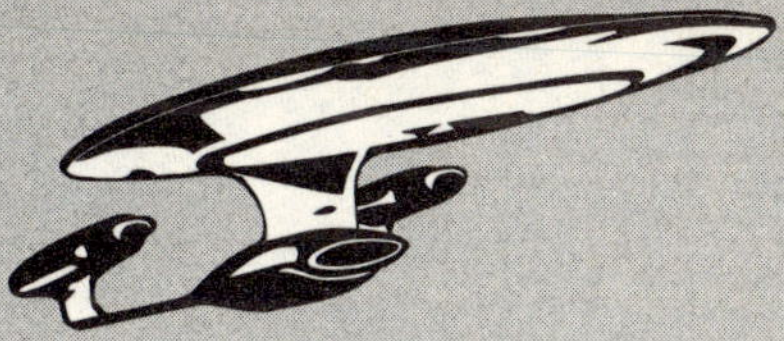

EPILOG

Admiral Riker musterte den sehr ernsten Captain Crusher. »Eine Zeitlang hat sich Ihre Mutter für alles verantwortlich gefühlt. Was natürlich Unsinn war ... Sie hat damals nichts unversucht gelassen. Ich weiß nicht mehr, wie lange sie sich bemüht hat, Deanna ins Leben zurückzuholen – mir ist es wie eine Ewigkeit vorgekommen. Aber alle ihre Bemühungen sind ohne Erfolg geblieben. Nichts hat geholfen.« In Gedanken fügte er hinzu: *Und ich habe ebenfalls nicht helfen können.*

»Meine Mutter hat sich schuldig gefühlt, obwohl überhaupt kein Grund dafür bestand?« vergewisserte sich Wesley Crusher.

»Ja.«

Der Captain blickte nach draußen vor das Mausoleum. Inzwischen goß es nicht mehr – es nieselte nur noch. Bestimmt hörte der Regen in einigen Minuten ganz auf. »Sie halten es also für absurd, daß sich meine Mutter Selbstvorwürfen hingegeben hat. Glauben Sie vielleicht, die Schuld an Deannas Tod für sich allein gepachtet zu haben?«

Riker nickte langsam. »Der Unterschied besteht darin, daß Ihre Mutter wenigstens etwas unternommen *hat*, wenn auch ohne Erfolg. Ich hingegen ... Die ganze Zeit über habe ich das Gefühl, daß es meine Pflicht gewesen wäre, etwas zu *tun.* Aber was? Diese Frage ist bis heute unbeantwortet geblieben. Ich habe Deanna versprochen, ihr zu helfen, und doch konnte ich ihr nur beim Sterben zusehen.«

»Vielleicht hat sie genau das von Ihnen erwartet.«

Riker schwieg.

Crusher dachte kurz nach. »Hat meine Mutter nicht feststellen können, woran Deanna starb?«

»Nein.« Riker schüttelte den Kopf. »Gerade das finde ich so unerträglich daran. Man wünscht sich nichts sehnlicher als Antworten – und es gibt keine. Beverly hat sich außerstande gesehen, eine Todesursache zu verifizieren. Deannas Körper schien einfach beschlossen zu haben, von einem Augenblick zum anderen nicht mehr zu funktionieren. Sie erlitt einen massiven kardiovaskulären Kollaps – ohne einen ersichtlichen physiologischen Grund. Bei ihren Untersuchungen hat Beverly nach allen bekannten Fremdsubstanzen Ausschau gehalten. Sie hat selbst ein Verbrechen in Betracht gezogen, obwohl wir das alle für sehr unwahrscheinlich hielten. Nun, sie hat eben nur alle Möglichkeiten berücksichtigen wollen. Aber sie hat nichts gefunden.« Riker machte eine vage Geste. »Deannas Tod ist ungeklärt geblieben.«

»Und später?«

Riker hob und senkte die Schultern. »Von da an ging alles nur noch bergab. Mein Leben …« Erneut hob er die Schultern, und diesmal wirkte es fatalistisch. »Manchmal begreift man zu spät, wie wichtig einem eine bestimmte Person für die eigene Existenz ist.«

Eine Zeitlang saßen die beiden Männer schweigend nebeneinander, und schließlich neigte der Captain den Kopf. Riker wußte sofort, daß er Kom-Signale empfing.

»Hier Crusher.«

Riker wollte Wesley nicht bei einem Gespräch Gesellschaft leisten, von dem er kaum etwas verstand. Er erhob sich, kehrte in das andere Zimmer zurück und trat an den Stasissarg mit Deannas Leichnam heran.

»Es tut mir leid, Imzadi«, sagte er leise. »Ich habe versucht, dir zu helfen.«

Nach einer Weile hörte er erst Schritte und dann die Stimme des Captains. »Ich muß gehen. Auf Cygnia III kam es zu einem verheerenden Erdbeben. Es wurde Katastrophenalarm höchster Priorität ausgelöst.« Er zögerte. »Sie können mitkommen, Admiral. Ich fürchte, hier gibt es für Sie nichts anderes als unangenehme Erinnerungen.«

»Das mag der Fall sein, Captain. Aber wie ich schon sagte, Lwaxana Troi hat in ihrem Vermächtnis unmißverständliche Anweisungen für mich hinterlassen. Und es war nie leicht, ihr einen Wunsch abzuschlagen.«

»Wie Sie meinen, Admiral.« Wieder legte Crusher eine kurze Pause ein. »Es regnet nicht mehr. Wenn Sie möchten, begleite ich Sie zurück zum Haus, bevor ich mich an Bord beamen lasse.«

Riker nickte.

Seite an Seite verließen sie das Mausoleum und schritten über den schwammigen, aufgeweichten Boden. Die dunklen Wolken waren weitergezogen, und Sonnenschein strahlte wieder vom Himmel herab. Als sie sich der Villa näherten, wandte sich der Admiral an Crusher und umfaßte dessen Schultern.

»Es hat mich sehr gefreut, Sie wiederzusehen, Wes.«

Der Captain schnitt eine Grimasse. »Ich bedauere nur, daß unser Wiedersehen nicht unter besseren Umständen stattgefunden hat.«

»Ja. Vielleicht ist das ja beim nächsten Mal der Fall.«

Riker gab seine Zurückhaltung auf, umarmte Crusher und klopfte ihm auf den Rücken. Als sie sich voneinander trennten, zogen beide Männer unbewußt ihre Uniformjacken glatt, und jeder von ihnen sah die Reaktion beim anderen.

Sie lachten.

»Alles Gute, Captain Crusher. Die *Hood* ist ein ausgezeichnetes Schiff. Ich habe an Bord einer ihrer Vorgängerinnen gearbeitet. Eines weiß ich aber auf jeden Fall: Diese *Hood* steht unter dem Kommando eines hervorragenden Captains.«

»Ich wünsche Ihnen viel Glück bei allen Ihren

zukünftigen Unternehmungen, Admiral Riker. Ich hoffe, Sie finden Glück und Frieden.« Der Captain hob den Kopf. »Crusher an *Hood.* Hochbeamen.«

Wesley Crusher entmaterialisierte, und Riker blieb allein zurück.

Er fand die Heiligen Ringe von Betazed – erstaunlicherweise lagen sie in Lwaxanas Kleiderschrank. Der Admiral nahm sie und fügte sie den anderen Dingen im Wohnzimmer hinzu, dieser Unzahl von Andenken aller Art.

Mr. Homn war verschwunden. Ohne eine Erklärung. Ohne einen Abschiedsgruß. Als Riker die Villa betrat, suchte er vergeblich nach dem stummen Diener. Vielleicht hatte Homn das Haus verlassen, weil er glaubte, nun alle seine Pflichten erfüllt zu haben. Riker mußte allein mit dem Katalogisieren der zahllosen persönlichen Gegenstände beginnen.

Auf Betazed gab es ein ausgezeichnetes Museum für Antiquitäten und Altertümer – Lwaxana Trois Sammlung war eine ebenso wertvolle wie willkommene Erweiterung. Riker hatte bereits eine entsprechende Vereinbarung mit den Museumsdirektoren getroffen. Bald würde alles abgeholt werden. Zuvor sollte er jene Objekte aussortieren, die zu persönlichen Charakter besaßen, um der betazoidischen Öffentlichkeit zur Verfügung gestellt zu werden.

Lwaxana hatte keine Angehörigen. Viele Einrichtungsgegenstände waren bereits fortgebracht worden und befanden sich nun im Besitz einer karitativen Organisation. Es blieben nur die Erinnerungsstücke, mit denen sich Riker befassen mußte.

Er nahm sich alle Räume des Hauses vor. Mit Deannas Zimmer wartete er bis zum Schluß.

Widerstrebend öffnete er die Tür. Dahinter erwartete den Admiral ein keineswegs überraschender Anblick. Lwaxana hatte alles genau so gelassen, wie es damals ausgesehen hatte. Der Raum glich einem Denkmal. Purpurne Töne dominierten. Hier und da standen kleine Statuen. Deanna hatte früher großen Gefallen an ihnen gehabt. Manchmal hatte sie sie stundenlang betrachtet.

Im Schrank fand Riker eine Schatulle.

Der Behälter verfügte zwar über ein Schloß, war aber nicht abgeschlossen. Neugierig hob Riker den Deckel.

Hier befanden sich ihre persönlichsten Schätze, ganz gleich wie obskur oder banal sie sein mochten. Er sah ein Lianenfragment aus dem Dschungel von Jalara, ein Stirnband, das Deanna bei Chandras Hochzeit getragen hatte, ein Datenmodul mit Informationen über ›menschliche Funktionsstörungen‹ und ...

»Lieber Himmel.« Riker griff nach dem kleinen, scharfkantigen Stein, auf dem ein Fleck zu sehen war, der ganz offensichtlich von Blut stammte. »Selbst das hat sie aufgehoben.«

Er fand auch das Gedicht.

Jahrzehnte trennten ihn von dem jugendlichen Überschwang, mit dem er jene Zeilen einst geschrieben hatte. Damals hatte er sie für überaus klug und inhaltsvoll gehalten, doch jetzt erschienen sie ihm geradezu lächerlich trivial. Ein junger Bursche, der versucht hatte, seine Gefühle in Worte zu fassen – der Empfindungen gehabt hatte, die Riker selbst heute kaum beschreiben konnte.

»Schrecklich«, murmelte er. »Kaum zu glauben, daß ich das geschrieben habe.« Er nahm das Stirnband und betastete es. »Und genauso unglaublich ist es, daß dir die Zeilen gefallen haben. Ich ...«

Verblüfft stellte Riker fest, daß ihm Tränen über die Wangen rannen. Er versuchte, sie mit dem Stirnband fortzuwischen, doch dadurch wurde alles noch schlimmer. Als er den weichen Stoff auf der Haut spürte, begann er laut zu schluchzen.

Bisher hatte er geglaubt, den Kummer überwunden zu haben und seinen Blick in die Zukunft richten zu können. Doch als er nun auf dem Boden des Zimmers saß, in dem einst diese junge, lebensfrohe Frau gewohnt hatte … Plötzlich begriff er, daß zumindest ein Teil von ihm noch immer in der Vergangenheit weilte. Nein, es war ihm nicht gelungen, den Schock zu überwinden. Alles in seinem Leben erschien ihm irgendwie … unfertig. Schlimmer noch, es gab keine Möglichkeit mehr, das Verpaßte nachzuholen. Es hatte so viele Dinge gegeben, die er Deanna noch hatte sagen wollen. Und er hatte keine Gelegenheit mehr dazu bekommen, weil ihm die Zeit einen Streich gespielt hatte, weil sie ihn bei einem Wettlauf geschlagen hatte, von dem Riker erst dann erfahren hatte, als seine Niederlage bereits unabwendbar gewesen war.

Er durfte nicht hoffen, daß es irgendwann einmal besser werden würde. Er hatte viel erreicht und geleistet, aber sein großes Versagen glich einem Schatten, der nie von ihm wich und ihn auf Schritt und Tritt begleitete. Ständig trug er die Bürde einer Schuld mit sich, von der alle anderen behaupteten, daß sie gar nicht existieren würde.

Riker schloß die Hand fester um das Stirnband und versuchte, sich an eine Zeit ohne Schmerz zu erinnern.

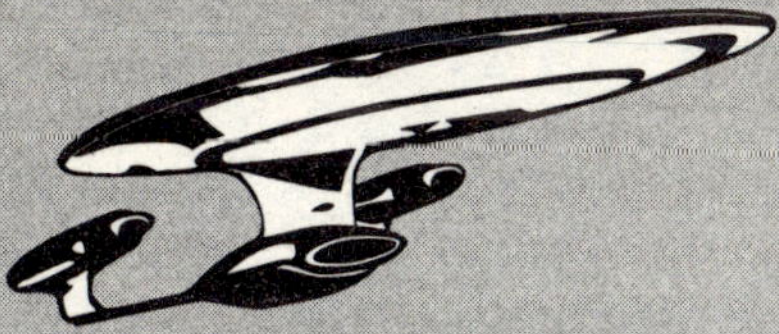

DER ANFANG

11

Lieutenant William T. Riker schlug gegen die Wand, und das einzige Ergebnis bestand darin, daß er einen stechenden Schmerz in den Fingerknöcheln spürte. Die Wand hingegen blieb völlig unbeeindruckt.

Erneut blickte er zur Reisetasche auf seinem Bett. Allein ihre Existenz genügte, um das Feuer des Zorns in ihm zu schüren.

»So ein verdammter Mist!« zischte er. »Warum tust du mir so etwas an?«

Die Reisetasche antwortete nicht, zeigte ebensowenig Interesse an ihm wie die Wand.

»Lieutenant Riker, bitte auf die Brücke«, tönte die Stimme des Captains aus dem kleinen Lautsprecher des Insignienkommunikators.

Will klopfte auf das Gerät und schnitt eine Grimasse, als sich das Stechen in den Fingern wiederholte. »Bin schon unterwegs.« Er bedachte Reisetasche und Wand mit einem letzten verärgerten Blick, dann verließ er sein Quartier, um die Brücke aufzusuchen.

Im Turbolift trommelte er ungeduldig mit den Fingern aufs Geländer. Alles an Bord des Schiffes erschien ihm zäh und frustrierend. Er wollte *vorankommen,* die nächsten Phasen seiner beruflichen Laufbahn möglichst schnell hinter sich bringen ... Doch das Schicksal schien sich gegen ihn gewandt zu haben und zwang ihn, den Karrierepfad im Schneckentempo entlangzukriechen.

Die Lifttür öffnete sich. Riker betrat den kleinen

Kontrollraum der *Fortuna.* Er nickte Captain Lansing einen wortlosen Gruß zu und nahm dann seinen Platz an der Ortungsstation ein.

Lansing war ein Mann in den mittleren Jahren, der sich mit seinem gegenwärtigen Rang zufriedengab und gewiß nicht an übertriebenem Ehrgeiz litt. Er drehte den Sessel und sah Riker an. »Vielleicht interessiert es Sie zu erfahren, daß wir in Kürze Betazed erreichen, und zwar in genau ...« Lansings Blick wanderte zur Navigationskonsole.

»In siebenundzwanzig Minuten«, sagte der Steuermann.

Riker glaubte sich im Zentrum der allgemeinen Aufmerksamkeit.

»Wir dachten, daß Sie Ihre letzte halbe Stunde an Bord vielleicht in unserer Gesellschaft verbringen möchten«, fügte Lansing hinzu.

Riker runzelte die Stirn. »Das ist sehr freundlich von Ihnen, Sir.«

Der Captain stemmte seinen gewichtigen Leib aus dem Kommandosessel. »Sie haben deutlich darauf hingewiesen, daß Sie keine Abschiedsfeier oder etwas in der Art möchten.«

»Ja, Sir. Und ich danke Ihnen für Ihr Verständnis.«

»Wissen Sie, was so schön daran ist, Kommandant zu sein, Mr. Riker?« Lansing wartete keine Antwort ab. »Man kann die Wünsche der Junior-Offiziere ignorieren, wann immer es einem paßt. Wenn ich bitten darf, Li ...«

Die Navigatorin Kathy Li stand auf, und Riker stellte fest, daß sie etwas in den Händen hielt. Als er das Objekt sah, lächelte er unwillkürlich. Es handelte sich um einen kleinen, runden Kuchen, in dem eine einzelne Kerze steckte. Rosaroter Zuckerguß bildete die Worte: *Mach's gut, Will.*

»Computer«, sagte Captain Lansing. »Starte das Programm ›Abschied Riker, Version eins null‹.«

Dixieland-Melodien klangen aus den Lautsprechern, und Riker lachte laut.

»Wir haben einen Kompromiß beschlossen, Mr. Riker!« rief Lansing, um die Musik zu übertönen. »Wir veranstalten eine Abschiedsfeier, aber mit einer strikten zeitlichen Begrenzung. Sie dauert siebenundzwanzig ... nein, jetzt nur noch sechsundzwanzig Minuten.«

Riker schüttelte die Hände der anderen Brückenoffiziere, lachte und nickte und nahm gute Wünsche für seine Zukunft entgegen. Kathy Li küßte ihn recht leidenschaftlich. Bisher hatten sie sich um Diskretion in bezug auf ihre Beziehung bemüht – ohne sie jedoch geheimhalten zu können. Jetzt schickte sich Will an, das Schiff zu verlassen, und unter diesen Umständen sah Kathy keinen Grund, noch länger irgendwelche Zurückhaltung zu üben. Sie lösten sich voneinander, als ihnen die Luft knapp wurde.

Li gab Riker einen Klaps auf die Wange. »Wir hatten viel Spaß«, sagte sie.

»Mehr nicht?« erwiderte er verschmitzt.

Die junge Frau musterte ihn und heuchelte Erstaunen. »*Mehr?* Mit einem Will Riker, der ständig hinter allen Frauen herschaut? Ich *bitte* dich! Mehr wäre doch überhaupt nicht in deinem Interesse. Du müßtest auf zuviel verzichten.«

»Soll das heißen, Lieutenant Riker gibt sich nicht mit einer Frau zufrieden?« fragte Lansing scheinbar empört.

»Es gefällt mir wirklich sehr, mein Psychoprofil in aller Öffentlichkeit zu besprechen«, meinte Will.

Li ignorierte ihn und wandte sich an den Captain. »Erinnern Sie sich an den Beginn der Raumfahrt, Sir. Damals mußten noch alle Gegenstände kontrolliert und gewogen werden, weil ihre Masse den Treibstoffverbrauch beeinflußte. Zuviel Gewicht konnte den Astronauten das Leben kosten. Nun ...« Sie drückte sich an Rikers Schulter. »Bei diesem Lieutenant hier verhält es sich ähnlich. Ein solides Verhältnis mit echter Liebe und so weiter wäre für ihn bei seinen Reisen durchs All nur zusätzlicher Ballast. Und Will reist gerne nur mit leichtem Gepäck.«

Riker bedachte sie mit einem skeptischen Blick. »Bist du sauer auf mich, Kathy?«

Sie blinzelte überrascht. »Nein. Ganz und gar nicht. Ich weiß nur, wie du bist. Oder irre ich mich?«

Will dachte kurz nach. »Nein. Wahrscheinlich nicht.«

»Na bitte«, brummte Lansing. »Lassen wir's dabei bewenden. Mr. Riker, haben Sie noch etwas zu sagen, bevor Sie die aufregende nächste Etappe Ihrer beruflichen Laufbahn antreten?«

Die wissenschaftliche Spezialistin Sara Paul ging mit einer Sektflasche umher. Alle Offiziere hielten Gläser in den Händen, und Sara füllte sie.

»Ich soll etwas sagen?« erwiderte Riker. »Darf ich ganz offen sein?«

»Offenheit weiß man an Bord des wissenschaftlichen Forschungsschiffes *Fortuna* sehr zu schätzen«, intonierte Lansing.

Riker starrte auf den Kuchen hinab. »Nun, um ganz ehrlich zu sein … Eigentlich möchte ich gar nicht fort.«

Mit einer solchen Bemerkung hatten Wills Kollegen kaum gerechnet.

»Die Beförderung zum Ersten Offizier der *Hood* – das ist ein großer Schritt nach vorn«, sagte Lansing verwundert.

»Wenn der Transfer zur *Hood* jetzt unmittelbar bevorstünde, Sir … In diesem Fall würde es mir sicher nicht an Begeisterung mangeln. Aber die nächsten Monate werde ich zunächst erst einmal auf Betazed verbringen.«

»Sie haben ein wenig Pech, Lieutenant«, räumte Lansing ein. »Aber Sie sollten die Sache auch von einer anderen Seite aus sehen. Danken Sie den Sternen, daß die Hood überhaupt noch existiert. Wie ich gehört habe, ist sie von den Sindareen ganz schön durch die Mangel gedreht worden. Es spricht für die *Hood* und die Kompetenz ihrer Crew, daß das Schiff den hinterhältigen Angriff nicht nur überstanden, sondern sogar den Sieg über den Gegner errungen hat. Wie dem auch sei: Die nächsten zwei oder drei Monate muß es im Raumdock zubringen. Und es wird dabei nicht nur repariert, sondern auch umgerüstet und auf den neuesten technischen Stand gebracht. Sehen Sie es einmal so, Lieutenant: Sie bekommen praktisch ein ganz neues Schiff.«

»Aber soviel Zeit auf einem Planeten zu vergeuden ...« Riker schüttelte kummervoll den Kopf. »Der Weltraum wird mir bestimmt schon bald fehlen. Das Timing ist absolut mies ...«

»Ja«, gestand Lansing. »Aber daran läßt sich leider nichts ändern. Starfleet hat Ihre Versetzung zur *Hood* schon vor einem Monat angeordnet – und damals wußte noch niemand etwas von einem bevorstehenden Angriff der Sindareen. Mit der gleichen Order wurde ein Ersatzmann für Sie bestimmt. In achtzehn Stunden nehmen wir ihn an Bord. Und Sie beide können wir im Kontrollraum der *Fortuna* nicht gebrauchen. Als in der Botschaft auf Betazed eine Stelle frei wurde ...«

»Was spricht dagegen, statt mir den Neuen einige Monate lang auf dem Planeten schmoren zu lassen?« fragte Riker und hoffte, daß es nicht zu weinerlich klang.

»Starfleet hat beschlossen, den erfahreneren Offizier zur Botschaft zu schicken, und das sind Sie. Finden Sie sich damit ab, Mr. Riker. Sie sind einfach zu beliebt. Alle wollen Sie haben.«

Will schüttelte den Kopf. »Es ist Jahre her, daß ich das letzte Mal länger als zweiundsiebzig Stunden auf einem Planeten gewesen bin.«

»Sie werden sich daran gewöhnen«, tröstete Lansing. Er hob das Glas. »Auf Lieutenant William T.

Riker. Wir wünschen Ihnen alles Glück der Galaxis und eine großartige Zukunft. Darauf trinken wir.«

»Auf Ihre Zukunft«, wiederholten die Brückenoffiziere der *Fortuna.*

Riker nickte und lächelte. »Auf die Zukunft«, sagte er und leerte sein Glas.

12

Die erste Begegnung mit Mark Roper, dem Leiter der Föderationsbotschaft auf Betazed, vermittelte Riker den erwarteten Anblick: Der Mann saß an seinem Schreibtisch und sah aus, als hätte er eine lange Belagerungszeit hinter sich. Den Neuankömmling schien er zunächst gar nicht zu bemerken.

Roper war untersetzt, hatte graues Haar und eine dicke rote Nase. Sie sah aus, als hätte Gott höchstpersönlich ihr einen Schlag versetzt, an einem jener Tage, an denen Er in keiner besonders guten Stimmung gewesen war. Zwei Computerschirme ragten vor dem Botschafter auf, und seine Aufmerksamkeit wanderte zwischen ihnen hin und her. Außerdem benutzte er einen kleinen Datenblock und murmelte die meiste Zeit über etwas vor sich hin.

Riker wartete eine Zeitlang. Schließlich räusperte er sich. Roper sah auf, nickte ihm kurz zu und konzentrierte sich wieder auf seine Arbeit – und vergaß den Besucher.

»Unglaublich«, brummte er im Selbstgespräch. »Bin ich etwa imstande, an mehreren Orten zugleich zu sein? Man kann doch nicht im Ernst von mir erwarten… Nein, die beiden Termine überschneiden sich…. Was? Der rigelianische Botschafter will *jetzt* kommen? *Und* ich soll alles für seinen Empfang vorbereiten? Meine Güte… Grace!«

Roper rief das letzte Wort, und einige Sekunden lang fragte sich Riker, was es damit wohl auf sich haben mochte. Dann begriff er: Es handelte sich um den

Namen der Sekretärin, die ihn vorhin begrüßt hatte. Die Frau kam herein und ging an Will vorbei, der keinen Zweifel hatte, daß hier ein mühsam kontrolliertes Chaos auf ihn wartete.

»Grace«, wiederholte Roper, »setzen Sie sich mit Harras von der gastronomischen Abteilung in Verbindung. Ich muß so schnell wie möglich mit ihm reden. Und auch mit Berater Timbor …«

»Sie haben erst gestern mit ihm gesprochen«, erwiderte Grace. Es klang ein wenig verwirrt.

»Ja, aber gestern wußte ich noch nichts vom rigelianischen Botschafter«, sagte Roper verzweifelt. »Ein paranoider Typ. Wie fast alle seine Artgenossen. Kündigt sich nur achtundvierzig Stunden vorher an. Wahrscheinlich läßt er sich nicht mal blicken! Ich bin ziemlich sicher, daß er im letzten Augenblick absagt. Wäre typisch für ihn.«

Riker wußte nicht genau, wem Ropers Worte galten: Grace, Riker, ihm selbst oder vielleicht allen zugleich.

»Wann können Sie ein Treffen mit Harras arrangieren?« fragte der Botschafter. »Und zwar heute abend. Es muß heute abend stattfinden.«

»Heute abend erwartet man Sie bei der Xerx-Hochzeit.«

Roper schlug die Hände vors Gesicht. »Großartig. Einfach großartig.«

Er schwieg, und Riker beschloß, die gute Gelegenheit zu nutzen. »Mr. Roper? Ich bin Lieutenant Riker. Man hat Ihnen mein Kommen sicher angekündigt.«

Der Botschafter ließ die Hände nicht sinken, sondern musterte ihn durch die Finger hindurch. »Haben Sie einen Termin mit mir vereinbart?«

»Einen *Termin?*« Riker wandte sich an die Frau namens Grace. »Gibt es hier denn *niemanden*, der mich erwartet?«

Grace sah zu dem Mann am Schreibtisch. »Starfleet«, sagte sie sanft. »Erinnern Sie sich denn nicht, Mark?«

Roper starrte ins Leere – und dann fiel endlich der Groschen. »Riker! William Riker!«

»Ja, Sir«, bestätigte Will und seufzte erleichtert.

»Der neue Starfleet-Verbindungsoffizier! Lieber Himmel, entschuldigen Sie bitte.« Roper eilte um den Schreibtisch herum, ergriff Rikers Hand und schüttelte sie eifrig.

»Tut mir leid, daß ich zu einem solch ungünstigen Zeitpunkt eingetroffen bin«, sagte Riker.

»Tagsüber ist praktisch jeder Zeitpunkt ungünstig«, entgegnete Roper. »Und häufig auch des Nachts. Wie dem auch sei. Freut mich, daß Sie hier sind. Wie Sie sehen, können wir Hilfe gut gebrauchen.«

»Deshalb bin ich hier.«

»Nun, zunächst einmal ... Nehmen Sie Platz.« Roper deutete auf einen Stuhl. »Und haben Sie Geduld mit mir. Möchten Sie einen Kaffee?«

»Danke, gern.«

Roper wollte zur Tür gehen, doch Grace winkte ab. »Schon gut, Mark. Ich kümmere mich darum.« Und an Rikers Adresse gerichtet: »Milch? Zucker?«

»Schwarz.«

»Kommt sofort.« Sie lächelte und zeigte zwei Reihen weißer Zähne, bevor sie das Zimmer verließ.

Roper sah Riker an, und in seinem Gesicht zeigte sich Respekt. »Ich muß sagen, ich bin beeindruckt, Captain.«

Riker runzelte die Stirn. »Ich bekleide den Rang eines Lieutenants. Wovon sind Sie beeindruckt, Sir?«

»Schon seit drei Jahren ist Grace meine Sekretärin, und sie bringt mir nur selten einen Kaffee. Ich muß sie jedesmal ausdrücklich darum bitten. Sie hingegen ...« Roper zögerte kurz. »Sie können gut mit Frauen umgehen, nicht wahr, Captain?«

Rikers Lippen formten ein Lächeln. »Nun, die Frauen ... sie scheinen mich zu mögen. Weshalb bestehen Sie darauf, mich Captain zu nennen?«

»Starfleet hat mir die Daten Ihrer Personalakte übermittelt. Ist recht eindrucksvoll. Man beschreibt Sie als ehrgeizigen, fähigen und sehr vielversprechenden jungen Offizier. Ihre Vorgesetzten sind der Ansicht, daß Ihnen eine steile Karriere bevorsteht. Klingt nicht übel, was?«

Riker schmunzelte einmal mehr. Zuerst hatte ihn Ropers Stil – wenn man in diesem Zusammenhang überhaupt von Stil sprechen konnte – vor allem verwirrt. Doch allmählich wurde ihm der gestreßte Diplomat immer sympathischer.

»Einige Leute glauben sogar, daß Sie James T. Kirks hundert Jahre alten Rekord in Hinsicht auf den jüngsten Captain brechen könnten.«

»Das hält man tatsächlich für möglich?«

»Ja. Und deshalb nenne ich Sie schon jetzt Captain – um mich dann später nicht an eine neue Anrede gewöhnen zu müssen.« Roper setzte sich. »Es sei denn, Sie möchten den Captain überspringen und gleich Admiral genannt werden.«

»Sie sind der Botschafter, Sir. Sie können mich nennen, wie Sie möchten. Ich wäre Ihnen allerdings dankbar, wenn Sie mich zumindest in Anwesenheit anderer Starfleet-Repräsentanten mit meinem richtigen Rang ansprechen würden. Ich möchte es nicht riskieren, Vorgesetzte zu verärgern.«

»Wie Sie wollen«, sagte Roper leichthin.

Grace kehrte zurück. Riker nahm behutsam eine Tasse Kaffee entgegen. Die Sekretärin blieb in der Nähe stehen. »Kann ich Ihnen sonst noch etwas bringen?«

»Nein, danke.«

»Bitte sorgen Sie dafür, daß wir nicht gestört werden, Grace.«

»In Ordnung, Mark.« Sie bedachte Riker mit einem freundlichen Lächeln, ging und schloß die Tür hinter sich.

Roper schüttelte den Kopf. »*Sehr* beeindruckend.

Nun…« Seine Stimme gewann wieder einen etwas kühleren und sachlicheren Klang. »Was wissen Sie über diese Welt?«

»Man hat mir Betazed als … eine hübsche Welt beschrieben.« Riker blickte zum Fenster, das eine prächtige Aussicht gewährte. Der Himmel leuchtete in strahlendem Blau, und die rosaroten Wolken wirkten wie gemalt. Ropers Büro befand sich im zwanzigsten Stock, und von hier aus konnte man die gesamte Stadt überblicken. Es gab keine Vielzahl von verschiedenen Baustilen wie in anderen Metropolen, nein, hier schienen die einzelnen Gebäude regelrecht miteinander zu verschmelzen. Entweder war die Stadt von Anfang an so geplant worden, oder sie hatte ein gleichmäßiges, organisch anmutendes Wachstum hinter sich. In der Ferne zeigten sich die vagen Konturen einer Bergkette. »Was sich jetzt als Untertreibung herausstellt.«

»Es ist eine wundervolle Welt«, sagte Roper. »Und es leben wundervolle Leute hier. Die Bewohner von Betazed sind einfühlsam, rücksichtsvoll und kooperativ. Sie bilden ein Volk, das tief in seiner Tradition verwurzelt ist und viele große Denker hervorgebracht hat. Um ganz ehrlich zu sein – ich selbst bin kein großer Denker, Captain. Was ist mit Ihnen?«

»Derzeit gebe ich mich damit zufrieden, schnell zu denken. Ich nehme an, der Rest erledigt sich von allein.«

»Eine gesunde und reife Einstellung. Nun, was wissen Sie sonst noch?«

»Betazed ist seit langer Zeit ein treuer und sehr geschätzter Verbündeter der Föderation.« Ein Schatten fiel auf Rikers Miene. »Allerdings soll es in letzter Zeit zu Problemen mit den Sindareen gekommen sein.«

»Ja«, bestätigte Roper ernst. »Die Sindareen sind ausgesprochen aggressiv. Darüber hinaus scheinen sie gewissermaßen in Schichten zu arbeiten.«

»In Schichten?«

»Es gibt eine Anzahl von Planeten und Völkern, die von den Sindareen als Feinde oder geeignete Opfer betrachtet werden. Aber sie greifen nicht permanent an. Ihre offensiven Aktionen finden nur so lange statt, bis *fast* der Punkt erreicht ist, an dem sich aus einzelnen Zwischenfällen ein direkter, unmittelbarer Konflikt entwickeln würde – dann ziehen sie sich plötzlich zurück. Monate- oder gar jahrelang lassen sie dann nichts mehr von sich hören. Bis man sie so gut wie vergessen hat. Anschließend finden neue Angriffe statt, und alles geht von vorn los.«

»Ich verstehe. Und jetzt ist Betazed dran.«

»Ja. In den vergangenen drei Monaten kam es zu drei Angriffen auf verschiedene Bereiche der Stadt.«

»Was ist mit anderen Städten?«

»Sie sind klein und größtenteils landwirtschaftlich orientiert«, erklärte Roper. »Auf Betazed gibt es jede Menge Ackerland, und viele Siedlungen sind philosophischen Zwecken gewidmet. Dies ist der ökonomische Mittelpunkt der betazoidischen Kultur.« Er deutete aus dem Fenster. »Hier schlägt das Herz des Planeten.«

»Keine besonders kluge Organisation«, kommentierte Riker. »Offenbar wissen die Betazoiden nicht, daß ein derartiger Zentralismus riskant sein kann.«

Roper zuckte mit den Schultern. »Es ist ihr Planet, Captain. Sie haben ein Recht darauf, ihre Gesellschaft so zu verwalten und zu organisieren, wie sie es für richtig halten. Wie dem auch sei, wir haben natürlich nicht darauf verzichtet, gewisse Maßnahmen zu ergreifen. Eine aus Starfleet-Sicherheitspersonal bestehende Einsatzgruppe befindet sich hier. Als ranghöchster Offizier sind Sie deren Leiter.«

Riker nickte. Er wußte von solchen Gruppen. Sie bestanden im wesentlichen aus Sicherheitskräften, wie sie auch an Bord von Raumschiffen tätig waren. Ihr planetarer Einsatz fand statt, wenn die Föderation der

Meinung war, daß bestimmte Umstände eine längere Präsenz erforderten. Ein Starfleet-Schiff konnte nicht wochen- oder gar monatelang im Orbit eines Planeten bleiben. Aus diesem Grund stationierte man Sicherheitsgruppen auf der betreffenden Welt, bis das Problem gelöst war.

Riker war solchen planetaren Sicherheitskräften mehrfach begegnet. Es waren harte, recht eigensinnige Burschen, und meistens hielten sie nicht viel von Offizieren, die an Bord ›luxuriöser‹ Raumschiffe arbeiteten.

An ihrer Tüchtigkeit konnte allerdings kein Zweifel bestehen.

»Sollte ich sonst noch etwas wissen, Mr. Roper?«

Der Diplomat nickte und beugte sich vor. »Versuchen Sie erst gar nicht, den Betazoiden etwas vormachen zu wollen, Riker. Sie wissen genau, was Ihnen durch den Kopf geht.«

»Ich würde nie versuchen, jemanden zu täuschen.«

»Ich bitte Sie, Captain. Davor ist niemand gefeit. Stellen Sie sich folgendes vor: Bei einer Party sehen Sie eine Frau, deren Kleid so häßlich ist, als hätte sich ein klingonischer Targ darauf erbrochen. Was sagen Sie dann zu ihr? ›Hallo, wie geht's? Warum tragen Sie ein so gräßliches Kleid?‹ Oder: ›Hallo, Teuerste, Sie sehen großartig aus.‹«

»Nun, die zweite Bemerkung klingt besser. Schließlich sollte man vermeiden, jemanden vor den Kopf zu stoßen.«

»Genau. Aber hier auf Betazed wissen alle, was Sie denken. Glücklicherweise lassen sich die Bewohner dieses Planeten kaum von unausgesprochenen Meinungen beleidigen. Sie haben es gelernt, undisziplinierte Gedanken mit einem hohen Maß an Toleranz hinzunehmen – andernfalls hätten sie sich längst gegenseitig umgebracht. Doch eines dulden sie nicht: Ausflüchte. Damit kann man sie leicht verärgern. Seien Sie Betazoiden gegenüber immer offen und ehrlich, wenn Sie von ihnen respektiert werden wollen.«

Die Tür des Büros öffnete sich mit einem leisen Zischen, und Roper sah verärgert auf. »Ich habe doch gesagt, daß ich nicht gestört werden …«

Eine fröhliche junge Frau mit glattem schwarzen Haar kam herein. In ihren Augen blitzte es schelmisch. »Hallo, Daddy.«

»Oh, Wendy!« Roper deutete auf Riker, der höflich aufstand. »Lieutenant Riker, das ist meine Tochter Wendy. Wendy – William Riker.«

»Freut mich, Sie kennenzulernen«, sagte Will. Roper hatte seinen richtigen Rang genannt – das wußte er zu schätzen.

Wendy schüttelte Rikers Hand ebenso eifrig, wie es zuvor ihr Vater getan hatte. »Wir haben die gleichen Initialen«, meinte sie. »W. R.« Sie musterte ihn, und anscheinend gefiel ihr, was sie sah.

»In der Tat«, bestätigte Riker.

»Gut.« Sie lächelte. »Wenn wir später verheiratet sind, werden wir die gleichen Monogramme auf unseren Handtüchern haben.«

Riker blinzelte verblüfft und sah zu Roper, der einmal mehr mit den Schultern zuckte. »Wendy ist seit drei Jahren hier und hat es sich augewöhnt, nie ein Blatt vor den Mund zu nehmen.«

»Dadurch spart man Zeit«, sagte die junge Frau. Sie ließ Rikers Hand los und lächelte noch immer. »Wenn Sie meine Gedanken lesen könnten, Lieutenant … Dann wüßten Sie, daß ich nur gescherzt habe.«

»Oh.« Riker kam sich wie ein Narr vor. »Natürlich.«

»Sie sind nett. Ihre Augen gefallen mir. Sie scheinen viel gesehen zu haben – nicht nur Erstaunliches und Wundervolles, sondern auch einige scheußliche Dinge.«

Riker fand die Direktheit der jungen Frau immer erfrischender. Die Vorstellung von einem Planeten, dessen Bewohner stets ganz offen waren, erschien ihm nun weniger entmutigend. Über Ehrlichkeit brauchte man sich doch schließlich keine Sorgen zu machen, oder?

»Sie haben recht«, sagte er. »Ich erzähle Ihnen gern davon, wenn Sie möchten.«

»Das würde mich sehr freuen.«

»Und mich freut es, daß sich Wendy freut«, warf Roper ein. Er klang ein wenig griesgrämig. »Bist du aus einem besonderen Grund gekommen?« fragte er seine Tochter.

»Ja.« Sie wandte sich ihm zu. »Welches Kleid sollte ich deiner Meinung nach heute abend bei der Xerx-Hochzeit tragen? Das blaue mit den Rüschen oder das grüne mit dem tiefen Ausschnitt?«

»Macht das irgendeinen Unterschied?« Roper sah zu Riker. »Es handelt sich um eine unserer vielen sozialen Verpflichtungen. Heute abend heiratet Chandra Xerx, eine Tochter des dritten Hauses von Betazed. Die Föderation soll einen Repräsentanten an der Zeremonie teilnehmen lassen. Raten Sie mal, wer damit gemeint ist.«

»*Ich* jedenfalls freue mich darauf«, sagte Wendy.

»Drittes Haus?« wiederholte Riker verwundert.

»Kennen Sie sich nicht damit aus? Nun, in der hiesigen Gesellschaft gibt es einige Familien, deren Wurzeln angeblich bis zu den Anfängen der betazoidischen Kultur zurückreichen. Es sind insgesamt zwanzig, und man nennt sie ›Häuser‹. Das Haus Xerx gilt als drittältestes – daher die Bezeichnung ›drittes Haus‹. Chandra ist die älteste Tochter von Gart Xerx, und sie heiratet heute abend. Ich verabscheue betazoidische Hochzeiten«, fügte Roper düster hinzu. »Und in diesem Fall kostet sie mich darüber hinaus wertvolle Zeit. Wann soll ich nun mit Harras über den Empfang des rigelianischen Botschafters reden?«

»Wenn Sie unter zu großem Termindruck stehen, Sir …«, sagte Riker. »Ich könnte für Sie einspringen.«

»Sie?«

Will wandte sich an Wendy und lächelte. »Sofern Ihre Tochter nichts dagegen hat.«

Erneut musterte sie Riker mit einem prüfenden Blick, dann lächelte sie noch strahlender als zuvor. »Eine gute Idee.«

»Dazu wären Sie wirklich bereit, Lieutenant?« fragte Roper. »Sie würden mir damit einen großen Gefallen erweisen. So bekäme ich Zeit, mich anderen Dingen zu widmen. Und mir bliebe eine dieser gräßlichen Zeremonien erspart.«

»Kein Problem«, erwiderte Riker. »Wie ich schon sagte: Ich bin hier, um zu helfen.«

»Dann ist ja alles klar«, verkündete Wendy fröhlich.

»Gut.« Roper klopfte sich auf seinen weit vorgewölbten Bauch. »Ich muß zugeben, daß Sie die Föderation würdevoller vertreten werden, als es mir möglich wäre.«

Riker lächelte höflich und wußte nicht genau, was der Botschafter damit meinte.

Er sollte es einige Stunden später erfahren.

13

Die Hochzeit fand in einer kleinen Kapelle statt, einem einstöckigen, trapezförmigen Gebäude.

Der Abend war angenehm kühl, und Riker trug seine Galauniform, als er Wendy zu Hause abholte. Wie er feststellte, hatte sie sich für das grüne Kleid mit dem tiefen Ausschnitt entschieden. Er begrüßte ihre Entscheidung, denn dadurch bot die junge Frau einen noch reizvolleren Anblick.

Sie sah ihn an und lächelte. »Sie sehen sehr elegant aus, Lieutenant.«

»Ich möchte, daß man einen möglichst guten Eindruck von mir gewinnt. Und bitte nennen Sie mich Will.«

»Gern.« Wendy neigte den Kopf ein wenig zur Seite. »Die Kapelle liegt nur einen knappen Kilometer entfernt, und der Abend ist wundervoll. Wollen wir zu Fuß gehen?«

»Warum nicht?« Riker bot ihr den Arm an, und sie hakte sich bei ihm unter.

Sie folgten dem Verlauf der Straße und plauderten miteinander. Riker erfuhr, daß Wendy Soziologin war, ihre Mutter vor einigen Jahren verloren hatte und moderne Musik mochte.

Der letzte Hinweis veranlaßte Riker, eine Grimasse zu schneiden. »Ich muß Sie unbedingt mit richtiger Musik vertraut machen. Dieser moderne Kram ist doch nur Lärm.«

»Und was halten Sie für richtige Musik?«

Will schmunzelte. »Zum Beispiel Dixieland. Oder die Epoche der großen Jazzbands.«

»Dschäß?« wiederholte Wendy verwirrt.

»Ich werde es Ihnen später erklären«, sagte Riker, der voraus nun die Kapelle bemerkte.

Betazoiden traten durch die Tür, lächelten und begrüßten sich. Zum ersten Mal sah Will eine größere Anzahl von ihnen, und dabei hatte er das seltsame Gefühl, daß irgend etwas nicht stimmte. Wenige Sekunden später erkannte er den Grund dafür.

Die Männer und Frauen sprachen kaum.

Sie nickten und lächelten und neigten den Kopf so, als hörten sie aufmerksam zu. Doch abgesehen von einigen wenigen Worten oder einem gelegentlichen Lachen blieb alles still.

»Sie kommunizieren telepathisch, nicht wahr?« fragte Riker, als sie sich näherten.

»Ja.«

»Dann dürfte die Zeremonie recht langweilig sein. Alle stehen nur herum, verständigen sich in Gedanken, und wir hören überhaupt nichts.«

Wendy winkte ab. »Keine Sorge. Das brauchen Sie nicht zu befürchten. Bei Hochzeiten finden Ansprachen und Dialoge in verbaler Form statt – damit eventuell anwesende Außenweltler dem Geschehen folgen können.«

»Das erleichtert mich.« Riker überlegte kurz. »Ist es möglich, einen mentalen Kontakt mit Betazoiden herzustellen? Ich bin solchen Leuten nie zuvor begegnet und weiß nicht genau, was mich erwartet.«

»Nein, zu einer derartigen telepathischen Verbindung wird es wohl nicht kommen«, antwortete Wendy. »Die Betazoiden sind zwar zweifellos imstande, die Struktur Ihrer Gedanken und Gefühle zu erkennen. Aber wenn Sie Ihnen ganz bewußt etwas durch den geistigen Äther schicken wollten … Nun, dazu ist eine gewisse … Technik erforderlich, eine Methode, die man erlernen muß. Sie betrifft mentale Disziplinen und die Kunst, das eigene Ich völlig vom psychischen Ballast zu befreien. Es sei denn, Sie haben es mit einem besonders starken Empathen zu tun.«

»Soll das heißen, daß die Betazoiden nicht alle gleich begabt sind?« fragte Riker überrascht.

»Natürlich sind sie das nicht. Sind etwa alle Menschen gleich intelligent? Haben alle Menschen die gleichen athletischen und rhetorischen Fähigkeiten? Nein. Jeder Betazoide verfügt über telepathische Fähigkeiten, und die meisten können fremde Gedanken erfassen. Aber nur wenige von ihnen sind wirklich starke Telepathen.« Die junge Frau schien nach den richtigen Worten zu suchen. »Gerade vor ihnen muß man sich hüten. Sie bereiten einem die größten Schwierigkeiten.«

»Schwierigkeiten?«

»Ja. Weil man nicht weiß, wie man sich in ihrer Nähe verhalten soll. Sie sind ganz locker und lässig, wenn Sie verstehen, was ich meine... Aber in ihrer Nähe fühlt man sich so, als sei ... alles entblößt, bis hin zum verborgensten Seelenwinkel.«

»Ich werde darauf achten.«

Sie betraten die Kapelle, in der es noch etwas kühler war als draußen. Dutzende von Betazoiden befanden sich in einem großen Raum, wanderten zwanglos umher und unterhielten sich – natürlich wortlos.

Riker blickte sich um. Es handelte sich um eine schlichte Kammer, deren Wände hier und dort mit betazoidischen Inschriften verziert waren. Sonderbar erschienen ihm die schmalen Nischen an der einen Seite, die Kleiderbügel zu enthielten schienen. Auf dem Boden standen mehrere kleine Behälter. Einen von ihnen stieß Riker vorsichtig mit dem Fuß an, und der entstehende dumpfe Ton ließ vermuten, daß der Kasten hohl war.

Kleiderbügel und leere Behälter. Vielleicht als Vorsorge für den Fall, daß schlechtes Wetter herrschte und die Leute ihre Mäntel oder dergleichen mitbrachten?

Am gegenüberliegenden Ende des Raums erkannte Riker eine verzierte, geschlossene Doppeltür. Er nahm an, daß dahinter die letzten Vorbereitungen für das Ritual stattfanden.

Mehrere Betazoiden reagierten auf die Anwesenheit des Starfleet-Offiziers. Sie drehten sich zu ihm um, nickten und lächelten. Die stumme Botschaft lautete: *Wir wissen, daß Sie hier sind. Willkommen.* Anschließend setzten sie ihre telepathischen Gespräche fort.

Riker hatte einmal eine Welt besucht, deren Bewohner nicht über die üblichen Hör- und Sprechwerkzeuge verfügten. Dort fand die Kommunikation mit Hilfe von Handbewegungen statt. Will erinnerte sich an ein überaus gespenstisch anmutendes Fest, auf dem die einzigen Geräusche das Klatschen von Händen war, die sich berührten und ›Worte‹ formten.

Das hier war nicht so extrem, trotzdem spürte Riker, wie sich Unbehagen in ihm regte.

»Sicher erscheint Ihnen all dies sehr seltsam«, erklang eine Stimme hinter ihm.

Riker drehte sich um und sah einen hageren, freundlich wirkenden Betazoiden, der lächelte. »Wie bitte?«

Der Mann vollführte eine vage Geste. »Ich meine diese fast lautlose Zusammenkunft. Sie sind von der Erde, nicht wahr?«

Riker ahnte, daß der Betazoide die Antwort bereits wußte – nur aus reiner Höflichkeit ermöglichte er es dem Menschen, Antwort zu geben.

»Ja, das stimmt. Ich bin Lieutenant William Riker.«

»Gart Xerx, der Gastgeber.«

»Oh. Herzlichen Glückwunsch, Mr. Xerx.«

»Nennen Sie mich Gart.« Xerx nickte Rikers Begleiterin zu. »Es freut mich, Sie wiederzusehen, Wendy.«

»Ich freue mich ebenfalls, Gart. Und ich teile Ihr und Chandras Glück.«

»Danke, Wendy.« Xerx nickte in Richtung der geschlossenen Tür. »Sie müßten gleich fertig sein.

Chandra ist ziemlich nervös. Sie möchte perfekt aussehen.«

»Das kenne ich«, sagte Riker. »Die Braut legt immer größten Wert darauf, daß mit ihrem Kleid alles in Ordnung ist.«

Gart Xerx lächelte höflich. »Nun, das mag in *Ihrer* Kultur vielleicht der Fall sein, Lieutenant. Bei uns gibt es solche Probleme nicht.«

»Dann sind Sie besser dran als wir.«

In den Mundwinkeln des Betazoiden zuckte es kurz. »Sie wissen nichts davon, nicht wahr?«

»Wovon?«

In diesem Augenblick öffnete sich die große Doppeltür. Die beiden Flügel schwangen langsam und beinahe bedeutungsvoll auf. Will reckte den Hals, um einen Blick in das Hochzeitszimmer zu werfen.

Exotische, farbenprächtige Blumen schmückten es vom Boden bis zur Decke. In diesem Raum schien extra für die Trauung ein Blütendschungel gewachsen zu sein. Riker roch feuchte Luft – offenbar sorgten spezielle Ambiente-Kontrollen dafür, daß sich die Blumen möglichst lange hielten.

Er wandte sich wieder Gart Xerx zu, um ihm zu den guten Vorbereitungen zu gratulieren. Verblüfft stellte er fest, daß der Betazoide das Hemd abgestreift hatte und eine erstaunlich haarlose Brust zur Schau stellte.

»Entschuldigen Sie bitte ... Was machen Sie da?« Riker versuchte, sich sein Erstaunen nicht anmerken zu lassen. Er wandte den Kopf, um zu sehen, wie Wendy reagierte.

Der Ausschnitt des grünen Kleids reichte tiefer als jemals zuvor – nämlich bis zum Boden. Die junge Frau hatte sich ausgezogen und zeigte nicht länger nur das Tal zwischen ihren Brüsten, sondern ... einfach alles.

Sie sah ihn aus unschuldigen, rehbraunen Augen an. »Worauf warten Sie noch, Will? Auf einen Tusch?«

Sie lachte leise und schritt zu den Wandnischen,

wobei ihr Hintern fröhlich hin und her schwang. Verdutzt sah Riker, daß sich auch alle anderen auszogen und ihre Kleidung in den Nischen verstauten.

Der nackte Gart hatte sich seine Sachen über den Arm gelegt und bedachte Riker mit einem Blick, der Anteilnahme bewies. »Es tut mir sehr leid, Lieutenant. Man hätte Sie informieren sollen. Vielleicht hat Ihnen Mark Roper nichts gesagt, weil er befürchtet hat, daß Sie ihn sonst nicht bei dieser Zeremonie vertreten hätten.«

Riker öffnete und schloß den Mund, ohne einen Ton hervorzubringen. Schließlich stammelte er: »Ist ... so etwas ... *normal?*«

»Ja«, erwiderte Gart ruhig. »Bei einer betazoidischen Hochzeit sind Braut, Bräutigam und Hochzeitsgäste nackt.«

»*Warum?*«

»Wir bringen damit zum Ausdruck, daß es weder in physischer noch in psychischer Hinsicht etwas zu verbergen gibt. Es handelt sich um ein Symbol für unsere Bereitschaft, im Geiste von Harmonie und Eintracht bedingungslos zu kooperieren.«

Riker glaubte zu spüren, wie ihm das Blut aus den Wangen wich. »Nun ...« Er räusperte sich unsicher. Die allgemeinen Vorschriften verlangten von Starfleet-Angehörigen, überall den lokalen Bräuchen zu genügen, soweit es sich bewerkstelligen ließ. Eines stand fest: Die Erste Direktive verbot nicht, daß er nackt vor mehr als hundert fremde Leute trat. In dieser Hinsicht brauchte er also kaum etwas zu befürchten. Andererseits ...

»Lieutenant ...« Gart versuchte, ernst zu bleiben, doch in seinen Augen funkelte es amüsiert. »Wenn Sie nicht nackt sein wollen, so brauchen Sie deshalb keine negativen Konsequenzen zu befürchten. Wir bitten ein Individuum nicht um mehr, als es zu geben bereit ist. An diesem Abend soll gefeiert werden, ohne Verlegenheit. Nehmen Sie so an der Zeremonie teil, wie es Ihnen gefällt.«

»Ich möchte niemanden beleidigen ...«, erwiderte Riker ungewiß.

»Wie auch immer Sie sich entscheiden – niemand wird Anstoß daran nehmen. Wenn Sie mich jetzt bitte entschuldigen würden ... Ich muß mich um meine Gäste kümmern.« Gart ging zu den Wandnischen und ließ Riker unter Dutzenden von Betazoiden zurück, die allesamt ihre Kleidung ablegten.

Wendy kam zurück und bedachte den Lieutenant mit einem mißbilligenden Blick. Sie stützte die Hände in einer Art auf die Hüften, die offenbar provozieren sollte. »Was ist los, Will? Brauchen Sie Hilfe? Na schön ...« Sie tastete nach den Haftverschlüssen der Uniform.

Er hielt ihre Unterarme fest und achtete darauf, nicht zu fest zuzudrücken. »Sie hätten mich darauf hinweisen können.«

»Um dadurch die Gelegenheit zu versäumen, Sie mit einem solchen Gesicht zu sehen?« Die junge Frau lächelte verschmitzt.

»Na schön. Wie interpretieren Sie meinen Gesichtsausdruck denn?«

»Ich glaube, einem klingonischen Exekutionskommando würden Sie mit weniger Beklommenheit gegenübertreten als irgendwelchen Nackten.«

»Bei einem Exekutionskommando hätte ich wenigstens eine gewisse Vorwarnung.«

»Ach, Will ...« Aus Wendys Lächeln wurde ein breites Grinsen. »Sie haben überhaupt keinen Grund, sich zu schämen.« Sie zögerte und fügte spitzbübisch hinzu: »Oder vielleicht doch?«

»Nein!« entfuhr es Riker ein wenig zu laut. Etwas leiser wiederholte er: »Nein.«

»Warum zögern Sie dann?«

»Nun, um ganz ehrlich zu sein ...« Er hob die Hand

zur Stirn und wußte nicht, wie er es formulieren sollte. »Ich bin noch nie in der Situation gewesen, die Würde der Föderation ohne eine Uniform oder ... andersartige Kleidung wahren zu müssen.«

»Denken Sie nicht an Ihre Position. Denken Sie vor allem an die Feier ... Hören Sie, Will! Behalten Sie die Uniform an, wenn Sie möchten. Aber kommen Sie trotzdem mit.«

»Gut. Danke für Ihr Verständnis.«

Zusammen mit Wendy trat er durch die geöffnete Doppeltür. Die vielen Blumen verströmten einen aromatischen Duft, und Riker fühlte sich unvermittelt in einen Dschungel versetzt.

Mark Ropers Tochter führte ihn durch den Mittelgang, und in einer der Sitzreihen fanden sie freie Plätze. Will hielt den Kopf gesenkt. Nackte Leute rechts und links, vor und hinter ihm.

Alle wirkten völlig entspannt und schienen sich ihrer Nacktheit überhaupt nicht bewußt zu sein. Niemand zeigte Anzeichen von Anspannung und Verunsicherung. Selbst Männer und Frauen, die nicht gerade dem menschlichen Schönheitsideal entsprachen und mit Kleidung wesentlich besser ausgesehen hätten, zeigten sich von ihrer Blöße völlig unbelastet.

Riker glaubte, von allen angestarrt zu werden. Dieser Eindruck war natürlich falsch, und das wußte er auch – das Gefühl jedoch blieb.

»Entschuldigen Sie bitte«, sagte er zu Wendy. »Ich bin gleich wieder da.« Er stand auf und ging fort, bevor die junge Frau eine Frage an ihn richten konnte.

Sie blieb sitzen, nickte Betazoiden zu und überlegte, wohin Riker verschwunden sein mochte. Es dauerte nicht lange, bis sie erneut seine Stimme hörte: »Danke, daß Sie den Platz für mich freigehalten haben.«

Sie sah auf und lächelte. »Na bitte! Das ist doch gar nicht so schlimm, oder?«

Will setzte sich und wußte nicht, was er mit den Beinen anfangen sollte. Er beschloß, sie zu ignorieren, legte die Hände auf die Oberschenkel und versuchte, seine Unruhe zu unterdrücken. Erst jetzt bemerkte er, daß die Sitze gepolstert waren – ein Umstand, den er dankbar zur Kenntnis nahm. Eine Sitzfläche aus kaltem Metall hätte ihn nicht besonders erfreut.

Wendy beugte sich zu ihm und flüsterte: »Sie hatten übrigens recht. Sie haben tatsächlich keinen Grund, sich zu schämen.«

Ihm gefiel der Klang ihrer Stimme bei diesen Worten. Er glaubte, ein Versprechen darin zu hören. »Danke. Sehr freundlich von Ihnen.«

Die junge Frau lehnte sich wieder zurück. »Warum sind Sie überhaupt so nervös gewesen? Dachten Sie vielleicht, daß man auf Sie zeigen und lachen würde?«

»Keine Ahnung. Ich bin einfach nicht an solche Situationen gewöhnt, das ist alles. Vielleicht hatte ich Angst vor unangenehmen Bemerkungen und Kommentaren.«

»Zum Beispiel?«

Gart Xerx führte eine ältere Betazoidin nach vorn. Seine Mutter oder Großtante, wie Riker vermutete. Die Frau verharrte, sah Will an und runzelte die Stirn. »Ihr menschlichen Männer seid sehr behaart. Warum?«

Xerx rollte mit den Augen, und Wendy konnte ein Lächeln nicht verbergen.

Der verdutzte Riker antwortete schlicht: »Wegen der Reibung.«

Wendy lachte laut und legte die Hand auf den Mund. Xerx schmunzelte. Die alte Betazoidin starrte Riker aus zusammengekniffenen Augen an und ließ sich dann fortführen.

»*Reibung?*« flüsterte Wendy.

»Ich mußte schließlich *irgend etwas* sagen.«

»Ja, und Ihnen ist genau das Richtige eingefallen. Und gerade haben Sie noch befürchtet, daß Sie nackt nicht in der Lage sein würden, würdevoll zu bleiben. Nun, diese Sache beweist das Gegenteil.«

»Danke.«

Wendy musterte ihn eine Zeitlang und zupfte dann neckisch an Rikers Brusthaar.

Er schlug die Beine übereinander.

Wenige Sekunden später begann die Zeremonie. Der laute Klang eines Gongs leitete sie ein.

Will sah nach vorn.

Die Hochzeitsgruppe kam herein – ebenfalls nackt. Von der einen Seite her betrat der Bräutigam die Kammer, gefolgt von seiner Mutter.

Riker stellte erstaunt fest, daß die Mutter nach dem Arm ihres Sohns griff und ihn festzuhalten versuchte. Aber dieser schenkte ihr keine Beachtung, sondern ging Schritt um Schritt weiter. Ein Mann versuchte, ihm den Weg zu versperren – vermutlich der Vater. Er hob die Hand und forderte den Sohn zum Stehenbleiben auf. Doch der Bräutigam schob ihn mit sanftem Nachdruck beiseite. Riker sah deutlich, daß der Sohn große Vorsicht walten ließ, um seinen Vater nicht ins Straucheln zu bringen.

»Ein symbolischer Vorgang, nehme ich an«, raunte er Wendy zu. Sie nickte bestätigend.

Der Bräutigam trat vor den Geistlichen – beziehungsweise vor den Mann, den Riker für einen Geistlichen hielt. Dieser hob eine Schriftrolle, und gemeinsam mit dem jüngeren Mann wandte er sich zur Mutter der Braut, die an Gart Xerx' Schulter weinte. Sie schluchzte laut – ein weiteres symbolhaftes Verhalten, wie Will spekulierte. Doch etwas in den Zügen der Frau sagte ihm, daß ein Teil des Kummers echt war.

Und dann kam die Braut herein.

Riker blinzelte wie jemand, der nicht wußte, ob er seinen Augen trauen durfte.

Nie zuvor hatte er eine schönere Frau gesehen.

Ihre Augen schienen geradezu von innen heraus zu

leuchten. Das spitze Kinn verlieh ihr aristokratische Züge, und das dunkle, lockige Haar umgab ihren Kopf wie mit einem Halo. Will sah einen schlanken Hals, und darunter... Wie hieß es in den alten Detektivromanen doch so schön? Ihr Körper wies solch atemberaubende Kurven auf, daß man als Auto sofort den Wunsch verspürt hätte, die Straße zu umarmen.

Rikers Phantasie entfaltete ihr ganzes Potential, als er daran dachte, was sich mit einem derartigen Körper anstellen ließe. Ganz bewußt mußte er sich daran erinnern, daß sie bereits vergeben war und nun heiratete.

Sie trat zur Seite und winkte einer Frau zu, die in der ersten Reihe saß.

»Ich rufe Sie zur Trauung«, verkündete die Schönheit. Ihre Stimme klang wie herrliche Musik und zeichnete sich durch einen sonderbaren Akzent aus. Es hörte sich an wie eine Mischung aus drei verschiedenen mitteleuropäischen Dialekten – und doch kam noch mehr hinzu.

Eine weitere Frau stand auf. Sie hatte blondes Haar, das von einem weißen Band zusammengehalten wurde. Die Schönheit griff nach der Hand der Betazoidin, die sie ›gerufen‹ hatte und näherte sich dann dem Bräutigam. Zusammen mit ihm wandte sie sich dem Geistlichen zu...

Erst jetzt begriff Riker. Die Dunkelhaarige war überhaupt nicht die Braut. Sie fungierte vielmehr als eine Art Brautjungfer.

Diese Erkenntnis stimulierte seine Phantasie, und Bilder entstanden vor Rikers innerem Auge. Alles in ihm drängte danach, die Namenlose kennenzulernen. Er verschlang sie mit den Augen, während sie ihm den Rücken zukehrte. Voller Sehnsucht starrte er auf ihre Hüfte und die elegante Wölbung des Rückens. Er beobachtete, wie sich die Schulterblätter unter ihrer Haut abzeichneten und betrachtete die hypnotisierenden Reflexe, die das Licht in ihrem herrlichen Haar schuf. Und er sah ihr wundervolles Lächeln.

Ihr Lächeln!

Sie wandte ihm den Rücken zu, und doch sah er ihr Lächeln.

Weil sie den Kopf umgewandt hatte.

Und in seine Richtung blickte.

Ihre Aufmerksamkeit galt Riker.

Ebenso wie ihr Lächeln.

O mein Gott! fuhr es Will durch den Kopf. *Sie weiß, was ich denke. Sie weiß genau, was ich mir vorstelle …*

Wendy bemerkte die roten Flecken auf seinen Wangen. »Ist alles in Ordnung mit Ihnen?«

»Ja.« Rikers Stimme klang heiser und völlig fremd. »Seien Sie unbesorgt.«

»Sie schwitzen.«

»Weil es hier drinnen recht warm ist. Daran liegt's.«

Die Schöne lächelte noch immer, schon seit einer halben Ewigkeit. Ihre Brüste – *oh, ihre Brüste* – erzitterten, als sie lautlos lachte. Dann war sie gnädig genug, ihren Blick von Riker abzuwenden und sich wieder auf die Zeremonie zu konzentrieren.

Will hörte die Worte des Rituals wie aus weiter Ferne und versuchte nicht einmal, ihren Sinn zu erfassen. Er vergeudete keinen Gedanken mehr an die Zeremonie, sondern dachte nur noch daran, wie er eine ganz bestimmte Absicht verwirklichen konnte.

Im Garten hinter der Kapelle fand eine Art Empfang statt. Lampions hielten die Dunkelheit der Nacht fern.

Riker stand an einem Bankettisch und stopfte sich einen Bissen nach dem anderen in den Mund, ohne darauf zu achten, was er da eigentlich verspeiste – später sollte er diese Unaufmerksamkeit mit heftigen Magenschmerzen bezahlen. Er genehmigte sich mehrere Hors d'oeuvres, während er mit seinen Gedanken ganz woanders weilte.

Die Gäste waren jetzt nicht mehr nackt, und auch Will trug wieder seine Uniform, was ihn mit Erleichterung erfüllte. Außerdem konnte er dadurch seinen inneren Autopiloten einschalten und freundlich-taktvoll reagieren, wenn Leute mit ihm als Repräsentanten der Föderation sprechen wollten. Ab und zu fragte er sich, ob sie merkten, daß er eigentlich gar nicht richtig bei der Sache war.

Immer wieder hielt er nach der Brautjungfer Ausschau, doch sie zeigte sich nirgends. Braut und Bräutigam glänzten ebenfalls durch Abwesenheit – vielleicht gehörte das ebenfalls zur allgemeinen Tradition.

Riker konnte die Unbekannte einfach nicht aus seinen Gedanken verbannen. Er hatte Gelegenheit gehabt, Erfahrungen mit vielen Frauen zu sammeln, aber diese spezielle Dame ... Sie unterschied sich von allen anderen. Etwas Sonderbares haftete ihr an. Will hatte fast das Gefühl, sie von irgendwoher zu *kennen*.

Was natürlich Unsinn war. Er hatte sie an diesem Abend zum erstenmal gesehen. Daran bestand überhaupt kein Zweifel. Eine frühere Begegnung mit ihr hätte er ja wohl kaum vergessen haben können. Seltsam, eigentlich entsprach sie gar nicht dem Typ Frau, den er besonders attraktiv fand. Und doch ...

Plötzlicher Applaus ließ seine Gedanken in die Gegenwart zurückkehren. Dort stand sie. Zusammen mit Braut und Bräutigam. Einige Freunde der frisch Vermählten umringten sie, gratulierten und lachten.

Riker wartete darauf, daß die Brautjungfer in seine Richtung sah. Er hoffte, Blickkontakt herstellen zu können, aber sie wandte ihren Kopf nicht erneut, so wie vorher in der Kapelle. Sie sah praktisch überallhin – nur nicht zu ihm. Will fragte sich, ob eine Absicht dahintersteckte, und seine Enttäuschung wuchs.

Jemand berührte ihn an der Schulter, und er wandte sich um. Wendy sah aus ihren großen Rehaugen zu ihm auf. »Gibt es irgendein Problem?« erkundigte sie sich. »Sie scheinen für jedermann Zeit zu haben, nur nicht für mich. Falls Sie's vergessen haben sollten: Wir bilden bei dieser Feier ein Paar.«

»Entschuldigen Sie bitte. Nein, es gibt kein Problem.« Riker schlang den Arm um Wendys Taille, blieb dicht neben ihr und benutzte sie wie einen Schild. Die Tochter des Botschafters erinnerte ihn mit ihrer Anwesenheit daran, daß es auch noch andere Frauen in der Galaxis gab.

Es verblüffte ihn selbst, welche starke Wirkung der Anblick jener Betazoidin auf ihn ausgeübt hatte.

Es war verrückt. Dabei kannte er sie doch gar nicht. Er wußte nur, daß sie nackt ziemlich gut aussah. Nicht nur gut, sondern hinreißend. Sogar atemberaubend. Und trotzdem... Das allein erklärte nicht, warum er sich so sehr zu ihr hingezogen fühlte, warum der Wunsch in ihm brannte, sie unbedingt näher kennenzulernen.

»Glauben Sie an Liebe auf den ersten Blick?« fragte er Wendy.

»Nein. Ich halte es zwar für möglich, daß ein Blick genügt, um sexuelles Verlangen zu wecken. Das ist nicht schwer. Aber wahre Liebe? Nein. Es wäre durchaus denkbar, daß Sexualität Liebe nach sich zieht, aber dabei kann man nicht von Liebe auf den ersten Blick sprechen, höchstens von... von zufälliger Leidenschaft.«

»Genau.« Riker fühlte so etwas wie Erleichterung. Hier goß jemand herrlich kühle Realität in eine irreale Situation. »Das glaube ich auch. Man entdeckt etwas, untersucht es, zieht Schlußfolgerungen und entscheidet. Man handelt nicht allein aufgrund des ersten Eindrucks.«

»Will...« Wendy lächelte kokett. »Wollen Sie mir auf diese Weise mitteilen, daß Sie mich attraktiv finden? Daß Sie glauben, sich auf den ersten Blick in mich verlieben zu können?«

»Natürlich nicht. Wir sind gerade übereingekommen, daß ein solches Phänomen gar nicht existiert. Erinnern Sie sich nicht?«

»Oooooh, ja.«

Die jungen Frauen bildeten nun eine Gruppe, zu der auch die Brautjungfer gehörte. Riker beobachtete sie neugierig, und Wendy meinte: »Sie kennen sicher den irdischen Brauch, daß die Braut ihren Blumenstrauß hinter sich wirft?«

»Ja.«

»Nun, hier auf Betazed ist etwas Ähnliches üblich. Die Braut wirft keinen Strauß, sondern ihr weißes Haarband.«

»Aha.«

Chandra stand mit dem Rücken zu den jungen Frauen, zögerte kurz und warf dann ihr Band über die rechte Schulter. Es flog vielen ausgestreckten Armen entgegen, und eine Hand ergriff es. Applaus erklang, als die stolze Brautjungfer ihre Trophäe präsentierte.

»Oh, das freut mich!« entfuhr es Wendy. »Deanna hat es gefangen. Sie und Chandra sind schon seit vielen Jahren befreundet.«

»Deanna?«

»Deanna Troi. Sie war die Brautjungfer bei der Zeremonie.«

»Ach, tatsächlich?« erwiderte Riker und versuchte, seine Stimme möglichst neutral klingen zu lassen.

Er gab sich solche Mühe, daß ihn Wendy neugierig musterte. »Ja. Es erstaunt mich, daß Sie sich nicht daran erinnern.«

»Nun, Sie wissen ja, wie das so ist: Wenn man überall nur nackte Haut sieht, so fällt es einem schwer, einzelne Körper voneinander zu unterscheiden. Deanna hat also das weiße Haarband gefangen. Bedeutet das, daß sie als nächste heiraten wird?«

»Nein. Es bedeutet, daß sich ihre große Liebe hier an diesem Ort befindet.«

»Wie romantisch.« Riker sah zu der jungen Frau, deren Namen er nun kannte: Deanna Troi. Sie beanspruchte seine gesamte Aufmerksamkeit, stand im Mittelpunkt all seiner Gedanken.

Doch während des gesamten Abends sah sie ihn nicht einmal an.

14

»Sie hätten mich vorwarnen sollen.«

Mark Roper sah zu Lieutenant Riker auf und lächelte. »Guten Morgen, Captain.«

»Bitte nennen Sie mich nicht so.« Will hatte noch immer Magenschmerzen, und zwischen seinen Schläfen pochte es unangenehm heftig. »Warum haben Sie mir nicht gesagt, daß bei einer betazoidischen Hochzeit alle nackt sind?«

Roper lehnte sich zurück, und seine Züge zeigten Mißmut. »Ich bitte Sie, Captain. Während der Starfleet-Ausbildung sollten Sie eigentlich gelernt haben, mit dem Unerwarteten fertig zu werden. Ich bin sicher gewesen, daß Sie nicht eine Sekunde lang die Fassung verlieren würden.«

»Auf der Starfleet-Akademie finden keine Striptease-Lektionen statt.« Riker nahm auf der anderen Seite des Schreibtischs Platz.

»Vielleicht sollten Sie eine entsprechende Erweiterung des Lehrplans vorschlagen«, sagte Roper.

»Ja, vielleicht.«

»Ich nehme an, Wendys Gesellschaft war Ihnen angenehm gewesen.«

»Sie scheint in sozialer Hinsicht sehr anpassungsfähig zu sein.«

»Sind Sie mit ihr ins Bett gegangen?«

Rikers Kinnlade klappte nach unten, als er die heitere Miene des Botschafters sah. »Was ist nur *los* auf diesem Planeten?« brachte er ungläubig hervor. »Nacktheit bei einer Hochzeitsfeier. Und Väter, die sich am Morgen danach nach den sexuellen Aktivitäten ihrer Töchter erkundigen ...«

»Wäre es Ihnen lieber, wenn ich solche Fragen auf den Nachmittag verschiebe?«

»Mr. Roper ... Ich glaube, so etwas geht Sie nichts an.«

»Riker, Riker, Riker. Sie verstehen nicht. Ich würde es in jedem Fall erfahren. Zwischen meiner Tochter und mir existiert eine sehr offene Beziehung. In diesem Zusammenhang haben wir von der betazoidischen Kultur gelernt. Das oberste Prinzip heißt hier Ehrlichkeit. Wenn Sie und meine Tochter Spaß miteinander gehabt haben, so freue ich mich mit Ihnen.«

Riker starrte ihn aus großen Augen an. »Wissen Sie, ich habe mich nie für prüde gehalten, aber im Vergleich zu den Verhältnissen auf diesem Planeten scheine ich aus einer ganz anderen Epoche zu stammen.«

»Bestimmt gewöhnen Sie sich schnell an die neue Freiheit. Das ist bei allen der Fall. Bei manchen Leuten dauert es allerdings länger als bei anderen.«

»Na schön. Wenn Sie's unbedingt wissen wollen: Nein, ich habe nicht mit Ihrer Tochter geschlafen. Es ist ziemlich spät geworden, und wir waren beide müde ...« *Und ich mußte andauernd an Deanna Troi denken.* Diesen Gedanken behielt Riker für sich.

»Nun, wie auch immer ... Meine Tochter ist eine selbst- und verantwortungsbewußte junge Frau. Ich bin sicher, daß sie die richtigen Entscheidungen trifft, und dazu gehört auch die Wahl ihrer Partner.« Roper legte eine kurze Pause ein. »Chandra Xerx ist eine wundervolle Braut gewesen, stimmt's?«

»Ja, und ob.« Will sah eine gute Gelegenheit, jene eine Sache anzusprechen, die ihn mehr interessierte als alles andere. »Das gilt auch für die Brautjungfer. Wie hieß sie doch noch? Donna? Dena?«

»Deanna? Deanna Troi?«

»Ja.« Riker hoffte, daß er sein beiläufiges Gebaren nicht übertrieb. »Diesen Namen habe ich gehört: Deanna Troi.«

»Hübsche junge Dame. Ja, wirklich hübsch. Und was macht sie so?« Roper blickte nach draußen, als sei die Antwort auf seine Frage irgendwo zwischen den Wolken verborgen. Vielleicht war das tatsächlich der Fall, denn nach einigen Sekunden wandte er sich wieder Riker zu und fuhr fort. »Sie studiert Psychologie. Drüben an der Universität. Gehört zu den Besten ihres Jahrgangs. Lwaxana versäumt es nie, darauf hinzuweisen.«

»Lwaxana?«

»Deannas Mutter. Eine ziemlich … eindrucksvolle Frau. Wie heißt es doch so schön? Wenn man wissen möchte, wie die Tochter in zwanzig oder dreißig Jahren aussieht, braucht man nur einen Blick auf die Mutter zu werfen. Kennen Sie diese Weisheit?«

»Ja.«

»Nun, Lwaxana bietet ein gutes Beispiel.«

Riker hob überrascht die Brauen. »Soll das heißen, sie ist häßlich?«

»Um Himmels willen, nein. Ganz im Gegenteil. Sie ist eine ausgesprochen attraktive Frau und versteht es, das zu ihrem Vorteil zu nutzen. Aber sie kann auch sehr … dominant sein.«

»Dominant?« wiederholte Riker. Ehe Roper antworten konnte, fügte er hinzu: »Wendy erwähnte einen kleinen Prozentsatz von Betazoiden, die über außergewöhnlich starke telepathische Fähigkeiten verfügen.«

»Vielleicht dachte sie dabei insbesondere an Lwaxana«, erwiderte Roper. »Und der Begriff ›außergewöhnlich‹ beschreibt sie recht gut. Wendy kennt immer die neuesten Gerüchte, und sie hat mir folgendes gesagt: Wenn jemand ihrer Tochter den Hof macht, so nutzt Lwaxana praktisch jedes Mittel, den Betreffenden einzuschüchtern. Das Liebesleben der armen Deanna scheint kaum der Rede wert zu sein.«

»Wirklich schade.«

In Rikers Stimme gab es einen verräterischen Unterton, der Ropers Aufmerksamkeit nicht entging. Er bedachte den Lieutenant mit einem durchdringenden Blick und lächelte wissend. »Sie sind an ihr interessiert, nicht wahr?«

»Ich kenne sie nicht einmal.«

»Sie weichen der Frage aus.«

»Meine Güte, wie kann ich an einer Frau interessiert sein, wenn ich nicht einmal Gelegenheit hatte, ein paar Worte mit ihr zu wechseln?«

Ein Hauch von Melancholie huschte durch Ropers Gesicht. »Abgesehen von meiner Ehe habe ich nur eine andere erwähnenswerte Beziehung in meinem Leben gehabt. Es war eine junge Frau, und unser Dialog beschränkte sich auf weniger als fünf Worte. Nun ja, damals war ich ein junger Mann, der voller Lebensdrang steckte und den der Hafer stach. Oder anders gesagt: Ich war, wie Sie heute sind.«

»Ich fühle mich keineswegs vom Hafer gestochen, Mark«, erwiderte Riker fest. Er stand auf. »Und wenn Sie mich jetzt bitte entschuldigen würden … Ich bin mit dem Leiter der hiesigen Sicherheitsgruppe verabredet.«

»Sergeant Tang? Ein guter Mann. Versteht sein Handwerk.« Roper drehte den Computerschirm, um festzustellen, welche Termine er an diesem Tag hatte. »Grüßen Sie ihn von mir.«

»Ja, das werde ich tun.«

»Hoffentlich habe ich Sie mit meinen Bemerkungen über Deanna Troi nicht enttäuscht?«

»Ganz und gar nicht.« Riker näherte sich der Tür. »Um ehrlich zu sein: Derzeit bin ich mit ganz anderen Dingen beschäftigt.«

»Natürlich. Kennen Sie den Weg zur Universität?«

»Nein, aber ich finde bestimmt allein dorthin …« Riker unterbrach sich, als er begriff, was er gerade gesagt hatte. Er drehte sich noch einmal zum Botschafter um. »Vorausgesetzt natürlich, es gäbe einen Grund für mich, diesen Ort aufzusuchen.«

»Natürlich«, entgegnete Roper. »Aber einen solchen Grund gibt es natürlich nicht, nehme ich an.«

»Stimmt.«

»Wie Sie meinen.«

15

Deanna Troi ging über das Universitätsgelände und dachte an das Thema, das beim Ethik-Kurs erörtert worden war. Deshalb achtete sie nicht auf den jungen Starfleet-Offizier, der – natürlich rein zufällig – an ihr vorbeischlenderte.

Kurz darauf erklang dicht neben ihr eine Stimme. »*Ich* erinnere mich an Sie.«

Deanna blieb stehen. Mit der Stimme konnte sie nichts anfangen, aber der Tonfall erschien ihr sofort vertraut. Sie lächelte innerlich. *Damit hätte ich rechnen sollen,* dachte sie und drehte sich um.

Der Mann trat näher und gab sich den Anschein, nicht genau zu wissen, wo er sie schon einmal gesehen hatte. »Die Hochzeit gestern. Sie haben an der Zeremonie teilgenommen, nicht wahr?«

Deanna nickte langsam und hüllte sich in eine Aura aus Kühle und Desinteresse. Der Offizier streckte seine Hand aus. »Lieutenant William T. Riker. Zu Ihren Diensten.«

Einige Sekunden lang betrachtete Deanna die ihr dargebotene Hand. Dann griff sie vorsichtig danach und schüttelte sie behutsam. »Wofür steht das T?«

»Für toll.« Er hob und senkte die Brauen, um zu zeigen, daß er sich einen Scherz erlaubt hatte.

Die Betazoidin verstand. Doch ihr Gesichtsausdruck machte deutlich, daß sie die Bemerkung nicht als sonderlich lustig empfand.

Ihre Kühle blieb unverändert.

»Ich bin neu hier auf diesem Planeten, meine ich.

Und ich versuche, soviele Bewohner wie möglich kennenzulernen.«

»Ich verstehe.« Deanna verschränkte die Arme und hielt ihren Datenblock gleich einem Schild vor ihre Brüste. Sie war ganz in Blau gekleidet, trug eine Bluse mit weiten Ärmeln und einen langen Rock, den ihr der Wind an die Beine preßte. »Zu diesem Zweck stellen Sie sich dann jeweils den einzelnen Personen vor. Nun, Sie müssen damit rechnen, daß es ziemlich lange dauert, bis Sie viele Leute kennen.«

»Noch länger dauert es, wenn die einzelnen Personen darauf verzichten, mir ihren Namen zu nennen.«

Deanna neigte ein wenig den Kopf zur Seite und schob andeutungsweise das Kinn vor. »Sie wissen bereits, wie ich heiße.«

Daraufhin verschränkte auch Riker die Arme. »Es ist alles andere als leicht, mit Leuten Umgang zu pflegen, die in meinem Bewußtsein wie in einem offenen Buch lesen können.«

»Ich habe keinen Blick in Ihre Gedanken geworfen, sondern nur eine Vermutung ausgesprochen. Die Sie mir übrigens gerade bestätigt haben.«

»Oh. Ich dachte ...«

»Sie sind von einer bloßen Vermutung ausgegangen, und so etwas kann zu peinlichen Situationen führen, Lieutenant. Wie Sie nun aus eigener Erfahrung wissen.«

Deanna drehte sich um und ging fort.

Riker blieb stehen und sah ihr nach.

Gib nicht so schnell auf.

Diese Worte flüsterten plötzlich hinter seiner Stirn, und er fragte sich, woher sie kamen. Aus dem eigenen Ich? Oder stammten sie aus einer anderen Quelle? Forderte Deanna ihn auf diese Weise bewußt oder unbewußt auf, nicht einfach so die Flinte ins Korn zu werfen?

Will glaubte, eine Chance zu erkennen. Eine so

winzige Chance, daß sie sich überhaupt nicht messen ließ.

Aber es war einen Versuch wert.

Er setzte sich in Bewegung und folgte der jungen Frau. Sie ging mit langen, raschen Schritten, und Riker mußte fast sprinten, um zu ihr aufzuschließen.

»Bestimmt haben Sie sich mit Geologie befaßt«, sagte er.

Deanna blieb abrupt stehen und sah ihn an.

»Und Sie haben dabei draußen im Gelände gearbeitet«, fügte Will hinzu.

»Vor einigen Jahren, ja.«

»Und warum heute nicht mehr?«

»Meine wahren Talente liegen woanders. Woher wissen Sie davon?«

»Ihre Art zu gehen sagt mir das. Eine Bekannte von mir hat sich ebenfalls mit Geologie beschäftigt und sie zu ihrem Beruf gemacht. Sie ist ganz genauso gegangen – mit zielstrebigen, gemessenen Schritten. Selbst ohne spezielle Instrumente wußte sie immer, welche Strecken sie zurückgelegt hatte.«

Deanna nickte langsam. »Nicht übel, Lieutenant. Ich bin beeindruckt.«

»Und mich beeindruckt es, Sie beeindruckt zu haben.« Erneut streckte er die Hand aus. »Ich bin Lieutenant William T. Riker. Und Sie sind …?«

Die Betazoidin seufzte. »Das haben wir doch bereits hinter uns gebracht, oder?«

»Nur teilweise.«

Diesmal griff Deanna nach der Hand und schüttelte sie fest. »Deanna Troi. Die Antwort lautet: nein.«

Riker wünschte sich, mehr als nur einige knappe Worte von ihr zu hören. Ihm gefiel der melodische Klang ihrer Stimme. »Die Antwort auf was?«

»Die Antwort auf fast alle Fragen, die Sie mir stellen möchten.« Erneut verschränkte Deanna die Arme. »Hören Sie, Lieutenant… Ich möchte nicht unhöflich sein, aber gleichzeitig liegt es mir fern, irgendwelche Hoffnungen in Ihnen zu wecken. Ich weiß, daß Sie mich gestern bei der Hochzeit gesehen haben. Wir wissen es beide. Und uns ist auch klar, was Ihnen dabei durch den Kopf gegangen ist.«

Riker wagte sich einen Schritt näher und versuchte, möglichst weltmännisch und höflich zu klingen. »Aber es gibt einen gewichtigen Unterschied zwischen uns: Ich weiß nicht, was *Sie* gedacht haben.«

»Ich verrate es Ihnen. Ihr Interesse hat mir geschmeichelt. Ich bin eitel genug, um mich darüber zu freuen, daß mein Körper so starke … Gefühle stimulieren kann. Allerdings weist Ihre Reaktion darauf hin, daß Sie dazu neigen, in erster Linie auf Äußerlichkeiten zu achten.«

»Meine Aufmerksamkeit gilt auch anderen Dingen«, verteidigte sich Riker.

»Ja, genau – *auch.*«

Will verkürzte den Abstand um einen weiteren Schritt und behielt dabei die Betazoidin im Auge. Sie wich nicht zurück, was entweder bedeutete, daß sie seine Nähe begrüßte – oder sie begegnete ihm mit einer solchen Gleichgültigkeit, daß sie es nicht einmal für erforderlich hielt, eine gewisse Distanz zu ihm zu wahren. »Wie auch immer … Bei Ihnen geht es mir keineswegs nur um Äußerlichkeiten. Ich bin daran interessiert, Sie auf … verschiedenen Ebenen kennenzulernen.«

»Mag sein. Das ändert jedoch nichts daran, daß für Sie andere Dinge Priorität haben als für mich. Darüber hinaus sind Sie mir zu … oberflächlich.«

»Oberflächlich?« erwiderte Riker verblüfft.

Deanna senkte den Blick und wirkte plötzlich verunsichert. »Ich möchte nichts sagen, was Sie beleidigt.«

»Oh, Sie können mich nicht beleidigen, keine Sorge«, erwiderte Will. Seine Stimme klang jetzt ein wenig anders. Ärger vibrierte in ihr.

»Na schön.« Die Betazoidin hob den Kopf und sah ihn an. Vorbeikommende Studenten warfen ihnen kurze Blicke zu und setzten den Weg fort, ohne ein Wort an den Starfleet-Offizier oder seine Begleiterin zu richten. »Ich spüre, daß Sie viele kurze Verhältnisse hinter sich haben.« Deanna sprach nun in einem klinisch sachlichen Tonfall. »Sie finden vor allem an der physischen Komponente von Beziehungen mit dem anderen Geschlecht Gefallen. Emotionales Engagement widerstrebt Ihnen. Diese natürliche Tendenz in ihrem Wesen findet in diesem Fall eine noch stärkere Ausprägung, weil Sie nur wenige Monate auf Betazed verbringen werden. Unter diesen Umständen möchten Sie hier intime Kontakte in dem Wissen knüpfen, daß es angesichts Ihres zeitlich begrenzten Aufenthalts gar nicht zu irgendwelchen gefühlsmäßigen Komplikationen kommen kann. Nun, stimmt diese Diagnose?«

Riker preßte die Lippen zusammen. »Jetzt glauben Sie wohl, mir den Kopf gewaschen zu haben, wie?«

»Mir ging es nur darum, in groben Zügen Ihren Charakter zu analysieren. Ich wünsche Ihnen einen guten Tag, Lieutenant.«

Deanna drehte sich um und ging. Diesmal vernahm Riker keine gedankliche Stimme, die ihm irgendeinen Tip gab. Stille herrschte in seinem mentalen Kosmos – eine Stille, die ihm Unbehagen bereitete. Er wußte nicht, was die Betazoidin von ihm dachte, was er selbst denken sollte.

Er wußte überhaupt nichts mehr.

Ich bin daheim.

Deanna nickte Mr. Homn zu, der stumm zurückwich und sie eintreten ließ.

Die Stimme ihrer Mutter ertönte in ihren Gedanken. *Ich bin oben, Kleines.*

Die junge Frau sah in Richtung Treppe. *Was ist los, Mutter?* Normalerweise befand sich Lwaxana Troi um diese Tageszeit nicht in ihrem Schlafzimmer. Für gewöhnlich beschäftigte sie sich mit allen möglichen Dingen; gelegentlich empfing sie Gäste, auch Staatsoberhäupter. Ihre Abwesenheit war seltsam.

Deanna eilte die Stufen hinauf und erreichte kurz darauf das Schlafzimmer ihrer Mutter. Lwaxana lag im Bett und offenbarte unübersehbare Anzeichen von Schwäche und Erschöpfung. Laut schnäuzte sie sich die Nase.

»Was ist geschehen, Mutter?«

Es hat mich einfach so erwischt, lautete die telepathische Antwort. *Im einen Augenblick fühlte ich mich wie immer, und im nächsten schien mein Kopf zu explodieren. Ach, die Gesundheit, Kleines ... Man weiß sie erst richtig zu schätzen, wenn man sie verliert.*

Kann ich dir irgendwie helfen Mutter?

Lwaxana nieste. *Ja. Vertritt mich.*

Wobei?

Die Föderationsbotschaft veranstaltet heute abend einen Empfang für den rigelianischen Botschafter. Als Tochter des fünften Hauses ist es eigentlich meine Pflicht, dabei zugegen zu sein. Doch mein derzeitiger Zustand fesselt mich ans Bett.

Deanna ließ sich auf die Bettkante sinken und rang mit sich. »Wenn sich das irgendwie vermeiden läßt, Mutter ... Gestern abend bei Chandras Hochzeit ist es ziemlich spät geworden. Außerdem hat mich das Studium sehr in Anspruch genommen. Und ich ...«

Lwaxana setzte sich auf. Das Selbstmitleid in ihrem Gesicht wich Verwunderung. »Wer ist Lieutenant Riker?«

Deanna seufzte. »Er ist niemand, Mutter. Und weißt du: Nach all der Zeit verärgerst du mich noch immer mit einem derartigen Verhalten. Warum überläßt du es nicht mir zu entscheiden, wann und unter welchen Umständen ich über eine bestimmte Sache reden möchte?«

»Früher oder später hättest du mich darauf angesprochen.« Lwaxana putzte sich erneut die Nase, ließ den Kopf aufs Kissen sinken und dachte: *Nun, wer ist er?*

Wie ich schon sagte: ein Niemand. Ein Starfleet-Offizier, der seine … Gedanken und Empfindungen nicht unter Kontrolle halten kann. Er hat keine Bedeutung für mich.

Er hat genügend Bedeutung für dich, um der Grund dafür zu sein, warum du heute nicht am Empfang in der Botschaft teilnehmen möchtest.

Deanna seufzte erneut, und diesmal klang es mißmutig. *Ich vertrete dich ja, Mutter. In Ordnung? Ich besuche den Empfang. Ich werde dabei so freundlich sein wie immer, und Lieutenant Rikers Anwesenheit bereitet mir dabei bestimmt nicht die geringsten Schwierigkeiten.*

Lwaxana hob die Hand und gab ihrer Tochter einen zärtlichen Klaps auf die Wange. *Braves Mädchen.*

Deanna wandte sich halb ab. *Na großartig,* dachte sie im tiefsten Winkel ihres Bewußtseins und hoffte, daß ihrer Mutter dieser Gedanke verborgen blieb. *Einfach großartig.*

16

Helles Licht leuchtete überall in der Föderationsbotschaft, und es herrschte Festtrubel.

An der Hochzeitsfeier hatten vor allem Betazoiden teilgenommen, und deshalb war es dabei recht still gewesen. Doch bei Empfängen in der Botschaft verlangte das Protokoll verbale Kommunikation – damit wurde auf die Bedürfnisse von Außenweltlern Rücksicht genommen.

Unter diesen Umständen fühlte Riker sich nicht annähernd so angespannt wie am vergangenen Abend.

Er beobachtete, wie sich Mark Roper um seine Gäste kümmerte und dafür sorgte, daß es nie an Speisen und Getränken mangelte. Er scheute keine Mühe, um zu gewährleisten, daß sich der rigelianische Botschafter wohl fühlte. Riker sah nun einen ganz anderen Roper. Nicht ohne Erleichterung nahm er zur Kenntnis, daß aus dem nervösen und zerstreuten Mann im Arbeitszimmer ein fähiger Diplomat geworden war.

Auch Riker wußte, worauf es bei solchen Anlässen ankam. Der Motor seines Charmes lief auf vollen Touren; er verhielt sich immer richtig und wählte nie ein falsches Wort. Einmal näherte sich Roper und meinte: »Vielleicht haben Sie Ihren Beruf verfehlt, Captain. Sie hätte in den diplomatischen Dienst treten sollen.«

»Ich bin nur ein begabter Amateur, Sir.«

»Keine falsche Bescheidenheit.«

Doch Riker hörte nicht mehr hin, denn etwas anderes weckte seine Aufmerksamkeit: Deanna Troi war hereingekommen. Sie sah sich um und hielt offenbar nach bekannten Leuten Ausschau. Einer der älteren Berater bemerkte sie, und die junge Frau schlenderte mit ihm fort.

Roper beobachtete den Vorgang, und sein Mund verzog sich zu einem Lächeln. »Sie scheinen in Gedanken ganz woanders zu sein, Captain.«

»Hm? Oh.« Riker senkte ein wenig verlegen den Kopf. Daß er sich so sehr hatte ablenken lassen … So etwas durfte eigentlich nicht passieren. »Entschuldigen Sie bitte.«

»Erneut zeigt sich Ihr berühmtes Desinteresse an Deanna Troi.«

»Um ganz ehrlich zu sein, Mark … Sie erscheint mir nicht sehr freundlich zu sein.«

»*Wie* bitte?« Ropers Verblüffung war echt. »Zu mir ist sie immer freundlich gewesen. Und das gilt auch für alle anderen Leute, die ich kenne. Sind Sie sicher?«

»Nun, mir gegenüber war sie ziemlich reserviert und hochmütig.«

»Wann?«

»Ich, äh, bin ihr zufällig begegnet. In der Stadt.«

»Ich verstehe. Und wie haben Sie sich verhalten?«

Riker starrte den Botschafter groß an. »Ich war höflich.« Nach kurzem Zögern fügte er hinzu: »Und ich fühlte mich reichlich unbehaglich dabei.«

»Warum das denn?«

»Nun … Mir hat die Vorstellung, daß sie meine Gedanken lesen kann, nicht sonderlich gefallen.«

Roper sah von dem jungen Lieutenant zu Deanna auf der anderen Seite des Zimmers. Anschließend kehrte sein Blick zu Riker zurück. »Meinen Sie Deanna Troi? Sie ist doch überhaupt nicht imstande, Ihre Gedanken zu lesen.«

»Was? Aber …« Riker wußte nicht, was er davon halten sollte. »Ich dachte … Ihre Hinweise auf die telepathischen Fähigkeiten der Mutter …«

»… beziehen sich nicht zwangsläufig auch auf ihre

Tochter. Deanna ist nicht annähernd eine solch starke Telepathin wie Lwaxana. Sie verfügt nur über die Hälfte ihres Potentials, denn in ihren Adern fließt nicht allein betazoidisches Blut. Ihr Vater ist Terraner gewesen.«

»Ein Mensch?« fragte Riker verdutzt. Er war kaum imstande, mit einer Betazoidin auch nur zu *reden*, und jemand anders hatte es geschafft, eine zu heiraten. Und eine hochbegabte noch dazu.

»Ja. Deanna ist keine Telepathin, sondern Empathin. Sie nimmt Gefühle, Empfindungen und Stimmungen wahr. Sie spürt Ehrlichkeit, Falschheit, sexuelles Verlangen ...« Roper legte eine Pause ein und wartete, bis er Überraschung in Rikers Gesicht sah. »Darauf beschränken sich ihre Fähigkeiten – auf das Empfangen von emotionalen Eindrücken.«

»Ich verstehe.« Riker nickte und lächelte. »Nun, vielleicht sollte ich versuchen, die Sache zu bereinigen.«

Er trat einen Schritt vor – und plötzlich versperrte ihm Wendy den Weg. Sie hielt ein Glas in der Hand, und in ihren Augen leuchtete so etwas wie Schmerz.

»Gehen Sie mir etwa aus dem Weg, Will?« Sie legte ihm die eine Hand auf den Arm und schmollte. »Das täte mir sehr leid.«

Riker versuchte, sich eine taktvolle Antwort einfallen zu lassen, aber er brauchte seine rhetorischen Fähigkeiten erst gar nicht zu bemühen. »Wendy ...«, warf Mark Roper ein. »Ich möchte dir jemanden vorstellen – den rigelianischen Botschafter.«

»Im Ernst?« Die junge Dame lallte ein wenig – es wurde immer deutlicher, daß sie weit mehr als nur ein Glas getrunken hatte.

»Ja, im Ernst. Er steht dort drüben.« Roper ergriff seine Tochter am Arm, führte sie fort von Riker und warf dem Lieutenant einen unauffälligen Blick zu.

Will zögerte nicht, die Chance zu nutzen. Er bahnte sich einen Weg durchs Gedränge, und wenige Sekunden später verharrte er hinter Deanna. Dort blieb er einfach nur stehen und wartete darauf, daß sie ihn bemerkte und sich umdrehte.

Fast sofort spürte er, daß sie seine Anwesenheit bemerkte, doch sie kehrte ihm auch weiterhin den Rücken zu. Irgendwann wurde der Diplomat, mit dem sie sprach, von irgend etwas oder jemandem abgelenkt. Mit einem entschuldigenden Nicken verabschiedete er sich von der Betazoidin. Deanna seufzte, und ihre Schultern sanken ein wenig nach unten.

»Warum stehen Sie einfach nur so da, Lieutenant?«

»Woher haben Sie davon gewußt?«

»Ich habe Ihren Atem am Hals gespürt.«

»Nein, das meine ich nicht. Woher wußten Sie, daß ich nur einige Monate lang auf Betazed bleibe?«

Deanna drehte sich langsam um, und ein amüsierter Ausdruck zeigte sich in ihrem Gesicht.

»Ich bin mir sicher gewesen, daß Sie das meinen Gedanken entnommen hätten«, sagte Riker. »Aber eine Empathin kann nicht im eigentlichen Sinne Gedanken lesen, oder?«

»Nein.«

»Nun? Dann warte ich auf eine Erklärung.«

Deanna betrachtete ihre Fingernägel, als sie erwiderte: »Ich habe mich umgehört.«

»Ach? Und aus welchem Grund haben Sie Erkundigungen über mich eingezogen?«

»Weil ich neugierig war. Sind Sie nun zufrieden, Lieutenant?«

»Nennen Sie mich Will.«

»Ich schätze, für den Augenblick bleibe ich besser bei ›Lieutenant‹.«

»Für den Augenblick?« Riker lächelte schmeichlerisch. »Soll das heißen, Sie rechnen damit, daß sich die Form der Anrede bald ändern könnte?«

»Ich rechne damit, daß ich früher oder später – eher früher – die Geduld mit Ihnen verliere.«

»Von schönen Frauen heißt es, daß sie im Zorn noch schöner sind. Die Frage lautet: Läßt sich ein Superlativ noch steigern?«

»Lieutenant ...« Deanna seufzte tief. »Was wollen Sie eigentlich von mir? Nein ...« Rasch hob sie die Arme zu einer abwehrenden Geste. »Schon gut. Ich weiß, was Sie wollen. Lassen Sie mich die Frage anders formulieren: Wie kann ich Sie davon überzeugen, daß ich nicht daran interessiert bin?«

»Indem Sie mit mir ausgehen«, erwiderte Riker glatt.

»Ich soll mit Ihnen ausgehen?« Deanna lachte. »Glauben Sie vielleicht, *Er*mutigung sei die beste Form der *Ent*mutigung? Das erscheint mir kaum logisch zu sein.«

»Ich habe nicht von Logik gesprochen.«

»Was ich mit Erleichterung zur Kenntnis nehme.«

Will begann mit einer Erläuterung. »Ich möchte auf folgendes hinaus: Wenn Sie mit mir ausgehen, lernen Sie mich besser kennen und können dann Entscheidungen treffen, die nicht auf ersten Eindrücken basieren. Wenn wir einige Stunden gemeinsam verbringen und Sie dann zu dem Schluß gelangen, daß Sie kein Interesse haben ... In Ordnung. Ich bin bereit, so etwas zu akzeptieren. Glauben Sie mir, ich gehe nur dorthin, wo ich auch willkommen bin.«

Deanna konnte der Versuchung nicht widerstehen. »Dann dürften Sie nicht gerade viel herumkommen, oder?«

Riker kniff die Augen zusammen und nickte. »Na schön.« Er hob die Hände. »Wie Sie wollen.«

Er wandte sich ab – und war überrascht, als Deanna seinen Arm festhielt. Langsam wandte er den Kopf und begegnete ihrem Blick.

»Morgen habe ich keine Zeit«, sagte sie. »Übermorgen. Holen Sie mich gegen Mittag zu Hause ab. Wir veranstalten ein Picknick. Ich packe den Korb.«

»Sie sollen keineswegs glauben, mir irgendeinen Gefallen zu schulden, Miß Troi. Ich meine, ich möchte vermeiden, Ihnen Umstände zu ...«

»Stellen Sie Ihr Glück nicht auf die Probe, Leutenant.«

»Gegen Mittag. Einverstanden.«

»Gut.« Deanna überlegte kurz. »Sagen Sie, Leutenant ... Es gibt hier viele Frauen, und bei einigen von ihnen kämen Sie mit ihrem besonderen Charme sicher besser an als bei mir. Warum beschränkt sich Ihr Interesse auf mich?«

»Weil ich eine Herausforderung in Ihnen sehe.«

»Wunderbar. Wenn das so ist, kommen Sie sicher gut mit ihr zurecht.«

»Von wem sprechen Sie?«

»Von meiner Mutter. Sie mag Herausforderungen ebenso gern wie Sie.« Deanna lächelte auf eine Weise, die Riker mit neuerlichem Unbehagen erfüllte. »Bestimmt gefallen Sie ihr sehr ...«

17

Sergeant Roger Tang, ein grauhaariger Veteran und Leiter der Sicherheitsgruppe auf Betazed, sah Riker auf dem Weg zur Tür. »Lieutenant«, sagte er und nahm Haltung an.

Will schüttelte innerlich den Kopf. Schon seit zweihundert Jahre salutierte niemand mehr auf diese zackige Art und Weise. Aber Tang war nostalgisch genug, um sich nach einer Zeit strengerer Disziplin zurückzusehnen. Riker hob kurz die Hand. »Rühren, Sergeant.«

Tang rieb sich sein rundes Kinn mit den Bartstoppeln. An der Hüfte baumelte ein großer Phaser, der ihm bei jedem Schritt ans Bein stieß. Womöglich nahm er die Waffe sogar mit ins Bett.

»Schöner Tag heute«, sagte er. »Wohin sind Sie unterwegs, Sir, wenn Sie mir diese Frage gestatten?«

»Ich gehe nach draußen.«

»Ja. Das sehe ich. Ihre allgemeine Richtung legt nahe, daß Sie die Tür durchschreiten wollten. Nun, Sir, mich interessiert vor allem Ihr *Ziel.* Aus Sicherheitsgründen. Wir können nicht vorsichtig genug sein.«

Riker schlenderte zu Tang und legte die Hände auf den Rücken. »Wenn Sie's *unbedingt* wissen wollen, Sergeant: Ich bin verabredet.«

Tang dachte ein oder zwei Sekunden lang nach – zumindest erweckte er diesen Anschein. »Mit einer Einheimischen, Sir?«

»Ja. Mit einer Einheimischen. Ich habe versucht, eine junge Dame von der *Fortuna* hierher zu schmuggeln, aber mein Koffer war leider nicht groß genug gewesen.«

»Verdammt schade«, sagte Tang voller Anteilnahme. Er senkte die Stimme und fragte in einem vertraulichen Tonfall: »Darf ich Ihnen einen Rat geben, Sir?«

Riker nickte.

»Nehmen Sie sich vor diesen Leuten in acht. Sie können einen ruinieren.«

Will blinzelte verwirrt. »Wie bitte?«

»Sie sind immer freundlich und sanft.« Der Sergeant tippte sich an die Stirn. »Und sie philosophieren andauernd. Sie streben nach neuen Erkenntnissen und so. Wenn Sie mich fragen – die Betazoiden denken einfach zuviel.«

»Das Nachdenken genießt einen guten Ruf.«

»Oh, sicher, Sir. Und *normalerweise* gibt es daran auch nichts auszusetzen. Aber man sollte nicht *immer* nachdenken. Sonst besteht die Gefahr, daß alles viel zu sehr intellektualisiert wird. Tja, die Bewohner dieses Planeten kämpfen nicht. Sie ziehen es vor, über die Gründe eines Konflikts zu diskutieren. Ich habe ihnen einmal gesagt, daß die Sindareen nur die Sprache der Gewalt verstehen. Daraufhin haben mich die Betazoiden so angestarrt, als sei ich vom Himmel gefallen.«

»In gewisser Weise sind Sie das ja wohl auch.«

Tang lachte kurz. Es es klang wie ein Bellen. »Ja, das läßt sich kaum leugnen. Nun, Lieutenant … Ich meine nur: Vergessen Sie nicht, wer Sie sind. Und was es mit den Einheimischen auf sich hat. Es ist schön und gut, neue Kulturen kennenzulernen, aber man sollte immer daran denken, daß die Galaxis in zwei Gruppen aufgeteilt ist.«

»Ach? In welche?«

»Starfleet – und die anderen.« Tang hob den Zeigefinger an seine Lippen. »Ich schätze, damit habe ich genug gesagt.«

»Danke, Sergeant.«

Tang salutierte erneut. »Gehört alles zum Dienst.« Er drehte sich um und stapfte fort, wobei ihm der Phaser immer wieder ans Bein stieß.

Riker stand vor dem großen, prächtigen Haus, in dem Deanna Troi wohnte. Die Villa beeindruckte ihn so sehr, daß er lange zögerte, bevor er anklopfte.

Er hörte keine Schritte, doch nach wenigen Sekunden öffnete sich die Tür.

Riker hob den Blick.

Und hob ihn noch etwas mehr.

Ein riesenhafter Mann stand vor ihm. Er sah nicht wie ein Betazoide aus. Er ließ sich überhaupt keiner Kategorie zuordnen. Mit ausdrucksloser Miene starrte er auf den Ankömmling hinab.

»Ich bin Lieutenant Riker und möchte Deanna Troi abholen.« Unsicher fügte er hinzu. »Dies ist doch die Troi-Residenz, nicht wahr?«

Der Mann nickte langsam, wich zurück und gab den Weg für Riker frei. Will trat ein und sah sich neugierig um.

»Wo soll ich warten?«

Der Riese schloß die Tür, ohne eine Antwort zu geben. Eine Zeitlang musterte Riker den seltsamen Humanoiden verwirrt, dann erklang eine Stimme hinter ihm. »Wie ich sehe, haben Sie Mr. Homn bereits kennengelernt.«

Riker drehte sich um und sah eine attraktive Frau mit dunkelbraunem Haar und aristokratischer Haltung. Sie trug ein rosarot und grau gefärbtes Kleid, das gut zu den dunklen Augen kontrastierte. »Und Sie sind demnach Mrs. Homn?« fragte er.

Ein kurzes Lachen erklang. »Nein, nein. Ich bin Deannas Mutter.«

Der Besucher nahm die ausgestreckte Hand entgegen und deutete eine Verbeugung an. »Lieutenant William T. Riker. Bitte nennen Sie mich Will oder William, wie es Ihnen beliebt. Und wie soll ich Sie …?«

»Mrs. Troi.«

»Oh.« Riker lächelte schief. »Na schön, Mrs. Troi. Ich, äh, bin mit Deanna verabredet.«

»Ja, ich weiß.« Lwaxana nahm seinen Arm und führte ihn ins große Wohnzimmer. »Sie macht sich gerade fertig und wird gleich hier sein … Wir können die Zeit nutzen, um ein wenig miteinander zu plaudern.«

»Eine gute Idee.«

Riker setzte sich auf die Couch und sank tief ins weiche Polster. Lwaxana nahm in einem Sessel Platz, der wie ein Thron wirkte. »Und nun … Erzählen Sie mir alles über sich.«

Will rieb sich übers Kinn. »Warum erzählen *Sie* mir nicht alles über mich?«

Deannas Mutter lachte. »Nicht übel, Lieutenant. Anstatt mit eigenen Bemerkungen irgendeine Art von Anhaltspunkt zu geben, überlassen mir Sie den ersten Schritt – um zu erfahren, woran Sie sind. Nun gut.« Lwaxanas Tonfall veränderte sich ein wenig. »Sie sind aggressiv und gleichzeitig vorsichtig. Sie arbeiten hart und sind mit ganzem Herzen Starfleet-Offizier. Sie neigen dazu, zurückhaltend und reserviert zu sein, und deshalb haben Sie Probleme in einer Welt der Offenheit. Sie finden meine Tochter hinreißend und geben sich sexuellen Phantasien über sie hin. Sie hoffen, daß sich beim Picknick genügend Romantik ergibt, um Deanna im Sturm zu erobern und ihr alle Freuden Ihrer Männlichkeit zu schenken. Ihre bevorzugte Stellung beim Geschlechtsakt …«

»Mrs. Troi!« entfuhr es Riker entrüstet.

»Außerdem scheinen Sie großen Gefallen daran zu finden, mit Öl eingerieben zu werden, das nach Limonen duftet.«

Will stand auf. »Ich bin schockiert, Mrs. Troi.«

»*Sie* sind schockiert?« Lwaxana sah unschuldig zu ihm auf. »Es sind *Ihre* Gedanken.«

»Mag sein. Aber ich dachte bislang, daß Betazoiden großen Wert auf Höflichkeit legen. Ihr Verhalten mir gegenüber kann man allerdings wohl kaum als höflich bezeichnen.«

Deannas Mutter gab sich bestürzt. »Meine Güte, das stimmt. Was ist bloß aus meinen guten Manieren geworden? Ich habe ganz vergessen, Ihnen einen Drink anzubieten. Mr. Homn!« Sie klatschte in die Hände. »Bringen Sie unserem Gast etwas zu trinken.«

»Das meine ich nicht. Ihre Ausdrucksweise ... Sie reden so, als sei ich ihr Feind.«

»Das ist Ihre Interpretation, Lieutenant. Ich halte Sie nicht für einen Feind. Nein, ganz und gar nicht. Sie sind ...« Lwaxana zögerte und dachte kurz nach. »Sie sind eine Erfahrung. Eine belanglose, vorübergehende Erfahrung, aus der Deanna lernt und die ihr hilft, weiter zu wachsen. Das ist alles. Es wäre übertrieben, in diesem Zusammenhang von einem *Feind* zu sprechen. Was meine Einschätzung Ihres Charakters und Ihrer Gedanken betrifft, Lieutenant ... Sie selbst haben mich zu einem Kommentar aufgefordert. Sie können mir wohl kaum vorwerfen, daß ich dieser Aufforderung nachgekommen bin.«

Mr. Homn erschien neben Riker, mit einem silbernen Tablett, auf dem ein Glas stand. Will ergriff es geistesabwesend.

»Versuchen Sie bitte, mich zu verstehen, Lieutenant. Aufgrund meiner Position muß ich eine besondere Verantwortung wahrnehmen. Ich bin eine Tochter des Fünften Hauses und damit Hüterin des Sakralen Kelchs von Riix sowie Erbin der Heiligen Ringe von Betazed. Ich bin daran gewöhnt, ganz offen meine Meinung zu sagen und die Interessen meiner Tochter wahrzunehmen, Deanna ist eine sehr aufmerksame und intelligente junge Dame. Eines Tages wird sie die

Verantwortung tragen, die derzeit allein auf meinen Schultern ruht. Sie hingegen sind frei und als Starfleet-Offizier nicht einmal an einen Planeten gebunden. Die ganze Galaxis steht Ihnen offen. Meine Tochter befindet sich in einer ganz anderen Situation. Aufgrund ihrer Abstammung muß sie gewisse Pflichten wahrnehmen, die ihren Weg bestimmen. Deanna weiß das. Und sie hat sich damit abgefunden. Ich möchte, daß Sie auf diese Dinge Rücksicht nehmen. Und ich möchte, daß Sie nicht versuchen, in irgendeiner Form das Pflichtbewußtsein meiner Tochter zu beeinflussen.«

»Mit anderen Worten …?«

»Mit anderen Worten …« Lwaxanas Stimme klang noch fester. »Setzen Sie Deanna keine Flausen in den Kopf.«

Riker holte tief Luft. »Ich verstehe Ihren Standpunkt, Mrs. Troi. Ihre Situation ist mir durchaus klar. Aber bei allem Respekt – Sie können mir keine Befehle erteilen.«

»Ja, das stimmt«, erwiderte Lwaxana ruhig und gelassen. »Das kann ich tatsächlich nicht – im Gegensatz zu Starfleet. Und glauben Sie mir, Lieutenant: Wenn sich eine Tochter des Fünften Hauses bei Starfleet beschwert, so wird man es nicht versäumen, ihr aufmerksam zuzuhören. Haben wir uns verstanden?«

Sie winkte und forderte ihn damit auf, den Drink zu probieren. Riker starrte auf das Glas und fragte sich, ob es vielleicht Gift enthielt.

»Sie haben nichts zu befürchten, Lieutenant.«

Er sah auf und erinnerte sich daran, daß Lwaxana Troi alle seine Gedanken lesen konnte.

»Ich habe nicht damit gerechnet, hier in Lebensgefahr zu geraten.«

Lwaxana lächelte zuckersüß.

Genau in diesem Augenblick kam Deanna herein, und ihr Erscheinungsbild enttäuschte Riker. Das lange Haar bildete nun einen Knoten, und ein weiter, kaftanartiger Umhang verbarg die atemberaubende Figur der jungen Frau. Sie hielt einen kleinen Korb unter dem Arm.

»Hallo, Will«, sagte sie.

Er stand auf. »Sie sehen wundervoll aus, Deanna.«

»Allerdings verabscheut er dein Gewand«, warf Lwaxana ein. »Und ihm gefällt die Art, wie du dein Haar trägst, nicht.«

Riker warf ihr einen bösen Blick zu.

»Mutter ...« Deanna klang ein wenig verwirrt. »Der Vorschlag für Frisur und Kleidung stammt von dir.«

»Ach, tatsächlich?« Lwaxana lächelte unaufrichtig. »Offenbar halten Sie nicht viel von meinem Geschmack, Lieutenant.«

»Deanna sähe selbst mit kahlem Kopf und in Sack und Asche noch hinreißend aus«, erwiderte Riker schlagfertig.

Mutter und Tochter wechselten einen kurzen Blick, dann wandte sich Lwaxana wieder an den Besucher. »Nicht schlecht, Lieutenant.«

»Danke.«

Will näherte sich Deanna und deutete zur Tür. Sie sah noch einmal zu ihrer Mutter und lächelte, bevor sie nach draußen ging.

Lwaxana erwiderte ihr Lächeln nicht.

»Ich hoffe, meine Mutter ist nicht allzu hart mit Ihnen ins Gericht gegangen.«

Deanna und Riker saßen auf der Kuppe eines grasbewachsenen Hügels, der einen weiten Blick über die betazoidische Landschaft gewährte. Neben ihnen stand der geöffnete Picknickkorb, und dessen Inhalt war in weitem Umkreis um sie verstreut.

Sie hatten fast die ganze Zeit über geschwiegen. Gelegentlich hatte Deanna zu Riker aufgesehen, um dann die Stirn zu runzeln oder zu lächeln. Will ahnte, daß eine wortlose Kommunikation zwischen ihnen stattfand – bedauerlicherweise wußte er nicht, worum es dabei ging.

Deannas letzte Bemerkung gehörte zweifellos zu ihren längsten an diesem Nachmittag.

»Ich bin damit fertig geworden«, erwiderte Riker. Daraufhin lachte die Betazoidin auf eine sonderbare Weise. »Warum lachen Sie?«

»Es liegt an Ihrer Reaktion. Ich habe mich nach einer Sache erkundigt, die Ihre Gefühle betrifft. Und Sie haben darauf hingewiesen, daß Sie nicht die Kontrolle verloren haben.«

Riker bedachte Deanna mit einem verwirrten Blick. »Ja?«

»Es geht nicht immer nur darum, ob Sie etwas kontrollieren können oder nicht. Manchmal genügt der Hinweis, daß etwas geschehen ist, dessen Sie sich bewußt sind.«

»Damit scheint sich kaum etwas bewerkstelligen zu lassen.«

»Wieso?«

Riker stützte sich auf die Ellenbogen. »In meinem Job genügt es nicht, nur die Existenz einer bestimmten Situation zur Kenntnis zu nehmen. Er erfordert, daß man aktiv wird, daß man etwas unternimmt.«

»Und was ist mit Ihrer sogenannten Ersten Direktive? Sie verbietet Ihnen doch, sich in Dinge einzumischen, oder?«

»Sie betrifft in erster Linie Kontakte mit fremden Kulturen und verbietet uns, ihre Entwicklung zu beeinflussen. Die Erste Direktive ändert nichts am Prinzip. Jede Situation verlangt von uns, daß wir uns in irgendeiner Form mit ihr befassen – das schließt bewußte Passivität mit ein.«

»Ich verstehe.« Deanna nahm die Serviette vom Schoß und faltete sie sorgfältig zusammen, um sie dann in den Picknickkorb zurückzulegen. »Kontrolle scheint sehr wichtig für Sie zu sein, Lieutenant.«

»Ich halte es nur für wichtig, die Dinge nicht außer Kontrolle geraten zu lassen. Das ist ein Unterschied.«

»Und worin besteht er?«

»Nun, man stelle sich eine Situation vor, die von bestimmten Parametern definiert wird. Solange die einzelnen Elemente innerhalb der Situation nicht über die von den Parametern bestimmten Grenzen hinausgehen, ist alles in bester Ordnung. In einem solchen Fall kann man den Geschehnissen ihren Lauf lassen. Ganz anders sieht es mit *Kontrolle* aus: Dabei versucht man, jedes einzelne Element zu steuern, und zwar die ganze Zeit über. Dabei handelt es sich um einen schlechten Kommandostil. Er zeigt einen Mangel an Bereitschaft, Verantwortung zu delegieren.«

Deanna neigte den Kopf zur Seite. »Ist Starfleet für Sie das Maß aller Dinge?«

»Nicht *aller* Dinge.«

Sie musterten sich gegenseitig, und in den Augen der jungen Frau sah Riker etwas, das ihm zuzuzwinkern schien.

Er beugte sich zur Seite, griff nach Deannas Arm und zog sie zu sich heran. Sie stieß einen überraschten Laut aus, als sie fiel, und Will spürte ihren weichen Körper, schob sich näher und küßte sie. Etwas prickelte zwischen ihnen …

Und dann fühlte Riker Deannas Knie im Unterleib.

Er schnappte nach Luft, rollte zur Seite, krümmte sich zusammen und stöhnte. Irgendwann ließ der Schmerz nach, und als Will den Kopf hob, strich Deanna gerade ihr weites Gewand glatt und sah so aus, als sei überhaupt nichts geschehen.

Er atmete mehrmals tief durch und versuchte, den Rest der Unterleibsschmerzen aus seinem Bewußtsein zu verbannen. Unterdessen griff Deanna in den Korb und holte bräunliches Gebäck hervor.

»Dessert?« fragte sie unschuldig.

»Womit ... habe ich das verdient?« brachte er schließlich hervor.

»Warum stellen Sie Fragen, die sich von selbst beantworten?« Deanna bot ihm das Gebäck an. »Schließlich frage ich Sie auch nicht, warum Sie gerade über mich hergefallen sind. An Ihrer Absicht besteht meiner Ansicht nach überhaupt kein Zweifel. Und dasselbe gilt für meine Reaktion. Na, glauben Sie noch immer, alles unter Kontrolle zu haben?«

»Nein, nicht ... unbedingt.«

»Wissen Sie, Will ... Auf dieselbe Weise habe auch ich empfunden, vorhin. Wenn sich zwei Personen lieben, so übergeben sie die Kontrolle dem jeweiligen Partner. Und zwar freiwillig. Aber Sie haben mir gar nicht die Möglichkeit geben wollen, eine solche Entscheidung zu treffen – Sie wollten mich einfach *nehmen.* Und deshalb habe ich mich zur Wehr setzen müssen.«

»Sie hätten einfach ›nein‹ sagen können.«

Falten bildeten sich auf Deannas Stirn. »Das habe ich.«

»Nein.«

»Ich erinnere mich genau daran ...«

»Dann spielt Ihnen das Gedächtnis einen Streich. Sie haben *nicht* ›nein‹ gesagt, denn in dem Fall hätte ich Sie sofort in Ruhe gelassen.« Riker setzte sich auf, langsam und vorsichtig, um keine neuerlichen Schmerzen zu riskieren. »Das garantiere ich Ihnen.«

Deannas Brauen neigten sich einander entgegen, und ihr Gesicht zeigte Verwirrung. »Seltsam. Ich bin ganz sicher gewesen, daß ...«

»Wissen Sie was?« Riker wandte sich ihr zu. »Vielleicht haben Sie es ja sagen *wollen* – aber das Wörtchen ›nein‹ kam Ihnen nicht über die Lippen. Und warum nicht? Weil Sie es eigentlich gar nicht haben aussprechen wollen. Einige Sekunden lang haben Sie keinen Widerstand geleistet und waren sogar sehr willig. Oh,

Sie sind sich ja so sicher, mich so genau zu kennen – obwohl Sie nicht einmal mit Ihren eigenen Gefühlen vertraut sind.«

»Glauben Sie?«

»Ja.«

»Nun, dann beantworten Sie mir eine Frage ...«

Riker wartete. »Nur zu.«

»Möchten Sie nun ein Stück Kuchen oder nicht?«

Er schüttelte verdutzt den Kopf. »Das ist die Frage?«

»Ja.«

»Die Antwortet lautet: nein. Ich möchte keinen Kuchen. Die Mahlzeit und Ihr Knie reichen meinem Magen zunächst einmal.«

»Na schön. Wie Sie meinen.« Während Deanna das Gebäck verspeiste, bedachte sie Riker immer wieder mit mißtrauischen Blicken – wahrscheinlich weil sie selbst nicht genau wußte, welche Gefühle er in ihr weckte. Dabei beschränkte sie sich nicht nur auf ihr eigenes Stück, sondern ließ sich auch Wills Kuchen schmecken.

»Kennen Sie viele Menschen?« fragte Riker nach einer Weile.

»Einige. In den meisten Fällen sind es Freunde meines Vaters.«

»Haben Sie sich eine Meinung gebildet?«

»Nicht über die Menschen als Gesamtheit. Schließlich besteht auch Ihr Volk aus Individuen, aus einzelnen Personen, die sich voneinander unterscheiden. Verallgemeinerungen sind sinnlos. Ich ziehe die Diagnose von Fall zu Fall vor.«

»Ich schätze, da spricht die Psychologiestudentin aus Ihnen. Was wollen Sie eigentlich mit Ihrem akademischen Grad anfangen, wenn Sie ihn bekommen haben?«

»Was ich damit anfangen will?« Deanna zuckte mit den Schultern. »Keine Ahnung. Wahrscheinlich überhaupt nichts.«

»*Nichts?*«

»Das Wissen um die Funktionsweise des Bewußtseins und die Fähigkeit, mit anderen Leuten zu reden und sie zu verstehen ... Das alles soll es mir erleichtern, meine gesellschaftlichen Verpflichtungen wahrzunehmen. Geologie hätte mir dabei kaum geholfen.«

»Aber ... Streben Sie denn keine berufliche Karriere an?«

»Mein Leben ist meine Karriere – und meine Pflichten, die fester Bestandteil der betazoidischen Tradition sind. Ich bin nicht wie Sie, Will. Viele Aspekte meiner Zukunft stehen bereits fest.«

»Darauf hat mich auch Ihre Mutter hingewiesen«, brummte Riker. »Wirklich schade, daß Sie keinen eigenen Willen haben.«

»Oh, ich *habe* einen eigenen Willen«, erwiderte Deanna mit Nachdruck. »Wollen Sie mir vielleicht vorwerfen, daß ich die Ansichten meiner Mutter teile?«

»Schon gut, schon gut. Ich bin ein armseliger, dämlicher Mensch, der kaum versteht, was mit ihm selbst los ist. Und Sie sind eine kluge Betazoidin, die alle Weisheit für sich gepachtet hat. Ist das eine angemessene Beschreibung unserer Situation?«

Deanna schnaufte verärgert und begann damit, alle Sachen im Picknickkorb zu verstauen. »Wie dumm von mir«, sagte sie zu sich selbst. »Ich weiß gar nicht, warum ich mich darauf eingelassen habe.«

»Weil Sie sich darauf einlassen wollten.«

»Unsinn.«

»Wissen Sie, worin Ihr Problem besteht?«

»Ja. Es heißt William T. Riker.«

»Nein.« Einmal mehr beugte er sich näher. Als Deanna nicht zu ihm aufsah, schlossen sich seine Finger um ihr spitzes Kinn und zwangen ihren Kopf nach oben. »Ihr Problem besteht darin, daß Sie alles viel zu viel analysieren. Sie sind so sehr daran gewöhnt, Gefühle zu untersuchen und über sie nachzudenken, daß Sie ganz vergessen haben, das Emotionale zu *erleben.*«

Deanna stieß seine Hand fort. »Und Sie geben andauernd Ihren Gefühlen nach. Zu etwas anderem sind Sie gar nicht imstande. Bestimmt wird ein *großartiger* Starfleet-Offizier aus Ihnen werden, Lieutenant – jemand, der nicht fähig ist, eine Situation mit ruhiger Sachlichkeit zu beurteilen. Vermutlich werden Sie eine andere Person nie um Rat fragen. Sie handeln einfach impulsiv, wann, wo und wie Sie es für richtig halten – weil Ihre Gefühle es eben so verlangen. Und Ihren Untergebenen bleibt gar nichts anderes übrig, als Ihnen zu folgen und zu hoffen, daß ihr blindes Ungestüm nicht das Todesurteil für sie bedeutet.«

Riker setzte sich auf und lächelte zaghaft. »Sie müssen mich wirklich mögen, wenn Sie wegen mir so sehr in Fahrt geraten.«

»Sie sind unerträglich.«

Deanna griff nach dem Korb und marschierte los. Bei jedem Schritt schwang ihr weites Gewand hin und her. Riker stand auf und folgte ihr.

»Sicher glauben Sie ebenfalls nicht an Liebe auf den ersten Blick«, sagte er herausfordernd.

Die Betazoidin sah ihn nicht einmal an. »Wollen Sie etwa behaupten, Sie würden mich lieben?«

»Nein. Ich meine vielmehr die Vorstellung im großen und ganzen. Glauben Sie an Liebe auf den ersten Blick?«

Riker erwartete, daß Deanna auf eine ähnliche Weise antwortete wie zuvor Wendy. Deshalb überraschte es ihn, als Lwaxana Trois Tochter erst langsamer ging und schließlich ganz stehenblieb, um ihn nachdenklich anzusehen.

Kurz darauf wandte sie sich ab und ging in eine andere Richtung. Will folgte ihr, während die Verwirrung in ihm wuchs.

Das Gelände wurde immer steiler, und schließlich

stellte Deanna den Picknickkorb ab, um sich mit den Händen an Felsvorsprüngen und dergleichen festzuhalten. Riker kletterte ebenfalls und schwieg. Er wollte vermeiden, daß die Betazoidin verharrte oder dorthin zurückkehrte, woher sie kamen. Dazu war er viel zu neugierig darauf, wohin sie ihn führte.

Schließlich erreichten sie einen Gipfel, und dort nahm die junge Frau Platz und rückte ihr Gewand zurecht. Riker setzte sich neben sie und hielt unwillkürlich den Atem an.

Ein wundervolles Panorama bot sich ihnen dar. Die vorherige Aussicht vom Hügel war nicht annähernd so prächtig gewesen. Ein orangefarbener Himmel wölbte sich über ihnen, und etwa hundert Meter tiefer glänzte das silberne Band eines Flusses zwischen hohen, klippenartigen Ufern. Hier und dort wuchsen große Grasbüschel, deren Anordnung wie zufällig wirkte, bei genauerem Hinsehen jedoch künstliche Strukturen zu offenbaren schien.

»Ich komme gerne hierher, um nachzudenken«, meinte Deanna. »Dies ist einer meiner Lieblingsplätze.«

»Woran denken Sie jetzt?«

»An Liebe auf den ersten Blick.« Sie zögerte kurz. »Ja, ich glaube daran.«

»Nun, ich muß zugeben: Das erstaunt mich. So etwas paßt wohl kaum zu einem rationalen Bewußtsein, das Impulsivität ablehnt. Liebe auf den ersten Blick – dabei handelt es sich doch um eine Reaktion, bei der das Emotionale dominiert.«

»Bei der Liebe spielt das Rationale ohnehin nur eine untergeordnete Rolle«, gestand Deanna.

»Na schön: *Warum* gibt es Ihrer Meinung nach Liebe auf den ersten Blick?«

Deanna schwieg zunächst. Vielleicht suchte sie nach den richtigen Worten für eine Antwort. »Ich glaube, bei uns allen ist die Seele unvollständig, beim einen mehr, beim anderen weniger. Während wir durchs Leben wandern, halten wir nach dem fehlenden Teil unseres Ichs Ausschau. Manchmal haben wir Glück und finden jemanden, der in sich trägt, was uns fehlt. Auf der bewußten Ebene spüren wir vielleicht nichts davon, aber das Unterbewußtsein weiß sofort Bescheid. Ja, manchmal erkennen wir in jemand anders einen Teil von ... uns selbst.« Sie hob die Hände so, daß deren Innenflächen einander zugewandt waren. »Das ist die Erklärung dafür, warum wir uns gelegentlich in der Präsenz fremder Personen so wohl fühlen, als seien wir schon seit vielen Jahren mit ihnen vertraut. Sie sind ein Teil von uns, und wir sind Teil von ihnen. Man könnte uns als Seelenbrüder und Seelenschwestern bezeichnen. Wir ... passen einfach zusammen.« Deanna faltete die Hände. »Und wenn man zueinander gefunden hat, so kann es nur zu einer Trennung kommen, wenn die eine oder andere Seite ihre Bindung aufgibt.« Bei diesen Worten löste sie die Hände voneinander.

»Und wie haben Sie diese ...« Riker hüstelte. »... Theorie entwickelt?«

Deanna lächelte. »Sie schien mir eine gute Erklärung dafür zu bieten, warum meine Eltern ein Paar gebildet haben. Ich meine, niemand hätte es für möglich gehalten, daß sie zueinander paßten. Aber meine Mutter hat mir erzählte, daß sie, als sie meinen Vater zum erstenmal gesehen hat ... da hat sie sofort gewußt, daß er der Richtige für sie ist.«

»Eigentlich ist das sehr schade.«

»Was?« fragte Deanna verwundert.

»Nun, Sie sind ein sehr rationaler Typ. Wenn Sie einem ›Seelenpartner‹ begegnen, besteht die Gefahr, daß Sie die ganze Sache mit übertriebenen Intellektualisierungen ruinieren. Zuviel Vernunft kann unter bestimmten Umständen sehr schädlich sein. Sie wären sicher nicht bereit, impulsiv zu handeln.«

»Mit Liebe auf den ersten Blick hat man es wohl kaum jeden Tag zu tun. Unsere Einstellungen unterscheiden sich. Sie sind immerzu impulsiv, und vielleicht haben Sie sogar das Glück, daß Sie sich dadurch die meiste Zeit über richtig verhalten. Es mangelt Ihnen nicht an Selbstbewußtsein und Zuversicht – das sind zwei wichtige Voraussetzungen in Ihrem Beruf. Ich bin an andere Denkweisen gewöhnt. Daher bezweifle ich sehr, daß es eine gemeinsame Zukunft für uns gibt.«

Riker rutschte weiter näher. »Ändern Sie mich.«

Deanna musterte ihn verblüfft. »Wie bitte?«

»Sie studieren Psychologie, und Psychologen helfen den Leuten. Wenn Sie glauben, daß es mir in emotionaler Hinsicht an irgend etwas mangelt ... Behandeln Sie mich, Frau Doktor.«

»Ich bin keine voll ausgebildete Therapeutin, Will. Ich bin nicht qualifiziert. Sie wären ... nicht mehr als eine Art Versuchskaninchen. Es widerspräche den betazoidischen Prinzipien der Ethik.«

»Warum? Es ist unethisch, sich als etwas auszugeben, das man nicht ist. Und ich bin gern bereit, in die Rolle eines Versuchskaninchens zu schlüpfen. Glauben Sie mir, ganz gleich, was Sie sagen oder unternehmen – es kann bestimmt nicht so zermürbend und strapaziös sein wie die Starfleet-Ausbildung.« Riker streckte die Hand aus. »Abgemacht?«

Eine Zeitlang starrte Deanna ihn nur an. »Sie hoffen, dadurch irgendwann Gelegenheit zu bekommen, mit mir zu schlafen, stimmt's?«

»Stimmt«, gab Will zu. »Und Sie hoffen es ebenfalls. Insgeheim freuen Sie sich über die Chance, mich auf Ihr Niveau zu ›heben‹ – weil Sie dadurch weniger Gewissensbisse haben, mir auf meiner soviel niedrigeren Ebene Gesellschaft zu leisten.«

Er sprach mit einer solchen Überzeugungskraft, daß Deanna bei sich selbst eine bemerkenswerte Reaktion feststellte: Ihre Wangen glühten.

Riker sah die roten Flecken und ahmte jenen Tonfall nach, den Deanna während ihrer ersten Begegnung benutzt hatte: »Ich habe keinen Blick in Ihr Selbst geworfen, sondern nur eine Vermutung ausgesprochen. Und die ist von Ihnen bestätigt worden.«

Sie sah die Herausforderung in seinen Augen und ergriff die dargebotene Hand. Sie drückte so fest zu, daß Rikers Finger schmerzten. »Na schön, abgemacht. Bereiten Sie sich darauf vor, ein Versuchskaninchen zu sein, Lieutenant Riker.«

»Ich stehe Ihnen zur Verfügung.«

18

Mark Roper nahm in einem Café vor der Föderationsbotschaft Platz, sah in die Speisekarte und dachte an seine Bestellung. Kurz darauf brachte eine lächelnde Kellnerin die gewünschten Speisen. Sie wußte genau, was der terranische Diplomat wünschte. Sie kannte auch seine Kontonummer und buchte nicht nur den Betrag für das Frühstück ab, sondern ihr Trinkgeld gleich dazu.

Auf diese Weise blieben Roper einige der Unannehmlichkeiten erspart, die Mahlzeiten in Restaurants oft nach sich zogen.

Er sah auf, als jemand ans nahe Fenster klopfte. Lieutenant Riker stand draußen, lächelte und schien guter Laune zu sein. Mark forderte ihn mit einem Wink auf, sich zu ihm zu setzen.

Der jüngere Mann trat ein und nahm am Tisch Platz.

»Wie lief es gestern mit Deanna?« fragte Roper.

»Gut. Ausgezeichnet.«

»Und Lwaxana? Ich schätze, die Begegnung mit ihr war … beeindruckend, nicht wahr?«

»Allerdings.«

»Nun? Ist es Ihnen gelungen, mit Deanna ins Bett zu hüpfen?«

Riker konnte es kaum fassen. »Sie scheinen von meinem Liebesleben regelrecht besessen zu sein, Mark.«

»Ich habe kein eigenes«, erwiderte Roper traurig. »Deshalb bin ich auf Erlebnisse aus zweiter Hand angewiesen.«

»Sie sollten sich schleunigst eine Frau suchen, die Sie ablenkt. Außerdem: Denken Sie nur einmal daran, wie Ihre Tochter reagieren würde, wenn sie erfährt, daß sich zwischen Deanna und mir etwas abspielt.« Riker kniff die Augen zusammen. »Moment mal. Darum geht's doch, nicht wahr?«

»Was?«

»Sie *möchten,* daß sich zwischen Deanna und mir etwas anbahnt – weil Sie glauben, daß ich dann die Finger von Ihrer Tochter lasse.«

Roper lachte laut – so laut, daß er zu husten begann. Schließlich beruhigte er sich wieder. »Sie unterstellen mir viel zu machiavellistische Motive, Captain. Was immer Sie und Wendy anstellen – es ist allein Ihre Sache. Das gilt auch für Deanna und Sie. Um ganz ehrlich zu sein: Ich hätte nicht einmal was dagegen, wenn es zu intimen Beziehungen zwischen Wendy und Deanna käme. Ich wäre höchstens überrascht darüber. Nun, in dieser Hinsicht vertrete ich einen völlig neutralen Standpunkt. Sieht man einmal von meiner Neugier ab …«

»Um Ihre Neugier zu befriedigen …«

»Es ist also nichts passiert?«

»Ja.«

Roper beugte sich vor und deutete auf Riker. »Bestimmt haben Sie nicht auf Annäherungsversuche verzichtet – aber Deanna ließ Sie abblitzen.«

»Äh …« Riker hüstelte. »Das kann ich nicht leugnen.«

»Das dachte ich mir.«

Riker runzelte die Stirn. »Wie meinen Sie das?«

»Sie sind nicht Deannas Typ. Ich kenne die junge Dame, und ich weiß auch um ihren persönlichen Hintergrund. Wahrscheinlich sind ihr intellektuellere Burschen lieber – womit ich Sie nicht beleidigen möchte.«

»Ich fühle mich keineswegs beleidigt«, erwiderte

Riker. »Allerdings komme ich mir nicht wie ein geistiger Zwerg vor.«

»Oh, es lag mir fern, so etwas anzudeuten. Sie sind ein sehr intelligenter junger Mann. Aber Sie denken nicht auf die gleiche Weise wie Deanna. Die Unterschiede zwischen Ihnen sind einfach zu groß. Lwaxanas Tochter ist wie ein sanfter warmer Sommerregen, und im Vergleich dazu sind Sie ein heftiges Gewitter. Ihnen beiden gelänge es sicher nicht, genug Geduld aufzubringen, um miteinander zurechtzukommen.«

»Wir haben beschlossen, uns wiederzusehen. Und zwar morgen.«

»Im Ernst?«

»Ja.«

»Geben Sie sich keinen falschen Hoffnungen hin. Wenn Sie glauben, daß Sie mit Deanna anbandeln könnten, sind Sie schief gewickelt.«

Riker lächelte und senkte die Stimme. »Wenn Sie's unbedingt wissen wollen: Sie will mich.«

»Quatsch.«

»Sie hat es nur noch nicht zugegeben. Aber früher oder später wird sie sich darüber klar werden.«

»Wann? Im Sterbebett?«

»O nein. *Viel* früher.«

»Ausgeschlossen.«

»Von wegen. Bald gibt sie nach. Wetten?«

In Ropers Augen blitzte es schelmisch. »Na schön. Ich wette hunderte Credits, daß Sie nie mit ihr intim werden.«

Riker lachte ungläubig. »Mark! Um so etwas wettet man nicht! Es ist unfein und geschmacklos und ...«

»Zweihundert Credits.«

»Einverstanden.«

Roper hob einen mahnenden Zeigefinger. »Und keine Tricks. Kein Alkohol oder dergleichen. Es muß aus freiem Willen geschehen, ohne daß Sie irgendeine Art von Druck ausüben ...«

»Druck! Lieber Himmel, Mark, ich mußte eine Frau noch nie zu irgend etwas zwingen. Wofür halten Sie mich?«

»Ich halte Sie für jemanden, der zweihundert Credits verlieren wird.«

19

Das betazoidische Kunstmuseum erwies sich als großes, eindrucksvolles und üppig verziertes Gebäude. Deanna und Will standen draußen, während die junge Frau erklärte, was es mit der Geschichte des Bauwerks und seiner Struktur auf sich hatte. Einige Minuten lang sprach sie von der Bedeutung spezieller Verzierungsmuster.

Riker freute sich darüber, daß Deanna ihr Haar wieder offen trug. Darüber hinaus hatte sie diesmal eine Kleidung gewählt, die ihre Figur wesentlich besser zur Geltung brachte. Er hörte nur mit einem Ohr zu – bis sich die Betazoidin zu ihm umwandte und fragte: »Warum gebe ich mir überhaupt Mühe?«

»Wie bitte?«

»Offenbar sind Sie kein bißchen an meinen Ausführungen interessiert, Will. Ich habe gerade zu erläutern versucht, warum allein das Gebäude ein Kunstwerk darstellt.«

»Leider kann ich nur jeweils ein Kunstwerk bewundern.«

»Und derzeit bewundern Sie mich?«

»Stimmt haargenau.«

Deanna seufzte und nahm Rikers Hand. »Kommen Sie, Will.« Sie führte ihn durch eine große, von Säulen gesäumte Tür.

Im Innern des Gebäudes erklang laute, sonore Musik. Sie schien aus einer Orgel zu stammen.

Die Töne kamen aus einem großen, aus mehreren Pfeifen bestehenden Instrument. In den kreisförmig angeordneten Sitzreihen ringsum hatten mehrere Betazoiden Platz genommen. Ihre Augen waren geschlossen, und in den Gesichtern zeigte sich Verzückung. Riker blickte sich um und versuchte, ein Gefühl für das Geschehen zu entwickeln. Mit der Musik schien soweit alles in Ordnung zu sein, aber sie war keineswegs außergewöhnlich gut. Er verstand nicht, warum sie eine so große Wirkung auf die Zuhörer entfaltete.

Er sah zu Deanna, die ebenfalls von den seltsamen Melodien beeinflußt zu werden schien. Ihre Lider sanken herab, und sie schwankte hin und her.

»Ist alles in Ordnung mit Ihnen?« flüsterte Riker.

Sie öffnete die Augen, starrte ihn ungläubig an und schien kaum fassen zu können, daß er überhaupt nichts spürte. »Das ist Seelenmusik«, erwiderte sie ebenso leise. »Hören Sie nur! Lassen Sie sich von ihr durchdringen. Was empfinden Sie dabei?«

Riker lauschte. Er ließ sich von den Klängen durchdringen.

»Was sollte ich schon dabei empfinden?« fragte er schließlich.

Deanna seufzte enttäuscht, zupfte an seinem Ärmel und geleitete ihn durch einen breiten Flur.

Es war kühl im Museum. Riker blickte sich immer wieder um, bereit, neue Erkenntnisse zu empfangen. Er gewöhnte sich ans Zwielicht und hielt ständig nach Dingen Ausschau, die in der Lage waren, ihn zu verblüffen oder zu faszinieren oder vielleicht eine innere Stimme weckten, die ihm Verstehen brachte. Doch seine Suche blieb erfolglos.

Deanna führte ihn in ein anderes Zimmer und breitete die Arme aus.

Gemälde hingen an den Wänden. Sie zeigten keine erkennbaren Muster. Vor jeder Darstellung stand eine kleine Bank, und auf mehreren davon saßen Betazoiden, um die Kunstwerke aufmerksam zu betrachten.

»Einmal pro Woche komme ich hierher«, teilte

Deanna ihrem Begleiter mit. Sie flüsterte, trotzdem sahen einige der Anwesenden in ihre Richtung. Normalerweise herrschte an diesem Ort völlige Stille. Die Blicke glitten von Riker zu Deanna, und Mienen veränderten sich. Aus Ärger wurde Verständnis, Toleranz und in einigen Fällen sogar Mitleid – was dafür sorgte, daß Riker fast so etwas wie Zorn verspürte.

»Einmal pro Woche? Warum?«

Die junge Frau näherte sich einem Bild, das konzentrische Spritzer in vielen verschiedenen Farben präsentierte. In diesem Teil des Raums hielt sich außer ihnen niemand auf.

»Weil ich hier die Möglichkeit habe, den Kontakt mit meinem eigenen Ich zu erneuern.« Deanna bemerkte Rikers Verwirrung und fuhr fort: »Um andere Leute zu verstehen, muß man sich selbst ergründen. Nur durch Kenntnis der eigenen Motive wird es möglich, diejenigen anderer Personen nachzuvollziehen.«

»Während der Akademie-Ausbildung haben wir uns damit befaßt. Man nannte es Kommando-Dynamik.«

»Sie haben also gelernt zu kommandieren. Wen?«

»Andere Offiziere. Besatzungsmitglieder.«

»Hierbei geht es in gewisser Weise darum, sich selbst zu kommandieren. Betrachten Sie dieses Bild und sagen Sie mir, welche Botschaft es Ihnen vermittelt.«

»Es hat also eine Botschaft für mich? Wie alles auf diesem Planeten, wie?«

Es sollte ein Scherz sein, aber Rikers Bemerkung klang sarkastischer als beabsichtigt. Troi schien die Worte einfach zu überhören. »Auf Betazed glauben wir an die Gemeinschaft. An eine Gemeinschaft, die uns miteinander verbindet und mit dieser Welt vereint. Doch vorher müssen wir die Einheit mit uns selbst finden.«

»Wie heißt dieses Bild?«

Deanna bedachte Riker mit einem verwunderten Blick. »Wie bitte?«

»Der Name dieses Gemäldes … Wie lautet er? Wenn ich weiß, wie dieses verdammte Ding heißt – dann habe ich vielleicht einen Hinweis darauf, was der Künstler darzustellen versucht hat.«

»Das ›verdammte Ding‹ hat keinen Namen. So etwas wäre vermessen. Es zu benennen … Das käme dem Versuch des Künstlers gleich, seine Weltanschauung dem Betrachter aufzuzwingen.«

»Wundervoll. Vielleicht könnten wir in dem Fall mit einem anderem Gemälde beginnen – mit einem, auf dem etwas zu erkennen ist.«

Riker wollte aufstehen, doch Deanna hielt ihn am Arm fest. »Sie haben versprochen, sich Mühe zu geben.«

Er seufzte. »Tut mir leid. Ich versuch's ja, in Ordnung?«

Allerdings ergab sich ein Problem. Immer wenn er Deanna sah, stellte er sich vor, wie es wäre, sie langsam und mit Genuß zu entkleiden. Gleichzeitig wußte er, daß er mit solchen Gedanken nur weitere Schwierigkeiten heraufbeschwor. Deshalb bemühte er sich, sich ausschließlich auf das Bild zu konzentrieren.

Es konfrontierte ihn mit bunten Spritzern und Flecken. Ganz gleich, wie lange und aufmerksam er nach irgendeiner verborgenen Bedeutung Ausschau hielt, er sah immer nur ein wildes Durcheinander aus Farben.

»Sie versuchen es zu sehr.«

Riker ließ seinen Atem zischend entweichen. »Zuerst sagen Sie, ich gäbe mir keine Mühe, und jetzt übertreibe ich es angeblich damit. Sie sollten sich für das eine oder andere entscheiden.« Er sah wieder zum Bild. »Was wollen Sie eigentlich von mir?«

Eine Sekunde später spürte er zwei Finger am Nacken, die sanften Druck ausübten und ihn massierten. Deannas Finger bewegten sich immer wieder im Kreis.

Er fühlte, wie eine Anspannung aus ihm wich, von deren Existenz er nicht einmal etwas gewußt hatte. Plötzlich war er froh, keinen Spiegel vor sich zu haben, der ihm sein Gesicht zeigte. Bestimmt sah er jetzt wie ein Narr aus.

»Während Sie sich entspannen ...«, hauchte Deanna. »Sehen Sie sich noch einmal das Bild an, und sagen Sie mir, was Sie erkennen. Beschränken Sie Ihre Aufmerksamkeit nicht nur auf das Äußerliche. Blicken Sie hinter das, was sich Ihren Augen darbietet. Was können wir aus dem Gemälde lernen – auch über uns selbst?«

Rikers Kopf neigte sich von einer Seite zur anderen. Eine Ewigkeit lang starrte er auf das Bild.

»Ich sehe ...«

»Ja?«

Will schwieg einige Sekunden lang. »Ich sehe ... bunte Spritzer und Flecken.«

Die Finger am Nacken erstarrten. »Mehr nicht?« fragte Deanna enttäuscht.

»Nein. Tut mir leid.« Riker drehte sich um und wußte nicht recht, wem sein Ärger galt – ihm selbst oder Deanna. »Offenheit ist Ihnen doch so wichtig, oder? Außerdem: Eine Lüge würden Sie sofort erkennen. Deshalb bin ich ehrlich. Ich sehe nur bunte Spritzer und irgendwelche blöden Flecken.«

»Blöd? Sie halten diese Flecken für *blöd?*«

»Mit abstrakter Kunst kann ich so gut wie nichts anfangen. Ich finde, Bilder sollten wenigstens *nach irgend* etwas aussehen.«

Deanna ließ die Hand sinken, und einige Sekunden lang blieb sie still. »Sagen Sie, Lieutenant ... Wenn Sie die Galaxis erforschen, werden Sie sicherlich Phänomenen begegnen, für die es in Ihrer Erfahrungswelt bislang keinen Platz gegeben hat und die Sie sich bis dahin nicht einmal haben vorstellen können. Wie wollen Sie darauf reagieren? Halten Sie alles Fremde für minderwertig oder irgendwie verkehrt? Und welche

Maßstäbe für eine Beurteilung wollen Sie anlegen? Genügt es, daß Ihnen etwas als blöd erscheint?«

»Wenn ich neuen und völlig fremdartigen Lebensformen begegne, so kann ich auf die Hilfe von Instrumenten und Geräten zurückgreifen: Sensoren, Bio-Scanner, automatische Translatoren und Kommunikatoren. Ich brauche mich nicht ...«

»Sie brauchen sich nicht auf Ihren Verstand zu verlassen?«

»Das haben Sie gesagt.«

»Ja. Und es beschreibt ihre Denkweise, Lieutenant. Glauben Sie mir, irgendwann werden Sie in eine Situation geraten, in der Ihnen Ihre Instrumente überhaupt nichts nützen. Sie können Ihnen lediglich behilflich sein, aber den Ausschlag gibt Ihr eigenes Selbst. Vielleicht müssen Sie sich sogar ganz anders verhalten, als es Ihnen die Instrumente – oder andere *Personen* – mitteilen. Und in einem solchen Fall werden Sie die Gewißheit brauchen, die richtige Entscheidung getroffen zu haben. Andernfalls könnten sich schlimme Konsequenzen ergeben.«

»Danke für Ihre Situationsanalyse, Miss Troi. Vermutlich basiert sie auf Ihren jahrelangen Erfahrungen mit Starfleet.«

»Besondere Kenntnisse in Hinsicht auf Starfleet sind dabei gar nicht nötig, Lieutenant. Es genügt mir, um die Bedeutung des Selbst zu wissen.«

»Ach, tatsächlich?« Riker griff nach Deannas Hand. »Und was sagt das Selbst in Hinsicht auf Ihre Gefühle für mich? Hmm?«

Gelassen erwiderte sie seinen Blick. »Es sagt mir, daß wir mit zu komplizierten Dingen begonnen haben.« Die Betazoidin stand auf. »Kommen Sie. Wir gehen.«

»Und wohin?«

»Zu einem Ort, der Ihnen etwas Grundlegendes veranschaulichen soll.«

Der Baum ragte hoch empor. Der Stamm war braun und dick und hatte eine knorrige Borke. Zweige und Äste streckten sich dem Himmel entgegen, doch sie trugen keine Blätter. Es bereitete ihnen kaum Schwierigkeiten, nach oben zu klettern, denn überall gab es genug Halt. Riker zog sich hoch und fand Gefallen an dieser Art von Aktivität – unter anderem deshalb, weil er das Spiel der Muskeln unter Deannas knapp sitzender Kleidung beobachten konnte.

Sie verharrte etwa drei Meter über dem Boden. Dicke Äste ragten in alle Richtungen, und die junge Frau wählte einen davon aus. Als Riker ihr folgen wollte, schüttelte sie den Kopf und bedeutete ihm, sich einen anderen zu suchen. Er zuckte mit den Schultern und kam der Aufforderung nach.

»Ihr Problem besteht darin, daß die Bedürfnisse Ihres Körpers zu großen Einfluß auf Ihren Geist entfalten, Lieutenant«, sagte Deanna, als sie zu beiden Seiten des Stammes auf Ästen hockten.

»Wie meinen Sie das?«

»Zum Beispiel der Umstand, daß Sie sich zu mir hingezogen fühlen. Und nicht nur zu mir, sondern zu allen Frauen. Es ist eine rein hormonelle Angelegenheit. Ihr Geschlechtstrieb ist der Grund dafür. Mit anderen Worten: Die Ursache ist biologischer und nicht intellektueller Natur. Aber Sie sind bereit, Ihren Intellekt den Erfordernissen des Körperlichen unterzuordnen.«

»Wie können Sie unter solchen Umständen an Liebe auf den ersten Blick glauben?« wandte Riker ein. »Was hat das Physische damit zu tun?«

»Nichts. Liebe auf den ersten Blick betrifft die Seele. Anscheinend sind Sie nicht imstande, das zu verstehen.«

Will lächelte. »Sie glauben, daß ich nicht zu Liebe auf den ersten Blick fähig wäre, nicht wahr? Weil ich mit den Drüsen denke. Und das schließt automatisch alle ›höheren‹ Empfindungen aus, oder?«

»Sie haben's erfaßt.«

»Herzlichen Dank, Miss Troi.«

»Es war kein Kompliment«, erwiderte Deanna ruhig. »Es sind die höheren Emotionen, die uns von niederen Lebensformen unterscheiden.«

»Mehr nicht?«

»Höhere Emotionen und gute Tischmanieren.«

»Sagen Sie, Deanna ... Hatten Sie jemals richtig guten Sex? Oder ist das alles nur Theorie für Sie?«

Die junge Frau lachte. »Sie werden nicht aus mir schlau, nicht wahr? Sie glauben, Sie bräuchten nur zu lächeln und mir zuzuzwinkern, damit ich Ihrem unwiderstehlichen Charme erliege und mich Ihrer überwältigenden Männlichkeit hingebe.«

»So etwas in der Art.«

»Willkommen im vierundzwanzigsten Jahrhundert, Lieutenant. Ich weiß nicht, wie es auf der Erde oder an Bord von Raumschiffen zugeht, aber auf Betazed wünschen sich Frauen mehr von Männern als nur maskuline Heldenhaftigkeit. Sie möchten vermutlich jemand sein, der die hilflose Maid in seinen starken, muskulösen Armen fortträgt. Und die betreffende Dame ist davon so begeistert, daß eine lange Nacht voller Leidenschaft folgt. Nun, die hiesigen Frauen sind da anders. *Ich* bin anders.«

»Ja, und ob. Weil Sie in erster Linie damit beschäftigt sind, der lieben Mami zu gehorchen und sich so zu verhalten, wie sie es möchte. Unter solchen Umständen können Sie sich natürlich nicht von jemandem beeinflussen lassen, der so unmoralisch ist wie ich.«

Ärger zeichnete sich in Deannas Gesicht ab. »Sind Sie nun an dieser Sache interessiert oder nicht?«

»Ja, sicher. Sie wollen mir zeigen, wie man die Bedürfnisse des Geistes von denen des Körpers trennt.«

»Eigentlich geht es nur um folgendes. Halten Sie sich gut an dem Ast fest, so wie ich.« Deanna zeigte es ihrem Begleiter. »Anschließend versuchen Sie, so lange wie möglich daran zu hängen.«

»Was für ein Unsinn. So ein Test betrifft in erster Linie die Muskelkraft, und dabei bin ich Ihnen natürlich überlegen. Wenn Sie an eine Art Wettkampf gedacht haben ...«

»Es ist ein Wettkampf, den Sie gegen sich selbst zu führen haben werden, Lieutenant. Übrigens: Mit Muskelkraft hat diese Sache *nichts* zu tun. Der Leistungsfähigkeit von Muskeln – und eines Körpers – sind Grenzen gesetzt. Wie gut man auch in Form sein mag, irgendwann erreicht man einen Punkt, an dem es nicht mehr weitergeht. Doch für einen gut vorbereiteten Geist gibt es keinerlei Beschränkungen. Fertig? Dann ... los.«

Deanna rutschte nach unten und ließ sich hängen – etwa ein Meter trennte ihre Füße vom Boden. Riker folgte ihrem Beispiel.

Er beobachtete sie und stellte fest, daß ihre Zehen nicht nach unten zeigten, sondern geradewegs nach vorn. Sie schloß die Augen, während sie mit melodischer Stimme verkündete: »Früher oder später wollen sich Ihre Finger vom Ast lösen. Die instinktive Reaktion besteht darin, dagegen anzukämpfen. Verzichten Sie darauf. Schenken Sie diesem Verlangen einfach keine Beachtung. Verbannen Sie es aus dem Zentrum Ihres Empfindens. Konzentrieren Sie sich auf etwas anderes.«

»Auf was?«

»Auf *irgend* etwas. Es kommt nur darauf an, daß Sie Ihr Ich vom Körperlichen ablenken. Denken Sie an den Himmel, an die Wolken. An fliegende Vögel. An die Entstehung eines Sterns. Denken Sie an etwas, das keinen Bezug zu Ihrer physischen Existenz hat. Lassen Sie ein Bild vor dem inneren Auge entstehen – ein Bild, das den ganzen Kosmos Ihrer Aufmerksamkeit füllt. Schließen Sie Ihre Lider. Atmen Sie langsam und gleichmäßig – durch die Nase einatmen, durch den Mund ausatmen.« Deanna führte es vor. »Langsam und ruhig … Ja, so ist es richtig.«

Riker hatte die Augen geschlossen, aber nun öffnete er sie einen Spaltbreit und spähte zu der Betazoidin.

Sie wirkte völlig entspannt. Die Brust hob und senkte sich kaum merklich.

Die Gedanken auf etwas fixieren, das nichts mit dem Körperlichen zu tun hatte. Den dumpfen Schmerz in den Fingern ebenso ignorieren wie die Taubheit, die sich in beiden Armen ausbreitete.

Will dachte an Deanna.

Das Vorstellungsbild zeigte sie so wie bei der Hochzeit, nackt, dafür aber mit einem Lächeln bekleidet.

Sie stand am Strand und war gerade aus dem Meer gekommen. Glitzernde Feuchtigkeitsperlen hafteten auf ihrer Haut. Wie in Zeitlupe schüttelte sie den Kopf, und aus ihrem dichten Haar spritzte Wasser in alle Richtungen. Dann trat sie näher, mit ausgebreiteten Armen, und winkte ihn zu sich. Und ihre Finger …

Finger. Und ausgestreckte Arme.

Riker spürte einen Schmerz, der sich nicht mehr ignorieren ließ. Er öffnete die Augen und sah, daß seine Finger über die Borke des Astes glitten. Verzweifelt versuchte er, die ursprüngliche Festigkeit seines Griffs zurückzuerlangen, aber er hatte kein Gefühl mehr in den Händen. Er wußte nicht, wieviel Zeit inzwischen verstrichen war – offenbar aber genug, um ihm die Kraft aus den Armen zu saugen.

Er murmelte einen Fluch, ließ los und landete mit einem dumpfen Laut auf dem Boden. Er klopfte sich den Schmutz von der Kleidung und sah auf.

Deanna hing noch immer am Ast und schien die Ruhe selbst zu sein. Sie sah aus, als hätte sie alle Zeit der Welt. Ihre Augen blieben geschlossen, und sie atmete ebenso langsam wie zuvor – vielleicht sogar noch ein wenig langsamer.

Will setzte sich, beobachtete die junge Frau und schüttelte seine Arme, um das Gefühl in sie zurückzubringen.

Deanna hing weiterhin am Ast.

Die Muskeln in Rikers Oberarmen beklagten sich mit stechendem Schmerz, und er schnitt eine Grimasse, als er die Hautabschürfungen an den Händen bemerkte. Einmal mehr sah er zur Betazoidin.

Der Starfleet-Offizier wartete zehn oder fünfzehn Minuten lang. Vielleicht sogar noch länger. Deanna zeigte nicht die geringsten Ermüdungserscheinungen.

Nach einer halben Ewigkeit schaukelte die junge Frau vor und zurück und gewann schließlich genug Bewegungsmoment, um sich wie eine Turnerin nach oben zu schwingen. Eine Sekunde später saß sie wieder auf dem Ast.

»Was machen Sie da unten?« fragte sie.

»Was machen Sie da *oben?*« erwiderte Riker. »Müde geworden?«

»Nein. Ich hätte noch viel länger am Ast hängen können. Schade, daß Sie es nicht ebenfalls gekonnt haben. Vielleicht liegt das an Ihren vielen Muskeln – die ziehen Sie nach unten. Was für ein Pech, daß Sie soviel stärker sind als ich!«

Riker stand auf und näherte sich dem Baum. Deanna erhob sich und balancierte auf dem Ast. Sie wirkte völlig entspannt.

»Na schön, Sie haben mir eine Lektion erteilt«, sagte Riker und versuchte, nicht zu verärgert zu klingen. »Kommen Sie jetzt herunter.«

Deanna begann, am Stamm nach unten zu klettern.

Plötzlich rutschte sie ab.

Sie ruderte mit den Armen und stieß einen erschrockenen Schrei aus, als sie das Gleichgewicht verlor und haltlos nach unten fiel.

Riker reagierte sofort, sprang vor und streckte die Arme aus. Es gelang ihm, Deanna zu fangen, bevor sie auf den Boden prallte, doch das jähe Gewicht zwang ihn in die Knie. Dennoch gelang es ihm, die Frau festzuhalten.

Aus einem Reflex heraus schlang Deanna die Arme um Wills Hals. Sie versuchte, ihre Fassung wiederzugewinnen und begann ganz automatisch mit entsprechenden Atemübungen. Riker schüttelte benommen den Kopf, sah auf die Betazoidin hinab und grinste breit.

Er stand auf, ohne Deanna abzusetzen. »Ist alles in Ordnung mit Ihnen?«

»Ja. Sie können mich jetzt runterlassen ...«

Der Abstand zwischen ihren Gesichtern betrug nur zehn oder fünfzehn Zentimeter. Riker nutzte die günstige Gelegenheit und küßte Deanna.

Ihre Lippen berührten sich, und Will glaubte zu spüren, wie die Frau in seinen Armen sich enger an ihn schmiegte und ihre Hände an seine Schulterblätter preßte. Sie schien zu befürchten, daß er einfach verschwinden könne und daß dieser herrliche Augenblick zu schnell endete.

Schließlich warf sie den Kopf fast ruckartig zurück und wich von ihm fort. »Setzen Sie mich ab«, flüsterte sie.

Riker lächelte. »Wir waren gerade dabei ...«

Setzen Sie mich ab, und zwar SOFORT!

Er ließ Deanna fallen.

Er hatte sie gar nicht loslassen wollen, aber der scharfe ›Klang‹ jener Worte verblüffte ihn viel zu sehr. Deanna stand auf und trat einige Schritte zurück.

»Ich habe Sie in meinem Kopf gehört«, brachte Riker verdutzt hervor. »Hinter meiner Stirn. Was vielleicht darauf hindeutet, daß ich Fortschritte mache ...«

»Sie können unmöglich einen Gedanken von mir empfangen haben.«

»Ich bin ganz sicher ...«

»Ausgeschlossen!« fauchte Deanna und stampfte mit dem Fuß auf.

Sie wandte sich ab – in dem offensichtlichen Versuch, sich wieder unter Kontrolle zu bekommen. Riker trachtete nicht danach, die Distanz zu verringern. Er begnügte sich damit zu warten.

Sie leidet, fuhr es ihm durch den Sinn. *Wegen mir!*

Will verbannte alle damit zusammenhängenden Überlegungen aus seinem Bewußtsein. Er wollte jetzt an nichts denken, das der Betazoidin noch mehr Kummer bescherte.

Erstaunlicherweise gelang es ihm tatsächlich, sein Bewußtsein auf irgendeine Art zu leeren, und von einem Augenblick zum anderen fühlte er sich völlig entspannt.

»Deanna ...«

Sie schwieg, preßte die Hände aneinander und atmete nun wieder ganz langsam. Als sie sich zu ihm umdrehte, offenbarten ihre Züge keine Verwirrung mehr. Neue Ruhe erfüllte sie.

»Vorhin sind Sie nur deshalb in Schwierigkeiten geraten, weil Sie sich erneut erotischen Vorstellungen hingegeben haben, die mich betrafen«, dozierte sie in sachlich-neutralem Tonfall. »Das hat Ihre körperlichen Bedürfnisse wieder in den Vordergrund gerückt. Solange derartige Dinge den Mittelpunkt Ihres Selbst bilden, bleibt für etwas anderes kein Platz. Dieser Erkenntnis sollten Sie sich endlich stellen, Lieutenant.«

»Ach, tatsächlich?« Riker trat einen Schritt näher. »Wissen Sie, was ich glaube, Miss Troi? Ich glaube, daß bei Ihnen Körper und Geist nicht annähernd so synchronisiert sind, wie Sie behaupten. Ich glaube, Ihr Körper will mir in die Arme fallen – gleichgültig was Ihr Geist davon hält.«

»Sie meinen, ich hätte mich unterbewußt danach gesehnt, von Ihnen umarmt und geküßt zu werden?« fragte Deanna im Plauderton.

»Das halte ich für sehr wahrscheinlich, ja.«

Die Betazoidin lachte. »Nein, Lieutenant. Da muß

ich Sie enttäuschen. Zu Ihrer Information: Ein Teil der Astborke ist abgebrochen, und dadurch bin ich aus dem Gleichgewicht geraten. Das ist alles. Wenn Sie aufmerksam danach suchen, werden Sie das abgebrochene Stück bestimmt finden. Und wenn Sie mich jetzt bitte entschuldigen …«

Sie drehte sich um und ging.

»Wann wird der Unterricht fortgesetzt?« rief Riker ihr nach, ohne eine Antwort zu bekommen.

Die nächsten zwanzig Minuten verbrachte er damit, den Boden abzusuchen.

Ohne ein Stück Borke zu finden.

20

Beim Essen an diesem Abend herrschte Schweigen im Haus der Trois. Die einzigen Geräusche verursachte Mr. Homn: Immer wieder schlug er an das kleine Instrument auf dem Tisch, dessen Klang den betazoidischen Göttern für die verspeisten Nahrungsmittel dankte.

Lwaxana warf Deanna mehrmals neugierige Blicke zu, die in Gedanken an einem ganz anderen Ort zu weilen schien. Als die Mutter aus reiner Angewohnheit das Ich der Tochter mental sondierte, stieß sie dort überraschenderweise auf Widerstand. Natürlich hätte Lwaxana die Barriere mit einem entschlossenen Vorstoß mühelos durchdringen können, aber das kam nicht in Frage. Der sanfte Kontakt mit einem anderen Bewußtsein war eine Sache. Doch geistige Ablehnung einfach zu ignorieren und die psychische Privatsphäre zu verletzen … Nein, so etwas gehörte sich nicht.

Deanna …?

Keine Reaktion. Lwaxana seufzte verärgert und griff zum wesentlich unbequemeren Mittel der verbalen Kommunikation, das eine Unterbrechung des Essens erforderte.

»Deanna?«

Die jüngere Frau hob den Kopf. »Ja, Mutter?«

»Was bedrückt dich, Kleines?«

Deanna lächelte schief. »Nichts, Mutter.«

»Du lügst«, erwiderte Lwaxana mißbilligend. »Zuerst weist du mich geistig zurück, und dann behauptest du, es sei alles in Ordnung mit dir – obgleich das ganz offensichtlich nicht der Fall ist. Ich habe gedacht, daß es zwischen uns mehr Offenheit gäbe. Um ganz ehrlich zu sein ... Ich fühle mich ein wenig verletzt.«

»Dazu besteht kein Grund, Mutter. Warum solltest du dich verletzt fühlen, nur weil ich nicht alle intimen Einzelheiten meines Lebens mit dir teile?«

Lwaxana wölbte eine Braue. »*Intime* Einzelheiten?«

»Ich möchte nicht darüber reden, Mutter.«

Die ältere Troi übermittelte ihrer Tochter ein ziemlich deutliches telepathisches Bild, das die erwartete Wirkung hervorrief – Deanna errötete.

»Das war nicht nötig, Mutter.«

»Mag sein. Aber entspricht es der Realität?«

»Mutter!«

»Es geht um *ihn,* nicht wahr? Um diesen Starfleet-Offizier namens Striker.«

»Riker.«

»Ja.« Lwaxana ruckte sorgfältig ihre Serviette zurecht und wandte sich an den Diener. »Mr. Homn, vermutlich zwingen mich die Umstände, Starfleet eine Nachricht zu schicken.«

Deanna schlug mit der Hand auf den Tisch. »Wag es bloß nicht!«

Ebensogut hätte sie ihrer Mutter ins Gesicht spucken können. Ganz langsam drehte Lwaxana den Kopf und sah ihre Tochter schockiert an.

»*Wie* bitte?« brachte sie ungläubig hervor. Deanna senkte den Kopf, und ihre Lippen bewegten sich lautlos. »Du sagst *mir,* der Hüterin des Sakralen Kelchs von Riix, was ich nicht *wagen* darf? Beim Großen Feuer – für wen hältst du dich eigentlich, junge Dame?«

»Es tut mir leid, Mutter, ich ...«

»Ich dulde es nicht, auf eine so respektlose Weise von dir angesprochen zu werden. Ich gehöre nicht zu deinen sogenannten Freunden, Deanna. Ich bin keine Gelegenheitsbekanntschaft. Und ganz gewiß bin ich nicht irgendein Starfleet-Freund.«

»Riker ist kein Freund! Er ist nicht einmal … Mutter, ich kann ihn nicht einmal leiden!«

»Was ist er dann?« fragte Lwaxana. »Was bedeutet er dir?«

»Er ist ein Ärgernis. Ein großes Ärgernis. Er ist eine … Fallstudie an Oberflächlichkeit und Arroganz. Er ist … nichts. *Nichts.* Zumindest auf persönlicher Ebene.«

»Muß ich dich an deine Verpflichtungen Wyatt gegenüber erinnern?« erkundigte sich Lwaxana steif.

»Nein, das brauchst du nicht, Mutter – ich kenne sie. Aber ich kann nicht glauben, daß du wirklich von mir verlangst, mich an diese … Vereinbarung zu halten.«

»*Ich* verlange in diesem Zusammenhang überhaupt nichts von dir, Kleines! Wir sprechen hier von Tradition, von Sitten und Gebräuchen. Ich erfinde keine Dinge, um dir das Leben schwerzumachen oder dergleichen. Ich erkläre sie dir lediglich. Und ich erwarte von dir, daß du dem Gebot der Notwendigkeit gehorchst. Du weißt um deinen Platz in der Gesellschaft und der damit einhergehenden Verantwortung. Deshalb wirst du dich fügen. Nicht wahr.« Die beiden letzten Worte waren nicht als Frage gedacht.

Deanna starrte auf den Tisch.

»*Nicht wahr?*« wiederholte Lwaxana mit zusätzlicher Schärfe.

»Ja, Mutter«, erwiderte Deanna automatisch. Diese Antwort hatte sie schon oft gegeben, bei vielen verschiedenen Gelegenheiten.

»Gut. Das beruhigt mich, weil … Nun, du erlaubst mir keinen tieferen Einblick in deine Gedanken, und deshalb bin ich größtenteils auf Vermutungen angewiesen. Wie dem auch sei: Ich habe den Eindruck, daß du dich kaum unter Kontrolle halten kannst, soweit es den Lieutenant betrifft.«

Deanna hob den Kopf und schob fast trotzig das Kinn vor. »Ich bin durchaus imstande, mich unter Kontrolle zu halten, Mutter. Ich bin kein … läufiges Tier.«

»Das habe ich nicht behauptet.«

»Das nicht, aber du hast es angedeutet.«

»Nein.«

»Doch.«

»Na schön, vielleicht hast du recht«, räumte Lwaxana ein und hob kurz die Hände. »Aber schließlich ist es ja nur zu verständlich, daß ich solche Vergleiche ziehe. Du scheinst überhaupt nicht mehr du selbst zu sein, wenn es um diesen Starfleet-Offizier geht. Vielleicht sollte ich mit deinen Universitätsprofessoren sprechen. Wenn der Lieutenant tatsächlich eine Fallstudie für dich ist, so scheint man dir an der Universität nicht beigebracht zu haben, wie man den nötigen Abstand wahrt.«

»Die Professoren haben damit überhaupt nichts zu tun, Mutter. Bitte ... misch dich nicht ein. Ich werde auch alleine mit Lieutenant Riker fertig.«

Lwaxana bedachte ihre Tochter mit einem durchdringenden Blick. »Was verstehst du unter ›fertigwerden‹?«

»Daß ich meine Probleme lösen kann, ohne daß du mir dabei hilfst.«

Lwaxana dachte einige Sekunden lang darüber nach und spießte ein Stück Fisch auf. »Das hoffe ich für dich«, sagte sie schlicht und schob sich den Bissen in den Mund.

Woraufhin Mr. Homn einmal mehr läutete. Deanna verzog das Gesicht. Seltsam, daß ihr nach all den Jahren erst jetzt auffiel, wie sehr ihr das ständige Läuten auf die Nerven gehen konnte.

Riker lag im Bett seines Botschaftsquartiers und las in einem elektronischen Buch über betazoidische Philosophie, das ihm Deanna empfohlen hatte.

Er fand die Lektüre verwirrend. Verschiedene Situationen wurden in Form von Beispielen präsentiert, und anschließend sollte der Leser angeben, wie er unter diesen Umständen reagiert hätte.

Riker gab andauernd falsche Antworten.

Er wandte sich dem nächsten Beispiel zu und las es laut, in der Hoffnung, es dadurch besser zu verstehen. »Eine Freundin berichtet Ihnen von ihrem Kummer. Ihr Vorgesetzter hat sich mehrfach sehr kritisch über die geleistete Arbeit geäußert, und seine Kritik hat Sie sehr verletzt. Wie reagieren Sie darauf?«

Will dachte darüber nach. »Na schön«, brummte er schließlich. »Ich sage ihr, daß sie die Art der geleisteten Arbeit überprüfen und gegebenenfalls ihre Qualität verbessern sollte. Wenn sie aber die Kritik ihres Vorgesetzten für ungerechtfertigt hält, so sollte sie ihm das mitteilen und ihm ihre Gründe offenbaren. Wenn er sie anschließend trotzdem weiterhin mit Kritik nervt, so sollte sie ihm damit drohen, sich an *seinen* Vorgesetzten zu wenden und eine offizielle Beschwerde einzureichen.«

Riker analysierte seine Antwort und entdeckte keinen Fehler. Daraufhin las er die vom Buch vorgeschlagene Reaktion.

Seine Verwunderung wuchs während er jedes einzelne Wort laut aussprach.

»Sagen Sie Ihrer Freundin, daß Sie ihren Kummer verstehen und von der besonderen Problematik ihrer Situation wissen. Betonen Sie ihr Vertrauen darin, daß sie es schließlich schaffen wird, alle Schwierigkeiten zu überwinden. Nennen Sie Beispiele aus Ihrem Leben, in denen Sie ähnliche Empfindungen hatten. Versichern Sie ihr, daß sie nicht allein ist; unterstreichen Sie gleichzeitig Ihre Bereitschaft, ihr jederzeit emotionale Unterstützung zu gewähren.«

Der Starfleet-Offizier starrte auf die Worte, die ihm der Bildschirm präsentierte. Ungläubig schüttelte er den Kopf. »Aber so löst man doch keine Probleme«, murmelte er nach einer Weile. »Einfach nur dazusitzen und die Miseren des Lebens zu bejammern – dadurch wird doch nichts besser! Warum sollte sich die Freundin überhaupt an mich wenden, wenn ich nicht versuche, ihr bei der Lösung ihres Problemes zu helfen?«

Enttäuscht und frustriert schaltete er den Monitor aus. Einfach lächerlich! Vielleicht hatte Tang mit seiner Einschätzung der betazoidischen Kultur recht gehabt. Offenbar ging es hier viel zu sehr darum, wie sich jemand fühlte.

Riker beschloß, Deanna bei ihrer nächsten Begegnung danach zu befragen.

Aber am nächsten Tag ließ sie nichts von sich hören.

Ebenso wenig am übernächsten.

Auch der dritte Tag verstrich ohne irgendein Zeichen von Deanna Troi.

Im Laufe der Woche wurde das Schweigen der jungen Frau immer seltsamer. Riker rief sie mehrmals an und bekam nur zur Auskunft, daß sie nicht daheim oder beschäftigt sei. Er bat um einen Rückruf, der aber ausblieb.

Sein Ärger wuchs, aber Riker ließ ihn sich nicht anmerken, als Sergeant Tang zu ihm kam, um über Ausrüstungsmaterialien zu reden. Er gab eine unwirsche Antwort, die er sofort bedauerte.

»Entschuldigen Sie, Sergeant. Das war ungerechtfertigt.«

Tang musterte ihn und rieb sich nachdenklich über seinen Stoppelbart. Riker überlegte kurz, wie es Tang gelang, ständig so auszusehen, als hätte er eine Rasur nötig. Stutzte er seinen Bart immer so, daß er ungepflegt aussah?

Der Sergeant klopfte Riker auf den Arm. Für jemanden seines Ranges war ein solches Verhalten einem Vorgesetzten gegenüber eigentlich ungebührlich, aber bei Tang lag die Sache ein wenig anders. Als Veteran genoß er spezielle Privilegien. »Kommen Sie, Lieutenant. Ich möchte Ihnen unten etwas Interessantes zeigen.«

Riker folgte Tang in den Keller der Föderationsbotschaft. Hier befanden sich mehrere Lagerräume und Vorratskammern. Die meisten von ihnen waren leer. Der Empfang zu Ehren des rigelianischen Botschafters hatte die kulinarischen Ressourcen der Botschaft erschöpft. Sicher würde es eine Weile dauern, bis sich diese Räume wieder füllten. Der nächste Starfleet-Frachter kam erst in einigen Wochen.

Riker war nicht *sonderlich* überrascht, als er feststellte, daß Tang und seine Leute den Keller in eine Art Waffenarsenal verwandelt hatten.

»Wir müssen mit dem zurechtkommen, was wir bekommen können«, brummte der Sergeant. »Manchmal haben wir allerdings Glück.«

»Lieber Himmel!« entfuhr es Riker, als sein Blick auf eine der beeindruckendsten Waffen fiel, die er jemals gesehen hatte. Sie hing an der Wand und war fast zwei Meter lang. Er wandte sich an den Sergeant. »Darf ich?«

Tang vollführte eine einladende Geste. »Sie sind der kommandierende Offizier. Nur zu!«

Riker nahm das große, zylindrische Etwas von den Haltebügeln und taumelte unter dem Gewicht. Es fiel ihm schwer, den Apparat richtig zu halten. Ständig rutschte er ihm von der Schulter. Tang half ihm, wobei er mehr um die Waffe besorgt zu sein schien als um Rikers Wohlergehen.

»Nehmen Sie das Ding lieber«, sagte Will und überließ es Tang, damit fertig zu werden. Der Sergeant war einen Kopf kleiner als Riker, aber er ging so mit der Waffe um, als hätte sie plötzlich die Hälfte ihres Gewichts verloren. Will versuchte, sein Erstaunen angesichts von soviel Kraft zu verbergen; es gelang ihm nur zum Teil. »Was *ist* das?«

Tang klopfte stolz mit der freien Hand darauf. »Dies ist der letzte Schrei der Boden-Luft-Abwehr. Es handelt sich um eine tragbare Phaserkanone vom Typ Level Ten, Modell II.«

»Man fragt sich unwillkürlich, wie das Modell I wohl ausgesehen haben mag.«

»Es ist während der Abschlußtests explodiert und hat die Hälfte Plutos zerstört. Niemand scherte sich viel darum – es ist ohnehin ein ziemlich langweiliger Planet gewesen.« Tang sah Rikers Gesichtsausdruck, lächelte und zeigte dabei seine unregelmäßig geformten Zähne. »Ich habe mir einen Scherz erlaubt, Lieutenant.«

»Ja, ich weiß«, log Will. »Was kann man mit diesem Ding anstellen?«

»Bei voller Energiestärke dürfte es imstande sein, einen der betazoidischen Monde aus der Umlaufbahn zu schleudern.«

»Sie scherzen erneut.«

Tangs Gesicht zeigte einen undeutbaren Ausdruck. »Ich habe nicht behauptet, daß mein Sinn für Humor besonders gut wäre.« Er verstaute die große Waffe wieder in ihrem Wandgerüst und griff nach zwei Übungsphasern. »Kommen Sie. Jetzt können Sie unseren Schießstand bewundern.«

Er führte Riker in einen anderen, etwas dunkleren Bereich und reichte ihm einen der beiden Phaser. Dann löste er zwei rautenförmige Objekte von seinem Gürtel. »Gehört zur Standardausrüstung für planetare Sicherheitswächter«, erklärte er. »Diese Dinger hier halten uns in Form – wo immer wir sind.«

Er warf die beiden Objekte hoch, die sofort ein gespenstisches Eigenleben entwickelten und hin und her sausten. »Und nun, Lieutenant … Zielen Sie gut.«

Die beiden Männer standen Rücken an Rücken, während sie anlegten und schossen. Die beiden Gegenstände glitzerten und funkelten, während sie ohne erkennbares System durch den Raum flogen. Riker feuerte immer wieder und traf ein paar Mal. Der Sergeant erzielte weitaus mehr Treffer.

Das Schießen schien nur einen Teil von Tangs Aufmerksamkeit zu erfordern, denn er fragte: »Es ist eine Frau, nicht wahr?«

»Bitte?«

»Eine Einheimische. Vermutlich die, mit der Sie ausgehen wollten. Sie hat Sie am Haken – womit ich keineswegs respektlos sein will.«

»*Niemand* hat mich am Haken, Sergeant. Auf Betazed gibt es lediglich eine interessante Philosophie. Ich versuche, mehr darüber herauszufinden und sie zu verstehen.«

»Wieviel Philosophie braucht man, um durchs Leben zu kommen? Ich stehe auf folgendem Standpunkt: Wenn etwas angreift, so gehört es erschossen. Und alles, was *nicht* angreift, kann in Ruhe gelassen werden. Der Rest ist unwichtig.«

»Das erscheint mir ziemlich engstirnig, Sergeant.«

»Diese Art von Engstirnigkeit hilft einem zu überleben, Lieutenant. Ich bin noch immer am Leben. Und meine Leute haben ähnliche Ansichten, und auch sie sind noch am Leben. Nur darauf kommt es an.«

»Hallo, Will.«

Die beiden Männer drehten sich um und sahen Wendy Roper. Sie trug einen weißen Overall, der wie eine zweite Haut an ihr klebte. »Hallo, Sergeant.«

»Ma'am ...«, erwiderte Tang.

Die Tochter des Botschafters wandte sich an Riker und machte keinen Hehl aus ihrer Enttäuschung. »Will, seit einiger Zeit sehen wir uns nur noch selten.«

»Ich, äh, bin sehr beschäftigt gewesen, Wendy.«

»Tatsächlich?« Die junge Frau neigte den Kopf zur Seite. »Und womit?«

»Ich ...«

»Der Lieutenant hat die Truppen inspiziert, Ma'am«, sagte Tang steif. »Wir gehen davon aus, daß jederzeit ein Angriff stattfinden kann.«

»Ja, jederzeit«, bestätigte Riker.

»Darüber hinaus hat er die Sicherheitsvorkehrungen

überprüft. Dabei ging es ihm vor allem um Ihr Wohl, Ma'am.«

»Ich verstehe. Nun, wenn Sie irgendwann wieder Zeit haben sollten, Will ... Vielleicht könnten wir uns noch mal treffen und etwas gemeinsam unternehmen. Bisher sind wir doch prima miteinander ausgekommen, nicht wahr?« Wendy nickte Tang zu. »Freut mich, Sie wiedergesehen zu haben, Sergeant.«

Damit ging sie fort. Riker hörte ihre Schritte bis hin zur Treppe.

»Ein nettes Mädchen«, sagte Tang nach einer Weile. »Sehr angenehme Gesellschaft. Und glücklicherweise nicht allzu intellektuell, wenn Sie verstehen, was ich meine.«

»Da stimme ich Ihnen zu.«

»Ich nehme an, sie ist nicht die junge Dame, mit der Sie ...?«

»Nein.«

»Haben Sie schon mal auf mehreren Hochzeiten gleichzeitig getanzt, Lieutenant?«

Riker bedachte Tang mit einem verwirrten Blick. »Sie meinen, ob ich irgendwann Kontakte zu mehreren Frauen gleichzeitig unterhalten habe?«

»So könnte man es auch ausdrücken.«

»Um ganz ehrlich zu sein – ja. Aber bis ich die Sache mit Deanna nicht in Ordnung gebracht habe ...«

»So heißt die Einheimische also? Deanna?«

»Ja. Ich weiß nicht, wie ich es erklären soll, Sergeant. Wenn ich mich jetzt auch noch mit Wendy einließe ... Es wäre nicht richtig.«

Tang schnalzte mißbilligend mit der Zunge. »Das ist ein schlechtes Zeichen, Lieutenant. Ein sehr schlechtes Zeichen. Ich empfehle Ihnen: Schilde hoch und die Mission mit besonderer Vorsicht fortsetzen.«

»Zur Kenntnis genommen, Sergeant. Übrigens ...« Riker zielte wieder auf die fliegenden Objekte. »Sie hätten Wendy nicht für mich belügen müssen.«

»Ich weiß, Sir. Andererseits mangelt es mir nicht an Erfahrung, wenn es darum geht, Feuerschutz zu geben. Gehört alles zum Dienst.«

»Nun … besten Dank. Ich hätte nicht gewußt, wie ich Wendy die Sache mit Deanna hätte beibringen sollen. Zumal ich nicht einmal sicher bin, ob es da überhaupt eine ›Sache‹ gibt.«

»Kein Problem, Lieutenant.«

»Seit einer Woche habe ich sie nicht mehr gesehen. Vielleicht sollte ich mal die Universität besuchen. Sie studiert dort …«

Tang schüttelte sofort den Kopf – was ihn nicht daran hinderte, einen weiteren Treffer zu erzielen. »Ein Fehler, Sir. Ein großer Fehler. Denken Sie daran, daß Deanna von Ihnen ebenfalls nichts gehört hat. Entweder empfindet sie das als Belastung – in diesem Fall sollten Sie warten, bis die Dame es nicht mehr aushält und von sich aus den Kontakt erneuert. Oder aber sie vergeudet überhaupt keinen Gedanken an Sie. In diesem Fall sollten Sie Deanna einfach vergessen. Wenn Sie aber erst einmal damit anfangen, ihr nachzulaufen … Damit gewähren Sie ihr einen strategischen Vorteil. Kein gutes Manöver.«

»Bei ihnen klingt alles nach einer militärischen Aktion.«

Tang musterte Riker ernst. »Nun ja, Sir, schließlich spricht man in diesem Zusammenhang ja auch vom Krieg der Geschlechter. Und Kriege sind nun mal Kriege. Und Strategien sind Strategien.« Tang hob den Phaser und betätigte mehrmals den Abzug. Er traf beide Übungsziele, deren Absorptionskapazität damit erschöpft war – sie fielen zu Boden. »Allein der Sieg zählt.«

»Der Sieg ist nicht alles, Sergeant.«

»Der Sieg mag nicht alles sein, Sir – aber die Niederlage ist nichts.«

Riker versuchte, sich eine passende Antwort einfallen zu lassen. Schließlich erwiderte er nur: »Vermutlich haben Sie recht.«

»Diese Weisheit stammt nicht von mir, Sir. Sie geht auf einen Philosophen aus dem zwanzigsten Jahrhundert zurück. Tja, damals kannte man sich mit solchen Dingen noch aus.«

»Welchen Philosophen meinen Sie?«

Tang zögerte und runzelte die Stirn. »Ich erinnere mich nicht mehr genau an den Namen – Moment! Jetzt fällt er mir wieder ein. Sein Name war Charlie Brown.«

Riker dachte darüber nach und nickte. »Dieser Charlie Brown muß sehr klug gewesen sein.«

»Das schätze ich auch.«

21

Mark Roper lachte leise. »Wann bekomme ich endlich meine zweihundert Credits?«

Sie saßen sich im Café gegenüber. Das gemeinsame Frühstück war inzwischen zu einer Art Morgenritual geworden. Riker sah Roper unschuldig an, während er Butter auf eine Scheibe Roggenbrot strich. »Was meinen Sie?«

»Ich meine unsere Wette in Hinsicht auf Deanna.«

»Wollen Sie mir nicht etwas mehr Zeit lassen?« erwiderte Riker ruhig.

»Zeit?« Roper lachte erneut. »Zeit macht dabei überhaupt keinen Unterschied, Captain. Deanna will nichts mit Ihnen zu tun haben. Auch in tausend Jahren würden Sie keinen Erfolg bei ihr haben. Von Lwaxana weiß ich …«

»Lwaxana?« Ärger glomm in den Augen des Lieutenants auf. »Wann haben Sie mit ihr gesprochen?«

»Vor etwa einer Woche.«

»Ohne mir etwas zu sagen?«

»Ich sage es Ihnen *jetzt.* Bei diesem Gespräch – eigentlich mehr eine Plauderei – ist es gar nicht um Sie gegangen, sondern um Probleme bei der Erziehung von Töchtern. Lwaxana hat Deanna gelobt und gemeint, daß diese immer den Rat ihrer Mutter beherzigen würde, weil sie um ihre Verantwortung als Tochter des fünften Hauses weiß. Als Beispiel hat sie die Beziehung zwischen Deanna und dem ›jungen Mann von Starfleet‹ genannt. Angeblich hat ihre ›gehorsame

Tochter‹ nicht gezögert, auf das Drängen ihrer Mutter hin einen Schlußstrich zu ziehen.«

»Ach, tatsächlich?« entgegnete Riker eisig. »Nun, ich sehe das etwas anders.«

»Ich dachte mir schon, daß Sie diesen Blickwinkel nicht teilen.« Roper verspeiste ein Stück Ei. »Andererseits ... Ich fürchte, *Ihre* Perspektive hat bei dieser Angelegenheit nur noch untergeordnete Bedeutung, Captain.«

Riker warf dem Botschafter einen grimmigen Blick zu, doch Roper schien die Ruhe selbst zu sein. Warum auch nicht? Immerhin deutete alles darauf hin, daß er die zweihundert Credits gewonnen hatte.

Damit jedoch konnte sich Riker nicht abfinden.

Das Problem war nur, daß Sergeant Tang mit seinem Hinweis recht gehabt hatte. Deanna nachzulaufen, sie anzurufen und zu versuchen, gegen den Willen der Mutter den Kontakt wiederherzustellen – damit würde er die junge Frau in eine schwierige Situation bringen. Und er würde sich selbst in Verlegenheit bringen. Will fragte sich, was peinlicher war – sich Deanna an den Hals zu werfen oder die Wette zu verlieren.

Immer wieder hörte er Tangs Hinweise. Seine innere Stimme mahnte und warnte ...

Seine innere Stimme ...

Will hatte eine Idee.

Am nächsten Morgen, nachdem er mit Tang die neuesten Starfleet-Berichte über Sindareen-Aktivitäten durchgegangen war, suchte er das Universitätsgelände auf. Dort hielt er nach einem geeigneten Platz Ausschau und wählte schließlich eine große, mit vielen Verzierungen ausgestattete Statue mitten auf dem Campus. Er setzte sich auf ihren Sockel und wartete. Früher oder später mußte Deanna vorbeikommen.

Einen halben Tag verbrachte er so und beobachtete, wie die Sonne über den Himmel wanderte und die Schatten ihre Position änderten. Er konzentrierte sich vollkommen darauf, dachte an nichts anderes mehr. Während er auf diese Weise übte, verlangsamte er den Atemrhythmus, atmete durch die Nase ein und den Mund aus.

Dabei ging es Riker nicht nur darum, Ruhe zu finden und sich auf die Essenz seines eigenen Selbst zu besinnen. Er war mit einer ganz bestimmten Absicht hergekommen – mit der Entschlossenheit, seine gesamten mentalen Kräfte zuzusammenzunehmen.

Irgendwann verlor er das Zeitgefühl und wußte nicht, wie viele Stunden vergangen waren, als ihn schließlich etwas veranlaßte, den Kopf zu heben.

Deanna schritt über den Platz.

Sie begleitete zwei Freundinnen und lachte. Zwei oder drei Sekunden lang brodelte fast so etwas wie Zorn in Riker empor. Wie konnte sie nur so fröhlich sein, während in ihm ein emotionales Chaos herrschte?

Rasch verdrängte er diesen Gedanken – von solchen Dingen durfte er sich jetzt nicht ablenken lassen. Gerade jetzt brauchte er ein Höchstmaß an Konzentration, um seine Absicht zu verwirklichen.

Riker sah nicht länger zu Deanna. Statt dessen richtete sich sein Blick wieder auf die länger gewordenen Schatten. Einmal mehr besann er sich auf die Atemübungen, um sich in einen Kokon der Ruhe zu hüllen. Er tauchte in sein Selbst und konzentrierte sich auf die Entschlossenheit, die den Motor seines Ehrgeizes bildete. Jetzt sollte diese Energie einem anderen Zweck dienen.

Er glaubte zu spüren, wie die Kraft in ihm zunahm – wie das angestrebte Potential wuchs und ihm die erhoffte Möglichkeit bot.

Als er sich bereit wähnte, verschob er seine Aufmerksamkeit in Richtung Deanna.

Sie wanderte noch immer über den Campus, nur einige Schritte von der Stelle entfernt, an der Will sie zuerst gesehen hatte. Und sie sah zu ihm herüber. Sie schien ihn gerade erst bemerkt zu haben, stieß eine ihrer beiden Begleiterinnen sanft mit dem Ellbogen an und flüsterte ihr etwas zu. Die drei jungen Frauen musterten den Mann am Rand der Statue, steckten die Köpfe zusammen und kicherten.

Riker fixierte seine Gedanken auf ein mentales Bild Deannas und benutzte es als Katalysator, um die angestaute psychische Energie jäh freizusetzen.

Sie haben Angst vor mir! dachte er.

Stundenlang hatte er sich darauf vorbereitet, diesen einen Gedanken zu projizieren, und die Belohnung für seine Mühen stellte sich sofort ein. Deanna taumelte plötzlich und drehte ihm ruckartig den Kopf zu. Erneut sah sie Riker an, und diesmal zeigte sich Verblüffung in ihrem Gesicht.

Unmittelbar darauf faßte sie sich wieder und setzte ihren Weg zusammen mit den anderen fort, als sei überhaupt nichts geschehen.

Aber Riker wußte, daß sie seine telepathische Stimme gehört hatte.

Er versuchte, ihr einen weiteren Gedanken nachzuschicken, aber jetzt fehlte ihm die notwendige Konzentration. Der Erfolg hatte ihn zu sehr aufgewühlt. Es gelang ihm nicht, die erforderliche innere Ruhe schnell genug zurückzuerlangen – er hatte einfach zu wenig Erfahrung mit mentaler Disziplin.

Vermutlich war das Glück des Anfängers auf seiner Seite gewesen. Aber er hatte Deanna die gewünschte Botschaft übermittelt und sie damit herausgefordert.

Die Betazoidin würdigte ihn keines weiteren Blickes, als sie zusammen mit ihren Freundinnen den Platz überquerte. Sie schien jetzt etwas schneller zu gehen. Vielleicht befürchtete sie, daß Riker ihr folgte.

Das lag ihm jedoch fern. Als Deanna das Ende des Platzes erreichte, warf sie einen raschen Blick über die Schulter. Riker saß noch genauso da wie vorher, mit überkreuzten Beinen. Er wirkte wie ein Buddha, der mit sich selbst vollkommen zufrieden war.

Riker schlief tief und fest, als jemand an die Tür klopfte. Benommen setzte er sich auf und sah zur Uhr – es war mitten in der Nacht.

Sein erster Gedanke galt einem Überfall der Sindareen. Er schlang sich das Laken einem Mantel gleich um den Leib und eilte zur Tür.

Deanna stand mit verschränkten Armen im Flur. In ihren Augen leuchtete es.

»Ich habe *keine* Angst vor Ihnen.«

Riker brauchte zwei oder drei Sekunden, um innerlich umzuschalten und zu begreifen, daß keine Gefahr von irgendwelchen Aggressoren drohte. »Dann verstehen Sie es aber sehr gut, einen falschen Eindruck zu erwecken.«

»Das scheint eins Ihrer Probleme zu sein: Sie gewinnen häufig falsche Eindrücke. Wieso behaupten Sie, ich hätte Angst vor Ihnen?«

»Nun, *Sie* haben den Kontakt zu mir abgebrochen. Sie gehen mir ganz offensichtlich aus dem Weg.«

»Warum sollte mir daran gelegen sein, weiterhin Kontakte zu Ihnen zu unterhalten? Ich möchte meine Zeit nicht mit jemandem vergeuden, der offenbar außerstande ist, die Feinheiten unserer Philosophie zu verstehen.«

»Zumindest *ein wenig* davon verstehe ich doch«, erwiderte Riker und lehnte sich gegen den Türrahmen. »Immerhin ist es mir gelungen, mich Ihnen gedanklich mitzuteilen.«

»Bestimmt steckt nicht mehr dahinter als purer Zufall. Außerdem ist es Ihnen dabei keineswegs darum gegangen, Ihr Ich zu öffnen. Sie haben nur meine Aufmerksamkeit erregen wollen. Und vielleicht beabsichtigten Sie auch, mir ›eins auszuwischen‹, wie es bei Ihnen heißt. Nun, mein Kommen dürfte beweisen, daß ich Ihnen nicht aus dem Weg gehe. Ich finde es absurd, daß Sie so etwas behaupten. Sie …«

Riker unterbrach die junge Frau. »Und *ich* finde es

bemerkenswert, daß Sie jedesmal, wenn wir uns begegnen, nahe daran sind, Ihre Kontrolle über sich zu verlieren. Dann reagiert Ihr Körper vollkommen anders als Ihr Intellekt. Geben Sie zu, Deanna – ich bringe Sie durcheinander und erschüttere Ihr inneres Gleichgewicht.«

Deanna sah ihn kühl an. »Ziehen Sie sich lieber an.«

»Wohin gehen wir?«

»Nach draußen.«

»Und wohin draußen? Weshalb soll ich Sie begleiten, wenn Sie sich weigern, mir das Ziel unseres Ausfluges zu nennen?«

»Was ist los mit Ihnen, Lieutenant?« erwiderte Deanna spöttisch. »Haben Sie jetzt vielleicht Angst vor mir?«

»Na schön«, brummte Riker. »Es dauert nur zwei Minuten.«

»Nehmen Sie sich so viel Zeit, wie Sie brauchen.«

Es war eine recht warme Nacht. Deannas Gestalt zeichnete sich im Mondschein ab, der auf der Oberfläche eines nahen Sees glitzerte. Erneut hielt sie ihre Arme verschränkt.

Riker stand hinter ihr und wartete geduldig. »Hübsch hier«, sagte er versuchsweise. »Kommen Sie oft hierher?«

»Ja.« Es klang geistesabwesend. »Von Zeit zu Zeit.«

»Ein ziemlich abgelegener Ort.«

»Deshalb gefällt er mir.«

Sie befanden sich am Rand eines Waldes. Riker sah zu den Bäumen hinüber und betrachtete die Äste und Zweige, die ihm wie ausgestreckte Finger erschienen. Sie schienen nach ihm zu tasten, ihn in die Dunkelheit zwischen den Stämmen zu ziehen. »Und nun? Lassen wir uns erneut von irgendwelchen Ästen herabhängen?«

Deanna drehte sich zu ihm herum. »Legen Sie die Kleidung ab.«

Riker starrte sie an. »Wie bitte?«

»Es geht um eine Therapiemethode, mit der wir uns vor einigen Tagen an der Universität befaßt haben. Ziehen Sie sich aus.«

Will lächelte schief. »Na schön. Ich nehme an, es handelt sich um einen Scherz, nicht wahr? Versteckt sich eine Ihrer Freundinnen im Wald? Nun, ich kann mir denken, wie's ablaufen soll. Kaum bin ich nackt, schnappt ihr euch meine Sachen und verschwindet. Und während Sie lachen, muß ich allein in die Stadt zurück und am Eingang der Botschaft erklären, warum ich weder Uniform noch irgend etwas anderes trage. Na, richtig getippt?«

Deanna seufzte laut, griff nach hinten und löste die Verschlüsse ihres Gewands. Wenige Sekunden später stand sie nackt vor Riker und warf ihm ihre Sachen vor die Füße.

»Ziehen Sie sich aus!« wiederholte sie.

Will kam der Aufforderung nach.

Eine Zeitlang standen sie reglos und völlig entblößt im Mondschein, dann setzte sich Deanna in Bewegung und kam langsam näher. Riker erzitterte innerlich und versuchte, sich nichts anmerken zu lassen.

»Legen Sie sich hin.« Die Stimme der Betazoidin klang fest, und Will fragte sich, ob sie tief in ihrem Innern seine Nervosität teilte.

Warum bin ich überhaupt nervös? fragte er sich. *Immerhin ist das hier ja nicht das erste Mal.*

Als Riker auch weiterhin still stehenblieb, sagte Deanna: »Wenn Sie einen Streich oder etwas in der Art befürchten … Halten Sie Ihre Kleidung fest, damit keine verborgene Komplizin damit verschwindet.« Riker legte sich hin.

»Auf die Seite. Mit dem Rücken zu mir.«

Will drehte sich auf die Seite, und seine Verwirrung wuchs. Er zog ein wenig die Beine an, lag in der Fötusposition und kam sich wie ein Narr vor.

Er hörte, wie sich hinter ihm etwas bewegte, und dann lag Deanna neben ihm. Sie schmiegte sich an ihn, und ihre Position glich zwei aufeinander ruhenden Löffeln. Deannas Leib fühlte sich herrlich warm an. Will glaubte plötzlich, einen Muskelkater zu haben, der sich über seinen ganzen Körper erstreckte. Irgend etwas in ihm schien sich auszudehnen – als steckte zuviel Blut in ihm, das nach einer Öffnung, einem Ventil suchte. Der Druck wuchs, und Riker stellte sich vor, von einem Augenblick zum anderen zu explodieren.

»Jetzt reden wir miteinander«, verkündete Deanna.

»Wir ... reden?« brachte der Starfleet-Offizier mühsam hervor.

»Ja. Ihnen fehlt mentale Disziplin. Sie müssen lernen, sich zu kontrollieren. Sie sollten fähig sein, bei Begegnungen mit mir nicht nur an physische Aspekte zu denken.«

»Und Sie glauben, *dies* hilft mir dabei?« Riker wollte sich umdrehen, die Arme um Deanna schlingen und ...

»Ja.« Die junge Frau strahlte geradezu übermenschliche Ruhe aus. »Wir sprechen über irgendwelche Themen, die Ihnen interessant erscheinen, und die ganze Zeit über bleiben wir auf diese Weise liegen. Sie bekommen dadurch Gelegenheit, sich an meine und Ihre eigene Sexualität zu gewöhnen und sie dadurch zu überwinden.«

»Ich ...« Rikers Stimme klang fast schrill. Er räusperte sich und versuchte, das Prickeln in seinem Innern zu ignorieren. »Ich kann mir bessere Methoden vorstellen, um mit dem Sexuellen fertig zu werden – Methoden, die weitaus mehr Spaß machen.«

»Wie fühlen Sie sich jetzt?«

»Wie ein Vulkan kurz vor der Eruption. Himmel, ich wäre imstande, wie ein Wolf den Mond anzuheulen.«

Deanna überraschte Will mit einem leisen Lachen. Dann sagte sie: »Wenn Sie solchen Impulsen nachgeben, ruinieren Sie alles. Die Bedürfnisse des Körpers müssen denen des Geistes untergeordnet sein.«

Es fiel Riker sehr schwer, sich zu beherrschen. »Warum tun Sie mir so etwas an, verdammt?« knurrte er. »Warum quälen Sie mich auf diese Weise? Ihnen scheint die gegenwärtige Situation überhaupt keine Probleme zu bereiten, aber mich bringt sie um den Verstand!«

Deanna murmelte etwas, doch sie sprach so leise, daß Riker sie nicht verstand. »Was?«

»Die … Situation wirkt sich auch auf mich aus«, wiederholte Deanna, und es klang ein wenig gepreßt.

»Tatsächlich? Und wie?«

Deannas Hand strich Will über die Brust. »Wie wohl?«

Riker gab sich alle Mühe, das Vibrieren aus seiner Stimme zu verbannen, als er sagte: »Wenn wir beide so empfinden … Wäre es dann nicht richtig und angemessen …«

»Will …« Die kühle Sachlichkeit in Deannas Tonfall löste sich völlig auf. »Ich *kann* nicht, Will! Bitte versuchen Sie, das zu verstehen. Mann und Frau müssen zunächst eine Verbindung auf dem intellektuellen und seelischen Niveau eingehen. Wenn sie allein aufgrund physischer Attraktivität Geschlechtsverkehr hätten … Das wäre nichts weiter als oberflächlicher, belangloser, banaler Sex.«

»Deanna … Wie kann es falsch sein, einem gemeinsamen Begehren nachzugeben?«

»Ich möchte es nicht, Will.«

»Aber Sie haben doch gerade angedeutet …«

»Ich fühle gewisse … Impulse, ja, aber ich möchte ihnen nicht nachgeben. Damit würde ich all meine Prinzipien verraten. Auf dem geistig-seelischen Niveau spüre ich noch immer keinen Kontakt mit Ihnen. Ich fühle mich Ihnen nicht *nahe.* Unter solchen Umständen wäre es verkehrt, die physische Vereinigung zu vollziehen. Ich …«

»Sie fürchten sich vor mir.« Rikers Worte beinhalteten keinen Spott und waren auch nicht als Herausforderung gemeint. Statt dessen wollte er Deanna Trost spenden und dafür sorgen, daß sie sich besser fühlte.

Riker griff nach ihrer Hand und drückte sie an sich – eine Geste, die nichts Sexuelles beinhaltete. Er schien zu versuchen, ihr einen Teil seiner Kraft weiterzugeben.

»Ein wenig«, sagte Deanna so leise, daß Will die Ohren spitzen mußte, um es überhaupt zu verstehen. »Ich fürchte mich ein wenig vor Ihnen. Wenn man nach den Grundsätzen einer bestimmten Philosophie lebt und dann jemanden kennenlernt, der alles in Frage stellt, woran man bis dahin geglaubt hat ...« Die Betazoidin zögerte. »Erinnern Sie sich daran, daß Sie mich gefragt haben, was ich von Liebe auf den ersten Blick halte? Nun, ich glaube daran. Ich glaube auch, daß es Lust auf den ersten Blick gibt. Aber mir liegt nichts an entsprechenden Erfahrungen.«

»Es kann die Lebensqualität steigern, wenn man lernt, die Freuden des Augenblicks zu genießen.«

»Ich bin sicher, daß Sie sich mit solchen Sachen auskennen, Will.«

Eine Zeitlang schwiegen sie. Riker spürte noch immer Deannas Wärme und hörte, wie sie langsam ein- und ausatmete. Doch jetzt entfaltete ihre Nähe nicht mehr dieselbe Wirkung auf ihn wie zuvor.

»Was machen wir nun?« fragte er nach einer Weile.

»Wir reden.«

»Worüber?«

»Über irgend etwas – wobei Sex ausgeklammert bleibt. Es geht darum ...«

»... über das Fleischliche hinauszuwachsen. Ja, ich weiß.« Riker überlegte. »Na schön. Wenn ich ein Thema vorschlagen darf ...«

»Natürlich«, sagte Deanna sofort.

Will versuchte, nicht auf den herrlich melodischen

Klang ihrer Stimme zu achten und den Atem zu ignorieren, der sein Ohr streifte. »Dieses elektronische Buch über betazoidische Philosophie, das Sie mir empfohlen haben …«

»Ja?«

»Einige Dinge kann ich einfach nicht verstehen.«

»Zum Beispiel?«

»Ich denke da an die Frau, die zuviel Kritik von ihrem Vorgesetzten hinnehmen muß. Sie wendet sich an mich und erzählt mir davon.«

»Ja, ich kenne das Szenario. Und ich vermute, Sie haben versucht, das Problem zu lösen.«

»Ja.«

»Und anschließend haben Sie dem Text entnehmen müssen, daß es sich nicht um die richtige Reaktion gehandelt hat?«

»Stimmt.«

»Und der Grund dafür ist Ihnen ein Rätsel.«

»Wieder richtig. Was kann an dem Versuch falsch sein, das Problem der Frau zu lösen, anstatt sie einfach nur zu bemitleiden?«

»Es gäbe nichts daran auszusetzen, das Problem zu lösen – wenn die Frau sich das wünschen würde. Aber das ist nicht der Fall. Sie haben das wahre Anliegen dieser Frau überhaupt nicht erkannt.«

Riker stützte den Kopf auf den Ellbogen. »Ich habe gründlich über die Situation nachgedacht und versucht, der Frau das Leben zu erleichtern.«

»Darum hat sie Sie nicht gebeten.«

»Aber wenn sie … Geben wir ihr einen Namen. Nennen wir sie … Jane.«

»Sehr phantasievoll«, kommentierte Deanna.

»Jane ist mit einem Problem zu mir gekommen, was bedeutet, daß sie nach Hilfe sucht, um es zu lösen. Ist doch ganz klar.«

»Eben nicht.«

»Doch«, beharrte Riker. »Wenn sich ein Techniker an

den Chefingenieur wendet und ihm mitteilt, daß es Schwierigkeiten mit dem Warpantrieb gibt, lautet die Antwort nicht etwa: ›Na, so was, wie schade, das muß sicher sehr unangenehm für Sie sein. Sie haben mein vollstes Mitgefühl.‹ Nein, der Ingenieur sagt: ›Reparieren wir das Ding.‹ Ob nun ein defektes Triebwerk oder ein nörgelnder Chef – es läuft auf eine unangenehme Situation hinaus, die verbessert werden muß.«

»Sie verstehen nicht, worum es geht, Will.«

»Ich verstehe es sogar sehr gut.« Er drehte sich zu Deanna um, spürte ihren Körper noch deutlicher als vorher – und achtete überhaupt nicht darauf. »Sie sind nur eigensinnig und rechthaberisch.«

»Und Sie spielen die Rolle eines kommandierenden Offiziers. Das Universum besteht nicht nur aus Starfleet. Gefühle unterliegen keinen Vorschriften. Jane hat sich nicht an Sie gewandt, um ihr Problem von Ihnen lösen zu lassen.«

»Weshalb sonst?« fragte Riker scharf.

»Sie ist zu Ihnen gekommen, weil Sie sich emotionalen Beistand erhofft hat«, erklärte Deanna geduldig. »Sie hat ihr Problem gekannt. Und sie hat auch gewußt, daß sie eine Lösung finden mußte. Vielleicht hat sie ja auch beschlossen, nichts zu unternehmen und mit der Kritik ihres Vorgesetzten zu leben. Wie dem auch sei: Sie muß selbst damit fertig werden, und zwar auf ihre eigene Weise, denn es ist *ihr* Problem, Jane hat sich nur nach emotionaler Stärkung gesehnt. Sie hat von Ihnen hören wollen, daß sie mit ihr fühlen. Darauf läuft die Philosophie des RaBeem hinaus. Übersetzt lautet diese Bezeichnung schlicht: ›Ich verstehe.‹ Es wäre besser gewesen, wenn Sie von einer ähnlichen Situation aus ihrem eigenen Leben berichten würden …«

»Um Ihnen zu erzählen, wie ich das Problem gelöst habe?«

»Und um zu beschreiben, was Sie dabei *gefühlt* haben. Um Jane mitzuteilen, daß Sie ihren Kummer und ihre Verlegenheit teilen. Wenn man aus irgendeinem Grund unglücklich und deprimiert ist, kann man leicht glauben, daß es allen anderen Personen gut geht. Bei Jugendlichen sind derartige Erlebnisse besonders intensiv. Aber auch Erwachsene bleiben davon nicht verschont. Im großen und ganzen wünschte sich Jane nur einen Hinweis darauf, nicht allein zu sein.«

»Aber ... wie wird dann das Problem gelöst?«

»Jane ist bereits dabei, es selbst zu lösen, und zwar auf ihre eigene Art und Weise. Auch deshalb ist sie zu Ihnen gekommen. Damit Sie ihr folgendes sagen, daß sie in jedem Fall mit ihrer Unterstützung rechnen kann – ganz gleich, wie sie sich auch entscheidet.«

»Ich bin nicht sicher, ob ich das verstehe«, gestand Riker.

»Oh, die Erkenntnis hat bereits erste Wurzeln in ihnen geschlagen.« Deanna lächelte. »Im Lauf der Zeit wird sie wachsen und gedeihen.«

»Man konfrontiert mich mit einem Problem – und ich soll *nicht* versuchen, es zu lösen? Darauf läuft es doch hinaus?«

»Das ist anscheinend keine *so* ungewöhnliche Situation für Sie, oder? Aufgrund der Ersten Direktive sollten Sie damit ja auch vertraut sein.«

»Darüber haben wir bereits gesprochen. Bei der Ersten Direktive geht es um etwas ganz anderes.«

»Der Unterschied betrifft nur die Ausmaße des Anwendungsbereichs, nicht jedoch das Prinzip oder Details. Die Theorie verliert nicht an Bedeutung, nur weil das Problem nur eine bekannte Person betrifft anstatt ein ganzes Volk von Fremden.«

Riker wollte etwas erwidern, aber es mangelte ihm an passenden Worten. Deanna lächelte und strich ihm mit den Fingerkuppen über die Wangen. »Ich weiß, daß es schwierig für Sie ist, Will. Sie streben ganz automatisch danach, Situationen zu kontrollieren. Dafür ist nicht allein ihre Ausbildung verantwortlich. Dieser Reflex liegt auch in Ihrem Wesen. Doch im wirklichen Leben gibt es nicht nur Kommandostrukturen.«

»Es kommt ganz darauf an, was für eine Art Leben man führt. Ich will keineswegs egoistisch klingen, aber ... Ich möchte Kommandant eines Raumschiffs werden. Ich wünsche mir nichts sehnlicher. *Und* ich möchte Kirks Rekord brechen.«

»Was für einen Rekord hat Kirk aufgestellt?« fragte Deanna höflich.

»Er war der bisher jüngste Captain in der Geschichte von Starfleet. Und das ist auch mein Ziel: ein eigenes Kommando. Sicher bleibt das nicht ohne Einfluß auf mein Wesen. Vielleicht neige ich manchmal dazu ...«

»... Alles um Sie herum kommandieren zu wollen? Insbesondere andere Personen?«

Riker beobachtete, wie Deanna spöttisch die Brauen hob. »Ein wenig«, räumte er ein.

»Wer weiß? Vielleicht finden Sie irgendwann einmal viel mehr Gefallen daran, sich jemandem unterzuordnen.«

»Ausgeschlossen. Ich würde mich auf keinen Fall mit einer untergeordneten Position zufriedengeben. Derzeit bleibt mir in dieser Hinsicht zwar keine andere Wahl, weil ich nur im Rang eines Lieutenants stehe. Aber ich nutze die Gelegenheit, von meinen Vorgesetzten zu lernen, um eines Tages für ein eigenes Kommando bereit zu sein.«

»Halten Sie es für ausgeschlossen, freiwillig unter dem Befehl eines anderen Captains zu arbeiten, weil Ihnen das besser gefällt? Oder weil Sie sich nicht von Ihren Freunden an Bord eines bestimmten Schiffes trennen wollen?«

»Eine derartige Vorstellung ist absurd für mich. Ganz gleich, wie sehr mir Schiff und Crew gefallen würden – das Angebot, ein eigenes Kommando übertragen zu bekommen, würde ich sofort annehmen. Das garantiere ich Ihnen.« Riker legte eine kurze Pause ein. »Das verstehen Sie wahrscheinlich nicht.«

»Sie irren sich, Will. Ich verstehe es. Ich teile Ihre Ansicht nicht, aber ich verstehe Sie.« Deanna dachte kurz nach und fragte dann: »Welche anderen Aspekte der betazoidischen Philosophie verwirren Sie noch?«

Sie blieben nackt liegen, schmiegten sich aneinander und sprachen bis zum Morgen über verschiedene Themen. Als das erste Licht des neuen Tages über den Himmel glitt, standen sie auf und zogen sich an. Riker spürte dabei eine gewisse Befangenheit, und Deanna ... Er hatte nicht die geringste Ahnung, wie sie empfand.

»Danke für diese interessante Nacht«, sagte Will.

»Ich glaube, wir haben Fortschritte gemacht.«

»Wann können wir uns wiedersehen und noch einmal einen Abend – oder auch wieder eine ganze Nacht – auf diese Weise verbringen?«

»Warum möchten Sie dieses Erlebnis wiederholen?«

»Weil, nun ...« Riker lächelte. »Aus verschiedenen Gründen.«

»Oh, in diesem Fall haben wir noch mehr Fortschritte erzielt, als ich bisher gedacht habe«, entgegnete Deanna amüsiert. »Sie hören von mir, Will.« Damit drehte sie sich um und ging fort.

Lwaxana wartete bereits, als Deanna heimkehrte.

Sie hatte die Hände auf die Hüften gestützt, und ihre Lippen bildeten zunächst nur einen dünnen Strich. »Würdest du mir *bitte* sagen, wo du gewesen bist?«

Die junge Frau senkte den Kopf. »Nein, lieber nicht.«

»Wir hatten nie Geheimnisse voreinander.«

»Das stimmt nicht ganz, Mutter. Nur ich habe nie etwas vor dir verborgen. Mir ist ja auch gar keine andere Wahl geblieben.«

Lwaxana deutete zur Treppe. »Geh auf dein Zimmer, Kleines. Wir sprechen vielleicht später darüber.«

»Mutter, ich …«

»Hast du nicht gehört?« Lwaxanas Stimme klang wütender als jemals zuvor, und Deanna dachte daran, daß sie besser warten sollte, ehe sie ihrer Mutter von den Einzelheiten der vergangenen Nacht berichtete.

Trotzdem hielt sie eine Bemerkung für angebracht. »Vertraust du mir etwa nicht?« fragte sie ruhig.

Die Muskeln in Lwaxanas Gesicht arbeiteten, und schließlich erwiderte sie: »Natürlich vertraue ich dir, Kleines.«

»Dann verstehe ich nicht, was …«

»Aber ich mißtraue den *anderen.* Deanna …« Lwaxana berührte die Wangen ihrer Tochter. »Eine Aufgabe erwartet dich. Eine wichtige Aufgabe. Du mußt die Geschichte schützen. Du mußt die Tradition hüten und fortsetzen. Männer und Frauen, die seit vielen Jahrhunderten tot sind, haben sich dieser Pflicht verschrieben und sind in dem Wissen gestorben, daß jemand ihr Werk fortsetzen wird. Ihnen ist klar gewesen, daß sie zu einem größeren Ganzen gehören. Es ist nicht leicht, das eigene Leben den Wünschen und Interessen sowohl der Ahnen als auch zukünftiger Generationen zu widmen, Deanna. Geburt und Abstammung verpflichten dich aber denjenigen gegenüber, die vor dir gelebt haben und die nach dir kommen werden. Bitte, Deanna – versprich mir, mich nicht zu enttäuschen.«

In Lwaxanas Gesicht erschien ein flehentlicher Ausdruck, den Deanna nie zuvor gesehen hatte. Einmal mehr spürte sie, wie ihre Willenskraft schmolz und sie jener Frau nachgab, die so maßgeblichen Einfluß auf ihr Leben ausübte.

»Ich verspreche es dir, Mutter. Ich werde dich nicht enttäuschen.«

»Ganz bestimmt?«

»Ja.«

Lwaxana straffte sich und wirkte fast ein wenig verlegen. »Nun, das … freut mich. Äh, es ist noch früh, aber … Was hältst du von einer Tasse Schokolade?«

Deanna lächelte unwillkürlich. Schokolade gehörte zu den wenigen substantiellen Erinnerungen an ihren Vater. Er hatte Schokolade sehr geliebt und diese Schwäche erst auf seine Frau und dann auch auf die Tochter übertragen. Deanna leckte sich die Lippen. »Das wäre wundervoll. Aber ich möchte dir keine Mühe bereiten.«

»Oh …« Lwaxana winkte ab. »Das ist keine Mühe.« Sie drehte sich um, hob die Hände trichterförmig vor den Mund und rief aus vollem Hals: *»Homn! Aufwachen! Deanna möchte eine Tasse Schokolade!«*

»Mutter! Ich dachte, du würdest …« Sie sah die Verblüffung in Lwaxanas Zügen und fügte hinzu: »Ich hätte mich selbst darum kümmern können.«

»Unsinn. Eine Tochter des Fünften Hauses, die in der Küche arbeitet? Eine absurde Vorstellung!«

»Warum hast du so laut gerufen?«

»Weil Mr. Homn die ausgesprochen unangenehme Angewohnheit hat, während seines Schlafs meine mentale Stimme zu ignorieren. Abgesehen von ihm hat das nur eine andere Person fertiggebracht: dein Vater.«

Kurz darauf erschien Mr. Homn, und Deanna stellte überrascht fest, daß der riesenhafte Diener makellos gekleidet war. Kannte er irgendeinen Trick, der es ihm erlaubte, sich besonders schnell anzuziehen? Oder schlief er in dieser Aufmachung, um jederzeit bereit zu sein, falls Lwaxana ihn brauchte? Deanna fragte sich, ob er überhaupt schlief. Wer in Lwaxana Trois Diensten stand, durfte kaum damit rechnen, Ruhe zu finden.

»Deanna möchte eine heiße Schokolade«, teilte die Hausherrin dem Hünen mit.

Mr. Homn sah Deanna ruhig an, die daraufhin eine knappe Geste vollführte. Ihre stumme Botschaft lautete: *Es tut mir leid.* Homn nickte nur und ging in Richtung Küche.

»Siehst du, Kleines?« Lwaxana schlang den Arm um die Taille ihrer Tochter. »Es gibt Leute, die noch wissen, wem Respekt gebührt. Daran solltest du denken – insbesondere in Hinsicht auf einen gewissen Lieutenant Riker.«

Deanna bedachte ihre Mutter mit einem besorgten Blick. »Du hast doch nicht vor, dich mit Starfleet in Verbindung zu setzen, oder? Riker und ich … Wir sind nur Freunde, weiter nichts.«

»Wenn's nach ihm ginge, bliebe eure Beziehung wohl kaum auf eine Freundschaft beschränkt. Nun, vermutlich wende ich mich nicht an Starfleet, Kleines.« Lwaxana tätschelte die Wange ihrer Tochter. »Immerhin möchtest du ja, daß ich dir vertraue, nicht wahr?«

22

Riker und Roper frühstückten erneut im Café. Die beiden Männer sahen erstaunt auf, als Gart Xerx an ihren Tisch herantrat. »Hier verstecken Sie sich also, Roper«, wandte er sich mit gespieltem Ärger an den Botschafter.

Der Diplomat zuckte mit den Schultern. »Hier bin ich jeden Morgen. Fragen Sie Mr. Riker.«

»Er hat recht«, sagte Will ernst. »Ich kann's bezeugen.«

»Allerdings ...« Roper legte die Serviette auf den Tisch. »Ich bedauere sehr, daß ich unser allmorgendliches Ritual heute früher beenden muß als sonst. Ich habe einen Termin.«

Er stand auf, und Riker wollte seinem Beispiel folgen, obgleich er noch nicht alles gegessen hatte. Roper winkte ab. »Bleiben Sie ruhig sitzen, Captain. Plaudern Sie mit meinem guten Freund Xerx.«

»Ach, jetzt bin ich auf einmal ein guter Freund, wie?« Xerx brummte übertrieben. »Aber vor einigen Wochen haben Sie es nicht einmal für nötig gehalten, bei der Hochzeit meiner Tochter zugegen zu sein.«

Roper seufzte. »Wendy und der Captain hier haben mich vertreten. Und an meinem Geschenk gab es doch nichts auszusetzen, oder?«

»Nein«, erwiderte Xerx in diplomatischem Tonfall.

»Na bitte«, sagte Roper zufrieden. Er deutete auf seinen jetzt freien Stuhl. »Setzen Sie sich. Und bestellen Sie etwas – auf meine Rechnung.«

»Wie Sie wünschen, Mark.« Xerx nahm Platz und

wartete, bis Roper gegangen war. »Das wird er noch bereuen«, sagte er zu Riker.

»Warum?«

Kurze Zeit später kam die Kellnerin mit einem dampfenden Tablett, das sie vor Xerx abstellte. Riker betrachtete es und stellte fest: »Die teuerste Spezialität auf der Speisekarte.«

»Ja, ich weiß«, erwiderte der Betazoide. »Möchten Sie davon probieren?«

»Nein, danke.«

Xerx sah ihn an. »Übrigens – warum hat Mark Sie eigentlich Captain genannt? Ich dachte, Sie sind Lieutenant.«

»Das bin ich auch. Mr. Roper machte sich einen Spaß daraus, mich zu befördern.«

»Ich verstehe. Er hat einen besonderen Sinn für Humor.«

»Ja.« Riker trank einen Schluck Kaffee. »Wie geht es Ihrer Tochter?«

»Sie wissen sicher, wie das mit Frischvermählten ist.« Xerx lachte leise. »Sie leben in ihrer eigenen Welt. Jetzt sind sie noch vollkommen von ihrem Partner begeistert. Mit vollkommen meine ich wirklich *alles:* die Art und Weise seines Gehens, Sprechens, Atmens und so weiter. Die letzten beiden Tage sind sie bei uns zu Besuch gewesen, und ich habe es amüsant gefunden, Chandra dabei zu beobachten, wie sie einfach nur dasaß und hingerissen zusah, wie ihr Mann kaute.«

»Wie er kaute?«

»Ja. So ist das zu Beginn einer Ehe.« Xerx zuckte mit den Schultern und kniff andeutungsweise die Augen zusammen. »Wie läuft's denn mit Ihnen und der jungen Miß Troi?«

Riker wölbte eine Braue. »Lesen Sie meine Gedanken, Gart?«

»Ich empfange genug von Ihrem Denken und Fühlen, um das zu bestätigen, was ich bereits weiß. Bei der

Trauung haben Sie Deanna angestarrt und sie auch später beim Empfang beobachtet. Darüber hinaus treffen Sie sich gelegentlich mit ihr. Ich habe zufällig gehört, wie Deanna und ihre Freundinnen an der Universität über Sie gesprochen haben.«

»Was führt Sie zur Universität, wenn ich fragen darf?«

Xerx schob sich die Gabel in den Mund, und einige Sekunden später erwiderte er: »Wo sollte ich sonst unterrichten? Ich bin Professor für Psychologie.«

»Oh. Das wußte ich nicht.«

»Nun, es kam nie zur Sprache. Deanna besucht einige meiner Vorlesungen.«

»Geht es dabei um die neue Therapiemethode, die das Mittel der Nacktheit verwendet?«

Xerx starrte Riker mit großen Augen an, und seine Gabel verharrte auf halbem Wege zum Mund. »Wie bitte?«

Riker räusperte sich. »Ich meine eine Therapie, bei der Patient und Therapeut die Kleidung ablegen und sich hinlegen. Sie ...« Er zögerte kurz. »Sie schmiegen sich sogar aneinander.«

»Ich glaube, so etwas führt recht schnell zu Sex«, kommentierte Xerx und lächelte.

»Es soll einem dabei helfen, über das Fleischliche hinauszuwachsen und sich auf das Geistige zu besinnen. Aber ... warum erkläre ich Ihnen das? Schließlich handelt es sich ja um Ihr Fachgebiet.«

Xerx versuchte ganz offensichtlich, nicht laut zu lachen. »Lieutenant, seit dreißig Jahren lehre ich Psychologie, und ich bin auch als behandelnder Arzt tätig. Ich kenne keine Therapie, bei der sich Therapeut und Patient ausziehen, um anschließend nebeneinander zu liegen. Es sei denn, es geht um sexuelle Funktionsstörungen. Meinen Sie vielleicht einen solchen Fall?«

»N-nein«, stotterte Riker verwirrt.

Nun Xerx breitete die Arme aus. »In diesem Fall

sehe ich kaum einen Grund für derartige Kontakte – sieht man einmal von der sexuellen Komponente ab.« Er beugte sich vor. »Wer hat Ihnen von solch einer Behandlungsmethode erzählt?«

»Niemand«, antwortete Riker schnell. »Ich habe davon gelesen.«

»Nun, es klingt nach einer sehr angenehmen Sache. Aber mit Psychologie hat es kaum etwas zu tun.«

Will lehnte sich zurück, und ein Lächeln entstand in seinem Gesicht und wurde allmählich zu einem breiten Grinsen.

»Gibt es etwas, das Sie mit mir besprechen möchten, Lieutenant?«

»Nein.« Es gelang Riker nicht, das Grinsen ganz aus seiner Miene zu verbannen. »Nein. Ich finde das alles nur ... komisch.«

»Verstehe.«

Genau in diesem Augenblick piepte der Insignienkommunikator des Starfleet-Offiziers. An Bord eines Raumschiffs geschah das recht häufig, doch in der geruhsamen Umgebung von Betazed war so etwas außergewöhnlich. Besorgnis regte sich in Will, als er auf das kleine Gerät klopfte. »Hier Riker.«

»Tang, Lieutenant«, erklang die Stimme des Sergeants.

»Was ist pas ...«

Tang gab ihm keine Gelegenheit, die Frage ganz auszusprechen. »Die Sensoren orten ein Schiff, das sich sehr schnell nähert und alle Kom-Signale ignoriert. Die Struktur deutet auf einen Kreuzer der Sindareen hin.«

Riker war sofort auf den Beinen. »Sorgen Sie dafür, daß die planetaren Verteidigungssysteme ...«

»Zu spät, Lieutenant. Die ach so friedlichen Betazoiden haben praktisch nichts, mit dem sie sich zur Wehr setzen könnten. Und es ist unmöglich, die wenigen Installationen rechtzeitig einsatzbereit zu machen.«

Xerx sah zu Riker auf, und in seinen Augen zeigte

sich große Besorgnis. Doch Will konnte jetzt keine Zeit erübrigen, um ihm Mut zuzusprechen. »Alarmieren Sie die ganze Gruppe.«

»Ist bereits geschehen.«

»Berechnen Sie den Kurs des Schiffes, und versuchen Sie auf dieser Grundlage, das Ziel der Sindareen festzustellen.«

»Entsprechende Berechnungen sind schon durchgeführt worden. Offenbar haben es die Fremden auf diese Stadt hier abgesehen.«

Riker lächelte grimmig. »Dann nehmen wir sie hier in Empfang. Allem Anschein nach fühlen sich die Sindareen sehr sicher, und diesen Fehler werden sie bereuen. Ich bin unterwegs zu Ihnen. Riker Ende.«

Alle Personen im Café sahen ihn beunruhigt an. Niemand gab einen Ton von sich, aber Will glaubte zu spüren, wie die Besorgnis der Anwesenden immer mehr zunahm. Er wandte sich der Tür zu. Xerx hielt ihn kurz am Arm fest.

»Im offenen Gelände wären Sie imstande, direkt gegen die Angreifer vorzugehen«, sagte der Betazoide. »Doch in einem dicht bevölkerten Bereich wie diesem hier müssen Sie auf Zivilisten Rücksicht nehmen. Denken Sie nicht *nur* daran, den Gegner zu besiegen.«

Riker sah ihn an und nickte.

»Verstanden«, sagte er und lief nach draußen.

23

Deanna und Chandra betrachteten das Bild. Einmal pro Woche betrachteten sie es, seit inzwischen zehn Jahren. Jedesmal sahen sie etwas anderes darin. Sie wußten nicht, ob sie tatsächlich Neues in den Darstellungen entdeckten – vielleicht lag das lediglich an der Veränderung der individuellen Perspektive.

Deanna verschränkte die Arme und schien zu erschaudern. Chandra bemerkte das kurze Zittern. »Alles in Ordnung?«

»Ja. Es ist nur ...«

Sie sprach nicht weiter, und Chandra sagte: »Es geht um Riker, nicht wahr? Den jungen Mann, der dir bei meiner Hochzeit so große Aufmerksamkeit geschenkt hat.«

Deanna nickte widerstrebend.

Chandra wandte sich vom Bild ab. »Was hat es mit ihm auf sich?«

»Ich weiß es nicht. Er unterscheidet sich von allen anderen Männern, die ich kenne. Ich meine, es ... es steckt überhaupt nichts Intellektuelles in ihm.«

»Soll das heißen, er ist dumm?«

»Nein, ganz und gar nicht. Ganz im Gegenteil. Er ist sehr intelligent. Allerdings ...« Deanna suchte nach geeigneten Worten. »Bei seinem Verhalten scheint die Vernunft eine ... untergeordnete Rolle zu spielen. Er läßt sich in erster Linie von Instinkten leiten.«

»Na und? Es gibt nur wenige Dinge, die natürlicher sind als Instinkte. Als ich Teb begegnet bin ...« Damit meinte Chandra ihren Mann. »Wir haben uns *instinktiv* zueinander hingezogen gefühlt.«

»Ihr paßt wenigstens zusammen. Riker und ich hingegen ...«

»Ja?«

Deannas Erschaudern wiederholte sich. »Die Vernunft rät mir, besser keine Beziehungen zu Will Riker zu unterhalten.«

»Und dein Herz?«

»Es vermittelt mir eine ganz andere Botschaft«, gestand Deanna.

Chandra lächelte süffisant. »Und was hält deine Mutter davon?«

»Oh, frag bloß nicht. Wenn ich schon Bedenken habe, so kannst du dir sicher vorstellen, welchen Standpunkt sie einnimmt. Riker ... Ein Mann ohne gesellschaftliche Stellung, ohne Verbindungen zu Betazed und zur betazoidischen Gesellschaft ...«

Deanna unterbrach sich plötzlich, riß die Augen auf und erbleichte.

»Was ist denn?« fragte Chandra besorgt.

Dann spürte sie es ebenfalls. »Bei den Göttern ...«, hauchte sie.

Deanna griff nach ihrem Arm. »Komm! Laß uns von hier verschwinden, bevor ...«

Andere Betazoiden reagierten ebenfalls auf mentale Ausstrahlungen, die von Angst kündeten.

Doch sie waren nicht schnell genug.

Die Türen der Galerie schienen regelrecht zu explodieren. Strahlblitze schufen ein großes Loch in der Wand, und umherfliegende Trümmerstücke rissen einen Mann von den Beinen.

In glitzernde Kampfanzüge gekleidete Sindareen-Krieger stürmten herein und hielten ihre Blaster schußbereit. Einer von ihnen feuerte in die Luft, und das fast ohrenbetäubende Krachen der Entladung ließ einige Betazoiden erstarren.

Deanna und Chandra wirbelten um die eigene Achse und stürmten zu einem freien Ausgang. Nur noch wenige Meter trennten sie davon, als ihnen ein großer und sehr gefährlich wirkender Sindareen den Weg versperrte.

Er lächelte humorlos, und in seinen Augen glühte es seltsam, als er den Strahler auf die beiden Frauen richtete. »Treten Sie zurück«, sagte er mit einer Freundlichkeit, die Spott gleichkam.

Chandra wimmerte leise, und Deanna führte ihre Freundin in Richtung Galeriemitte. »Zeig ihnen nicht, daß du Angst hast«, flüsterte sie, obgleich sie sich selbst fürchtete. Sie lenkte sich ab, indem sie ihre Aufmerksamkeit zunächst auf Chandra richtete.

Panik bemächtigte sich der Gedanken ihrer Freundin – voller Entsetzen dachte sie daran, ihren Mann vielleicht nie wiederzusehen. Deanna war nicht bereit zu glauben, daß ihre Existenz hier und jetzt ein jähes Ende finden könnte. Ihre Überlegungen galten in erster Linie dem Leben und *Über*leben.

Während die Sindareen rund dreißig Betazoiden zusammentrieben, überdachte Deanna angestrengt ihre Lage. Zweifellos war der Angriff der Fremden bemerkt worden. Sicher wurden bereits Gegenmaßnahmen eingeleitet.

Abrupte Gewißheit erfaßte Deanna: Lieutenant William T. Riker leitete die Rettungsgruppe. Aus irgendeinem – nicht gerade sehr rationalen – Grund fand Deanna Trost bei dieser Vorstellung. Bestimmt würde alles gut werden.

Das dachte sie so lange, bis man ihr den Lauf eines Sindareen-Blasters in den Mund schob.

»Wie sieht's aus?«

Riker stand neben Tang. Sie waren etwa hundert Meter vom Kunstmuseum entfernt. Betazoiden versuchten, sich dem Gebäude zu nähern. Sie nahmen die emotionalen Ausstrahlungen der darin gefangenen Männer und Frauen wahr und spürten deren Angst und Schrecken. Eine automatische Reaktion weckte das Bestreben in ihnen, Trost zu spenden. Tang hatte seine Leute angewiesen, die Bürger von der Gefahrenzone fernzuhalten.

Der Sergeant rieb sich über den Stoppelbart.

»Dort steht das Schiff, mit dem die Angreifer gekommen sind.« Er deutete zu einem kleinen Raumer auf dem Dach des Gebäudes. Es handelte sich ganz offensichtlich um ein Raumschiff der Sindareen, und zwar um eine sogenannte ›Spinne‹. Diese Bezeichnung verdankte das Modell seiner Komponentenstruktur und den acht beinartigen Erweiterungen.

»Können Sie das Ding von hier außer Gefecht setzen?«

Tang musterte Riker einige Sekunden lang. »Ja. Möchten Sie, daß wir es zerstören?«

Riker dachte darüber nach. »Nein. Es wäre keine besonders gute Idee. Dann hätten die Sindareen das Gefühl, in der Fall zu sitzen. Und vielleicht ließen sie sich dadurch zu irgendwelchen Verzweiflungsaktionen hinreißen. Wir müssen an die Sicherheit der Geiseln denken.«

Tang nickte sofort, und Will begriff, daß der Veteran zu ähnlichen Schlußfolgerungen gelangt war. Riker fühlte einen Anflug von Stolz.

»Wer ist Ihr Kommunikationsexperte?« fragte er.

»Hirsch.« Bevor Riker etwas hinzufügen konnte, klopfte Tang auf seinen Insignienkommunikator. »Wir brauchen Sie hier, Hirsch.«

Riker beobachtete das Gebäude. »Wissen wir, wie viele Personen sich dort drinnen befinden?«

»Nicht genau, Sir. Einigen Leuten im Erdgeschoß ist die Flucht gelungen. Eine betazoidische Telepathin hat uns mitgeteilt, daß sie im Museum die Präsenz von rund dreißig Mitbürgern und neun Sindareen wahrnimmt. Das paßt durchaus ins Bild, Sir. Die Besatzung dieser Spinnen besteht aus maximal zehn Kriegern.«

Hirsch erwies sich als eine untersetzte Brünette, und sie trug nicht nur ein Phasergewehr, sondern auch eine mobile Kom-Station. Solche Geräte waren leistungsfähiger als normale Kommunikatoren und boten mehr Möglichkeiten.

»Da bin ich, Sergeant.«

Tang deutete stumm auf Riker, und die Frau wandte sich ihm zu.

»Ich möchte mit den Sindareen reden«, sagte Will. »Vermutlich haben sie jemanden in ihrem Schiff zurückgelassen, der sie über die Ereignisse außerhalb des Gebäudes informiert.«

»Ich soll vermutlich herausfinden, welche Frequenz sie benutzen, damit Sie mithören und zu den Sindareen sprechen können.«

»Ja. Berücksichtigen Sie dabei die Möglichkeit, daß der Gegner einen speziellen Code benutzt.«

Hirsch verzog das Gesicht. Offenbar hielt sie nicht viel von den Verschlüsselungsmethoden der Sindareen. »Ich will nicht respektlos sein, Lieutenant, aber ich dachte, Sie hätten eine schwierigere Aufgabe für mich.« Sie sank auf ein Knie, rückte die Kom-Station zurecht und behielt die Displays im Auge. Wenige Sekunden später huschten ihre Finger über die Schaltflächen.

»Ich habe die Frequenz gefunden, Lieutenant«, sagte sie eine halbe Minute später. »Jetzt brauche ich nur noch einige Augenblicke für die Signalentschlüsselung.« Erneut schnitt sie eine Grimasse. »Die Typen scheinen zu glauben, daß wir dazu nicht imstande wären.«

»Nun, mit Ihrer Hilfe werden wir ihnen eine Überraschung bescheren«, meinte Riker.

Der Sindareen, der Deanna und Chandra den Weg versperrt hatte, erwies sich als Anführer der Gruppe. Sein Haar war so schwarz wie das der meisten Sindareen, und er trug es nach hinten gekämmt. Die kalkweiße Haut des Albinos stand in krassem Kontrast dazu. Der Mund diente allein der Nahrungsaufnahme. Für die verbale Kommunikation war eine Nickhaut am Ansatz des langen Halses zuständig.

»Baytzah!« Der Krieger wandte sich an die übrigen Sindareen. »Zroah! Steht nicht einfach so herum. Charoset, Chazaret – räumt das Nebenzimmer leer. Los, bewegt euch! Wir haben nicht den ganzen Tag Zeit!«

Die Sindareen eilten mit großen Behältern durchs Museum und begannen damit, Gemälde von den Wänden zu nehmen und Skulpturen zu verstauen. Unter den Geiseln wurden protestierende Stimmen laut, die jedoch rasch wieder verstummten, als der Anführer drohend mit seiner Waffe winkte.

»Meine lieben Betazoiden ...«, sagte er fast höflich. »Ich bin Maror. Wenn Sie sich fügen, können wir diese Sache schnell hinter uns bringen, und zwar ohne ernste Konsequenzen für Sie.«

»Warum?«

Der Ausruf stammte von Deanna. Das Wort war ihr über die Lippen gerutscht und hatte sich nicht zurückhalten lassen. Chandra versuchte, ihre Freundin tiefer in die Anonymität der Gruppe zu ziehen, aber es war bereits zu spät. Maror wandte ihr seine gesamte Aufmerksamkeit zu.

Lwaxanas Tochter hatte nie zuvor den Lauf eines Blasters im Mund gespürt – ein Blick allein hätte nicht ausgereicht, um ihr Unbehagen zu bereiten.

Maror trat näher und musterte die junge Frau von Kopf bis Fuß. Deanna kam sich plötzlich schmutzig vor, obwohl sie von den Sindareen nur vage emotionale Eindrücke empfing. Das Denken und Empfinden der Angreifer blieb ihr größtenteils verborgen.

»Warum was?« fragte Maror. »Möchten Sie wissen, warum Sie sich fügen sollten?«

Bitte bleib still, flüsterten Chandras Gedanken. Doch

Deanna wußte, daß sie jetzt nicht mehr schweigen konnte. Der Anführer würde es vielleicht als zusätzliche Provokation interpretieren. Außerdem wollte sie wissen, warum die Fremden das taten.

Deanna dachte an ihre Mutter, die sich nie von irgend etwas einschüchtern ließ. Sie straffte die Schultern und versuchte, mit fester Stimme zu sprechen. »Warum stehlen Sie unsere Kunstschätze? Dies sind Werke, die ihre Entstehung den Herzen und Seelen betazoidischer Künstler verdanken.«

Maror gab ein Geräusch von sich, bei dem es sich um das Sindareen-Äquivalent eines spöttischen Lachens handeln mochte. Die Nickhaut am Halsansatz flatterte. »Sollten wir uns Ihrer Meinung nach etwa damit begnügen, die Bilder und Statuen einfach nur zu betrachten?« Der Anführer lachte erneut. »Eine absurde Vorstellung. Wir haben einen Kunden, der für wahrhaft einzigartige Kunstwerke schwärmt. Er ist reich und bereit, hohe Preise für diejenigen Objekte zu zahlen, die seinen Wünschen entsprechen. Es gereicht Ihnen gewissermaßen zur Ehre, daß sich jemand wie er ausgerechnet für die hier zur Schau gestellten Dinge interessiert. Immerhin ist er sehr wählerisch.«

Was auch immer Deanna bisher gefühlt hatte – Empörung verdrängte alles andere. »Sie sind bereit, einem Volk sein kulturelles Erbe zu rauben, nur um die Habgier eines Individuums zu befriedigen? Was sind Sie nur für Wesen?«

Maror bleckte die Zähne und erwiderte: »Wir sind … Unternehmer.« Er trat zurück, beendete damit das Gespräch und aktivierte ein kleines Gerät, das er am Handgelenk trug. »Bericht, Karpas.«

Eine Stimme drang aus dem Lautsprecher des Kommunikators. »Hier draußen haben sich ziemlich viele Personen eingefunden und zeigen das für Betazoiden typische Gebaren. Sie bleiben passiv und beschränken sich darauf, emotionale Eindrücke zu gewinnen.«

»Ja, *das* ist ihr typisches Verhalten«, brummte Maror. »Und sonst?«

»Es sind auch einige Sicherheitswächter von Starfleet zugegen. Sie versuchen offenbar, die Situation unter Kontrolle zu bringen.«

»Wenn schon. Ich kenne deren Vorschriften. Solange wir die Geiseln haben, werden sie es bestimmt nicht wagen, gegen uns vorzugehen. Bleiben Sie startbereit. Wir brauchen hier noch etwa drei bis vier …«

Maror bekam keine Gelegenheit, den Satz zu beenden. Eine andere Stimme unterbrach ihn. »Achtung. An die Sindareen. Sie sind umstellt und können nicht entkommen. Geben Sie auf.«

Deanna schnappte nach Luft und sah Chandra an, die sofort wußte, was ihrer Freundin durch den Kopf ging. *Will!* hätte Deanna am liebsten gerufen. *Ich bin hier drin! Hilf mir!*

Diesmal jedoch beherrschte sie sich und schwieg. Rikers Aufgabe war so schon schwer genug. Sie durfte ihm keine zusätzlichen Probleme bereiten.

»Wer spricht da?« fauchte Maror wütend.

»Lieutenant Riker von Starfleet«, lautete die Antwort. »Und wer sind Sie?«

»Maror von den Sindareen. Sagen Sie mir, Riker: Wo ist Ihr Raumschiff? Wir haben im Umkreis von einigen Lichtjahren keine Starfleet-Einheiten geortet.«

»Ein Schiff ist überhaupt nicht notwendig, um mit dieser Situation fertig zu werden.«

»Ach, glauben Sie?« erwiderte Maror in sarkastischem Tonfall.

»Ich warne Sie: Eine Einsatzgruppe hält sich hier draußen in Bereitschaft, und Verstärkung ist bereits unterwegs. Darüber hinaus haben wir den ganzen Bereich abgeriegelt. Ich wiederhole noch einmal: Sie können nicht entkommen. Wenn Sie sich jetzt ergeben, verspreche ich Ihnen, daß man es Ihnen zugute halten wird.«

»Zugute halten – wie nett. Eine tolle Grabinschrift: ›Hier liegt Maror. Er hat sich ergeben.‹ Nein, darauf verzichte ich lieber, Lieutenant. Falls Sie Risiken lieben, können Sie ja versuchen, uns aufzuhalten.« Mit jäher Schärfe fügte der Sindareen hinzu: »Dann müßten Sie Ihren Vorgesetzten allerdings drei Dutzend betazoidische Leichen erklären! Haben wir uns verstanden, Lieutenant?«

»Ich lasse nicht zu, daß Sie entkommen«, erwiderte Riker fest.

»Sie werden mich nicht daran hindern können, diesen Ort zu verlassen und ins All zurückzukehren«, sagte Maror. »Geben Sie jetzt den Kom-Kanal frei.«

»Wir werden Ihre Sendungen stören. Mit anderen Worten: Sie können nicht mehr mit Ihrem Schiff kommunizieren, solange Sie uns gegenüber auf stur schalten.«

»Ach?« Maror drehte den Blaster und feuerte.

Der Strahl traf Chandra im Oberschenkel, und die junge Frau fiel mit einem Schrei, der im ganzen Gebäude widerhallte und den man zweifellos auch am anderen Ende der Kom-Verbindung hörte, zu Boden. Deanna kniete neben Chandra, die leise stöhnte und sich das verletzte Bein hielt – der Strahl hatte eine häßliche Brandwunde hinterlassen.

»Haben Sie das gehört?« fragte Maror. »Ebensogut hätte ich die Frau töten können! Das ist meine Antwort, Lieutenant! Eins versichere ich Ihnen. Der nächste Schuß wird ein Herz treffen. Wenn Sie den Kom-Kanal nicht innerhalb von zehn Sekunden freigeben, stirbt jemand – und *Sie* tragen die Verantwortung dafür.«

Riker zögerte nur kurz. »Na schön. Ich erlaube Ihnen wieder den Kontakt mit Ihrem Schiff. Aber ich erwarte auch von Ihnen Gesten des guten Willens.«

Unmittelbar darauf erklang Karpas' Stimme. »Probleme kündigen sich an, Maror! Haben Sie gehört, was ...«

»Natürlich habe ich es gehört, Sie Idiot!« schnaufte der Sindareen. »Und da wir gerade bei hören und dergleichen sind: Die Starfleet-Leute verstehen jedes Wort! Ich möchte nicht von ihnen belauscht werden! Wahren Sie Funkstille, und stellen Sie nur im Notfall einen Kontakt her! Maror Ende.«

Er ließ den Arm mit dem Kommunikator sinken und wandte sich an die Betazoiden. Deanna hatte einen Streifen Stoff von ihrem Ärmel abgerissen, um damit Chandras Wunde zu verbinden. Sie sah zum Anführer auf, und in ihren Augen blitzte Zorn. Maror hingegen wirkte völlig ruhig. Einmal mehr ärgerte sich Deanna darüber, daß sie nicht erspüren konnte, was dem Sindareen durch den Kopf ging. Die besondere psychische Struktur der Fremden hinderte sie an einer mentalen Sondierung. Zumindest jetzt noch. Ob sie später vielleicht in der Lage sein würde, emotionale Impressionen zu empfangen, mußte sich erst noch herausstellen.

»Hoffen Sie auf keinen Rettungsversuch«, sagte Maror. »Denn dadurch würde sich Ihre Lage drastisch verschlechtern. Ich schlage vor, Sie beten zu Ihren Göttern, daß die Starfleet-Sicherheitsleute und der Lieutenant nicht so tüchtig sind, wie sie glauben mögen. Ihre Kompetenz wird an der Anzahl der Personen abzulesen sein, die aufgrund irgendwelcher dummen Aktionen sterben müssen.«

24

Riker wandte sich von Hirsch ab und sah Tang an. »Das hätte besser laufen können«, sagte er.

»Aber auch viel schlechter«, erwiderte der Sergeant. »Wenigstens sind noch alle am Leben.«

»Wir müssen herausfinden, was die Sindareen wollen und woraus ihre Forderungen bestehen.«

»Oh, wir wissen bereits, worauf sie aus sind«, brummte Tang. »Auf das, was sich dort drüben in dem Gebäude befindet. Und was ihre Forderungen betrifft – sie wollen nichts anderes, als mit ihrer Beute ungestört verschwinden. Die Frage lautet nur, ob wir ihnen diesen Wunsch erfüllen?«

Riker schob das Kinn vor. »Nein, auf keinen Fall.«

»Und wenn dadurch jemand ums Leben käme?«

»Wir müssen natürlich alles versuchen, so etwas zu vermeiden«, erwiderte Will langsam. »Aber im Grunde genommen läuft es auf folgendes hinaus: Wenn wir zulassen, daß die Sindareen ungeschoren davonkommen, laden wir sie praktisch zu weiteren Überfällen dieser Art ein. Und dann würden noch *mehr* Personen in Gefahr geraten. Nein, es muß hier und jetzt aufhören.«

Gart Xerx näherte sich, und sein hingebungsvolles Keuchen ließ vermuten, daß er den ganzen Weg bis hierher gerannt war. »Ein Angriff!« brachte er hervor. »Sindareen!«

»Ja«, bestätigte Riker. »Wir kümmern uns bereits darum. Wenn Sie bitte …«

»Chandra ist da drin!«

»Was?« Rikers Blick kehrte zu ihm zurück. »Woher

wissen ...« Plötzlich fiel ihm ein, mit wem er es zu tun hatte. »Oh, ich verstehe. Eine telepathische Verbindung, nicht wahr? Wie geht es Ihrer Tochter?«

»Sie ist verletzt. Der verdammte Mistkerl hat ihr ins Bein geschossen.«

Rikers Miene verfinsterte sich, und er dachte an die hübsche, fröhliche Braut, die er vor einigen Wochen gesehen hatte. »Wie geht es ihr?« erkundigte er sich noch einmal.

»Den Umständen entsprechend.« Xerx sprach nun mit fast monotoner Stimme – wahrscheinlich versuchte er auf diese Weise, seine Panik zu unterdrücken und zu jener inneren Ruhe zu finden, die Deanna mehrmals erwähnt hatte. Nach einigen Sekunden fügte er hinzu: »Deanna ist bei ihr und hat die Wunde notdürftig verbunden.«

Riker versuchte, sich nichts anmerken zu lassen und begnügte sich mit einem knappen »Gut«. Xerx sah ihn an, und sein Blick verriet eine Menge. Ganz offensichtlich wußte der Betazoid, was der Terraner in Hinsicht auf Deannas Anwesenheit im Museum dachte und empfand.

Will begriff, daß er sich jetzt von nichts ablenken lassen durfte. »Können Sie mit Ihrer Tochter kommunizieren? Ist sie imstande, Ihnen Informationen zu übermitteln?«

»Was möchten Sie wissen?«

»Alles.«

Deanna stellte fest, daß die Blutung erheblich nachgelassen hatte. Sie sah ihre Freundin an, bereit, ihr Trost zu gewähren, doch Chandras Gesichtsausdruck besagte, daß sie in Gedanken ganz woanders weilte. Zuerst vermutete Deanna, daß sie eine Trennung vom eigenen Ich vollzogen hatte, um sich Schmerzen zu ersparen, doch dann erfaßte sie die Wahrheit: Es fand eine telepathische Kommunikation statt.

Chandra richtete kurz den Blick auf sie und nickte bestätigend.

Maror näherte sich, starrte auf die beiden Frauen hinab und vollführte eine anerkennende Geste. »Gut. Das Wimmern und Stöhnen hat aufgehört. Die Verletzte verlangt kein Mitleid mehr. Besser, viel besser. Auf diese Weise ist es für uns alle leichter.« Er aktivierte seinen kleinen Kommunikator, um sich von Karpas über die Aktivitäten der Sicherheitswächter unterrichten zu lassen. Das Gespräch beschränkte sich auf einige knappe Worte, denn beide Sindareen wußten, daß Riker mithörte.

»Es befinden sich zweiunddreißig Geiseln im Gebäude«, teilte Xerx dem Lieutenant mit. Er sah Riker dabei nicht an, blickte ins Leere. »Und neun Sindareen. Dieser Maror, mit dem Sie geredet haben, ist der Anführer. Die Geiseln sind aufgefordert worden, keine Schwierigkeiten zu machen, aber abgesehen davon hat man sie nicht bedroht. Offenbar wollen die Sindareen die Kunstgegenstände rauben, um sie an einen privaten Sammler zu verkaufen.« Xerx erschauderte. »Wie barbarisch!«

»Nach allem, was ich über die Sindareen gehört habe, kann man ihr hiesiges Verhalten fast als zivilisiert bezeichnen«, entgegnete Riker. »Vermutlich sind sie das einzige Volk in der Galaxis, mit dem die Ferengi *gerne* Handel treiben. Na schön, Gart… Ihre Tochter soll uns Bescheid geben, wenn die Sindareen zu ihrem Schiff zurückkehren. Tang, lassen Sie Ihre Leute Aufstellung beziehen, und zwar…«

»Schon geschehen, Sir.« Der Sergeant deutete in verschiedene Richtungen.

Riker sah sich um und lächelte grimmig. Die Sicherheitskräfte auf der Straße dienten in erster Linie zur Ablenkung. Andere waren längst an strategischen Punkten in Stellung gegangen und lagen auf den umliegenden Dächern oder hockten an Fenstern. Mit schußbereiten Phasern zielten sie auf das spinnenartige Raumschiff der Sindareen.

»Allerdings gibt es da ein Problem«, brummte Tang. »Die Sindareen sind ziemlich zähe Burschen, selbst wenn sie vielleicht nicht danach aussehen. Um sie mit einem Phaser zu betäuben, muß man eine recht hohe Emissionsstufe benutzen. Solch starke Entladungen könnten andere Humanoiden schwer verletzen oder gar töten.«

»Damit meinen Sie beispielsweise Betazoiden?« fragte Riker langsam.

»Ja. Wenn die Angreifer die Geiseln als lebende Schilde mitnehmen ...«

»Es muß uns trotzdem irgendwie gelingen, die Sindareen außer Gefecht zu setzen, Sergeant. Weisen Sie ihre Leute an, sehr vorsichtig zu sein. Der Gegner darf auf keinen Fall entkommen.«

»Ja, Sir. Und falls die Sindareen es doch bis zum Raumschiff schaffen sollten ...« Tang winkte, und ein Sicherheitsmann schleppte einen großen Behälter herbei. Er stellte das Objekt vor dem Sergeant ab, der es sofort öffnete. Rikers Blick fiel auf die tragbare Phaserkanone vom Typ Level Ten, Modell II. Tang griff nach der außerordentlich beeindruckend wirkenden Waffe, und einmal mehr staunte Will über die Kraft des kleinen Mannes.

Der Veteran gab dem monströsen Strahler einen fast zärtlichen Klaps. »Glauben Sie mir, Lieutenant – die Angreifer werden nicht entkommen.«

»Freut mich. Also gut, Sergeant. Teilen Sie Ihrer Truppe mit, daß sich neun Sindareen im Gebäude befinden. Es darf nicht geschossen werden, bevor alle neun das Museum verlassen haben. Eröffnen Sie das Feuer erst, sobald der letzte von ihnen nach draußen kommt – dann sind die Betazoiden im Innern des Gebäudes unbewacht. Und wenn den Fremden doch irgendwie der Start gelingen sollte … In diesem Fall verlasse ich mich darauf, daß Sie das Schiff vom Himmel holen. Die Angreifer *müssen* zur Rechenschaft gezogen werden«, betonte Riker. »Wir werden allen Sindareen eine deutliche Botschaft zukommen lassen, und zwar hier und heute.«

»Verstanden, Lieutenant.«

»Gut. Und noch eines, Sergeant: Zielen Sie gut. Wenn Sie das Schiff verfehlen und einen der betazoidischen Monde treffen, ergeben sich zusätzliche Probleme für uns.«

»Ich verfehle das Ziel nicht, Lieutenant. Verlassen Sie sich darauf.«

Die Sindareen brachten ihre kleinen, mit Kunstwerken gefüllten Container zum Dach hinauf. Maror trat vor die Betazoiden und musterte sie.

»Leider müssen wir unseren Besuch jetzt beenden und Sie verlassen«, sagte er. »Nun, vielleicht beabsichtigen die Starfleet-Leute dort draußen, uns zum Abschied eine Überraschung zu bescheren. Wir benötigen zusätzlichen Schutz, und deshalb möchte ich jemanden von Ihnen mitnehmen. Unter anderen Umständen würde ich Sie alle bitten, uns zu begleiten, aber unser Schiff ist zu klein dafür. Die Fracht beansprucht viel Platz. Deshalb kommt nur eine einzelne Person in Frage. Mal sehen …« Marors Blick glitt über die Betazoiden. »Sie«, sagte er, hielt den Blaster in der einen Hand und streckte die andere nach Chandra aus. »Sie sind verletzt und machen uns bestimmt keine Schwierigkeiten.«

»Nein!« entfuhr es Deanna, als der Sindareen die entsetzte Chandra am Arm ergriff. Sie sprang vor, und ihre Fingernägel kratzten durch Marors Gesicht. Der Mann heulte vor Schmerz auf, als Blut aus seinen Wunden quoll und über die Wangen rann. Er stieß Chandra grob beiseite, die niederfiel und mit dem Kopf auf den Boden schlug.

Deanna wandte sich instinktiv ihrer Freundin zu, aber Maror packte sie und riß sie herum. »Ich habe Sie nicht nur für mutig gehalten, sondern auch für klug. Deshalb wollte ich Sie in Ruhe lassen – aus Respekt. Aber offenbar sind Sie nicht intelligent genug, um zu wissen, daß man Sindareen gegenüber besser auf Herausforderungen verzichtet. Nun dürfen Sie den Platz Ihrer Freundin einnehmen, dumme kleine Betazoidin.«

Xerx schnappte plötzlich nach Luft und taumelte. Riker stützte ihn und brachte es zunächst nicht fertig, ihn zu fragen, was geschehen war.

Der Betazoide gab von allein Auskunft. »Ich habe den Kontakt verloren – Chandra ist bewußtlos.« Gart Xerx versuchte, sich wieder zu fassen. »Die … Sindareen wollen eine Geisel mitnehmen. Um sich zu schützen. Und sie hatten sich für Chandra entschieden. Aber meine Tochter hat sich zur Wehr gesetzt und ist gestürzt. Jetzt empfange ich keine Gedanken mehr von ihr, Lieutenant …« Entsetzen vibrierte in seiner Stimme.

Es knackte im Lautsprecher von Tangs Kommunikator. »Hier ist Sommers vom Punkt Gamma«, ertönte es. »Ich sehe den Gegner. Er verläßt gerade das Gebäude, Sir!«

»An alle«, erwiderte Tang sofort. »Auf mein Zeichen warten. Eröffnen Sie erst das Feuer, wenn Sie einen entsprechenden Befehl bekommen.« Er sah Riker an. »Sie sind der kommandierende Offizier, Lieutenant. Die Entscheidung liegt bei Ihnen.«

»Wir bleiben beim bisherigen Plan«, sagte Riker fest. »Es wird erst geschossen, sobald alle neun Sindareen draußen sind.«

»Chandra!« keuchte Xerx. »Bei den Göttern, Lieutenant! Sie dürfen nicht schießen, solange die Angreifer meine Tochter als lebenden Schild verwenden!«

»Keine Sorge, Gart, sie wird bestimmt nicht getroffen.« Riker sah Tang an und erwartete eine Bestätigung von ihm.

Der Sergeant nickte und nahm dann einen mit speziellen Sensoren ausgestatteten Feldstecher vom Instrumentengürtel, den er vor die Augen hob und dadurch zum Dach des Museums sah.

»Geben Sie mir auch so ein Ding!« sagte Riker.

»Einen Feldstecher für den Lieutenant!« rief Tang, während er weiterhin das Dach beobachtete. Schon nach wenigen Sekunden kam Hirsch mit dem gewünschten Gerät für Riker, und Will blickte in die gleiche Richtung wie der Sergeant.

Zuerst ließ sich nicht die geringste Bewegung erkennen, und Riker erwog die Möglichkeit, daß es sich um ein Täuschungsmanöver handelte. Hatten die Sindareen einen ganz anderen Fluchtweg vorbereitet? Diente das Spinnenschiff nur zur Ablenkung?

Doch dann öffnete sich die Tür zum Dach, und die ersten beiden Angreifer erschienen. Sie trugen eine große Kiste mit sich.

»Noch nicht das Feuer eröffnen«, sagte Riker leise, und Tang gab die Anweisung weiter. Eigentlich war sie gar nicht notwendig. Alle wußten Bescheid. Es durfte nur auf Rikers ausdrücklichen Befehl hin geschossen werden.

Gespenstische Stille herrschte. Tang hatte solche Situationen schon mehrmals erlebt. Normalerweise sorgte das Gemurmel der Schaulustigen für ein dumpfes Summen und Brummen im Hintergrund, das manchmal laut genug wurde, um ihn bei der Arbeit zu stören. Was jedoch auch immer die Betazoiden dachten und fühlten – sie behielten es für sich.

Weitere Sindareen traten mit Behältern durch die Tür, und Riker zählte sie: fünf, sechs ... »Sind die Ziele erfaßt, Tang?«

»Zielbericht«, sagte der Sergeant sofort.

»Punkt Alpha, Ziel erfaßt«, lautete die erste Meldung. Die Scharfschützen hatten ihre Ziele in der Reihenfolge des Erscheinens gewählt: Alpha nahm den ersten Sindareen aufs Korn, Beta den zweiten und so weiter.

Nacheinander meldeten sich die Sicherheitsleute. Jeder von ihnen berichtete von einer positiven Zielerfassung.

Acht Gegner zeigten sich auf dem Dach des Museums. Riker fluchte leise. Die ersten beiden näherten sich bereits dem Schiff, und eine Sekunde später erklang aus dem Kommunikator. »Hier Punkt Alpha. Verliere gleich das Ziel. Erwarte Anweisungen.«

Vor seinem inneren Auge sah Riker, wie sich der Finger des Mannes um den Auslöser krümmte. Er spürte Tangs Blick, und alles in ihm drängte danach, den Feuerbefehl zu geben. Doch der neunte Sindareen befand sich noch immer bei den Geiseln im Innern des Gebäudes.

In der Tür bewegte sich etwas, und der letzte Angreifer kam nach draußen.

In der rechten Hand hielt er einen Blaster. Langsam drehte er seinen Kopf. Er schien nach den Starfleet-Scharfschützen Ausschau zu halten. Den linken Arm hatte er um den Hals einer Frau geschlungen.

»Deanna«, hauchte Riker.

Er drehte an den Reglern des Feldstechers, wählte eine höhere Vergrößerungsstufe und richtete ihn auf das Gesicht der jungen Frau. Sicher fürchtete sie sich, aber es gelang ihr, die Angst gut zu verbergen.

»Alle neun sind jetzt draußen«, sagte Tang. »Lieutenant …«

»Sie haben eine Geisel«, entgegnete Riker tonlos.

»Ich weiß, Sir.«

Will schwieg einige Sekunden lang. »Wer ist Ihr bester Schütze?«

Tang begriff sofort, worum es ging. Er schaltete seinen Kommunikator ein. »Sommers, neues Ziel: Sie sind für den letzten Sindareen zuständig. Lorie, springen Sie für Gamma ein.«

»Bestätigung«, erwiderte Lorie von Punkt Alpha.

»Neues Ziel erfaßt«, meldete Sommers unmittelbar darauf.

»Garantieren Sie einen Treffer?«

»Negativ«, antwortete Sommers. »Ich wiederhole: negativ. Der Sindareen bewegt sich zu unruhig.«

Riker sah, daß Sommers recht hatte. Maror war zu schlau und vorsichtig. Ständig veränderte er seine Position und drehte Deanna hin und her.

Will preßte den Feldstecher so stark an die Augen, als wolle er ihn bis zu seinem Hinterkopf durchdrücken. Er wußte, worauf es ankam und was zu tun war. Für die meisten Geiseln bestand inzwischen keine Gefahr mehr. Die Sindareen hatten nur noch eine einzige in ihrer Gewalt – eine Frau, die durchaus überleben konnte, wenn alles glatt ging.

Andererseits: Falls den Aggressoren tatsächlich die Flucht gelang, würde dieser Erfolg die Sindareen zu weiteren Überfällen dieser Art veranlassen. Überfälle, die andere Betazoiden in Gefahr bringen oder ihnen vielleicht sogar das Leben kosten würden.

Deanna, dachte Riker kummervoll.

Erneut riß Maror die junge Frau herum, und dadurch sah sie direkt in den Fokus des Feldstechers. Sie schien Rikers Blick zu spüren und zu erwidern, und sie wirkte dabei stolz und furchtlos.

Zwei Worte erklangen hinter Wills Stirn.

Ich verstehe.

»Feuer eröffnen«, sagte Riker.

Tang gab den Befehl sofort weiter. »Feuer eröffnen. Erledigt die Burschen.«

Deanna zuckte zusammen.

Phaserstrahlen zuckten zum Dach des Museums

und trafen überraschte Sindareen. Einige von ihnen taumelten und sanken zu Boden. Ein besonders widerstandsfähiger Krieger schaffte es jedoch, das Schiff zu erreichen und durch die Schleuse zu klettern.

Sommers verfehlte Maror, der sofort in die Hocke ging und seine Geisel mit nach unten zog. Sommers hatte zu hoch gezielt, und dadurch war der Phaserstrahl über den Sindareen hinweggeknistert, ohne ihn zu treffen. Maror sprang wieder auf, eilte in Richtung Schiff und zerrte Deanna mit sich. Die Scharfschützen schossen mehrmals, ohne zu riskieren, die junge Frau zu treffen. Mehrere energetische Entladungen jagten an dem Anführer vorbei.

Für einen Sekundenbruchteil wurde Marors Rücken sichtbar. Sommers nutzte die Gelegenheit sofort und betätigte den Auslöser. Der hochenergetische Strahl hätte Deanna Brandwunden oder gar Schlimmeres beigebracht, doch Maror schwankte nur und schwankte. Beinahe wäre er auf seine Geisel gefallen. Fast sofort fand er sein Gleichgewicht wieder und erreichte die Sicherheit des Schiffes. Hinter ihm und der Betazoidin schloß sich die Zugangsluke. Mehrere Kisten mit betazoidischen Kunstwerken blieben auf dem Dach zurück – und fünf betäubte Sindareen.

»Verdammt!« rief Riker. »Dreimal verfluchter Mist!« Es handelte sich nicht gerade um die typische Reaktion eines Starfleet-Offiziers, aber sie war nur allzu verständlich.

Mit donnerndem Impulstriebwerk stieg das Spinnenschiff auf. Wer auch immer die Navigationskontrollen bediente, ihm ging es ganz offensichtlich in erster Linie darum, diesen Ort so schnell wie möglich zu verlassen. Er machte sich erst gar nicht die Mühe, einen Kurs zu programmieren, sondern gab einfach Schub.

Riker brauchte keinen Blick über die Schulter zu werfen, um zu wissen, womit sich Tang beschäftigte.

Der Veteran hielt die schwere Phaserkanone auf der Schulter und aktivierte sie.

»Können Sie das Schiff herunterholen?« fragte Will.

»Ich kann es zerstören. Mit einem Schuß.«

»Sind Sie auch imstande, es manövrierunfähig zu machen?«

»Das ist weitaus schwieriger. Ich weiß nicht, ob das zu schaffen ist. Außerdem erweisen Sie der jungen Dame damit nicht unbedingt einen Gefallen. Es gibt keine Garantie, daß sie den Absturz überlebt.«

»Ich weiß.«

Das spinnenartige Raumschiff kletterte höher am Firmament empor und flog nach Westen. Es konnte nur noch wenige Sekunden dauern, bis es schnell genug war, um die Atmosphäre des Planeten zu verlassen.

»Holen Sie es runter«, sagte Riker.

Tang justierte das energetische Niveau der Phaserkanone und betätigte den Auslöser.

Die Intensität der Entladung ging über alles hinaus, was Riker in diesem Zusammenhang jemals erlebt hatte. Es knisterte und knackte um ihn herum. Die Luft prickelte, und er glaubte, plötzlich ersticken zu müssen.

Der Strahl verbrannte das Steuerbordtriebwerk des kleinen Schiffes und beschädigte das Navigationssystem. Die ›Spinne‹ drehte sich mehrmals um die eigene Achse und sank dann in einer langen Spirale herab und zog einen kilometerlangen Schweif aus Rauch hinter sich her.

»Wo wird sich die Absturzstelle befinden?« fragte Riker leise.

»Nach Kurs und Geschwindigkeit zu urteilen …«, brummte Tang. »Irgendwo im Dschungel von Jalara.«

Stille folgte.

»Wenn Deanna den Aufprall überlebt, hat sie eine reelle Chance«, sagte Gart Xerx schließlich. »Im

Dschungel gibt es zwar einige Gefahren, zum Beispiel Schlammlöcher, aber die meisten dort lebenden Tiere sind harmlos.«

Riker wandte sich um. »Sie vergessen dabei eine andere Spezies, die besonders gefährlich ist. Damit meine ich die Geschöpfe, die mit Deanna an Bord des Schiffes sind.«

25

Maror wußte nicht, wovor er weglief oder wohin er floh.

Nein, das stimmte nicht ganz. Er wußte, was ihn am Ende der Flucht erwartete – die Hölle. Und mit einer Mischung aus Zorn und Trotz hielt er an der Entschlossenheit fest, die Betazoidin dorthin mitzunehmen.

Sie saß auf einem Felsen in der Nähe, und verärgert stellte Maror fest, daß ihr Willen auch nach Tagen noch immer ungebrochen war. Ihre Kleidung war an vielen Stellen zerrissen, ihr Gesicht schmutzig, und angesichts der hohen Luftfeuchtigkeit im Dschungel hatte ihr Haar seine Elastizität verloren. Sie trug keine Schuhe, und eigentlich bot die Situation nicht den geringsten Anlaß zur Hoffnung.

Dennoch blieb sie in eine Aura von Würde gehüllt.

Maror konnte es nicht mehr ertragen. Er wollte, daß sich die Betazoidin wie die anderen Frauen verhielt, die er gefangengenommen hatte. Er wollte hören, wie sie wimmerte und flehte. Er wollte endlich eine *Reaktion* von ihr.

Er hob den Blaster und zielte auf sie. »Bitten Sie mich, Sie am Leben zu lassen.«

Deanna zuckte andeutungsweise mit den Schultern. »Bitte töten Sie mich nicht«, sagte sie ruhig.

Maror starrte sie ungläubig an. »Das ist alles?«

»Warum sollte ich ein solches Anliegen mit mehr Nachdruck vorbringen? Eigentlich ist es völlig sinnlos. Entweder erschießen Sie mich, oder Sie erschießen mich nicht. Ich kann Sie wohl kaum daran hindern, mich umzubringen. Es wäre erniedrigend, um mein Leben zu flehen, und es brächte mir keinerlei Vorteile. Deshalb verzichte ich darauf.«

Maror stieß einen wütenden Schrei aus, sprang zu der jungen Frau, packte sie am Haar und riß den Kopf nach unten. Dadurch öffnete sich Deannas Mund, und der Sindareen schob ihr den Lauf des Strahlers hinein. Er neigte die Waffe so, daß eine Entladung genügte, ihr gesamtes Gehirn verdampfen zu lassen.

»Los!« zischte er. »Flehen Sie um Ihr Leben!«

Deanna sah ihn kurz an, dann war in ihren Augen nur noch das Weiße zu sehen. Sie atmete langsamer, und ihr Körper erschlaffte.

Ein oder zwei Sekunden lang glaubte Maror, sie sei in Ohnmacht gefallen, doch dann begriff er, daß sich die Frau in eine tiefe meditative Trance versetzt hatte, aus der er sie nicht wecken konnte. Was auch immer er jetzt unternahm – sie spürte nichts davon. Das galt selbst für ihren Tod.

Maror kam sich plötzlich wie ein Narr vor. Man konnte niemanden bedrohen, der die Drohung überhaupt nicht bewußt zur Kenntnis nahm. Im Grunde genommen lief es auf folgendes hinaus: Entweder tötete er die Geisel, oder er ließ sie am Leben. Wenn er sie erschoß, hatte er eine Leiche und keine Möglichkeit mehr, die Starfleet-Leute unter Druck zu setzen, falls sie ihn fanden. Woraus folgte, daß es sinnlos war, die Frau zu töten.

Alles erschien ihm sinnlos.

Der Sindareen fluchte, ließ Deanna los und beobachtete nicht ohne gewisse Genugtuung, wie sie zu Boden fiel. Anschließend nahm er auf dem Felsen Platz, betrachtete die Betazoidin und wartete.

Nach einigen Minuten kam sie wieder zu sich und starrte zu ihm empor.

»Sie fragen sich vermutlich, warum Sie noch leben?«

»Nein«, widersprach Deanna. »Der Grund ist offensichtlich. Sie glauben, daß ich Ihnen lebend nützlicher bin als tot.«

Die Nickhaut an Marors Hals flatterte schneller, als er erwiderte: »Wissen Sie auch, warum ich Sie noch nicht vergewaltigt habe?«

»Sie sind kein Vergewaltiger. Sie stehlen, ja. Und Sie töten auch, wenn Sie es für erforderlich halten. Aber Vergewaltigungen ... Nein.«

Maror musterte die Frau. »Sind Sie sich da so sicher?«

»Zuerst war ich es nicht.« Deanna zog die Knie an. »Ich hatte Angst, daß Sie auf die Idee kommen könnten, mich zu mißbrauchen. Als nur wir beide den Absturz überlebt haben, habe ich kaum daran gezweifelt, daß mir so etwas bevorstehen würde – gewissermaßen als Strafe. Doch im Laufe der Zeit gelang es mir, mich an Ihre besondere mentale Sphäre zu gewöhnen und deutlichere empathische Eindrücke zu erhalten.«

»Lassen Sie mich mit Ihrer Empathie in Ruhe.« Maror trat näher und zerrte Deanna ziemlich unsanft auf die Beine, als ob er durch besondere Grobheit einen Ausgleich dafür schaffen wollte, daß er keine Frauen vergewaltigte. »Es ist mir noch immer ein Rätsel, wieso Sie den Absturz überlebt haben – im Gegensatz zu meinen Männern.«

»Ganz einfach: Ich habe mich entspannt«, erwiderte die Betazoidin. »Bei Ihren Leuten hingegen ist das Gegenteil der Fall gewesen. Sie haben sich versteift und dadurch innere Verletzungen davongetragen, an denen sie dann gestorben sind.«

»Vielen Dank für die Diagnose«, knurrte Maror.

Zusammen mit Deanna stapfte er weiter durch den Dschungel und hielt dabei nach Verfolgern Ausschau.

Deanna nutzte die Chance, ihre Sinne zu erweitern und ein Gefühl für das um sie herum pulsierende Leben zu bekommen. Nur selten wagte sich jemand so tief in den Dschungel von Jalara, und aus diesem Grund verspürte sie so etwas wie Aufregung. Schade, daß dieser ›Ausflug‹ unter solchen Umständen stattfinden mußte.

Sie dachte an ihre Mutter, die sich bestimmt große Sorgen machte. Nicht zum erstenmal bedauerte Deanna die Tatsache, daß sie zur Hälfte Mensch war. Als volle Betazoidin wäre es ihr vermutlich möglich gewesen, eine telepathische Botschaft zur Stadt zu schicken und Hilfe anzufordern. Dabei hätte es kaum eine Rolle gespielt, daß sie ihren genauen Aufenthaltsort gar nicht kannte. Man hätte sie leicht mit mentalen Anpeilungen lokalisieren können.

Doch die menschliche Komponente ihres Wesens beeinträchtigte das psychische Potential. Wenn sie telepathische Verbindungen herstellen wollte, durfte die Distanz nicht über ein gewisses Maß hinausgehen. Und der Dschungel von Jalara war viel zu weit von der Stadt entfernt …

Vögel flogen an Deanna vorbei, und sie wich einer kleinen Schlange aus. Das Reptil war nicht giftig, aber sie wollte vermeiden, es durch Unachtsamkeit zu verletzen. Sie freute sich darüber, daß sie die Präsenz des Wesens gespürt hatte, bevor es sich ihren Augen gezeigt hatte.

Um sie herum wucherte die Vegetation nicht mehr ganz so dicht, und weiter vorn erstreckte sich ein freier Bereich, der Maror zu einem erleichterten Seufzen veranlaßte. Vor ihnen glänzte die Wasseroberfläche eines Tümpels.

Der Sindareen sah seine Gefangene an. »Selbst Sie müßten durstig sein. Sie scheinen zwar aus Eis zu bestehen, aber Eis erfordert Wasser.«

»Aus Eis bestehe ich gewiß nicht«, erwiderte Deanna, strich sich eine Strähne aus der Stirn und versuchte, ihre Erschöpfung zu verbergen. »Und das Wasser wird mir genauso gut schmecken wie Ihnen.«

»Sehr tröstlich.« Maror winkte mit der Waffe. »Sie zuerst.«

»Danke.«

Deanna kniete am Rand des Tümpels. Die Risse in ihrem Gewand entblößten mehr von ihrem Körper, als ihr lieb war, aber solche Dinge spielten derzeit kaum eine Rolle. Sie wölbte die Hände, schöpfte Wasser und trank langsam und vorsichtig.

Maror beobachtete sie und runzelte die Stirn. »Sie trinken wie ein Vogel.«

»Warum sollte ich unvorsichtig sein?« entgegnete Deanna. »Wenn ich zu schnell zuviel trinke, bekomme ich nur Magenkrämpfe.«

»Wie Sie meinen.«

Die junge Frau betrachtete ihr Spiegelbild und stöhnte leise auf. Erneut schöpfte sie Wasser und versuchte, zumindest einen Teil des Schmutzes fortzuwaschen. Nach einigen Sekunden betrachtete sie das Resultat – nicht perfekt, aber immerhin eine Verbesserung.

»Wir sind in keine bestimmte Richtung unterwegs«, sagte sie. »Es geht Ihnen nur darum, Zeit zu gewinnen. Es gibt niemanden, der auf Sie wartet. Es gibt niemanden, der sich in Bereitschaft hält, um Sie an irgendeinem Ort abzuholen. Und es gibt kein geheimes Versteck.«

»Ich bin noch nie gefangengenommen worden, und das erfüllt mich mit großem Stolz. Auch diesmal will ich frei bleiben, um jeden Preis. Außerdem wette ich, daß man inzwischen nicht mehr nach uns sucht. Wahrscheinlich hat man das Schiff mit den Leichen meiner Männer gefunden. Vielleicht hat die Suche zwei oder drei Tage angedauert, aber dann sind die Starfleet-Leute bestimmt zu dem Schluß gelangt, daß wir nicht überlebt haben und in eine dieser ... Gruben gestürzt sind.«

»In ein Schlammloch?«

»Ja, genau. In ein Schlammloch. Oder in eine Schlucht. Oder man vermutet, daß wir von irgendwelchen Raubtieren gefressen worden sind. Oder was auch immer. Man sucht nicht *ewig* nach uns.«

»Da irren Sie sich«, sagte Deanna mit ruhiger Zuversicht. »Man wird uns so lange suchen, bis man uns oder unsere Leichen findet. Und das wissen Sie.«

»Weiß ich das? Wenn tatsächlich kein Zweifel daran besteht, daß ich irgendwann in Gefangenschaft gerate – warum gebe ich mir dann solche Mühe? Warum dann dieser anstrengende Marsch durch den Dschungel?«

Deanna drehte sich um und musterte den Sindareen aus dunklen Augen. »Sie fürchten sich. Sie haben Angst vor den Maßnahmen, die Starfleet gegen Sie ergreifen könnte. Sie haben Angst vor dem Verlust der Freiheit. Ja, davor haben Sie eine solche Angst, daß Sie bereit sind, lieber noch einige Tage lang als freier Mann ums Überleben zu kämpfen. Das ist Ihnen lieber als viele Jahre in Föderationshaft.«

Maror kniff die Augen zusammen, schwieg jedoch.

Deanna spritzte sich noch einmal Wasser ins Gesicht, stand auf und deutete auf den Tümpel. »Bedienen Sie sich.«

Der Sindareen nickte und bedeutete ihr, beiseite zu treten. »Bis jetzt konnte ich Sie einfach nur nicht leiden, aber nun widern Sie mich an. Mit Ihnen komme ich viel langsamer voran.« Er ging in die Hocke, trank und sprach gleichzeitig. »Sie jammern, klagen und analysieren mich. Sie wollen, daß ich mich wie ein Feigling fühle. Welchen Nutzen auch immer Sie als Geisel für mich gehabt haben … Immer öfter stelle ich mir vor, wie herrlich es sein würde, den Blaster zu nehmen und Ihnen den verdammten Kopf von den Schultern zu schie …«

Deannas Fuß traf den Mann im verlängerten Rükken.

Maror gab einen überraschten Schrei von sich, kippte nach vorn und fiel in den Tümpel. Er ruderte mit den Armen und brachte es irgendwie fertig, den Kopf über Wasser zu halten.

Eine zweite Überraschung erwartete ihn. Einige Schlangen, deren Existenz Deanna schon vorher wahrgenommen hatte, schwammen zu dem Sindareen und wickelten sich ihm um den Hals.

Die Betazoidin lief los.

Ein oder zwei Sekunden lang hatte sie mit dem Gedanken gespielt, den Strahler an sich zu bringen. Doch Maror hatte ihn noch immer in der Hand gehalten, und wenn sie daran gezogen hätte ... Er hätte nur noch den Auslöser betätigen müssen.

Ein derartiges Risiko hatte sie nicht eingehen dürfen. Schließlich hatte sie nur deshalb gehandelt, weil sie gespürt hatte, daß es Maror diesmal ernst meinte, daß er sie wirklich als Ballast empfand, von dem er sich befreien wollte. Er hatte zu verstehen begonnen, daß seine Flucht tatsächlich sinnlos war, und diese Erkenntnis erfüllte ihn mit Wut, die sich gegen seine Geisel richtete.

Er war jetzt wirklich bereit, sie zu erschießen.

Deshalb rannte sie, so schnell sie konnte.

Maror fluchte hingebungsvoll, als er aufstand und an den Schlangen zerrte. Als sie sich plötzlich nicht mehr im Tümpel befanden, lösten sie sich vom Hals des Sindareen. Er packte sie, warf sie wütend ins Wasser zurück und brüllte Deannas Namen. Er feuerte sogar blindlings in den Dschungel, und der Zufall wollte es, daß er den Kopf der Betazoidin nur knapp verfehlte.

Es gab keinen vernünftigen Grund für ihn, der Frau zu folgen. Sie stürmte praktisch blindlings durch den Dschungel und lief Gefahr, sich zu verirren oder mit einer tödlichen Gefahr konfrontiert zu werden. Mit dieser Vorstellung hätte sich Maror unter anderen Umständen zufriedengegeben, aber Deannas Tritt hatte nicht nur einen blauen Fleck an seinem verlängerten Rücken hinterlassen, sondern ihn auch in seinem Stolz verletzt.

Maror heulte auf, schlang sich den Riemen des Blasters um die Schulter und lief ebenfalls los.

Es fiel ihm nicht schwer, der Betazoidin zu folgen, denn sie hinterließ eine deutlich sichtbare Spur aus abgebrochenen Zweigen und halb zerfetztem Gebüsch. Eine solche Fährte hätte der Sindareen selbst mit verbundenen Augen gefunden.

Deanna fragte sich, ob Maror sie wohl verfolgte oder nicht. Natürlich hoffte sie, daß er sie in Ruhe ließ und zuerst an sein eigenes Wohl dachte. Doch dann hörte sie hinter sich das Knacken und Knirschen im Unterholz – eine unmißverständliche Botschaft.

Sie sah sich um, hielt nach etwas Ausschau, das sich als Waffe verwenden ließ und suchte gleichzeitig nach einem Versteck. Nichts verhieß Sicherheit.

Deanna wandte sich nach rechts und stolperte über eine Wurzel. Sie fiel, fing den Aufprall mit den Händen ab und spürte stechenden Schmerz in den Unterarmen. Mit der rechten Hand ertastete sie einen kleinen, spitzen Stein, und aus einem Reflex heraus schloß sie die Finger darum. Dann stand sie wieder auf und setzte ihre Flucht fort.

Maror kam immer näher. Er war nicht zu überhören. Dem von ihm selbst verursachten Rascheln im Dickicht fügte er pausenlos Flüche hinzu.

Erneut fauchte sein Blaster, und Deanna spürte die von der Entladung ausgehende Hitze. Offenbar hatte der Sindareen die Waffe eingesetzt, um einen Teil der Vegetation zu verbrennen und schneller voranzukommen. Die Betazoidin mußte ohne solche Hilfsmittel zurechtkommen.

Die Phantasie zeigte Deanna einen heldenhaften Riker, der ihr zu Hilfe eilte und im letzten Augenblick wie aus dem Nichts erschien. In Filmen und anderen dramaturgischen Werken geschah so etwas recht häufig, doch in der Realität hatten derartige Phänomene eher Seltenheitswert. Aber sie *wollte* einfach daran glauben, daß so etwas möglich war und es sich dabei nicht nur um Hirngespinste irgendwelcher romantisch veranlagter Autoren handelte. Wenn solche Dinge auch in der Wirklichkeit geschahen, würde das bedeuten, daß zwischen manchen Personen Verbindungen ganz besonderer Natur existierten, ungeachtet der jeweiligen Entfernung. Es hätte bedeutet, daß es im Leben etwas gab, das sich weder in Kategorien pressen noch mit den gewöhnlichen Werkzeugen eines rationalen Verstandes ergründen ließ.

Deanna sehnte sich Riker herbei, und darin kam nur ein Wunsch zum Ausdruck, den sie schon seit geraumer Zeit hegte. Wie dumm von ihr, dagegen anzukämpfen, ihr wahres Empfinden hinter Barrieren zu verbergen, die ihr jetzt völlig unsinnig erschienen. Wenn sie doch nur die Gelegenheit erhalten würde, diesen Fehler wiedergutzumachen und Riker noch einmal zu sehen …

Aber tief in ihrem Herzen wußte sie, daß ein solcher Wunsch unmöglich in Erfüllung gehen konnte. Sie war ganz allein, und niemand würde ihr helfen. Nur noch einige Minuten, bis Maror sie einholen, mit dem Blaster auf sie zielen und ihre Existenz beenden würde.

Vor ihr stieg der Boden abrupt nach oben an. Sie hatte den Fuß einer Anhöhe erreicht. Sicherlich dauerte es eine Weile, sie zu erklettern, aber es kam nicht in Frage umzukehren. Deanna holte tief Luft und begann mit dem Aufstieg, wobei sie sich an Wurzeln und kleinen Vorsprüngen festhielt.

Aber sie kam nicht schnell genug voran. Ein triumphierender Schrei erklang hinter ihr. Sie versuchte, rasch einige Meter weiter nach oben zu gelangen, doch eine Hand packte sie am Fuß.

»Hab ich dich, du verdammte Betazoidin!« knurrte Maror.

Deanna schrie auf und versuchte, sich auch weiterhin festzuhalten, aber der Sindareen zog sie nach unten und drehte sie um. Nur wenige Zentimeter trennten seine wütende Grimasse vom Gesicht der jungen Frau. »Du hast mir zu viele Probleme beschert«, knurrte Maror. »Damit ist jetzt Schluß. Ich ...«

Deanna stellte plötzlich fest, daß sie noch immer den harten und spitzen Stein in der Hand hielt. Sie zögerte nicht, holte aus, schlug zu und traf Maror mitten auf der Stirn.

Der Sindareen gab einen schrillen Schrei von sich, und Blut tropfte aus der Wunde. Deanna wußte, daß es um ihr Leben ging, und deshalb war jede Rücksicht fehl am Platze. Sie versuchte, den Stein noch tiefer in die Stirn hineinzutreiben. Doch Maror war viel stärker als sie. Er stieß die Betazoidin zurück, und dadurch löste sich der Stein aus seiner Stirn. Noch mehr Blut strömte ihm über das Gesicht.

Er preßte eine Hand auf die Wunde, als er sich Deanna näherte. Wut flackerte in seinen Augen. »Du ...« Sein Zorn ließ sich nicht mehr in Worten ausdrücken. »Du ...!«

Er sank auf Deanna herab und drückte sie mit seinem Gewicht zu Boden. Die junge Frau bemühte sich vergeblich, sich zu befreien. Ganz deutlich fühlte sie den Lauf des Blasters im Unterleib.

»Bauchschuß«, knurrte Maror. »Sehr schmerzhaft. Führt zu einem sehr *langsamen* Tod. Genau das hast du verdient. Dir habe ich es zu verdanken, daß ich in diese Situation geraten bin ...«

»Das stimmt nicht ...«

»*Sei still!* Dauernd mußt du *widersprechen!* Aber ich bringe dich jetzt zum Schweigen. Ich brenne dir ein Loch in deinen ...«

Weiter oben erklang eine ruhige, kühle Stimme.

»Lassen Sie die Frau los und weichen Sie zurück.«

Maror sah auf, und sein ohnehin blasses Gesicht schien noch bleicher zu werden. Deanna neigte den Kopf, um nach oben zu blicken und sich von ihren Augen bestätigen zu lassen, was die Ohren ihr mitteilten. Sie konnte es kaum fassen.

Riker stand etwa drei Meter über ihnen am Hang, hielt einen Phaser in der Hand und zielte damit auf den Sindareen. Er trug einen Überlebensanzug mit Mehrzweckjacke und einen Instrumentengürtel, dessen Taschen Nahrungskonzentrate und diverse Geräte enthielten.

Seine Gefühle flossen Deanna entgegen. Rikers emotionaler Kosmos war auf eine Weise offen, wie es die Betazoidin ansonsten nur von ihrer Mutter und den besten Freunden kannte. Sie nahm tiefe Erleichterung wahr, aber auch Furcht und Besorgnis. Will achtete darauf, seine Empfindungen unter Kontrolle zu halten, um dem ebenso verdutzten wie verzweifelten Sindareen gegenüber gefaßt und selbstsicher zu wirken.

»Sie sollen von der Frau zurückweichen«, wiederholte Will. »Und heben Sie die Hände.«

»*Nein,* Starfleet-Mann!« zischte Maror. Er schlang die Beine um Deannas Taille und duckte sich gleichzeitig hinter die Betazoidin, um kein klares Ziel zu bieten. »Nein. *Sie* werden Ihre Hände heben – *nachdem* Sie den Phaser weggeworfen haben. Verstanden? Lassen Sie das Ding fallen, wenn Sie nicht wollen, daß ich die Frau erschieße.«

Hör nicht auf ihn, Will, erklang Deannas telepathische Stimme hinter Rikers Stirn. *Füg dich ihm nicht. Er würde dich ohne zu zögern umbringen.*

»Wenn Sie die Frau erschießen, geht es Ihnen anschließend selbst an den Kragen«, erwiderte Riker mit scheinbarer Gelassenheit.

»Mir ist völlig egal, was aus der Betazoidin wird«,

sagte Maror scharf. »Wenn Sie meine Gleichgültigkeit teilen – na schön. Dann erschieße ich sie eben und hebe anschließend die Hände. In diesem Fall würde Ihnen gar nichts anderes übrigbleiben, als mich den hiesigen Behörden zu übergeben. Womit Sie die Frau nicht ins Leben zurückholen. Wenn Ihnen eine solche Vorstellung überhaupt kein Unbehagen bereitet – um so besser für Sie. Oder vielleicht spielen Sie mit dem Gedanken, mich zu betäuben. Aber Sie wissen sicher, daß Sindareen eine natürliche Immunität gegen Phaserenergie aufweisen, was bedeutet: Sie müßten eine hohe Emissionsstufe wählen, um mich zu erwischen, Lieutenant. Und mit einer ausreichend intensiven Entladung laufen Sie Gefahr, die Betazoidin zu töten. Sie sehen also, Ihre Möglichkeiten sind begrenzt.«

»Da irren Sie sich.«

»Ich irre mich *nicht*, und das wissen Sie!« Panik vibrierte in Marors Stimme, als er hinzufügte: »Werfen Sie die Waffe weg! Jetzt sofort! Sonst bringe ich die Frau um, das schwöre ich! *Werfen Sie den Phaser weg, wenn Sie wollen, daß die Frau am Leben bleibt!*«

»Na schön.« Riker kam der Aufforderung nach und warf seinen Strahler fort. Er fiel einige Meter entfernt ins Gebüsch.

Hoffnungslosigkeit breitete sich in Deanna aus, und sie ließ die Schultern hängen.

»Auch die Jacke! Vielleicht befinden sich in den Taschen noch andere Waffen! Und der Gürtel! Ganz langsam! Ich möchte Ihre Hände sehen! Eine falsche Bewegung, und die Frau ist tot, Lieutenant. Es hängt ganz von Ihnen ab.«

Langsam und vorsichtig zog Riker die Jacke aus und löste anschließend den Gürtel. Er drehte ihn hin und her. »Sind Sie nun überzeugt? Ich habe keine anderen Waffen.« Der Gürtel fiel zu Boden.

Maror lächelte und zielte auf Riker, doch zur großen Überraschung des Sindareen blieb der Terraner so ruhig, als hätte er die Situation völlig unter Kontrolle.

»Legen Sie jetzt den Blaster beiseite«, sagte Will. »Dann kommt niemand zu Schaden.«

»Soll das ein Witz sein?«

»Nein. Falls Sie es noch immer nicht begriffen haben sollten: Sie sind umzingelt.«

Ein oder zwei Sekunden lang war Maror verwirrt. »Sie lügen!« platzte es dann aus ihm heraus. »Das ist nichts weiter als ein armseliger Bluff.«

»Nein. Starfleet-Sicherheitskräfte befinden sich rechts und links von Ihnen. Die Vorschriften verlangen von ihnen, Rücksicht auf Unbeteiligte zu nehmen, doch sie sind auch verpflichtet, Vorgesetzte zu schützen. Legen Sie Ihre Waffe beiseite, dann wird Ihnen kein Leid geschehen. Aber wenn Sie versuchen, mich zu verletzen oder gar zu töten, eröffnen meine Leute das Feuer, selbst wenn dadurch die Geisel ums Leben kommt. Den Sicherheitsleuten geht es vor allem darum, Gefahren von *mir* abzuwenden.«

»Sie können mich nicht täuschen«, knurrte Maror. »So etwas widerspricht den Prinzipien von Starfleet.«

»Mag sein. Aber Angehörige der Sicherheitsabteilung haben ihre eigenen Grundsätze. Und offen gesagt: Sie sind derzeit in keiner geeigneten Position, um daran zu zweifeln.«

Maror schwieg eine Zeitlang, bevor er aufstand und Deanna unsanft hochzerrte. Er rammte ihr den Lauf des Strahlers in die Seite.

»Ich glaube, daß Sie bluffen«, brummte er. »Ich glaube, die übrigen Mitglieder der Suchgruppe halten ganz woanders nach mir Ausschau. Schließlich ist der Dschungel von Jalara ziemlich groß. Oh, sicherlich stehen Sie mit Ihren Leuten in Kom-Kontakt, aber sie sind bestimmt nicht nahe genug, um rechtzeitig einzugreifen. Seit dem Absturz des Schiffes ist viel Zeit verstrichen. Vielleicht brauchen Sie ein oder zwei Tage, um zu Ihren Leuten zurückzukehren. Ich bin bereit, es darauf ankommen zu lassen, Lieutenant. Geben Sie den angeblichen Sicherheitswächtern die Anweisung, auf mich zu schießen. Na los.«

»Ich warne Sie zum letzten Mal«, sagte Riker.

»Und wenn schon.«

Riker wechselte einen kurzen Blick mit Deanna. »Es tut mir leid«, murmelte er. Dann breitete er die Arme aus. »Also gut, Männer – Feuer!«

Eine Sekunde lang geschah nichts, dann bemerkte der verblüffte Maror aus den Augenwinkeln eine Bewegung. Er schwang den Blaster nach rechts und feuerte. Fast gleichzeitig fiel ihm etwas links von der Anhöhe auf. Er wirbelte um die eigene Achse und wußte nicht, wohin er sich zuerst wenden sollte. Er war absolut sicher gewesen, daß der Starfleet-Mann nicht über Helfer verfügte, und jetzt das ...

Riker hatte gehofft, daß sich der Sindareen auf diese Weise ablenken ließ. Er zögerte nicht, trat zwei schnelle Schritte vor, stieß sich ab und sprang dem Gegner mit ausgestreckten Armen entgegen.

Maror drehte seinen Kopf, begriff seinen Fehler, hob den Blaster und feuerte. Im gleichen Augenblick richtete sich Deanna ruckartig auf und stieß gegen den rechten Arm des Sindareen. Die Waffe neigte sich noch weiter nach oben, und der Strahlblitz verfehlte Riker.

Einen Sekundenbruchteil später prallte der Starfleet-Offizier gegen Maror. Mit der einen Hand schob er Deanna beiseite, und mit der anderen packte er seinen Widersacher. Sie gingen beide zu Boden, rollten umher und rangen miteinander.

»Will!« rief Deanna, als der Sindareen die Oberhand gewann und versuchte, von seiner Waffe Gebrauch zu machen.

Sie lief zu den Kämpfenden und versuchte, Maror von Riker herunterzuziehen. Doch der Kolben des Blasters traf sie in der Magengrube, und sie sank auf die Knie und würgte.

Riker nutzte die Gelegenheit, hob beide Hände und schlug Maror rechts und links an den Hals, dicht neben der Nickhaut. Der Sindareen reagierte wie ein Mensch, den eine Faust am Adamsapfel getroffen hatte.

Er keuchte und schnappte nach Luft. Trotzdem gelang es ihm, den Strahler festzuhalten, als Riker danach griff – der Doppelhieb an den Hals hatte ihm nur einen Teil seiner Kraft geraubt.

Die beiden Männer setzten den erbitterten Kampf fort, stöhnten, fluchten und schnauften. Riker neigte sich zur Seite und schaffte es endlich, die Füße an einen Felsen zu stemmen. Er stieß sich ab und übertrug das Bewegungsmoment auf den Sindareen, der mit Wucht gegen einen Baumstamm geschleudert wurde.

Der Blaster rutschte aus Marors Hand und fiel zu Boden. Riker mußte sich entscheiden und handeln. Er ließ den Sindareen los, in der Hoffnung, daß ihn der Aufprall zusätzliche Kraft gekostet hatte. Einmal mehr sprang er vor, diesmal in der Absicht, den Strahler zu erreichen.

Damit traf er die falsche Entscheidung. Maror trat nach der Waffe, und sie verschwand im Dickicht. Unmittelbar darauf traf sein Stiefel Rikers Gesicht.

Der Starfleet-Offizier fiel, rollte sich ab und schmeckte Blut im Mund. Maror folgte ihm und trat erneut zu, aber Will wich aus.

Er stemmte sich hoch und sah, wie der Sindareen abermals angriff. Riker atmete tief durch und spannte die Muskeln, um der Attacke zu begegnen – ein Baum im Rücken bot ihm den notwendigen Halt. Im letzten Augenblick sah er das Messer in der Hand des Gegners. Will hatte nicht die geringste Ahnung, woher es stammte. Maror mochte es aus dem Ärmel gezogen haben …

Die veränderte Situation erforderte eine andere Taktik. Riker sprang zur Seite – keine Sekunde zu früh. Die Klinge bohrte sich in den Stamm, und Will beugte sich abrupt vor. Seine Stirn stieß ins Gesicht des Sindareen.

Maror fiel nach hinten ins Gebüsch …

Und fand dort seinen Blaster. Sofort betätigte er den Auslöser.

Riker duckte sich, lief los und versuchte, irgendwo in Deckung zu gehen. Ein Blasterstrahl raste über ihn hinweg, und ein kurzer Blick über die Schulter zeigte ihm, daß sich Maror nach rechts wandte, um ein freies Schußfeld zu erlangen.

Will erkannte plötzlich, *wohin* der Sindareen unterwegs war.

»Halt!« rief er. »Bleiben Sie stehen! Laufen Sie nicht dorthin!«

»Ach, und warum nicht, Starfleet-Mann?« erwiderte der Sindareen spöttisch. »Soll ich etwa stehenbleiben, wo ich Sie doch von dort aus in einen Haufen Asche verwandeln kann? Oder wollen Sie wieder behaupten, daß irgendwelche Sicherheitswächter auf der Lauer liegen? Mit Ihren dummen Bluffs können Sie mich nicht mehr beeindrucken, Lieutenant. Sie sind erledigt.«

Maror sprang nach rechts und hörte ein leises, platschendes Geräusch. Erneut richtete er den Blaster auf Riker, der jetzt keine Möglichkeit mehr hatte, in Deckung zu gehen.

Der Terraner schien sich nicht mit seiner Niederlage abfinden zu wollen. Er offenbarte ein erstaunliches schauspielerisches Talent, als er rief: »Treten Sie nach vorn oder zur Seite! Schnell, bevor es zu spät ist!«

»Wenn es hier für jemanden zu spät ist, dann für …«

Plötzlich merkte Maror, daß er kleiner wurde.

Er sah nach unten.

Und stellte fest, daß er mitten in einem der berüchtigten Schlammlöcher des Jalara-Dschungels stand.

Er wußte, wie sie aussahen. Gestern hatte er ein kleines Tier in der Hoffnung auf einen leckeren Braten gejagt. Es war in ein solches Schlammloch geraten und innerhalb von zwei Sekunden darin versunken.

Der Sindareen schätzte die Geschwindigkeit, mit der ihn die dunkelbraune Masse verschlang. Bei größeren Geschöpfen wie etwa Humanoiden schien es etwas länger zu dauern.

Er blickte zu Riker. »... für mich«, beendete er den begonnenen Satz, als der Schlamm seine Schultern erreichte.

Der Starfleet-Offizier eilte heran, verharrte am Rand des Schlammlochs und achtete darauf, nicht auszurutschen, als er Maror den Arm entgegenstreckte. »Halten Sie sich fest!« rief er.

»Woran?« erwiderte der Sindareen. Es klang fast amüsiert.

Es war das letzte Wort seines Lebens. Mehr konnte er nicht sagen, denn der Schlamm bedeckte nun die Nickhaut am Hals. Riker schob sich noch etwas näher an den Rand des Loches heran und bemühte sich, Marors Haar zu packen. Doch der Kopf des Sindareen befand sich um wenige Zentimeter außerhalb seiner Reichweite.

Dann verschwand Maror ganz im braunen Schlamm.

Seltsamerweise zeigte sein letzter Gesichtsausdruck so etwas wie Triumph.

26

Riker trat an Deanna heran, die auf die Mitte des Schlammlochs starrte.

»Er hat gesiegt«, hauchte sie. »Indem er bis zum Schluß seine Freiheit behielt.«

»Ist alles in Ordnung mit dir?« fragte Riker und berührte die junge Frau behutsam an den Schultern. Das ›Sie‹ erschien ihm jetzt nicht mehr angemessen, und außerdem erinnerte er sich daran, daß sie ihn bei ihrem kurzen telepathischen Kontakt ebenfalls geduzt hatte. »Hat er dir irgend etwas angetan?«

»Ich bin nicht verletzt.« Die Betazoidin stand auf, und ein dumpfer Schmerz im Bauch erinnerte sie an den Kolben des Blasters. »Ich möchte fort von hier.«

»In Ordnung. Laß uns nur einige Minuten warten, bis …«

»Nein. Ich möchte *sofort* weg von hier.« Deannas Stimme klang drängend. Sie schien bestrebt zu sein, einen möglichst großen Abstand zwischen sich und dem Schauplatz der jüngsten Ereignisse zu schaffen.

»Na schön. Ich suche nur rasch meine Sachen zusammen.«

Die junge Frau nickte, und ihr Blick galt noch immer dem Schlammloch.

Riker holte Jacke und Gürtel und fand auch den Phaser. Er drückte einen kleinen Knopf an einer der Gürteltaschen, und Deanna blinzelte überrascht, als zwei rautenförmige Objekte an ihr vorbeisausten. »Was ist das?«

»Übungsziele. Gehören zur Standardausrüstung für

planetare Sicherheitskräfte. Damit habe ich Maror vorhin abgelenkt.«

»Oh.« Deanna nickte, und ihre Stimme schien wie aus weiter Ferne zu kommen. »Das war klug von dir, Will. Sehr klug.«

Er musterte sie besorgt. »Ist wirklich alles in Ordnung mit dir?«

»Ja. Gehen wir.«

Riker schwieg und führte Deanna fort vom Schlammloch. Die Geschehnisse der vergangenen Tage waren natürlich nicht spurlos an ihr vorübergegangen, aber Will fand sie trotzdem wunderschön. Lwaxana Trois Tochter schien über einen unerschöpflichen Vorrat an innerer Kraft zu verfügen.

Riker stellte eine Kom-Verbindung zu Tang her. Maror hatte richtig vermutet: Die übrigen Mitglieder der Suchgruppe hielten sich tatsächlich in anderen Bereichen des Jalara-Dschungels auf. Allein der Zufall hatte es gewollt, daß Riker nach einigen Tagen mit seinem Tricorder Bio-Signale geortet hatte, die auf Deanna und den Sindareen hinwiesen.

Er teilte Tang mit, daß er Deanna gefunden hatte – er sprach dabei nicht von Rettung; dieses Wort erschien ihm zu melodramatisch. Darüber hinaus informierte er den Sergeant, daß sie nun zum vereinbarten Rendezvouspunkt zurückkehrten. Es dauerte einige Tage, ihn zu erreichen, doch Rikers Nahrungskonzentrate genügten auch für zwei Personen, und unterwegs rechnete er nicht mit unüberwindlichen Schwierigkeiten.

Bisher hatte Will nur auf seine Umgebung geachtet, um Gefahren zu meiden. Eine vernünftige Verwendung des Phasers, um hier und dort Hindernisse zu beseitigen, erwies sich von Vorteil. Die betreffenden Stellen markierten den Weg und erleichterten ihm die Rückkehr.

Er fand nun genug Muße, um die Schönheit des

Dschungels von Jalara zu bewundern. Die Blumen und Ranken in der Hochzeitskammer fielen ihm ein – vermutlich hatten sie aus dieser Region gestammt. Der exotischen Farbenpracht gesellte sich eine Vielzahl aromatischer Gerüche hinzu. Die Luft war warm, doch es herrschte nicht jene unangenehme Schwüle, die Riker von anderen Urwäldern her kannte. Irgend etwas an ihr wirkte erfrischend – oder gewann er diesen Eindruck nur deshalb, weil Deannas Freiheit endlich Realität geworden war?

Er drehte den Kopf und sah seine Begleiterin an, die schon seit einer halben Stunde schwieg.

Sie zitterte, schlang die Arme um sich und schien trotz der Wärme zu frieren. Ihre Zähne klapperten.

Es fiel Riker nicht schwer, die Zeichen zu deuten. Als Deanna in Gefahr gewesen war, hatte sie es geschafft, die Furcht in sich einzukapseln und sich von dem Teil ihrer selbst zu trennen, dem die Angst innegewohnt hatte. Während einer Krise konnte man derartige Gefühle unterdrücken, doch früher oder später kehrten sie zurück und verlangten nach Aufmerksamkeit.

Will trat zu Deanna, legte ihr den Arm um die Schultern und half ihr beim Hinsetzen. »Es ist alles in Ordnung, Deanna. Laß es aus dir heraus. Ja, so ist es richtig …«

Sie erzitterte noch heftiger und sah nicht etwa Riker an, sondern starrte geradeaus – als rechne sie damit, daß ein Gegner hinter den Büschen hervorsprang. Ihre Hand schloß sich so fest um Rikers Oberarm, daß sich ihm die Fingernägel in die Haut bohrten. Nur mit Mühe widerstand er der Versuchung, die Hand vom Arm zu lösen. Er ließ sich auch nichts vom Schmerz anmerken.

Sanft berührte er Deanna und murmelte tröstende Worte. Er sagte ihr, daß Angst unter solchen Umständen völlig normal war und daß sie nicht allein damit fertig werden mußte. Er sagte ihr, daß sie jetzt alles überstanden hatte und ihr der Schrecken bald nur noch wie ein böser Traum erscheinen würde.

Während er zu Deanna sprach, schmiegte sie sich enger an ihn. Aus dem Zittern wurde ein regelrechtes Beben, das ihren gesamten Körper erfaßte. Tränen rollten der Betazoidin über die Wangen, doch die ganze Zeit über blieb sie geradezu gespenstisch still.

Nach einer Weile schwieg auch Riker. Er schlang beide Arme um Deanna, wiegte sie hin und her und ließ seine Anwesenheit zu einem Ruhepol für sie werden. Allmählich beruhigte sich die junge Frau, und das Zittern hörte auf. Auch der Tränenstrom versiegte, und eine Hand wischte letzte Feuchtigkeitsspuren fort.

Deanna sah zu Riker empor. Er schenkte ihr ein aufmunterndes Lächeln und fragte sich, ob sie bereit war, den Weg fortzusetzen. »Bist du soweit?«

Sie nickte. »Ja, das bin ich.« Deanna tastete nach Wills Nacken und zog seinen Kopf zu sich herab.

Ein langer Kuß folgte – einem süßen Versprechen gleich. Schließlich trennten sie sich, und der Dschungelduft bescherte dem Starfleet-Offizier eine seltsame Art von Benommenheit. Alles um ihn herum wurde seltsam irreal.

»Deanna ...«, begann er leise. »Dies ist ... nicht der geeignete Augenblick. Du stehst unter den Nachwirkungen eines Schocks und kannst nicht klar denken. Du hast viel durchgemacht und ...«

Deannas Fingerkuppen wanderten über Rikers Wangen. »Laß es mich dir auf eine Weise erklären, die du verstehst.«

Er wartete und glaubte, in ihren dunklen Augen zu versinken.

»Küß mich«, raunte sie ihm zu.

Er kam der Aufforderung nach.

Ein solches Verhalten gehörte sich nicht für einen pflicht- und verantwortungsbewußten Starfleet-Offizier – das wußte Riker ganz genau. Aber diese Logik löste sich innerhalb weniger Sekunden auf, und eine andere, herrliche Wirklichkeit nahm ihren Platz ein. Das Rascheln der Blätter vermischte sich mit dem von Kleidung, und als sich ihre nackten Körper diesmal berührten, folgten keine intellektuellen Diskussionen. Die Sprache der Liebe prägte ihre Kommunikation.

Sekunden dehnten sich, und sie beide wußten alles vom Partner, was es zu wissen galt. Körper und Seele, Fleisch und Geist – die verschiedenen Elemente des Seins verschmolzen miteinander und bildeten eine Einheit. Sie versuchten nicht, dem zu widerstehen, was sie zusammenführte. Ganz im Gegenteil: Sie gaben ihm bereitwillig nach. Sie ergänzten und vervollständigten sich, wuchsen zusammen und genossen es, als der Druck in ihnen beiden zunahm. Im ganzen Jalara-Dschungel schien es still zu werden. Und nicht nur im Urwald. Stille und Bedeutungslosigkeit erweiterten sich auf den Planeten und erfaßten das gesamte Universum – das Existierende beschränkte sich nur noch auf Deanna und Riker, darauf, daß sie sich entdeckt – und sich eingestanden – hatten, daß sie den anderen brauchten, um Erfüllung zu finden.

Der Druck erreichte ein Ausmaß, das ein Ventil erforderte. Sie hielten sich fest umklammert und schienen dabei zu hoffen, körperlich ebenso eins zu werden wie geistig. Irgendwo tief in Rikers Innern, in den seelischen Fundamenten seines Ichs, flüsterte eine Stimme und nannte ihm ein Wort, das geheimnisvoll klang und einer Verheißung für die Zukunft gleichkam.

Es lautete *Imzadi*.

Sie lagen dicht nebeneinander, und Deannas Kopf ruhte auf Rikers Schulter. Ihre Finger strichen langsam über sein Brusthaar.

»Wie ich gehört habe, dient es der Reibung.« Seit einer halben Stunde – seit ihrer Vereinigung – hatte die Betazoidin keinen solch langen Satz mehr formuliert.

Seit unserer letzten Vereinigung, dachte Will. Er wußte nicht genau, wie oft sie immer neue Variationen des Liebesspieles gefunden hatten. Und wenn sie fertig gewesen waren, hatten sie sich nur eine Pause von einigen Minuten gegönnt, um dann von neuem zu beginnen – Einzelheiten ließen sich kaum mehr voneinander unterscheiden. Und sie hatten dabei kaum gesprochen, sondern nur Unverständliches geflüstert und manchmal gestöhnt. Unter diesen Umständen waren Worte kein geeignetes Mittel gewesen, sich zu verständigen.

Sie befanden sich noch immer dort, wo es vor Stunden begonnen hatte. Riker stellte sich vor, daß sie unauslöschliche Spuren im Boden hinterlassen hatten, gewissermaßen Sedimente der Liebe, die zukünftigen Geologen sehr rätselhaft erscheinen würden.

»Man hat dir also davon erzählt«, erwiderte Will leise.

Deanna nickte. »Chandra weiß es von ihrem Vater. Und ich weiß es von ihr.«

»Oh. Nun … Reibung.« Riker zögerte und fragte sich, was er dazu sagen sollte.

»Wie geht es jetzt weiter?« erkundigte sich Deanna schließlich.

»Wir gehen zum Rendezvouspunkt. Ich fürchte allerdings, daß wir uns verspäten werden.«

»Das meine ich nicht.«

»Ich weiß.« Riker rollte zur Seite und stützte sich auf einen Ellbogen. Er strich der Betazoidin durchs Haar, löste dabei ein Lianenfragment und wollte es beiseite werfen. Doch Deanna griff danach.

»Nein, das behalte ich. Als Souvenir.«

»Ein Stück Liane?« fragte Will skeptisch.

Die junge Frau zuckte mit den Schultern.

»Was deine Frage betrifft, wie es jetzt weitergeht …« Riker zögerte kurz. »Ich bin mir nicht sicher. Ich weiß, welche Gefühle du in mir weckst. Und mir ist auch klar, wie du auf mich reagierst. Aber … die Situation verwirrt mich. Ich frage mich immer wieder, was ich davon halten soll. Ich meine, *du* kennst dich weitaus besser mit Gefühlen aus. Wie ist deine Meinung?«

Deanna seufzte. Es war alles andere als kühl, aber sie fröstelte trotzdem und schmiegte sich einmal mehr an Riker. »Ich weiß es nicht genau. Vielleicht finde ich gerade das so reizend an dir, Will. Wenn ich mit dir zusammen bin, dann denke ich nicht mehr.«

Amüsiert hob er eine Braue. »Wie soll ich das verstehen?«

»Wenn ich in deiner Nähe bin …« Deanna suchte nach den richtigen Worten. »Du hast mir vorgeworfen, andauernd zu intellektualisieren und immer der Vernunft den Vorrang zu geben. Nun, in deiner Nähe verschwindet das alles. Ich habe noch nie zuvor auf diese Weise empfunden und inzwischen beschlossen, diesem Gefühl nachzugeben und es zu erforschen. Wie kann mein Selbst jemals vollständig sein, wenn ich nicht bereit bin, auf meine innere Stimme zu hören und mir von ihr den Weg zeigen zu lassen?«

Riker strich ihr eine Strähne aus der Stirn. »Meiner Ansicht nach hast du eine großartige innere Stimme.«

»Danke, Will. Das ist sehr nett von dir.«

»Es mag banal und abgedroschen klingen, aber … bei keiner anderen Frau habe ich so gefühlt. Damit meine ich nicht nur das Körperliche – mit dem natürlich alles in bester Ordnung ist«, fügte Riker rasch hinzu. »Es gibt noch mehr. Etwas, das …« Er rang mit einem Wortschatz, der plötzlich nicht zu genügen schien, um die einfachsten Dinge zu beschreiben. »Ich weiß nicht, wie ich es ausdrücken soll …«

»Schon gut. Ich verstehe dich auch so.«

»Als wir …« Will räusperte sich. »Als wir uns geliebt haben, habe ich deine Gedanken vernommen. Du hast ein Wort *gedacht.* Jedenfalls glaube ich das. Ich kann es wohl kaum von jemand anders empfangen haben, oder? Klang wie ›Imzi‹ oder so.«

Deanna stützte sich ebenfalls auf den Ellbogen.

»Imzadi«, sagte sie leise. Bei ihr hörte es sich nach einer sanften Melodie an.

»Ja, genau, Imzadi. Was hat es damit auf sich?«

»Nun, das Wort hat verschiedene Bedeutungen. Es ließe sich mit ›Geliebter‹ oder ›Liebling‹ übersetzen. Aber wenn gewisse Personen es unter gewissen Umständen verwenden, kann es auch etwas ganz anderes bedeuten.«

»Zum Beispiel?«

Deanna lächelte scheu, was angesichts ihrer Nacktheit eigentümlich wirkte. »Zum Beispiel ... ›der Erste‹.«

»Der ... Erste?« Riker wußte nicht recht, ob er seinen Ohren trauen durfte.

»Ja. Ganz gleich, was von jetzt an geschieht – wir bleiben immer wahre Imzadi. Für uns sind wir immer der und die Erste.«

Deanna sah aus großen, dunklen Augen zu ihm auf, und Riker kam sich wie ein Idiot vor.

»Soll das heißen ... ich bin der erste Mann, mit dem du ...«

Die Betazoidin nickte.

»... mit dem du ... Geschlechtsverkehr hattest?«

Das Nicken wiederholte sich.

»*Lieber* Himmel!«

»Du scheinst überrascht zu sein.« Deanna lächelte amüsiert. »Ist das so schwer zu glauben?«

»Nun ...« Will konnte sich nicht daran erinnern, jemals so verlegen gewesen zu sein. »Du lebst in einer ausgesprochen freizügigen Gesellschaft, und du ... siehst hinreißend aus.«

»Danke«, sagte Deanna.

»Daher konnte ich mir kaum vorstellen, daß noch niemand ...«

»Mit mir ins Bett gehüpft ist?«

Riker schnitt eine Grimasse. »So einen Ausdruck verwendet man nur gelegentlich.«

»Du natürlich nicht, oder?«

»Ich, äh ... Weißt du, Deanna, vielleicht habe ich durch irgend etwas einen falschen Eindruck erweckt. Ich meine, du bist, äh ... nicht meine erste Frau. Ich hatte andere vor dir.«

»Nein«, entgegnete die Betazoidin ruhig.

»Doch. Ich muß es schließlich wissen – immerhin war ich dabei.«

»Oh, jetzt begreife ich, worauf du hinauswillst. Du meinst Sex.«

»Äh ... ja. Ja. Darüber reden wir doch, oder?«

»Du verstehst noch immer nicht, Will. Der körperliche Teil mag sehr angenehm und auch aufregend gewesen sein, zumindest für mich ...« Deanna legte eine kurze Pause ein. »Habe ich alles richtig gemacht?«

»Ja! Und ob! Du warst ... wundervoll. Ich hätte nicht geahnt, daß du ...« Riker beendete den Satz mit einer vagen Geste.

»Gut. Nun, das Imzadi-Konzept geht übers Körperliche hinaus. Du hattest schon mit anderen Frauen Geschlechtsverkehr, und das weiß ich. Ich hingegen habe zuvor noch keine physischen Erfahrungen mit Männern gesammelt. Trotzdem ist unsere Situation fast identisch. Trotzdem sind wir *Imzadi.* Weißt du jetzt, was ich meine, Will? Andere Frauen hatten deinen Körper, aber ich ...« Deanna lächelte. »Ich habe deine Seele berührt.«

Endlich begann Riker zu verstehen. Er hatte beim Sex immer nur an die angenehme körperliche Komponente gedacht. Selbst wenn er sich verliebt geglaubt hatte – es war immer nur etwas Oberflächliches gewesen, eine bloße Erweiterung des physischen Aspekts.

Konnte man hier und jetzt von Liebe sprechen? Hinter seiner Stirn herrschte ein wildes Durcheinander und trotzte allen Analyseversuchen. Genau dies hatte er immer vermeiden wollen. Er legte großen Wert darauf, die ganze Zeit über Herr seiner selbst zu sein, und dazu gehörte auch die Kontrolle seiner Empfindungen. Sich zu verlieben, bedeutete, zumindest einen Teil dieser Kontrolle aufzugeben, und dazu war er bisher nicht fähig und auch nicht bereit gewesen.

Selbst bei Deanna Troi wußte er nicht genau, ob er zu so etwas fähig sein würde. Doch dafür stand etwas anderes fest: Diesmal brachte er die Bereitschaft dazu mit.

»Imzadi«, sagte er und lächelte.

Deanna erwiderte das Lächeln und nickte. »Ich verstehe.«

Er setzte sich auf und stellte fest, daß die Sonne unterging. Sie hing dicht über dem Horizont und tastete wie mit rosaroten und orangefarbenen Fingern über den Himmel von Betazed.

»Im Weltraum sehe ich täglich Myriaden von Sternen«, murmelte Riker nachdenklich. »Darüber könnte man fast vergessen, wie herrlich ein planetarer Sonnenuntergang sein kann. Übrigens ...« Er streckte den Arm aus. »Diese Wolken dort ... Sie sehen aus wie zwei gegeneinander kämpfende Drachen.«

»Du erkennst einen Konflikt am Himmel, und das ist verständlich. Wenn du durchs All reist, hast du es praktisch ständig mit einem Gegner zu tun: dem Vakuum.«

»Es ist wie mit dem Gemälde, nicht wahr?«

»Bis zu einem gewissen Grad, ja«, bestätigte Deanna. »Wenn man Muster betrachtet – ob sie nun in Form eines Bildes an der Wand hängen oder als Wolken am Himmel erscheinen –, so sieht man vor allem Dinge, die das Unterbewußtsein sehen möchte. Es kommt also ganz auf die individuelle Perspektive an.«

»Möchtest du den Sonnenuntergang beobachten und philosophieren?«

»Ja, gern.«

Nackt saßen sie nebeneinander, blickten zur Sonne und sahen in ihr Spiegelbilder der eigenen Seele.

Riker war völlig hingerissen.

Nach etwa dreißig Sekunden wandte Deanna sich ihm zu. »Das genügt. Komm, Imzadi.« Sie umarmte Will und drückte ihn vorsichtig zu Boden.

Dem Rest des Sonnenuntergangs schenkten sie beide keine Beachtung.

27

Riker starrte auf das Blatt Papier und schüttelte den Kopf. Was hatte er sich nur dabei gedacht?

Er wollte den Zettel wieder in einer Tasche des Instrumentengürtels verstauen, als er Deannas Schritte hörte. Diesmal hatte sie ihre Morgentoilette schneller als gewöhnlich beendet. Riker war so überrascht, daß ihm das Blatt aus der Hand rutschte.

Es fiel zu Boden.

Deanna griff danach und hob es auf. »Papier. So etwas sieht man nicht jeden Tag.«

»Starfleet-Sicherheitskräfte wollen eben auf alles vorbereitet sein – selbst darauf, eine Nachricht an einen Baum zu heften. Gib mir den Zettel.«

Deanna musterte Riker. »Seit fünf Tagen sind wir nun durch den Dschungel unterwegs, Will. Wir hätten das Ziel längst erreicht, wenn wir nicht immer wieder … aufgehalten würden.«

Riker lachte unwillkürlich. Deannas Enthusiasmus für den körperlichen Teil ihrer Beziehung war praktisch überwältigend. Offenbar hielt sie nichts von halben Sachen. Wenn es um etwas Intellektuelles ging, konzentrierte sie sich ganz auf Vernunft und Rationalität. Doch jetzt hatte sich ihre Aufmerksamkeit in Richtung der fleischlichen Wonnen verschoben, deren Potential sie mit großem Interesse untersuchte.

»Wir sollten die Anzahl unserer Unterbrechungen verringern«, sagte Riker trocken und streckte erneut die Hand nach dem Zettel aus. Doch Deanna behielt ihn.

»Die … physischen Aktivitäten haben uns einander sehr nahe gebracht«, verkündete die Betazoidin. »Hinzu kommt, daß ich deine Empfindungen immer deutlicher empfange. Aber selbst wenn das *nicht* der Fall wäre … Ich käme trotzdem sofort zu dem Schluß, daß auf diesem Blatt Papier etwas geschrieben steht, das dir aus irgendeinem Grund peinlich ist.«

»Na schön, du hast recht«, räumte Riker ein. »Meinst du nicht, daß du darauf Rücksicht nehmen solltest?«

»Du hast recht – das *sollte* ich eigentlich.« Deanna lächelte verschmitzt, entfaltete den Zettel und las.

Riker stöhnte leise. »Oh, warum machst du das? Ich wollte es dir erst zeigen, wenn es fertig ist. Und vermutlich wär's *nie* fertig geworden. Mit solchen Dingen kenne ich mich nicht besonders gut aus. Es ist ein erster Versuch, und …«

»Pscht.« Deanna warf ihm einen verärgerten Blick zu und las weiter.

Riker unterbrach sie nicht noch einmal und lenkte sich ab, indem er Chronometer und Tricorder überprüfte. Anschließend nickte er zufrieden. Sie hatten sich verspätet, ja, aber sie würden den Rendezvouspunkt in einer Stunde erreichen. Und von dort aus war es nur ein kurzer Flug zur Stadt.

Irgendwann fand er den Mut, Deanna anzusehen. Sie musterte ihn, und in ihren glänzenden Augen zeigte sich etwas Neues. Riker besann sich auf einen Rat, den ihm die Betazoidin in den vergangenen Tagen mehrmals gegeben hatte – er holte tief Luft und ließ den Atem langsam entweichen. Inzwischen fiel es ihm leichter, sein Bewußtsein zu öffnen und es von mentalem Ballast zu befreien.

Es ist wunderschön, Imzadi, teilte ihm Deanna mit.

Riker lächelte, sowohl innerlich als auch äußerlich. *Gefällt es dir wirklich?*

Ja. Und du weißt, daß ich nicht lüge.

Die junge Frau blickte wieder aufs Papier und las laut:

»Ich halte dich eng umschlungen,
Spüre deinen Atem, deine wundervolle
Anwesenheit.
Ich erinnere mich an eine Zeit
Ohne dich,
Erinnere mich so daran wie
An einen unangenehmen, freudlosen Traum.
Neben mir schauderst du im Schlaf –
Teilst du meine Erinnerungen an
Eine graue Vergangenheit?
Und du lächelst –
Hoffst du mit mir auf eine glückliche Zukunft?
Sie ist voller Verheißungen.
Ich kann mir nicht vorstellen,
Wie ich die Vergangenheit ohne dich überlebt
habe.
Und ich kann mir keine Zukunft vorstellen
ohne dich.«

»Ich weiß nicht ...« Riker versuchte, in seiner Stimme keinen Autorenstolz durchklingen zu lassen. »Ich dachte, es hört sich ein bißchen ...... schmalzig an.«

»Nein, das hast du nicht gedacht«, erwiderte Deanna. »Du bist vielmehr davon überzeugt gewesen, mit diesen Worten genau das zum Ausdruck zu bringen, was du empfindest. Du warst stolz auf sie. Und du bist es noch immer.«

Riker lächelte. »Eine Empathin kann man nicht mit falscher Bescheidenheit beeindrucken.«

»Da hast du vollkommen recht. Entsprechende Versuche bringen dich nur in Verlegenheit.«

»Da wir gerade von Verlegenheit sprechen – wir sollten uns jetzt besser auf den Weg machen. Wir sind schon so spät dran, daß es langsam peinlich wird. In den vergangenen beiden Tagen hat sich Sergeant Tang viermal mit mir in Verbindung gesetzt, um sich zu vergewissern, daß ich noch lebe.«

»Wie nett von ihm, so um dich besorgt zu sein.« Deanna faltete den Zettel und steckte ihn ein.

Riker musterte sie überrascht. »Gibst du ihn mir nicht zurück?«

»Verlang das bitte nicht von mir. Ich möchte ihn gern behalten.«

Will seufzte. »Na schön. Aber versprich mir, daß du niemand anderem erlaubst, diese Zeilen zu lesen.«

»Abgemacht.«

Sie brachen auf und widerstanden der Versuchung, weitere ›Pausen‹ einzulegen. Die ganze Zeit über hielten sie sich an den Händen und ließen erst los, als sie in Sichtweite des Lagers am Rendezvouspunkt gerieten – sie wollten nicht sofort auf ihre neue Beziehung hinweisen.

Tang und einige Sicherheitsleute warteten auf sie. Die geretteten betazoidischen Kunstwerke waren bereits zur Stadt geschickt worden und befanden sich wieder im Museum. Darüber hinaus hatte Tang veranlaßt, die Leichen der Sindareen in ihre Heimatwelt zu überführen.

»Gute Arbeit, Sergeant«, lobte Riker. Er drehte sich um und deutete auf Deanna, die einen neutralen Gesichtsausdruck zeigte. »Das ist Deanna Troi.«

»Ma'am …« Tang neigte kurz den Kopf, wechselte dann einen kurzen Blick mit Riker. Wenn er ahnte, was sich im Dschungel von Jalara abgespielt hatte, so ließ er sich nichts anmerken. Er war viel zu sehr Veteran – und zwar in jeder Hinsicht –, um seine Gedanken laut auszusprechen. »Sind Sie ganz sicher, daß der Sindareen-Anführer keine Gefahr mehr darstellt?«

»Ja«, erwiderte Riker. »Sein Ende war recht unangenehm. Es geht bestimmt keine Gefahr mehr von ihm aus.«

»Gut. Können wir jetzt los, Sir?«

»Ja, Sergeant.«

Der Flug zur Stadt nahm nur wenig Zeit in Anspruch. Deanna und Will schwiegen die meiste Zeit über; wenn sie miteinander sprachen, so beschränkten sie sich auf Fragen nach dem gegenseitigen Wohlergehen. Doch als sie sich der Stadt näherten, vernahm Riker ein Flüstern zwischen seinen Schläfen …

Besuch mich heute abend zu Hause.

Glaubst du, deine Mutter wird nichts dagegen haben?

Wie kann sie etwas dagegen haben? erwiderte Deanna erstaunt. *Sie möchte dir sicher für meine Rettung danken. Und mir wäre es sehr recht, wenn sie dir gegenüber eine freundlichere Haltung einnähme.*

Das würde mich freuen. Mir graut bei der Vorstellung, daß sie noch *unfreundlicher werden könnte.*

»Schildern Sie mir die Einzelheiten.«

Riker blickte über den Schreibtisch hinweg und musterte den Föderationsbotschafter. »Welche Einzelheiten?« erwiderte er höflich.

»Welche?« schnaufte Roper ungläubig. »*Alle!* Was dachten Sie denn?« Er forderte Riker mit einem Wink auf, Platz zu nehmen. »Lassen Sie nichts aus!«

Der Lieutenant zuckte mit den Schultern, griff nach dem Stuhl und drehte ihn um, bevor er darauf Platz nahm. »Es war ein normaler Einsatz ohne besondere Probleme. Wir haben den Dschungel durchkämmt, und ich habe das Glück gehabt, den Anführer der Sindareen zu lokalisieren, bevor er Gelegenheit hatte, Deanna zu verletzen. Aber er hat sich nicht ergeben wollen, und beim Kampf ist er in ein Schlammloch gefallen. Anschließend habe ich Deanna zum Rendezvouspunkt gebracht. Sie ist jetzt zu Hause, wohlauf und in Sicherheit. Ende der Geschichte.«

»Von wegen.« Roper hob den Zeigefinger. »Damit ist die Geschichte nicht zu Ende. Sie und Deanna … allein im Dschungel. Im romantischen Urwald von Jalara. Sie haben der jungen Dame gerade das Leben gerettet, und sie ist natürlich sehr dankbar. Umstände und

Stimmung … Und unsere Wette … Verdammt, unsere *Wette!* Wollen Sie etwa behaupten, daß Sie eine so günstige Situation nicht ausgenutzt haben, um zu versuchen, mit ihr …«

Riker seufzte. »Na schön, Mark. Ich gebe es zu.«

Roper klatschte in die Hände, »Na endlich! Heraus damit. Erzählen Sie mir die Details …«

»Dazu bin ich leider nicht imstande«, sagte Will langsam. »Aber ich kann Ihnen die zweihundert Credits geben.«

Roper machte keinen Hehl aus seiner Enttäuschung. »Soll das hei …«

»Deanna ist so rein wie frisch gefallener Schnee, Mark. Ich bin in Alaska aufgewachsen und weiß daher, wovon ich rede.«

Roper lehnte sich zurück. Seine Miene erinnerte an die eines Kindes, das gerade erfahren hatte, daß der Weihnachtsmann überhaupt nicht existierte. »Ich fasse es einfach nicht.«

»So ist das nun mal, Mark. Man kann eben nicht immer erfolgreich sein. Ich habe alles versucht, doch es hat einfach nicht geklappt. Hiermit geb ich's offiziell auf – mein Stolz ist oft genug verletzt worden.«

Roper schüttelte den Kopf. »Ich bin überrascht. Normalerweise gelingt es mir, Personen gut einzuschätzen, Captain. Ich hatte das Gefühl, daß Sie und Deanna ein gutes Paar bilden würden – obgleich ich dagegen gewettet habe. Für gewöhnlich kann ich meinem Instinkt trauen. Ein solcher Irrtum verblüfft mich.«

»Wir alle irren uns mal, Mark. Was Deanna und mich betrifft … Ich fürchte, wir passen einfach nicht zusammen. Aber betrachten Sie die Sache doch einmal von der positiven Seite. Wir sind beide enttäuscht, aber Sie bekommen wenigstens zweihundert Credits.«

»Glauben Sie vielleicht, deshalb sollte ich mich besser fühlen?«

»*Sie* schon.«

Roper musterte den jüngeren Mann eine Zeitlang, und Riker bemühte sich, seinen Gesichtsausdruck möglichst neutral zu gestalten.

»Wissen Sie, was mir auffällt?« fragte der Botschafter nach einer Weile.

»Nein, Mark. Was fällt Ihnen auf?«

»Ich habe nie zuvor einen so zufrieden wirkenden ›Verlierer‹ gesehen.«

Riker lächelte hintergründig.

28

Riker stand vor dem Zugang der Troi-Villa und wartete geduldig darauf, daß sich die Tür öffnete. Einige Minuten schienen zu verstreichen, ohne daß etwas geschah.

Als das Portal schließlich aufschwang, stand nicht etwa Mr. Homn jenseits der Schwelle, sondern Lwaxana.

Riker lächelte. »Guten Abend, Mrs. Troi«, grüßte er höflich.

Die Betazoidin rang sich ein Lächeln ab, wich jedoch nicht beiseite, um den Besucher eintreten zu lassen.

»Lieutenant ...«, begann sie. »Bitte glauben Sie mir – das ist nicht gerade einfach für mich.«

»Was ist nicht einfach für Sie, Mrs. Troi?«

»Zunächst einmal bin ich moralisch verpflichtet, Ihnen zu danken. Meine Tochter hat sich in großer Gefahr befunden, und Sie haben Deanna gerettet. Dafür bin ich Ihnen auf ewig dankbar. Ich werde diesen Aspekt Ihres Verhaltens berücksichtigen, wann immer ich an Sie denke.«

Riker neigte kurz den Kopf.

Offenbar war Lwaxana noch nicht fertig. »Aus diesem Grund verzichte ich darauf, meinen erheblichen Einfluß zu verwenden, um Starfleet dazu zu veranlassen, Sie mit einem strengen Verweis zu bestrafen.«

»Wie bitte?« fragte Will verdutzt. Einen Sekundenbruchteil später begriff er: *Sie weiß Bescheid.*

Daran ließ Lwaxana nicht den geringsten Zweifel. »Nach der Rettung sind Sie meiner Tochter auf eine geradezu empörende Weise begegnet. Deanna hat unter der Wirkung eines Schocks gestanden, und Sie haben die Situation ausgenutzt.«

Es fiel Riker sehr schwer, nicht die Beherrschung zu verlieren. »Mrs Troi … Was zwischen Deanna und mir geschehen ist, hat ganz und gar auf Freiwilligkeit beruht. Außerdem geht es Sie nichts an. Ich möchte jetzt zu Deanna.« Er wollte sich an Lwaxana vorbeischieben.

Sie streckte die Arme aus und versperrte ihm den Weg. »Ganz gleich, welche Verpflichtungen ich Ihnen gegenüber habe, Lieutenant: Wenn Sie dieses Gebäude ohne meine Erlaubnis betreten, zeige ich Sie wegen Hausfriedensbruch an. *Ist das klar?*«

Riker verharrte.

»Ich möchte zu Deanna«, wiederholte er mit etwas mehr Nachdruck.

»Warum? Um mit ihr zu reden? Und was wollen Sie ihr sagen? Was haben Sie ihr anzubieten, Lieutenant? Nur eine Ablenkung von ihren Pflichten …«

»Eine *was?*«

Lwaxana seufzte verärgert – es klang wie das Fauchen einer zornigen Katze. »In diesem Zusammenhang verstehen Sie überhaupt nichts! Sie haben nicht die geringste Ahnung, worum es eigentlich geht – nämlich um Verpflichtungen, die viele Jahrhunderte weit in die Vergangenheit zurückreichen! Um eine Tradition, die bereits sehr alt gewesen ist, als Ihre Vorfahren noch keine Schuhe getragen haben. Verdammt, Lieutenant! Deanna ist nicht wie andere Frauen! Man kann sie nicht einmal mit anderen Betazoidinnen vergleichen!« Lwaxana klatschte in die Hände, um ihre Worte zu unterstreichen. »Jede einzelne Phase ihres Lebens steht bereits fest! Damit meine ich ihre Ausbildung, ihre berufliche Laufbahn, ihren Platz in der betazoidischen Gesellschaft – einfach *alles.*«

»Sie haben darüber befunden«, sagte Riker tonlos.

»Ja, natürlich. Wer denn sonst? Glauben Sie vielleicht, es gefällt mir, eine solch enorme Verantwortung zu tragen? Nein, Lieutenant. Nein, es gefällt mir nicht. Aber ich sehe darin eine Pflicht, die ich wahrnehmen muß. Das gleiche gilt auch für Deanna. Ihr bleibt gar keine andere Wahl, als sich den Geboten zu fügen und ihren vorherbestimmten Weg in die Zukunft zu beschreiten – in eine Zukunft, in der für Sie kein Platz ist.«

»Die Entscheidung darüber steht allein Deanna und mir zu«, erwiderte Riker kühl.

»Glauben Sie?« Deutlicher Sarkasmus erklang in Lwaxanas Stimme. »Und welche Konsequenzen sollen sich aus einer derartigen Entscheidung ergeben? Sind Sie bereit, Ihre Starfleet-Karriere aufzugeben und sich auf Betazed niederzulassen? Sind Sie bereit, auf die Erforschung der Galaxis zu verzichten und den Rest Ihres Lebens hier zu verbringen? Auf einem Planeten?«

»Ich möchte zu Deanna …«

»Wohin soll das alles führen, Lieutenant?« Lwaxana ließ nicht locker. »Wollen Sie wirklich Deanna den Vorrang geben und Ihre Träume opfern? Für wie lange? Wann werden Sie es nicht mehr ertragen können, ständig auf einem Planeten zu leben? Wann wird es Ihnen zuviel werden zu beobachten, wie immer die gleiche Sonne auf- und untergeht? Wie lange würde es dauern, bis Sie Deanna vorwerfen, wegen ihr auf alles verzichtet zu haben? Ein Jahr? Zwei? Fünf? Wenn die erste Leidenschaft nachläßt, wenn ihr Feuer nicht mehr so heiß brennt wie die Sterne – was wird dann geschehen? Nun? Antworten Sie!«

Kalte Wut packte Riker, und vorerst brachte er keinen Ton hervor.

Dann sah er Deanna im Flur hinter Lwaxana. Sie stand am Fußende der Treppe, und Kummer zeigte sich in ihrem Gesicht.

»Deanna!« rief er.

Sie vollführte eine vage Geste.

Lwaxanas Blick glitt zwischen ihrer Tochter und dem Mann hin und her. »Sag es ihm, Deanna!«

Die junge Frau senkte den Kopf und schwieg.

»Deanna«, sagte Riker. »Imzadi.«

Gletscherkälte glitzerte in Lwaxanas Augen.

Nach einigen Sekunden hob Deanna den Kopf und sah Will an. Die Entfernung zwischen ihnen betrug nur wenige Meter, doch Tonfall und Worte schienen dafür zu sorgen, daß die Distanz abrupt wuchs.

»Meine Mutter hat recht«, sagte sie leise.

»Nein! Sie ...«

»Früher oder später würdest du dir die Rückkehr ins All wünschen«, fuhr Deanna fort. Sie sprach so, als hätte sie Riker überhaupt nicht gehört. »Dein Platz ist im Weltraum, und ich gehöre hierher.« Sie zögerte kurz. »Wir müssen uns in erster Linie auf unsere Verantwortung besinnen. Zwischen uns wird es nie schöner werden können als im Dschungel, Will. Wir ... wir haben den Höhepunkt unserer Beziehung bereits hinter uns. Ich möchte alles auf diese Weise im Gedächtnis behalten. Bevor dich dein Wesen zu anderen Orten führt, zu anderen Frauen ...«

»Deanna«, murmelte Riker. Jähe Hoffnungslosigkeit erfaßte ihn und gaukelte ihm vor, daß sich die Gestalt der jungen Frau langsam auflöste.

»Laß es uns jetzt beenden, unmittelbar nach dem erfahrenen Glück. Laß uns nicht warten, bis erste Spannungen entstehen, die uns immer mehr voneinander trennen. Denk daran, was es zwischen uns gab. Nur das ist wichtig. Denn etwas anderes hält die Zukunft nicht für uns bereit.«

Deanna drehte sich um und ging.

Imzadi! rief Rikers Bewußtsein in den telepathischen Äther.

Sie blieb nicht stehen, sondern setzte den Weg fort und *floh* vor ihm die Treppe hinauf. Kurz darauf war sie nicht mehr zu sehen.

Lwaxana musterte den Starfleet-Offizier ruhig. In ihren Zügen deutete nichts auf Triumph hin, was ihm seltsam erschien.

»Nein, es ist nicht seltsam, Lieutenant«, sagte Lwaxana Troi und reagierte damit auf Rikers unausgesprochene Gedanken. »Ich bin kein Ungeheuer. Ob Sie's glauben oder nicht – mir geht es nur um das Beste für Deanna. Vielleicht werden auch Sie eines Tages Kinder haben, und dann werden Sie früher oder später die Erfahrung machen, daß es nicht immer angenehm ist, das Beste für den Sohn oder die Tochter zu wollen. Manchmal ist damit viel innerer Schmerz verbunden. Nun, als Starfleet-Offizier sollte Ihnen dieser Gedanke nicht vollkommen fremd sein. Mit einem Eid haben Sie sich verpflichtet, auch jene Art von Verantwortung wahrzunehmen, die Sie als Last empfinden. Sie sind verpflichtet, den Befehlen von Vorgesetzten zu gehorchen, selbst wenn Ihnen die Anweisungen nicht gefallen. Oder denken Sie an die Erste Direktive. Sie müssen das Nichteinmischungsprinzip selbst dann beachten, wenn Ihre moralischen Prinzipien eine Intervention verlangen. Nun, nicht nur in Starfleet gerät man in so schwierige Situationen. Deanna befindet sich in einer derartigen Lage – und ich ebenfalls. Nein, ich freue mich nicht. Weil meine Tochter leidet. Wie dem auch sei, Lieutenant: Wir alle müssen uns unserer Verantwortung stellen. Jeder von uns muß seine Pflicht erfüllen. ich weiß das, und Deanna weiß es ebenfalls. Es wird Zeit, daß auch Sie sich damit abfinden. Guten Tag, Lieutenant.«

Die Tür schloß sich vor Riker.

29

Der Scotch brannte in Wills Kehle.

Er hatte ihn von Tang bekommen. Als der Sergeant nach Rikers Rückkehr einen Eindruck von der Stimmung seines Vorgesetzten gewonnen hatte, hatte er eine Flasche aus seinem privaten Vorrat hervorgeholt und sie Riker angeboten, um damit alles runterzuspülen: Enttäuschung, Niedergeschlagenheit, Schmerz und so weiter.

Riker starrte die Flasche an und packte sie am Hals. »Möchten Sie mir Gesellschaft leisten?« fragte er Tang.

Der Sergeant legte die Hände auf den Rücken, wippte auf den Zehen und dachte einige Sekunden lang nach. »Ehrlich gesagt, Sir ... Ich glaube, derzeit legen Sie keinen gesteigerten Wert auf Gesellschaft. Manchmal möchte sich ein Mann ganz allein vollaufen lassen.«

Riker nickte. »Sie sind klüger und weiser, als man aufgrund Ihres Ranges annehmen sollte.«

»Danke, Sir. Gehört alles ...«

»... zum Dienst«, beendete Will den Satz.

Etwas später saß Riker in seinem Quartier und füllte erneut sein Glas. Er hatte sich dagegen entschieden, einfach aus der Flasche zu trinken – so etwas schien sich nicht mit der Starfleet-Würde vereinbaren zu lassen. Vermutlich gab es irgendwo eine halb vergessene Vorschrift, die von Starfleet-Offizieren verlangte, aus dem Glas zu trinken.

Erneut schüttete er den Scotch in sich hinein und überlegte, wem oder was er seine Stimmung verdankte. Dann fiel es ihm wieder ein.

»Deanna«, sagte er laut.

Warum hatte er es überhaupt so weit kommen lassen? Derartige Beziehungen zu einer Einheimischen zu knüpfen – damit forderte man Schwierigkeiten geradezu heraus. Himmel, in diesem Zusammenhang konnte man nicht mehr nur von einer ›Beziehung‹ sprechen. Er hatte sich Gefühle erlaubt, echte Gefühle.

»Nein«, widersprach er sich selbst. »Von Gefühlen im *eigentlichen* Sinne kann keine Rede sein.« Genau. Darum ging's. Im *Prinzip* hatte er überhaupt nichts für Deanna empfunden. Letztendlich handelte es sich nur um Selbsttäuschung. Die ganze Zeit über war er bestrebt gewesen, sich selbst einzureden, wirklich verliebt zu sein. Und warum? Weil für Frauen wie Deanna Liebe eine Voraussetzung war, sich dem *interessanten* Teil einer Beziehung zuzuwenden. Ja, genau, dem interessanten Teil, der ...

Riker runzelte die Stirn. »Worin besteht der interessante Teil einer Beziehung?«

Der Türmelder summte.

Will klopfte auf seinen Insignienkommunikator. »Hier Riker.« Er wartete auf Antwort.

Der Türmelder summte erneut.

Wieder hob der Starfleet-Offizier die Hand zum kleinen Kommunikator an seiner Brust. »Hier Riker«, wiederholte er, und Ärger regte sich in ihm.

»Will?« erklang Wendys Stimme aus dem Korridor.

»Sprechen Sie lauter«, teilte Riker seinem Kommunikator mit. »Wir haben eine lausige Verbindung.«

»Ich möchte zu Ihnen.«

Er zuckte mit den Schultern. »Meinetwegen. Ich erwarte Sie hier bei mir.«

Die Tür glitt beiseite, und Wendy trat ein. Riker blinzelte überrascht. Das ging aber schnell.

Mark Ropers Tochter hatte keine Ahnung, was Will meinte, aber sie ließ sich nichts anmerken. »Sie haben irgendwelche Probleme, wie ich gehört habe.«

»Unsinn!« Riker stemmte sich hoch. »Sehe ich vielleicht aus wie jemand, der mit Problemen ringt?«

»Sie sehen aus wie jemand, der zuviel getrunken hat.«

»Sie halten mich für *betrunken?*« fragte Will empört. »Junge Dame, das ist ein Gerücht – in Umlauf gebracht von Personen, denen ich auf den Fuß getreten bin.«

Wendy lachte. »Nun, wenigstens sind Sie lustig. Wenn mein Vater trinkt, entscheidet er sich meistens für Synthehol.«

»Synthehol!« Riker schnaubte abfällig. »Ist nur was für Kinder! Dieses Ferengi-Zeug trinke ich *nie.*«

Er ging durchs Zimmer, mit langsamen, betont vorsichtigen Schritten, um nicht zu taumeln. Ganz plötzlich blieb er stehen und drehte sich zu Wendy um. »Sie sah nicht einmal gut aus!«

»Wer?«

»Sie! Ihre ... Nase war zu lang. Und der Mund zu breit. Und dann die Wangenknochen ... Viel zu hoch. Eigentlich war sie sogar häßlich.«

»Wen meinen Sie?«

»Eine Person, die ich einmal gekannt habe. Oder zu kennen glaubte.« Riker ließ sich auf die Bettkante sinken und starrte ins Leere. Wendy nahm neben ihm Platz, schwieg und wartete ab.

»Wissen Sie ...«, murmelte Will nach einer Weile. »Man stellt sich vor, wie sich die Dinge wohl entwickeln werden, doch aus irgendeinem Grund kommt es meist immer anders. Die Vorstellung stimmt selten mit der Wirklichkeit überein.«

»Ich weiß, wie das ist.«

Riker wandte sich der jungen Frau zu. »Im Ernst?«

»Ja. Das Schicksal spielt einem immer wieder üble Streiche.«

»Aber warum ausgerechnet mir?«

»Es geht nicht nur Ihnen so, sondern allen anderen ebenso.« Wendy schmunzelte, als sie Rikers Gesichtsausdruck bemerkte – er schien zu glauben, daß er diese Art von Leid ganz allein für sich gepachtet hatte. »Auch ich hatte meinen Liebeskummer. Und mein Vater – wie mag er wohl empfunden haben, als meine Mutter gestorben ist?«

»Ich nehme an, er war ziemlich fertig.«

»Das kann man wohl sagen. Er hat wochenlang getrauert. Wie auch immer – man ist den üblen Streichen des Schicksals nicht hilflos ausgeliefert. Wir können uns dagegen wehren. Man muß sich nur zusammenreißen.«

»Sie hat mich nicht verstanden«, sagte Riker leise. »Zuerst habe ich gedacht, sie würde mich verstehen, aber anscheinend war sie nicht imstande, über den Horizont dieses verdammten kleinen Planeten hinauszublicken. Dort draußen wartet eine ganze Galaxis mit zahllosen Möglichkeiten, aber sie steckt ihren Kopf in betazoidischen Sand ...«

»Für mich kommt das nicht in Frage«, erwiderte Wendy mit fester Stimme. »Eins steht fest: Ich habe nicht die geringste Absicht, den Rest meines Lebens auf dieser Provinzwelt zu verbringen. Hier gibt's zuviel Philosophie, wenn Sie mich fragen.«

»Finden Sie?«

»Ja. Hier hält mich nichts. Absolut nichts. Meine Freiheit ist mir viel zu wichtig.« Wendy sprach jetzt mit großem Nachdruck. »Noch ein oder zwei Jahre bleibe ich hier, höchstens. Dann verlasse ich Betazed. Vielleicht suche ich mir einen Job im diplomatischen Korps, als Attaché oder so. Oder ich durchstreife einfach nur die Galaxis und lasse mich von Frachtern und Transportern von Stern zu Stern mitnehmen. Verdiene mir das Notwendigste mit Gelegenheitsarbeiten.«

»Ohne irgendwelche Bindungen?«

»Völlig frei«, bestätigte Wendy.

Riker musterte sie und spürte ein sehr angenehmes

Prickeln. »Hat Ihnen schon mal jemand gesagt, daß Sie wundervoll aussehen?«

Die junge Frau lächelte. »Seit dem letzten Kompliment dieser Art ist sehr viel Zeit verstrichen.«

»Und ...« Riker zögerte kurz. »Ist es bei der Gelegenheit nur bei Worten geblieben?«

Das Schmunzeln wiederholte sich. »Nein.«

Will küßte Wendy und fühlte einen angenehmen Schwindel. Ihr Körper war herrlich warm und weich und noch dazu bereit, sich ihm hinzugeben. Marks Tochter wollte nur das von ihm, was er ihr zu geben vermochte.

Er wich kurz zurück. »Was halten Sie von Kunst?«

»Langweilig.«

»Dem Himmel sei Dank«, seufzte Riker. Gemeinsam sanken sie aufs Bett.

Lwaxana befand sich im Arbeitszimmer, hatte dort in ihrem Lieblingssessel Platz genommen und las. Sie war völlig entspannt. Deanna saß am Schreibtisch, und vor ihr lagen die Unterlagen verschiedener psychologischer Kurse.

»Womit befaßt du dich, Kleines?« fragte Lwaxana nach einer Weile.

Keine Antwort.

Lwaxana drehte den Kopf und stellte fest, daß ihre Tochter ins Leere starrte. *Deanna,* projizierte sie. Und als die jüngere Frau aufsah, fügte sie hinzu: *Womit beschäftigst du dich?*

»Oh.« Deanna blickte auf die Datenfolien hinab und hob eine an. »Menschliche Fehlfunktionen.«

»Nun ...« Lwaxanas Lippen deuteten ein Lächeln an. »Da hast du heute ein interessantes Studienobjekt gehabt.«

»Das ist nicht nett, Mutter«, erwiderte Deanna gepreßt.

»Weißt du ...« Lwaxana überlegte kurz. »Vielleicht

kann dir der Kontakt zu dem Terraner durchaus von Nutzen sein, natürlich auf einer rein vernunftmäßigen Basis. Er bietet ein typisches Beispiel für zwanghaftes Verhalten.«

Deanna stand auf und schritt durchs Zimmer. »Ich gehe nach draußen.«

Lwaxana runzelte die Stirn und erhob sich ebenfalls. Sie versperrte ihrer Tochter nicht direkt den Weg, doch Deanna mußte ihr ausweichen, um zur Tür zu gelangen. »Es ist schon spät.«

»Willst du mir vielleicht verbieten, das Haus zu verlassen? Ich bin kein Kind mehr, Mutter.«

»Mag sein. Aber du bist noch nicht zu alt für einen Appell an die Vernunft. Du willst zu *ihm* – spar dir die Mühe, es abzustreiten.«

»Es war zu abrupt, Mutter. Ich ...«

Lwaxana mahnte mit dem Zeigefinger. »Es war so abrupt, wie es sein mußte. Auf diese Weise ist es besser für euch beide. Es hat keinen Sinn, unangenehme Dinge in die Länge zu ziehen. Dadurch wird alles nur noch schlimmer. Nun, jetzt ist es vorbei, und nur darauf kommt es an. Kümmere dich wieder um deine Studien.«

»Nein, Mutter. Ich möchte ...«

Es ist mir gleich, was du möchtest, erklang Lwaxanas scharfe telepathische Stimme. *Gehorch mir!*

Deanna trat einen Schritt zurück, fast so, als hätte sie eine Ohrfeige bekommen. Dann kniff sie die Augen zusammen und ballte die Fäuste.

»Es ist dir wirklich gleich, nicht wahr?« erwiderte sie. »Meine Wünsche spielen überhaupt keine Rolle für dich, oder?«

»Ich habe nur das Beste für dich im Sinn.«

NEIN, DAS STIMMT NICHT! Deanna strahlte diese mentale Botschaft mit einer solchen Intensität aus, daß die Luft zu knistern schien.

Lwaxana wankte und erblaßte unter ihrem Make-up.

»Wie kannst du es wagen, so von mir zu denken! Wie kannst du nur andeuten, daß ich …«

»Ich deute es nicht nur an, Mutter! Ich sage es ganz laut und deutlich!« Ein oder zwei Sekunden lang befürchtete Deanna, den Mut zu verlieren, und dann erinnerte sie sich an die Erlebnisse im Dschungel. Sie war Maror gegenüber mit ihrer Angst fertig geworden – und die gegenwärtige Situation konfrontierte sie mit weitaus weniger großen Gefahren.

Von einem Augenblick zum anderen platzte alles aus ihr heraus. »Über Jahre hinweg hast du dich immer so verhalten, wie du es für richtig hältst, ohne dir irgendwelche Beschränkungen aufzuerlegen – während du *mir* dauernd gesagt hast, was ich zu tun und zu lassen habe. Immer wieder hast du behauptet, nur das Beste für mich zu wollen. Aber es ist dabei gar nicht um mich gegangen. In Wirklichkeit hast du dabei nur an dich selbst gedacht! *Deine* Wünsche standen im Vordergrund, nicht meine. *Du* wolltest zufrieden sein. Nie hast du mich gefragt, was ich von den ›traditionellen Pflichten‹ halte. Es ist dir gleich gewesen. Vielleicht hast du angenommen, daß ich diese Verantwortung bereitwillig auf mich nehme, weil es so wichtig für dich ist. Nun, ich sehe die Sache anders, Mutter. Für mich hat das alles keine so große Bedeutung. Mir liegt nichts daran, den Sakralen Kelch zu hüten. Und du kannst auch die Heiligen Ringe von Betazed behalten. Ich will sie überhaupt nicht.«

»Deanna!« Lwaxana war durch und durch schokkiert. »Es wäre mir nie in den Sinn gekommen, *meiner* Mutter gegenüber in einem solchen Ton zu sprechen!«

Deanna blieb nicht still. Wenn sie jetzt schwieg, fand sie vielleicht niemals wieder die Kraft, das auszusprechen, was ausgesprochen werden mußte. »Ich möchte selbst über die Prioritäten meines Lebens bestimmen!« Sie schlug sich mit der Faust an die Brust. »Ich möchte meine eigenen Entscheidungen treffen! Meine *eigenen!* Ich habe keine Lust, mein Leben von alten Traditionen bestimmen zu lassen. Ich habe ein Recht darauf, meine Zukunft selbst zu gestalten. Wann bekomme ich endlich eine Chance dazu, Mutter? Wann darf *ich* über meine berufliche Laufbahn, Ehe und dergleichen allein entscheiden?«

»Wenn du selbst eine Tochter hast! Wenn du meinen Platz eingenommen hast!«

Deanna schnappte nach Luft. »Ich kann einfach nicht glauben, daß du das gesagt hast.«

Lwaxana schwieg.

»Ich kann es einfach nicht glauben«, fuhr Deanna fort. »Über Generationen hinweg durften sich die Frauen der Familie Troi nicht selbst verwirklichen und mußten immer nur gehorchen und gehorchen ...« Sie straffte die Schultern. »Wenn das die alte, ehrwürdige Tradition ist, auf die du dich immer wieder berufst, Mutter – sie findet hier und jetzt ihr Ende.«

»Riker«, zischte Lwaxana. »Er hat dich auf diese Gedanken gebracht.«

»Nein, Mutter. Die Gedanken waren schon immer da. Es hat mir nur der Mut gefehlt, sie laut auszusprechen. Und was noch schlimmer ist: Du hast gewußt, daß solche Überlegungen existiert haben. Du hast gewußt, daß ich unglücklich bin. Was dich allerdings nicht daran gehindert hat, ganz nach Belieben mit meinem Leben zu verfahren und dich dabei auf meinen Gehorsam zu verlassen – auf die Mentalität der pflichtbewußten Tochter.«

»Ich weiß, daß du mich verstehen wirst, wenn du erst einmal älter bist ...«

»Da irrst du dich, Mutter.«

Deanna trat an Lwaxana vorbei und ging zur Tür. Die ältere Betazoidin drehte sich um und rief: »Du wärst tatsächlich fähig, den Starfleet-Offizier *mir* vorzuziehen!«

Deanna wirbelte um die eigene Achse. »*Ja!*«

»Nimm endlich Vernunft an! Denk ans Studium, an die Pflichten und an dein vorherbestimmtes Schicksal!«

»Ich möchte bei Will Riker sein, Mutter! Es ist ein Fehler gewesen, daß ich mich dir zunächst gefügt habe. Es ist ein Fehler gewesen, dir nicht zu widersprechen, als er hier gewesen ist, sondern dir sogar noch zuzustimmen. Ich hätte ihn nicht fortgehen lassen dürfen. Mutter, wir können nicht einfach so zu unserem früheren Leben zurückkehren. Es ist unmöglich. Damit würden wir uns selbst belügen, und das wäre verkehrt.«

Lwaxana stemmte die Hände an die Hüften. »Was hast du jetzt vor?« fragte sie sarkastisch. »Willst du das Studium aufgeben?«

»Vielleicht.«

»Und dann? Denkst du an eine Ehe mit dem Starfleet-Offizier?«

»Das kommt ganz darauf an. Möglicherweise gebe ich mich damit zufrieden, in seiner Nähe zu sein. Wenn er Betazed verläßt, um seine nächste Mission im All zu beginnen ... Dann werde ich versuchen, ihn zu begleiten. Es spielt keine Rolle, als was ich an Bord arbeiten muß. Ich würde nicht zögern, das Geschirr zu spülen. Hauptsache, Will und ich sind zusammen.«

»Du an Bord eines Raumschiffs?« fragte Lwaxana entsetzt. »Ein wunderschönes, freies Geschöpf wie du – für mehrere Jahre in einem Raumschiff eingesperrt? Lichtjahrtausende von der Heimat entfernt? Das ist doch Wahnsinn!«

»Schon seit einigen Jahren denke ich an Starfleet. An ein abenteuerliches Leben, das es mir erlaubt, ganz andere Strukturen und Philosophien kennenzulernen. Bisher habe ich es nie wirklich in Erwägung gezogen, doch jetzt sehe ich die Sache aus einem anderen Blickwinkel. Dort draußen gibt es eine Galaxis mit zahllosen Möglichkeiten, auch für eine Tochter des fünften Hauses – es genügt, Betazed zu verlassen. Wer weiß? Vielleicht schließe ich mich gar nicht Starfleet an. Vielleicht kehre ich zur Geologie zurück. Oder ich lasse meine Haut blau färben und trete als Nackttänzerin im Zetli-System auf. Was auch immer ich unternehme – es ist *meine* Entscheidung, nicht deine.«

Deanna erreichte die Tür, und Lwaxanas Stimme erklang noch einmal hinter ihrer Stirn. *Wenn du jetzt gehst, brauchst du nie wieder zurückzukehren.*

Die junge Frau antwortete nicht und ging.

30

Deanna betrat die Botschaft. Stille herrschte in dem großen Gebäude. So spät am Abend arbeitete niemand mehr in den Büros.

Die Betazoidin begegnete einigen Sicherheitskräften, die sie vom Rendezvouspunkt im Dschungel her kannte.

»Guten Abend, Miß«, sagte Sommers und nickte ihr zu.

»Hallo. Ich … möchte zu Lieutenant Riker.«

»Das habe ich mir schon gedacht«, erwiderte Sommers. »Sie kennen den Weg?«

»Ja.«

Er winkte, und daraufhin schritt Deanna durch den Flur. »Die Offiziere bekommen immer die attraktivsten Frauen«, murmelte der Sicherheitsmann, als er die Besucherin außer Hörweite wußte.

Dic junge Betazoidin näherte sich Rikers Quartier, und ihr Herz klopfte immer schneller. Unterwegs stellte sie sich vor, was sie ihm sagen würde. Bestimmt würde er sehr stolz auf sie sein, wenn er erfuhr, daß sie ihrer Mutter die Stirn geboten und ihr Leben selbst in die Hand genommen hatte. Vor dem inneren Auge sah Deanna, wie er ihr gratulierte, wie er sie in die Arme nahm und …

Sie betrat das Quartier – und blieb wie angewurzelt stehen.

Das Zimmer war nur mäßig erhellt, aber ganz deutlich sah sie Riker, der nackt im Bett lag, und die einzelnen Teile seiner Uniform, die an verschiedenen Stellen im Zimmer verstreut waren. Er schlief neben einer nackten Frau, die Deanna als Wendy Roper erkannte.

Deanna verursachte nicht das geringste Geräusch, doch ihr Ich gab einen mentalen Schrei der Bestürzung von sich.

Er genügte völlig, um Riker aufzuwecken.

Verwirrt und benommen setzte er sich auf. Ein enormer Kater vermittelte ihm den Eindruck, daß sich sein Kopf von den Schultern löste und durchs Zimmer rollte. Er stöhnte leise auf – und dann sah er eine Silhouette in der Tür.

Es dauerte einige Sekunden, ehe er begriff, daß es sich nicht um einen Traum handelte. »Deanna?« brachte er mühsam hervor.

Irgend etwas in ihr drängte sie, sich mit einem wütenden Schrei umzudrehen und davonzulaufen. Doch sie hielt sich unter Kontrolle. »Ich bitte um Entschuldigung, Lieutenant. Offenbar bin ich zu einem ungünstigen Zeitpunkt gekommen. Vielleicht hätte ich vorher anrufen und einen Termin vereinbaren sollen.«

Ihr Tonfall verletzte Riker. »Deanna«, sagte er noch einmal. Er wollte aufstehen, verlor dabei aber das Gleichgewicht und fiel zu Boden.

Der Aufprall verursachte genügend Lärm, um auch die völlig nüchterne Wendy zu wecken. Wie zuvor Riker setzte sie sich auf, wandte den Kopf, erkannte Deanna und hob das Laken bis zum Hals.

»Deanna ...«, begann Riker zum dritten Mal, griff nach seiner Uniform und versuchte, sie anzuziehen.

»Eines steht fest: Du erinnerst dich wenigstens noch an meinen Namen.« Sie verschränkte die Arme.

»Du hast einen völlig falschen Eindruck gewonnen.« Riker sah zu Wendy, die ihre Blöße zu bedecken versuchte, und wandte sich wieder an Deanna. »Na schön: Diesmal täuscht der erste Eindruck nicht. Andererseits – du hast gesagt, daß du mich nie wiedersehen willst. Ich habe gedacht, es sei aus zwischen uns, und ...«

»Und außerdem ist es fast vierundzwanzig Stunden her, seitdem du zum letztenmal weibliche Gesellschaft gehabt hast.« Deanna sprach immer lauter. »Deshalb ist es dir nicht schwergefallen, mich einfach zu vergessen und dir jemand anderen zu besorgen.«

Riker vollführte beschwichtigende Gesten, die Deanna baten, leiser zu sprechen. Er erreichte das Gegenteil damit. »Hast du Angst, es könnte uns jemand hören?«

»Nein«, flüsterte er. »Es ist nur ... Ich habe Kopfschmerzen.«

»Das tut mir leid«, log die Betazoidin. »Nun, ich möchte dich nicht länger stören.«

Sie drehte sich um und ging fort. Riker folgte ihr, obwohl er erst halb in der Uniform steckte. Auf dem Flur holte er Deanna ein und hielt sie fest.

»Du hast gesagt ...«

»Ich weiß, was ich gesagt habe«, sagte Lwaxanas Tochter. »Möchtest du auch wissen, was ich meiner Mutter gesagt habe? Es ist zu einem Streitgespräch zwischen uns gekommen, und ich habe ihr gesagt, daß es falsch war, dich fortzuschicken. Ich habe meine Entschlossenheit bekräftigt, meinen eigenen Lebensweg zu beschreiten – zusammen mit dir.« Heiße Tränen brannten in Deannas Augen. »Ich war so dumm anzunehmen, daß es auch deinem Wunsch entsprechen würde.«

»Das stimmt ...«

»Nein, das stimmt nicht. Ich habe praktisch alles für dich aufgegeben. Was man wohl kaum von dir behaupten kann.«

»Ich habe überhaupt nicht mehr klar denken können. Und dann kam Wendy, und ...«

»Und sie bot eine gute Gelegenheit.«

»Ja.«

»Die eigentlich nichts weiter bedeutet.«

»Da hast du vollkommen recht.«

»Woher soll ich wissen, daß du in Hinsicht auf uns nicht ebenso denkst?« fragte Deanna eisig.

Riker faßte sie an den Schultern. »Du weißt, daß mir unsere Beziehung viel mehr bedeutet.«

»Ja, das habe ich bisher geglaubt. Aber jetzt bin ich mir da nicht mehr so sicher. Und was noch schlimmer ist: Du bist dir ebenfalls nicht sicher. Will ... Ich habe geglaubt, zwischen uns gäbe es etwas Besonderes. Das Körperliche und Geistige – für mich gehört es zusammen. Für dich nicht. Und deine Einstellung wird sich vermutlich nie ändern.«

Riker spürte, wie etwas fortglitt, etwas, das ihm sehr wichtig war – weitaus wichtiger, als er selbst angenommen hatte. Verzweifelt versuchte er, es festzuhalten. »Ich kann mich bessern«, sagte er. »Ich ...«

»Nicht von heute auf morgen. Vielleicht im Lauf der Zeit. Vielleicht wächst du über diesen Aspekt deines Wesens hinaus, wenn du älter und reifer wirst. Doch ich kann mein zukünftiges Leben nicht von einem solchen Vielleicht abhängig machen. Du wirst Betazed verlassen, und ich muß Entscheidungen treffen, die auf *Gewißheiten* basieren.«

Plötzlicher Zorn brodelte in Riker. »Du klingst so verdammt selbstgerecht. Woher willst du wissen, was die Zukunft mit *dir* anstellen wird? Vielleicht änderst auch du dich im Lauf der Zeit. Vielleicht gelangst du dann zu dem Schluß, daß du einen Mann nicht unbedingt von ganzem Herzen lieben mußt, um dich auf ein intimes Verhältnis einzulassen. Möglicherweise findest du irgendwann heraus, daß auch allein der körperliche Aspekt sehr angenehm sein kann – immerhin hast du ihn inzwischen kennengelernt.«

»Mag sein«, entgegnete Deanna ruhig. »Wie dem auch sei – in einem Punkt bin ich mir ziemlich sicher.«

»Ach? Und der wäre?«

»Du wirst nicht zugegen sein, um solche Veränderungen in meinem Selbst zu bemerken.«

Riker versuchte, sich eine Antwort darauf einfallen zu lassen, aber er fand einfach nicht die richtigen Worte. Deanna hob die Hand, und ihre Fingerkuppen berührten ihn an der Wange. »Tut mir leid, Will. Ich glaube nicht, daß es eine gemeinsame Zukunft für uns gibt.«

Damit drehte sie sich um und ging fort.

Riker blieb im Korridor stehen und sah ihr nach. Er wollte irgend etwas sagen, doch kein Ton kam ihm über die Lippen. Vielleicht lag es an den Nachwirkungen des Alkohols und an seiner Benommenheit. Oder vielleicht gab es gar keine geeigneten Worte.

Nach einer Weile wandte er sich ab und sah Sergeant Tang, der einige Meter entfernt an der Wand lehnte und ihn nachdenklich musterte.

»Es war richtig von Ihnen, sie gehen zu lassen, Sir«, sagte der Veteran. »Wenn Sie mich fragen ... Es gibt einen funkelnden Stern für jedes gebrochene Herz, das ein Starfleet-Mann zurückläßt ...«

»Seien Sie still, Tang«, brummte Riker, stapfte an ihm vorbei und kehrte zu seinem Quartier zurück.

Tang nickte ungerührt. »Ich bin schon still, Sir. Gehört alles zum Dienst.«

Deanna Troi spürte die Anwesenheit ihrer Mutter und sah ins Arbeitszimmer.

Lwaxana betrachtete eine kleine holographische Darstellung. Sie schwieg, doch Deanna fühlte keine Ablehnung. Sie zögerte einige Sekunden lang, betrat dann den Raum und blickte ihrer Mutter über die Schulter.

»Das ist Oina, nicht wahr?« fragte sie.

Lwaxana nickte nur.

Stille schloß sich an.

»Ich bin nur gekommen, um meine Sachen zu holen«, sagte Deanna schließlich.

Ihre Mutter sah auch weiterhin auf das Holo-Bild

hinab. Fast eine ganze Minute verstrich, bevor sie murmelte: »Als ich gesagt habe, daß du nicht zurückzukehren brauchst, wenn du durch die Tür dort gehst ... Es ist mir irgendwie vertraut vorgekommen. Ich habe diese Worte schon einmal vernommen, aber zunächst konnte ich mich nicht erinnern, wann und wo.«

»Ist es dir inzwischen eingefallen?«

»Ja.« Lwaxana deutete auf das Bild. »Meine Mutter hat sie zu mir gesagt. Als ich ihr damals gesagt habe, daß ich deinen Vater heiraten würde.«

»Sie also hat andere Pläne für dich gehabt?«

»Ja. Du bist Wyatt versprochen, und ich ...« Die ältere Betazoidin suchte in fernen Winkeln ihres Gedächtnisses. »In meinem Fall hieß der Mann ... Stahly. Ja, so lautete sein Name. Nun, als junge Erwachsene trafen wir uns zum erstenmal, und bei dieser Begegnung stellte sich heraus, daß wir ... nicht zusammenpassen.«

Deanna nahm fasziniert neben ihrer Mutter Platz. Davon hatte Lwaxana nie zuvor erzählt. »Warum denn nicht? Konntet ihr euch nicht ausstehen?«

»Oh, wir fanden uns sympathisch. Er mochte mich, und ich mochte ihn. Aber als man uns einander vorgestellt hat, habe ich sofort gewußt, daß sich zwischen uns nichts abspielen konnte. Er ... liebte jemand anders.«

»Eine andere Frau?«

Lwaxana schüttelte den Kopf. »Einen anderen Mann.«

»Oh«, sagte Deanna schlicht.

»Sie bildeten sogar ein hübscheres Paar«, fügte Lwaxana hinzu.

Deanna versuchte, nicht zu lächeln. »Es muß sehr schwer für dich gewesen sein.«

»Nun, glücklicherweise habe ich kurz darauf deinen Vater kennengelernt. Aber meine Mutter hat sich so sehr darüber geärgert, daß der von ihr ausgewählte

Mann nicht zu meinem Ehepartner geworden war, daß sie ... An wem auch immer ich danach Interesse gezeigt habe, sie hat jeden abgelehnt. An deinem späteren Vater hat sie kein einziges gutes Haar gelassen.«

»Ebensowenig wie du an Will Riker?«

»Hast du mich für unnachgiebig gehalten?« Lwaxana lachte humorlos. »*Meine* Mutter war schlimmer, viel schlimmer. Bei ihr ist alles auf verletzten Stolz hinausgelaufen. Es war ihr nicht gelungen, einen geeigneten Partner für mich zu finden. Deshalb hat sie unter allen Umständen vermeiden wollen, daß ich dort Erfolg hatte, wo sie versagt zu haben glaubte. Als ich dort durch die Tür gelaufen bin ...« Sie deutete in die entsprechende Richtung. »Sie hat mir praktisch verboten, jemals wieder zurückzukehren. Natürlich hat sie das nicht ernst gemeint. Das heißt ... Vielleicht doch. Jedenfalls damals, als sie die Worte ausgesprochen hat ...«

»Und du?« fragte Deanna. »Hast du es ernst gemeint?«

Lwaxana wirkte sehr nachdenklich. »Nein.« Eine kurze Pause. »Das heißt ... vielleicht doch – jedenfalls als ich das zu dir gesagt habe.« Sie breitete die Arme aus. »Ach, Deanna ... Es tut mir so leid.«

Deanna beugte sich vor, und ihre Mutter umarmte sie. »Was tut dir leid?«

»Ich meine die Sache mit dir und Lieutenant Riker. Als Mutter spürt man so etwas.«

»Das gilt insbesondere für eine Mutter, die Gefühle sondieren und Gedanken lesen kann.«

»Das leugne ich nicht. Nun, ich bedauere auch noch etwas anderes. Du hattest recht mit deinem Hinweis, daß sich die Dinge zwischen uns verändert haben und daß sie nie wieder so sein können, wie sie einmal gewesen sind.«

»Was tut dir daran leid, Mutter?«

»Die frühere Situation hat mir *gefallen*«, erwiderte

Lwaxana in klagendem Tonfall. »Sie war einfach, unkompliziert und überschaubar.« Sie seufzte und tätschelte Deannas Hand. »Aber sie entsprach nicht deinen Wünschen. Das verstehe ich jetzt. Und ich bin *wirklich* kein Ungeheuer.«

»Ich weiß, Mutter.«

»Nur um eines bitte ich dich. Laß dich um Himmels willen nicht dazu hinreißen, deine Haut blau zu färben und nackt auf Zetli zu tanzen. Dort ist es viel zu kalt. Du würdest dir den Tod holen.«

»Okay, Mutter.« Deanna lächelte. »Ich verspreche es. Und ich verspreche noch etwas. Ich verzichte auf eine Karriere als Nackttänzerin und setze statt dessen das Psychologiestudium fort. Obwohl ich eine berufliche Laufbahn bei Starfleet damit nicht ausschließe …«

Lwaxana schien erst Einwände erheben zu wollen, doch dann nickte sie nur. »Hauptsache, du wirst glücklich, Kleines.«

»Danke, Mutter.«

»Nun, es ist ziemlich spät, und du hast das Haus ohne eine Mahlzeit verlassen. Bestimmt bist du halb verhungert.«

»Ich … habe ein wenig Appetit«, gestand Deanna.

»Möchtest du etwas zu essen?«

»Ja.«

Deanna hatte das Wort kaum ausgesprochen, als sie plötzlich begriff, was sich anbahnte. Rasch legte sie Lwaxana die Hand auf den Mund, um zu verhindern, daß ihre Mutter nach Mr. Homn rief und ihn aus dem Schlaf riß.

»Ich kümmere mich selbst ums Abendessen, Mutter«, sagte sie leise. »Und ich bereite auch dir etwas zu.«

Lwaxana war wie vom Donner gerührt. »*Du* kümmerst dich darum?«

»Ja, Mutter.«

Die ältere Betazoidin holte tief Luft und ließ den

Atem langsam entweichen. »Du steckst heute voller radikaler Ideen. Na schön. Gehen wir.« Sie stand auf – und sah sich verwirrt um. »Wo befindet sich eigentlich die Küche?«

Deanna hakte sich bei ihr ein und lächelte. »Ich zeige dir den Weg, Mutter.«

Lwaxana schüttelte den Kopf, als sie durch den Flur schritten. »Heutzutage lassen sich Kinder von den verrücktesten Ideen anstecken. Selbst zu kochen … Wohin soll das alles nur führen?«

31

Roper sah auf, als Riker das Café betrat. »Sie sind spät dran, Captain«, tadelte er.

Riker nickte. Er setzte sich, und die Kellnerin brachte ihm schwarzen Kaffee, ohne daß er ihn bestellt hatte. Er dankte ihr stumm dafür.

»In der vergangenen Nacht soll was passiert sein, habe ich gehört«, sagte Roper wie beiläufig.

»Ja.« Riker verzichtete darauf zu fragen, von wem der Botschafter davon gehört hatte. Er dachte in diesem Zusammenhang an den Bericht eines Sicherheitsmannes, der das idiotische Verhalten eines Senioroffiziers beschrieben hatte. Und er stellte sich vor, wie Wendy ihrem Vater von dem turbulenten Schluß ihres nächtlichen Rendezvous erzählt hatte.

Er versuchte, diese Gedanken zu verdrängen.

»Planetare Beziehungen können zu unangenehmen Komplikationen führen, nicht wahr?« meinte Roper. »Tja, wenn man zur Crew eines Raumschiffes gehört, ist alles viel leichter. Man stattet der nächsten Welt einen kurzen Besuch ab, schnappt sich dort eine hübsche junge Dame, vergnügt sich mit ihr – und verschwindet wieder.«

Riker nickte nur, trank Kaffee und spürte, wie zumindest ein Teil der Benommenheit von ihm wich.

»Es freut Sie bestimmt, Betazed bald zu verlassen.«

Irgend etwas in der Ausdrucksweise weckte Rikers Aufmerksamkeit und durchdrang den bleiernen Kokon des Katzenjammers. »Ich ... bleibe noch mindestens einen Monat hier.«

Roper schüttelte den Kopf. »Ich dachte, Sie hätten schon davon gehört. Die *Hood* konnte schneller als geplant repariert werden. In vierundzwanzig Stunden befinden Sie sich wieder im All, Captain.«

Rikers Benommenheit verschwand so schlagartig, als hätte jemand ein Lebenserhaltungssystem ganz besonderer Art eingeschaltet. »Soll das heißen – man holt mich ab?«

»Ja. Sie sollten keine Zeit damit verlieren, alle notwendigen Vorbereitungen zu treffen. Es gilt, Dokumente zu aktualisieren, Formulare auszufüllen und einen offiziellen Bericht über den Sindareen-Zwischenfall zu schreiben. Alles muß seine Ordnung haben, bevor Sie Betazed verlassen.«

Riker stand auf, leerte die Tasse Kaffee in einem Zug und ignorierte den Umstand, daß er sich dabei die Zunge verbrannte. »Mark ... Himmel, ich danke Ihnen. Das sind großartige Neuigkeiten.«

Roper schüttelte ihm die Hand und lächelte. »Wenn Sie demnächst zwischen den Sternen ein Abenteuer nach dem anderen erleben – nehmen Sie sich gelegentlich Zeit, an die Leute zu denken, die auf Planeten festsitzen – zum Beispiel an uns.«

»Das werde ich, Mark. Ganz bestimmt.«

»Also los, Captain. Eile ist geboten.«

Riker ließ Ropers Hand los und stürmte nach draußen. Der Botschafter sah ihm nach und seufzte. »Diese jungen Leute von heute ...«

Er hatte alles erledigt.

Fast alles.

Riker besuchte noch einmal das Kunstmuseum, um sich zu vergewissern, daß sich die zuvor von den Sindareen gestohlenen Gegenstände wieder an ihrem Platz befanden.

Mehr steckte nicht dahinter. Zumindest versuchte er sich das einzureden.

Vor einem ganz bestimmten Bild blieb er lange stehen – vor jenem Gemälde, das Deanna ihm gezeigt hatte und viele ›bunte Flecken‹ aufwies.

Er betrachtete die Darstellungen.

Irgendwo erklang Musik, und die sanften Klänge schienen Wills Perspektive zu verschieben und ihn mehr als zuvor erkennen zu lassen.

Er glaubte zu beobachten, wie die Farben in Bewegung gerieten, eine Art Strudel bildeten, der imstande war, Sterne anzusaugen. Nein, nicht nur Sterne. Auch Planeten und ... So mochte das Universum unmittelbar nach seiner Geburt ausgesehen haben: leer, miasmatisch, voller Möglichkeiten und Verheißungen ...

Irgendwann spürte Riker, daß Deanna neben ihm stand, doch er brachte es nicht fertig, sie anzusehen.

»Du kehrst ins All zurück«, sagte die Betazoidin.

»Ja.«

»Ich wünsche dir eine sichere Reise.«

»Und ich wünsche dir ...« Will unterbrach sich und fand die Kraft, den Kopf zu drehen. Ein oder zwei Sekunden lang bot sich ihm etwas Seltsames dar: Das subjektive Wogen des Gemäldes übertrug sich auf Deanna, und dadurch war sie – vorübergehend – das Zentrum des Universums.

»Ich wünschte, du könntest mich begleiten«, sagte er schließlich.

Sie schüttelte den Kopf. »Weißt du, Imzadi ... Eine Zeitlang war ich bereit gewesen, meine ganze Welt für dich aufzugeben. Aber jetzt weiß ich, daß es ein Fehler gewesen wäre.«

Riker wollte ihr widersprechen, aber irgend etwas veranlaßte ihn, auch weiterhin zu schweigen.

Er versuchte, sich von Deanna zu verabschieden, doch auch dazu war er nicht imstande.

Voller Melancholie wandte er sich erneut dem Gemälde zu. Etwas Gewaltiges präsentierte sich ihm, etwas, das *alles* umfaßte. Trotzdem erschien es irgendwie ... leer. »Deanna ...« Er drehte sich um. »Vielleicht ...«

Sie stand nicht mehr neben ihm, sondern hatte den Raum verlassen.

Ich habe mich nicht einmal von ihr verabschiedet, dachte Riker. Und warum nicht? Weil ihm geeignete Worte fehlten. Weil er nicht wußte, wie er zum Ausdruck bringen sollte, was er empfand. Er hatte sein Bewußtsein einfach entleert und dadurch den Eindruck von Gleichgültigkeit erweckt. Wenn er imstande war, so einfach fortzugehen, ohne ein Lebewohl ...

Er ahnte, wohin die Betazoidin gegangen war und machte einen Schritt in die entsprechende Richtung. Doch dann verharrte er. Er begriff plötzlich, daß es Deanna so und nicht anders gewollt hatte. Und ihre Wünsche waren ihm inzwischen wichtiger als seine eigenen.

32

CAPTAINS LOGBUCH: STERNZEIT 42371.5

Q hat uns vierundzwanzig Stunden Zeit gegeben, um einen Beweis dafür zu liefern, daß wir keine primitiven Barbaren sind. Elf Stunden dieser Frist sind ereignislos verstrichen. Ständig denke ich an Qs Prophezeiung, daß uns hier ein entscheidender Test erwartet.

Die *Enterprise* befand sich in der Umlaufbahn um Cygnus IV, und Commander Riker saß seinem neuen Captain im Bereitschaftsraum gegenüber. Beide Männer waren über gewisse Seltsamkeiten besorgt, die Farpoint betrafen, aber sie wußten nicht recht, was es zu unternehmen galt.

Es erfüllte Riker mit Zufriedenheit, daß Picard ihn sofort und ohne Einschränkungen akzeptiert hatte. Der Captain hatte ihn an Bord begrüßt und ihm anschließend die Regeln ihrer Zusammenarbeit erklärt, wodurch alle Zweifel verschwunden waren. Im Gegensatz zu anderen Offizieren verspürte Riker nicht den Drang, Picard mit irgendwelchen besonderen Leistungen beeindrucken zu wollen. Der Captain des Raumschiffs *Enterprise* bevorzugte ganz offensichtlich Direktheit, und das wußte Will zu schätzen.

Riker warf einen kurzen Blick auf seinen Datenblock. »Die hohe Temperatur im Innern des Planeten stellt geothermische Energie im Überfluß zur Verfügung, Sir. Aber das ist auch schon alles, was Cygnus IV zu bieten hat.«

Picard nickte langsam und nachdenklich. »Sie glauben also, daß die Einheimischen dadurch in der Lage waren, eine Basis zu bauen und so zu gestalten, daß sie den Starfleet-Standards entspricht.«

»Ja, Sir.« Riker beugte sich vor. »Wir müssen davon ausgehen, daß sie die erforderlichen Konstruktionsmaterialien mit Energie bezahlt haben. Unsere Sensorsondierungen bestätigen, daß ein großer Teil der Werkstoffe nicht von diesem Planeten stammt.«

Picards Lippen deuteten ein Lächeln an. »Vielleicht gibt es einen Zusammenhang mit diesen Zwischenfällen, von denen Sie berichtet haben. Angeblich geht es dabei um fast magische Versuche, unseren Erwartungen zu genügen.«

Bei einem anderen Captain hätte so etwas gönnerhaft oder herablassend geklungen, doch Picard nannte nur Fakten. Riker nickte. »Es handelt sich um überaus sonderbare Ereignisse.«

»Für die wir bestimmt eine Erklärung finden werden, irgendwann. Nun, derzeit deutet nichts auf Gefahren hin. Ich wünschte, auch andere Völker wären so sehr bestrebt, uns zu gefallen.«

Riker wußte, was Picard meinte. Er dachte an die manchmal sehr aggressiven Ferengi, an Orioner, Sindareen ... und auch an die Romulaner, die vielleicht bald wieder etwas von sich hören lassen würden. Es gab genügend Probleme für die Föderation. Jetzt kam ein weiteres namens Q hinzu. Riker hatte sich inzwischen über die Aktivitäten dieses Wesens informiert.

Picard stand auf. »Sind Sie bereit für den Transfer zum Planeten? Ich möchte Groppler Zorn kennenlernen.«

Riker wartete, bis der Captain hinter dem Schreibtisch hervortrat. Er erinnerte sich an seinen Vortrag darüber, daß die Sicherheit des Captains stets oberste Priorität hatte, und unter diesen Umständen war er von Picards Entscheidung, sich selbst auf den Planeten zu begeben, keineswegs begeistert. Innerlich erschauderte er bei der Vorstellung, daß Farpoint Station sie plötzlich mit bisher unbekannten Gefahren konfrontieren würde, die vielleicht das Leben des Captains bedrohten. Nun, bisher deutete nichts darauf hin, und deshalb verzichtete Riker auf Einwände.

Picard ging zur Tür, und Will folgte ihm. »Ich schätze, den Bewohnern des Planeten geht es um mehr als nur darum, uns zu gefallen, Sir.«

»Vermuten Sie einen Trick dieser Entität namens Q?« fragte der Captain.

Sie schritten zum Lift, dessen Tür sich öffnete, als nur noch wenige Meter sie davon trennten. Picard versperrte Riker den Blick, vollführte eine grüßende Geste und sagte: »Ah, da sind Sie ja, Counselor.« Und zu Riker: »Ich habe sie gebeten, uns zu begleiten.«

Eine Bordcounselor. Bisher hatte Riker nicht an Bord von Raumschiffen gearbeitet, die groß genug oder so lange unterwegs gewesen wären, daß die Präsenz eines fähigen Psychologen erforderlich gewesen wäre. Außerdem gehörten solche Spezialisten erst seit kurzer Zeit zu den Besatzungen von Starfleet-Schiffen. Will glaubte an die unerschütterliche Stabilität seines Bewußtseins und bezweifelte, daß er jemals die Dienste eines Counselors würde in Anspruch nehmen müssen. Aber vermutlich gab es andere Crewmitglieder, die dann und wann einen Rat brauchten. Er hoffte nur, daß die Counselor der *Enterprise* nicht zu diesen hochgeistigen und superintellektuellen Typen gehörte, die in jedem gesprochenen Wort irgendwelche verschlüsselten Botschaften des Unterbewußtseins vermuteten.

Picard wich ein wenig zur Seite. Riker sah die Frau und spürte, wie ihm das Blut aus den Wangen wich.

Der Captain lächelte freundlich. »Wenn ich vorstellen darf … Unser neuer Erster Offizier, Commander William Riker. Mr. Riker, die Bordcounselor Deanna Troi.«

Bei den letzten Worten sah Picard Riker an, und sein Tonfall veränderte sich, als er Wills Gesichtsausdruck bemerkte.

Zehn Jahre waren vergangen, aber die alten Gefühle erwachten jäh und hatten nichts von ihrer Intensität verloren.

Ihr Haar bildete wieder einen Knoten – jenen unvorteilhaften Knoten wie damals beim Picknick. *Sie hat's gewußt,* fuhr es Riker durch den Sinn. *Sie hat von meiner Versetzung hierher gewußt.* Natürlich. Schließlich konnte sie als Counselor die elektronischen Akten aller Senioroffiziere einsehen.

Rikers Gedanken rasten. Es gelang ihm nicht, hinter seiner Stirn Ordnung zu schaffen. Er war außer Übung, schon seit vielen Jahren. Und die Überraschung lähmte ihn.

Deanna hingegen wirkte völlig gelassen. Sie sah ihn an, und daraufhin regte sich ein Empfinden in Will, von dem er geglaubt hatte, daß es sich nie wiederholen würde. Er vernahm Deannas geistige Stimme im Zentrum seines Ichs, im Kern seiner Seele. *Erinnerst du dich an das, was ich dich lehrte, Imzadi? Kannst du noch immer meine Gedanken verstehen?*

Und während sie diese mentale Frage projizierte, streckte sie ruhig und förmlich die Hand aus. »Angenehm, Commander«, sagte sie und betonte dabei den Rang.

Riker sah auf ihre Hand hinab. »Äh ... sehr erfreut, Counselor.«

Die roten Flecken im Gesicht des Ersten Offiziers ließen Picard vermuten, daß zwischen Riker und Troi irgendeine Art von Verbindung bestand. »Kennen Sie sich?« fragte er Riker.

Ob wir uns kennen? Zwischen uns gab es die intensivste, turbulenteste, beste und gleichzeitig frustrierendste Beziehung, die ich je zu einer Frau hatte. Laut sagte Will: »Ja ... ja, Sir.«

Riker fragte sich, was dem Captain wohl nun durch den Kopf ging. Ahnte er, was sich einst zwischen dem Ersten Offizier und der Counselor abgespielt hatte? Oder glaubte er nur, daß sie sich schon einmal begegnet waren?

»Ausgezeichnet«, sagte Picard nur. »Ich halte es für angebracht, daß meine wichtigsten Offiziere über ihre Fähigkeiten Bescheid wissen.«

Riker glaubte, zwischen seinen Schläfen Deannas leises Lachen zu hören.

»Das ist bei uns der Fall, Sir«, versicherte Troi. »Das ist bei uns der Fall.«

Picard trat in den Turbolift. Riker und Deanna folgten ihm stumm.

Es gab so viel zu sagen ... Es gab so viel, was Riker der Betazoidin erzählen wollte. Aber es herrschte noch immer Chaos in seinem mentalen Universum, und mangelnde Übung hinderte ihn daran, irgendeinen Gedanken zu projizieren. Er durfte nicht damit rechnen, daß sie bald Gelegenheit fanden, ein privates Gespräch zu führen. Eine planetare Mission stand ihnen bevor, und es ließ sich nicht ausschließen, daß sie dabei in Gefahr gerieten. Die Situation erforderte eine Zusammenarbeit, die allein auf Kompetenz und Sachlichkeit beruhte. Aber war so etwas überhaupt noch möglich – nach all dem, was hinter ihnen lag? Konnten persönliche Faktoren wirklich ganz und gar ausgeschlossen werden? Riker erinnerte sich an ihre letzte Begegnung im Kunstmuseum, an den Abschied ohne Worte und ohne einen letzten Gruß. Wußte Deanna, wie sehr er das bedauerte? Wußte sie, daß er damals gar nicht hatte schweigen wollen, sondern daß es sein Wunsch gewesen war, mit ihr zu sprechen? Hatte sie vielleicht über all die Jahre hinweg Groll gegen ihn gehegt, weil sie nicht verstand, was ...

Erneut vernahm Riker die telepathische Stimme, die seinem Ich sanfte Gedanken entgegentrug. *Ich wollte vermeiden, daß es ein endgültiger Abschied wird, Imzadi.*

Erleichterung durchströmte Will. Eigentlich hätte er es besser wissen sollen. Ihm hätte klar sein müssen, daß Deanna immer noch an die schicksalhaften Kräfte glaubte, die sie damals zusammengeführt hatten und nun vielleicht das Fundament einer neuen Beziehung bilden konnten.

Er wußte nicht, wohin diese *neue* Beziehung führen würde und was schließlich ihr Resultat sein mochte, aber ... was auch immer in Zukunft geschah – sie würden es gemeinsam erleben.

Es dauerte eine Weile, bis sie sich daran gewöhnten. Zuerst waren sie versucht, das Etwas zwischen ihnen dort fortzusetzen, wo sie es unterbrochen hatten. Doch schon nach kurzer Zeit stellte sich die Sinnlosigkeit eines solchen Unterfangens heraus. Zuviel Zeit war verstrichen. Keiner von ihnen fand eine Möglichkeit, die Kluft zu überbrücken, die sich zwischen ihnen gebildet hatte. Sie waren heute nicht mehr die jungen Leute von damals, sondern Starfleet-Offiziere.

Sie wußten auch nicht genau, was passieren würde, wenn sie noch einmal das Feuer der Leidenschaft entzünden würden, das damals so heiß gebrannt hatte. Wenn es nicht klappte, wenn irgend etwas schiefging, würde es sicherlich zu Spannungen während ihrer späteren Zusammenarbeit kommen. Es bestand durchaus die Möglichkeit, daß eine neue Affäre früher oder später in einem neuerlichen Fiasko endete, denn die bisherigen Vorhersagen in Hinsicht auf Charakter und Entwicklung hatten sich als wahr erwiesen. Riker ließ gute Gelegenheiten nur selten ungenutzt verstreichen. Und Troi war auf den Geschmack gekommen, soweit es die körperlichen Aspekte der Sexualität betraf. Sie experimentierte gern und hatte die vergangenen Jahre nicht in einem Kloster verbracht.

Sich wieder zu lieben, wieder ein Paar zu bilden, wie damals im Dschungel von Jalara – damit waren jetzt gewisse Probleme verbunden. Deshalb beschlossen sie, nichts zu überstürzen. Sie hatten zuviel erreicht, um jetzt alles aufs Spiel zu setzen.

»Die Zeit rückt alles an seinen richtigen Platz«, sagte Deanna. Und so nahmen sie sich Zeit.

Leider werden das Verhalten von Humanoiden und die Interaktionen zwischen ihnen auch und gerade von Trägheit bestimmt. Deanna Troi und William Riker arbeiteten gemeinsam an Bord der Enterprise, *und die Jahre vergingen. Das Verhältnis zwischen ihnen ruhte, und ein spezielles Trägheitsmoment sorgte dafür, daß es dabei blieb.*

Sie wären nur dann bereit gewesen, aus eigenem Antrieb aktiv zu werden, wenn sie den Eindruck gewonnen hätten, daß sie irgend etwas zu hindern drohte, von sich aus die Initiative zu ergreifen. Aber eine derartige Möglichkeit erschien ihnen absurd.

Sie glaubten, alle Zeit der Welt zu haben.

Bis zur Friedenskonferenz mit den Sindareen …

33

Riker lag auf dem Rücken und starrte in die Dunkelheit seines Quartiers.

Er hatte die Hände hinter dem Kopf gefaltet und fühlte ein weiches Kissen darunter. Schon seit einer Stunde versuchte er vergeblich, Schlaf und Ruhe zu finden.

Das Bemühen, die eigenen Empfindungen zu sortieren und zu analysieren, schien mit den Stunden nicht einfacher, sondern immer schwerer zu werden. Er erinnerte sich an eine Begegnung vor einigen Jahren in Deannas Quartier ... und an seine damalige Stimmung, die sich genau wie die der Counselor am besten mit ›melancholischer Romantik‹ umschreiben ließ, und zumindest bei Riker war hinzu noch die entspannende Wirkung von Synthehol gekommen. Eins hatte zum anderen geführt, und ein freundlicher Gute-Nacht-Kuß hatte sich plötzlich in etwas Leidenschaftliches verwandelt.

Dann jedoch hatte Deanna mit leiser Stimme zu ihm gesprochen und ihn gebeten, rechtzeitig aufzuhören. Sie hatte ihn daran erinnert, welche Schwierigkeiten sich aus einer engeren Beziehung ergeben würden, solange sie zur Crew desselben Raumschiffs gehörten. Doch während sie die mahnenden Worte formuliert hatte, hatte etwas anderes an ihr Bereitschaft signalisiert ...

Trotzdem war Riker zurückgewichen. Deannas Stimme hatte den Synthehol-Dunst in seinem Bewußtsein gelichtet und jähe Nüchternheit gebracht. Er entsann sich daran, welche Grenzen sie sich selbst gesetzt hatten.

Das hatte genügt – und zwischen ihnen war nicht mehr geschehen.

Obwohl er sich mehr gewünscht hatte. Ebenso wie Deanna.

Aber *was* wünschten sie sich eigentlich? Eine flüchtige Befriedigung? Oder vielleicht eine Rückkehr zu dem, was einst zwischen ihnen gewesen war?

Möglicherweise hatten sie sich etwas vorgemacht. Auf der einen Seite Riker, Erster Offizier der *Enterprise,* ein Mann, der einen hohen Platz in der Kommando-Hierarchie einnahm. Auf der anderen Seite Deanna Troi, Bordcounselor und Expertin für das Emotionale. Sie hatten geglaubt, ihre Beziehung und ihre Gefühle kontrollieren – sie gewissermaßen ein- und ausschalten – zu können, ganz nach Belieben.

Wie realistisch war eine solche Einschätzung? In der Dunkelheit stellte sich Will vor, wie Deanna in Dhanns Armen lag und ihm etwas zuflüsterte ...

Hörte der Luss die gleichen zärtlichen Bemerkungen von ihr wie damals er?

Irgendwann beruhigte sich der Aufruhr in Riker, und daraufhin döste er in der Überzeugung ein, daß am nächsten Morgen alles ganz anders aussehen würde.

Er wußte nicht, wieviel Zeit verstrichen war, als ihn *etwas* veranlaßte, sich so plötzlich aufzusetzen, daß ihm schwindelig wurde.

Jemand befand sich im Raum. Über das Wie und Warum vermochte Riker nichts zu sagen. Er spürte nur eine Präsenz, die sich in einer Ecke verbarg, im Dunkeln lauerte und ...

»Lich ...«, begann er, bekam jedoch keine Chance, das Wort ganz auszusprechen.

Eine Hand hielt ihm den Mund zu, und er sank aufs Bett zurück.

Riker setzte sich zur Wehr und versuchte, die Hand fortzuschieben. Er griff nach oben und ertastete das Gesicht des unbekannten Angreifers, spürte pergamentartige Haut und einen Bart.

Eine Stimme erklang. »Licht an!«

Riker erstarrte. Die Stimme ... Sie hatte vertraut geklungen.

Es wurde hell im Zimmer. Will blinzelte, und wieder ertönte die Stimme. »Halbe Leuchtstärke.«

Aus dem grellen Gleißen wurde mattes Schimmern. Riker sah erneut zu dem Fremden auf und bekam nun Gelegenheit, ihn zu mustern.

Graues Haar. Und ein dichter, ebenfalls grauer Bart. Die Haut faltig und alt. Doch die Augen ... Entschlossenheit loderte in ihnen.

Das Gesicht ...

Will begriff plötzlich, daß er sich selbst sah, einen um mehrere Jahrzehnte älteren Riker.

»Sei still!« zischte der andere, fast greisenhafte Riker. »Wir haben nicht viel Zeit.«

Will riß die Augen auf. Er glaubte, in den Wirren eines besonders seltsamen Traums gefangen zu sein, und aus einem Reflex heraus setzte er sich erneut zur Wehr. Wieder versuchte er, die Hand von seinem Mund zu lösen.

»Hast du nicht gehört?« brummte der Alte. »Bleib endlich still liegen, du Narr! Praktisch jeden Augenblick könnte hier jemand eintreffen und versuchen, mich an meinem Vorhaben zu hindern. Lieg still und hör mir gut zu. Du mußt bereit sein, dich ganz genau an meine Anweisungen zu halten. Deanna Trois Leben hängt davon ab.«

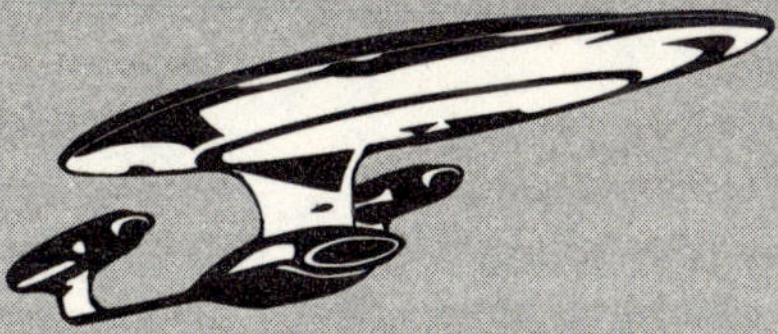

FOCUS

34

Der Kustos des Nationalarchivs von Betazed schüttelte Admiral Riker die Hand und deutete eine Verbeugung an. »Ich möchte mich ausdrücklich dafür bedanken, daß Sie uns Lwaxana Trois Sachen überlassen haben, Admiral. Sie stellen eine wertvolle und sehr willkommene Erweiterung der hiesigen Sammlung dar.«

Riker lächelte gleichgültig. »Das freut mich. Wenn Sie mich nun bitte entschuldigen würden. Ich glaube, ich werde gleich abgeholt.«

»Ja«, erwiderte der Kustos. »Die *Enterprise* ist gekommen, um Sie nach Hause zu bringen.«

»Reiner Zufall.« Riker lächelte erneut. »Sie hat sich in der Nähe befunden, das ist alles. Es bedeutet keineswegs, daß ich wichtig bin oder dergleichen.«

»Jetzt untertreiben Sie, Admiral. Einige von uns erinnern sich noch immer daran, wie Sie damals mit den Sindareen fertig geworden sind. Wir haben es Ihnen zu verdanken, daß keine weiteren Angriffe erfolgt sind.« Der Kustos runzelte die Stirn. »Es ist nur bedauerlich, daß sie während der letzten zehn Jahre noch aggressiver geworden sind. Offenbar kehren sie immer mehr zu ihrer kriegerischen Art zurück. Wirklich schade.«

»Ja«, pflichtete ihm Riker bei, dem es nur darum ging, das Archiv so schnell wie möglich zu verlassen.

Ein vertrautes Summen erklang in unmittelbarer Nähe, und Riker grinste plötzlich. Er empfand nicht nur Erleichterung, sondern freute sich auch.

»Commodore Data ...«, sagte er. »Es ist mir eine

Freude, Sie wiederzusehen. Sie sehen noch immer so aus wie damals.«

Data neigte den Kopf ein wenig zur Seite. »Warum sollte ich anders aussehen, Admiral?«

Riker lachte leise. »Inzwischen haben Sie sicher eine Menge dazugelernt, aber das Phänomen des Humors verstehen Sie noch immer nicht. Ich finde es tröstlich zu wissen, daß einige Dinge unverändert bleiben.«

»Wie Sie meinen, Sir.« Data deutete auf seinen Begleiter. »Sie erinnern sich bestimmt an meinen wissenschaftlichen Offizier, Lieutenant Blair.«

»Ja, natürlich.« Riker schüttelte dem großen, pelzigen Wesen die Hand. »Nun, meine Herren … Ich schlage vor, wir machen uns sofort auf den Weg.«

»Wenn Sie hier fertig sind, Admiral …«, sagte Data.

Riker richtete einen fragenden Blick auf den Kustos.

»Soweit es uns betrifft, Admiral, ist hier alles erledigt«, sagte der Betazoide. »Allerdings … Eine Frau ist vorbeigekommen. Ich glaube, sie hieß … Wendy. Sie bat um Ihren Besuch, bevor Sie den Planeten verlassen.«

»Wir können warten, wenn Sie möchten, Admiral«, bot Data an.

Riker schüttelte den Kopf. »Nein«, sagte er leise. Einmal mehr fühlte er sich von der Melancholie erfaßt, die ihn seit Jahren ständig begleitete. »Nein. Ich habe es nie besonders gut verstanden, mich auf diesem Planeten zu verabschieden.«

Data gab nicht vor, die Bedeutung dieser Worte zu verstehen, aber er verzichtete auf eine Frage. »*Enterprise* – drei Personen für den Transfer.«

Ein Transporterstrahl erfaßte den Androiden und seine beiden Begleiter und trug sie fort.

Als Riker an Bord der *Enterprise* materialisierte, fühlte er so etwas wie Stolz. Doch schon wenige Sekunden später wurde ihm klar, daß es sich nicht um das gleiche Raumschiff wie damals handelte – eine solche

Enterprise würde es nie wieder geben können. Sie symbolisierte eine wahrhaft einzigartige, unwiederholbare Phase seines Lebens, wahrscheinlich sogar den Höhepunkt seiner Existenz. Was danach gekommen war, ließ sich nicht mit der Aufregung und Freude bei jener ersten Mission unter dem Kommando von Picard vergleichen.

Natürlich nutzte er die Möglichkeit, das Schiff zu inspizieren und einen Eindruck von den vielen Neuerungen zu gewinnen. Aber schon nach erstaunlich kurzer Zeit verlor er das Interesse daran, zog sich in seine Kabine zurück und lauschte der inneren und äußeren Stille, an die er so gewöhnt war.

Irgendwann kam Data und teilte ihm mit, daß sie bald Starbase 86 erreichen würden.

»Danke«, antwortete Riker schlicht und starrte wieder aus dem Fenster.

»Etwas scheint Sie zu bedrücken, Admiral«, sagte der Androide.

»Ich beobachte die Sterne.« Riker lächelte dünn. »Manche Leute glauben, daß die Sterne über uns entscheiden und wir gar keine Kontrolle über unser Schicksal haben. Wenn ich mich recht entsinne, schrieb Shakespeare: ›Die Schuld liegt bei den Sternen.‹«

»Das stimmt nicht, Admiral.«

»Halten Sie es für absurd zu glauben, interstellare Phänomene könnten irgendeinen Einfluß auf die Angelegenheiten der Menschen ausüben?«

»Nein, Sir. Man muß nicht extra auf das Offensichtliche hinweisen. Nein, ich wollte nur feststellen, daß Sie Shakespeare falsch zitiert haben.«

»Tatsächlich?«

»Ich nehme an, Sie beziehen sich auf Julius Cäsar, erster Akt, zweite Szene. Dort heißt es: ›Einmal ist jeder seines Schicksals Meister: Nicht durch die Schuld der Sterne, lieber Brutus, durch uns're Schuld nur sind wir minderwertig.‹«

»Ach.« Riker dachte darüber nach. »Da habe ich tatsächlich was durcheinandergebracht, wie? Von wem stammen die Worte?«

»Von Shakespeare, Sir. In diesem Punkt haben Sie sich nicht geirrt.«

»Nein, ich meine, wer sie in dem Drama spricht.«

»Cassius richtet sie an Brutus. Das sind die beiden Verschwörer, die später Julius Cäsar ermorden.«

»Hmm. Eigentlich seltsam. Menschen, die entscheiden, ihr Schicksal selbst in die Hand zu nehmen. Und dazu sind sie nur imstande, indem sie jemanden umbringen, den sie sehr bewundern.«

»Es ist mir immer ein Rätsel gewesen, wie Menschen im Namen des Moralischen unmoralische Dinge anstellen können. An der Absicht, das eigene Schicksal selbst in die Hand zu nehmen, gibt es sicher nichts auszusetzen. Aber kann man Mord billigen oder gar begrüßen?«

»Manchmal ... muß man tun, was man für richtig hält, Data. Manchmal zwingen einen die Umstände, eine Entscheidung zu treffen, ohne sich um die Konsequenzen zu scheren.«

Riker schwieg, und Data stand auch weiterhin neben ihm. Das Schweigen dauerte an, ohne daß der Admiral deshalb Unbehagen spürte.

»Captain Picard hat es anfangs als Belastung empfunden, wenn ich auf diese Weise neben ihm weilte, still und reglos«, sagte der Androide nach einer Weile.

»Ja?« Riker zuckte mit den Schultern. »Was mich betrifft ... Es gibt kaum mehr etwas, das mich belastet.«

Data schien genau zu verstehen, was er meinte.

»Wegen Deanna Troi?«

Will drehte den Kopf. »Viel Zeit ist seit damals vergangen, Data«, sagte er dumpf. »Viel Zeit.«

Der Androide wirkte nachdenklich – einen solchen Anblick bot er nicht oft. »Admiral ... Mir sind Dinge bekannt, die Ihnen helfen könnten, Ihren Kummer zu überwinden – wenn Sie alles aus der richtigen Perspektive sehen.«

»Glauben Sie?« Riker klang eher amüsiert. »*Was* wissen Sie, Data?«

Der Androide zögerte und gab schließlich eine Antwort, die Will nicht von ihm erwartet hatte.

»Nach meinen Informationen... lebt Deanna Troi noch, irgendwo.«

Einige Sekunden lang hing diese Bemerkung zwischen Data und Riker in der Luft. Dann reagierte Will mit einem Lächeln. »Sind Sie zum Philosophen geworden?«

»Ich verstehe nicht ganz, Sir ...«

»Sie meinen, daß Deanna in unseren Herzen und Erinnerungen weiterlebt, nicht wahr?«

»Nein, Sir. Sie existiert in einer alternativen Zeitlinie.«

Rikers Lächeln erstarrte zunächst und löste sich dann langsam auf. »Wovon reden Sie da?« brachte er hervor.

Data nahm Platz. Es gab mehrere Möglichkeiten, die Hintergründe zu erklären. Er wählte den einfachsten Weg.

»Bevor wir Betazed erreicht haben, haben wir dem Wächter der Ewigkeit einen Besuch abgestattet«, begann der Androide. »Sind Sie mit den Fähigkeiten dieser Entität vertraut?«

»Natürlich«, erwiderte Riker ungeduldig.

»Während meines Aufenthalts auf dem Planeten zeigten mir die dort tätigen Wissenschaftler eine temporale Irregularität. Man kann sie auch als alternative Zeitlinien oder Paralleluniversen bezeichnen. Aus der Geschichte der Föderation sind mehrere derartige Irregularitäten bekannt. Denken Sie nur an das Paralleluniversum, in dem Krieg zwischen dem klingonischen Imperium und der Föderation herrschte und aus dem Tasha Yar in unsere Zeitlinie und/oder Paralleluniversum wechselte und Mutter von Seia wurde. Ein zweites Beispiel betrifft James Kirk und einige seiner Offiziere: Sie bekamen es damals sozusagen mit einem Spiegelbild unserer Wirklichkeit zu tun ...«

»Das weiß ich alles! Himmel, Data – was hat das mit Deanna zu tun?«

»Eine ganze Menge, Sir. Die Zeitlinien und/oder Paralleluniversen ...«

»Hören Sie endlich damit auf, einen Doppelbegriff zu verwenden. Entscheiden Sie sich für einen Ausdruck und bleiben Sie dabei.«

Data blinzelte. Seit etwa fünf Minuten zeigte Riker mehr Temperament als in den gesamten fünf vergangenen Jahren. »In diesem Zusammenhang geht es um den Anfang solcher ... Zeitströme?« Er verlieh dem letzten Wort einen fragenden Klang, um herauszufinden, ob Riker mit der Terminologie einverstanden war.

Der Admiral nickte und forderte ihn mit einem Wink auf, den Vortrag fortzusetzen.

»Niemand weiß, wie viele Zeitströme es gibt – vielleicht unendlich viele. Offenbar kommt es unter bestimmten Umständen zu ... Verzweigungen. Der wissenschaftliche Offizier Spock sprach von sogenannten *Fokuspunkten*. Edith Keeler stellte einen solchen Fokuspunkt dar: Sie lebte, obwohl die historische Struktur ihren Tod vorsah. Der Wächter zeigt die Entwicklung von Ereignissen. Seine Projektionen werden aufgezeichnet und gründlich analysiert. Gelegentlich finden die Spezialisten dabei einen alternativen Zeitstrom.«

Riker schluckte. »Und in Hinsicht auf Deanna hat man einen entdeckt?«

»Ja, Sir. Er betrifft Deanna Trois Tod während der damaligen Friedenskonferenz. In dieser anderen Realität starb die Counselor jedoch nicht.«

»Wie gelang es ihr, am Leben zu bleiben?« Rikers Stimme war jetzt kaum mehr als ein Flüstern.

»Das weiß man noch nicht. Es hat sich jedoch folgendes herausgestellt: Deanna Troi ist bei der Konferenz zugegen gewesen und hat mit Hilfe ihrer empathischen Fähigkeiten festgestellt, daß die Sindareen gar keinen Frieden wollen. Aufgrund ihrer Hinweise ist es gelungen, die Sindareen zu entlarven: Sie haben die Friedenskonferenz nur als ein Mittel nutzen wollen, um mit der finanziellen Hilfe des interstellaren Völkerbundes ihre Wirtschaft wieder in Ordnung zu bringen und insgeheim aufzurüsten. Ihr Plan hat darin bestanden, in einigen Jahren mit einem neuen Krieg zu beginnen.«

»In unserer Wirklichkeit ist das tatsächlich geschehen«, warf der Admiral ein.

»Ja, Sir. In unserem Zeitstrom – den wir als den richtigen erachten – sind die Sindareen ein mächtiges Volk. Im Paralleluniversum sieht die Sache anders aus. Dort hat die Föderation weitere Verhandlungen abgelehnt, was letztendlich zu einem Zusammenbruch der Sindareen-Ökonomie geführt hat. Daraufhin hat die interstellare Völkergemeinschaft Wirtschaftshilfe geleistet, allerdings unter viel kontrollierteren Bedingungen. Was dazu geführt hat, daß die Sindareen während des Wiederaufbaus einen großen Teil ihrer Aggressivität verloren haben.«

»Und Deanna hat überlebt.« Riker sah Data an, und in seinen Augen funkelte es. »Sie ist nicht gestorben.«

»Das stimmt, Sir. Und deshalb, Admiral ... Trauern Sie nicht länger. In unserer Realität ist Counselor Trois Tod eine sehr tragische Sache gewesen, aber es gibt so etwas wie eine ›kosmische Gerechtigkeit‹. In dem anderen Zeitstrom ist Deanna am Leben geblieben und hat Großartiges erreicht.«

Riker schwieg eine Zeitlang – dann schien er mit einem leisen Selbstgespräch zu beginnen. Er murmelte und flüsterte und erweckte dabei den Eindruck, eine Diskussion zu führen, bei der er alle verschiedenen Standpunkte selbst vertrat.

»Admiral?«

Riker stand auf und streckte die Hand aus. Data vermutete, daß der alte Mann gestützt werden wollte, doch Wills Hand schloß sich viel zu fest um seine Schulter. Der Griff vermittelte keine Schwäche, ganz im Gegenteil, er kündete von jäher Entschlossenheit. In den Augen des Admirals brannte nun ein seltsames Feuer.

»Ändern Sie den Kurs«, sagte Riker heiser.

»Wie bitte?«

»Sie sollen den Kurs ändern. Wir kehren nach Betazed zurück. Und zwar mit Höchstgeschwindigkeit.«

»Sir, ich möchte Ihnen gern entgegenkommen, aber ...«

»Ändern Sie den Kurs, Data!« donnerte Riker mit plötzlichem Zorn. *»Ich befehle es Ihnen als Ihr vorgesetzter Offizier! Gehorchen Sie, verdammt! Sonst enthebe ich Sie Ihres Kommandos und steuere das Schiff selbst!«*

35

Es dauerte einen ganzen Tag, um alle notwendigen Genehmigungen von der betazoidischen Regierung zu bekommen. Data beeilte sich, denn er wußte, wenn er nicht innerhalb kurzer Zeit die offizielle Erlaubnis bekam, Deanna Trois Leiche aus dem Familiengrab zu holen und an Bord der *Enterprise* zu untersuchen, würde sich Riker vielleicht dazu hinreißen lassen, alles selbst in die Hand zu nehmen. Derzeit schien er fähig zu sein, sich auf den Planeten zu beamen und den Leichnam huckepack zum Raumschiff zu tragen.

Riker schwieg nun, doch sein Schweigen brachte keine Ruhe zum Ausdruck. Man konnte deutlich sehen, wie sehr es in ihm arbeitete. ›Kontrollierte Verzweiflung‹ – damit ließ sich sein Zustand am besten beschreiben. Stocksteif stand er da, als der Stasissarg mit Deanna über der Plattform des Frachttransporters materialisierte. Einige Antigravmodule waren an dem Behälter befestigt und ließen ihn schweben.

Data, Blair, der Bordarzt Hauman sowie zwei Medo-Techniker nahmen den Sarg in Empfang. Der hochgewachsene und braunhaarige Hauman richtete einen fragenden Blick auf den Kommandanten. »Habe ich das richtig verstanden, Sir? Sie möchten, daß ich eine Autopsie durchführe, und zwar an einer vier Jahrzehnte alten Leiche?«

»In der Tat«, bestätigte Data und seufzte fast.

Riker hob die Hand. »Einen Augenblick«, sagte er, als die Medo-Techniker nach den Manövrierkontrollen des Behälters griffen. »Hauman... Nehmen Sie eine

Sondierung mit Ihrem Tricorder vor. Halten Sie nach Bio-Signalen Ausschau.«

Hauman starrte den Admiral groß an. »Rechnen Sie damit, daß ich welche finde?«

Riker maß ihn mit einem kühlen Blick. »Ich erwarte von Ihnen, daß Sie meinem Befehl gehorchen.«

Hauman kam der Aufforderung nach und hielt einen medizinischen Scanner über den reglosen Leib. Die Indikatoren reagierten nicht.

»Kein einziges Signal«, sagte der Arzt. »Tut mir leid, Admiral, aber dies hier ist nichts weiter als ein vierzig Jahre alter Leichnam.«

»Da irren Sie sich«, widersprach Riker. »Es ist Hoffnung, wo es zuvor keine Hoffnung gegeben hat. Bringen Sie den Stasissarg nun zur Krankenstation.«

»Was soll ich dort damit anfangen?«

»Finden Sie heraus, woran Deanna Troi gestorben ist.«

»Sir… Sollte man nicht annehmen, daß die Todesursache bei der damaligen Autopsie festgestellt wurde?« erkundigte sich Hauman.

»Ja, das sollte man.« Riker sprach jetzt ganz ruhig. »Befassen Sie sich deshalb auch mit den damals aufgezeichneten Daten.«

»Und?«

»Und halten Sie nach etwas Ausschau, das darin fehlt.«

Riker wartete in seinem Quartier, während Hauman die Autopsie vornahm. Er dachte daran, auf welche Weise derartige Untersuchungen noch vor einigen Jahrhunderten stattgefunden hatten. Seine Phantasie zeigte ihm Bilder von Skalpellen, die durch totes Fleisch schnitten, den Körper völlig verstümmelten und…

So etwas geschah mit Deanna natürlich nicht. Haumans Untersuchungen waren zweifellos wesentlich gründlicher – ohne daß er der Toten auch nur ein Haar krummte. Dennoch, die Vorstellung, daß Deannas Körper – trotz aller Rücksichtnahme – jetzt wie ein großes Stück Fleisch behandelt wurde ... Riker hatte es schon einmal erlebt. Ein zweites Mal wäre zuviel für ihn gewesen.

Er sah aus dem Fenster und beobachtete den Planeten Betazed, der sich ruhig und gelassen unter dem Raumschiff drehte. *Imzadi,* dachte er, und seine Gedanken galten einer Frau, die seit fast zwei Generationen keine Antwort mehr gab. *Imzadi ... Bitte sag mir, daß ich nicht den Verstand verliere.*

Der Türmelder summte.

»Herein«, sagte Riker sofort.

Data und Dr. Hauman kamen ins Zimmer. Das Gesicht des Androiden blieb wie üblich fast völlig ausdruckslos, doch die Miene des Menschen deutete darauf hin, daß irgend etwas geschehen war. Etwas, das den Arzt sehr überraschte.

Allein dieser Umstand genügte, um Hoffnung in Riker aufkeimen zu lassen. »Nun?« fragte er und gestikulierte ungeduldig. »Was haben Sie entdeckt?«

»Es ist ...« Hauman schnitt eine Grimasse. »Es ist ... äußerst verwirrend.«

»Was meinen Sie?«

»Offenbar haben wir es hier mit einem Paradoxon zu tun, Admiral«, verkündete Data.

»Ach? Bitte seien Sie so freundlich, es mir zu erklären. Das heißt ... Warten Sie. *Ich* erkläre es *Ihnen.*«

Riker stand auf und sah Hauman an. »Sie haben Spuren einer Substanz gefunden, die zum Zeitpunkt von Deannas Tod überhaupt noch nicht existiert hat«, sagte er langsam.

»Das ... stimmt, Sir«, bestätigte der Arzt. Es erfüllte ihn mit Verlegenheit, daß er den Sinn einer Autopsie in Frage gestellt hatte. Außerdem schien Riker ihm einen Schritt voraus zu sein. »Wir haben Raxatozin gefunden, und zwar in einer so geringen Quantität, daß die damaligen medizinischen Sensoren nicht darauf reagieren konnten. Deshalb haben die Scanner und Tricorder bei der ersten Autopsie auch nicht auf die Existenz einer unbekannten Substanz hingewiesen.«

»Raxatozin«, wiederholte Riker. »Das ist ein Gift, nicht wahr?«

»Ja, Sir. Es verursacht genau die Symptome, die zum Tod von Deanna Troi geführt haben. Mit anderen Worten: Es bewirkt einen massiven kardiovaskulären Kollaps. Man hat Raxatozin erst vor dreizehn Jahren entwickelt, und bis vor fünf Jahren ließ sich das Mittel bei Untersuchungen nicht nachweisen.«

»Wie wird es verabreicht?«

»Da gibt es mehrere Möglichkeiten. Eine Injektion zum Beispiel. Das Gift kann auch mit der Nahrung aufgenommen oder eingeatmet werden.«

»Na schön.« Riker holte tief Luft. »Ist Deannas Leiche ins Familiengrab auf Betazed zurückgebracht worden?«

»Ja, Sir«, erwiderte der Androide.

»Gut. Mr. Data ...« Riker rieb sich die Hände. »Dann bringen Sie uns zum Wächter der Ewigkeit.«

Einige Sekunden lang herrschte Stille, und dann wandte sich Data an den Arzt. »Ich danke Ihnen, Doktor. Das ist alles. Bitte fügen Sie Ihren Untersuchungsbericht der elektronischen Akte von Deanna Troi hinzu und veranlassen Sie eine Zugangsbeschränkung.«

Hauman nickte und ging zur Tür.

Riker sah zu Data. »Was ...«, begann er verwirrt.

Data unterbrach ihn mit einer knappen Geste und bedeutete ihm, zunächst zu schweigen. Will wartete, bis der Arzt das Quartier verlassen hatte. »Was ist los, Data?« fragte er dann.

»Ich wollte nicht, daß uns Hauman auch weiterhin Gesellschaft leistet, weil ... Vielleicht lassen Sie die eine oder andere belastende Bemerkung fallen, und in dem Fall möchte ich vermeiden, daß Zeugen zugegen sind.«

»Belastende Bemerkungen?« Riker versuchte, seinen Ärger unter Kontrolle zu halten. »Was soll das heißen? Verstehen Sie denn nicht, was passiert ist?«

»Die Schuld trifft mich, Sir. Ich habe gewisse Informationen mit Ihnen geteilt, in der Hoffnung, daß Sie dadurch besser imstande sind, Ihren Kummer zu überwinden. Statt dessen ziehen Sie nun das Undenkbare in Erwägung. Ich glaube, Ihre Absichten zu erkennen. Sie wollen den Wächter der Ewigkeit benutzen, um in die Vergangenheit zu reisen und Counselor Troi das Leben zu retten. Es käme einer Veränderung der Geschichte gleich.«

»Nein, Data. Eben nicht. Es geht mir darum, einen Fehler in der historischen Struktur zu korrigieren.« Riker konnte seine Aufregung nicht länger im Zaum halten und begann mit einer unruhigen Wanderung durchs Zimmer. »Deanna sollte gar nicht sterben! Jemand ist aus unserer Gegenwart – oder vielleicht auch aus der Zukunft – ins Damals gereist und hat sie vergiftet!«

»Das wissen wir nicht.«

»Wir haben sogar einen *Beweis* dafür! Das Gift kam aus der Zukunft! Vielleicht sogar aus unserer eigenen. Oder aus Deannas subjektiver Zukunft, die unsere Vergangenheit darstellt. Oder ...« Riker unterbrach sich. »Meine Güte, wenn man über Zeitreisen spricht, wird's schnell kompliziert.«

»Ich weiß, worauf Sie hinauswollen, Sir. Aber vielleicht übersehen Sie folgenden Punkt: Raxatozin kommt auch in der Natur vor. Es handelt sich nicht um eine durch und durch künstliche Substanz. Es wäre also denkbar, daß Counselor Troi durch eine Verkettung unglücklicher Umstände mit dem Gift in Kontakt geraten ist.«

»Das ist möglich, aber nicht sehr wahrscheinlich,

Data. Sie haben recht gehabt, als Sie Deanna als Fokuspunkt bezeichnet haben. Doch im Vergleich mit Edith Keeler verhält es sich bei ihr genau umgekehrt: Sie sollte nicht sterben, sondern leben. Unsere Welt, unsere Geschichte … Mein Gott! Dies hier ist der *falsche* Zeitstrom!«

»Sie hoffen, mit Hilfe des Wächters der Ewigkeit alles in Ordnung zu bringen?«

»Ja, genau.«

Datas Gesichtsausdruck veränderte sich nicht, aber subtile Anzeichen deuteten darauf hin, daß er konzentriert überlegte. Vermutlich führte er eine umfassende Situationsanalyse durch.

»Admiral … Ich kann Ihnen nicht erlauben, Ihren Plan zu verwirklichen.«

»Wenn ich Ihnen den direkten Befehl dazu gebe …«

Data schüttelte den Kopf. »Nein, Sir. Das hat keinen Zweck. Es nützt Ihnen nichts, sich auf Ihren höheren Rang zu berufen. In dieser Hinsicht lassen die Starfleet-Vorschriften nicht den geringsten Interpretationsspielraum. Seitdem die erste *Enterprise* den Katapult-Effekt benutzt hat, um in die Vergangenheit zu gelangen, gibt es strenge Richtlinien, die für alle Zeitreisen gelten. Die wichtigste von ihnen lautet: Man darf keinen Einfluß auf die stattfindenden Ereignisse nehmen.«

»Verdammt, Data: Es *hat* schon jemand Einfluß darauf genommen!«

»Das wissen wir nicht genau. Unsere Gewißheit beschränkt sich darauf, daß es die Starfleet-Vorschriften zu beachten gilt.«

»Zum Teufel mit den Vorschriften!« Riker stand dicht vor Data und ballte wütend die Fäuste. »Deannas Leben steht auf dem Spiel.«

»Deannas Leben kann gar nicht auf dem Spiel stehen, Admiral. Weil sie tot ist, und zwar schon seit vierzig Jahren.« Datas Ruhe bildete einen auffallenden

Kontrast zu Rikers Zorn. »Ihr Tod hat maßgeblich dazu beigetragen, das Universum zu formen, in dem wir leben.«

»Wenn das stimmt, möchte ich den Rest meines Lebens nicht in diesem Zeitstrom verbringen. Ich wechsle in den anderen, so wie Tasha Yar.«

»Unmöglich, Admiral. Wenn Sie das Tor des Wächters durchschreiten, gefährden Sie Leben und Realität zahlloser Personen. Seit Counselor Trois Tod haben sich viele Dinge zugetragen. Zum Beispiel ... Ich habe mich weiterentwickelt und bin heute der Kommandant eines Raumschiffs. Und Sie sind für eine ganze Starbase verantwortlich.«

Riker lachte bitter.

»Und Wesley hat ein eigenes Kommando«, fuhr Data fort. »Geordi, Worf, Alexander ... Sie alle haben ihr Leben so verbracht, wie es das Schicksal für sie vorgesehen hat. In den vier Jahrzehnten nach Deannas Tod sind zahlreiche Individuen geboren worden und gestorben. Die Geschehnisse haben sich so entwickelt, wie sie sich entwickeln sollten. Sie können jetzt nicht einfach das Buch der Geschichte öffnen, ein Kapitel daraus streichen und es neu schreiben.«

»Und wenn ich mich an Starfleet Command wende?« fragte Riker. »Wenn ich den Fall in aller Deutlichkeit schildere?«

»Das ist natürlich Ihr gutes Recht«, räumte Data ein. »Ich bezweifle jedoch, daß Starfleet bereit ist, die gesamte gegenwärtige Realität zu riskieren, um eine einzelne Person zu retten.« Riker blieb still, und Data deutete sein Schweigen als Hinweis darauf, daß er zu verstehen begann. »Sie sollten auch an folgendes denken, Admiral. Ihnen geht es nur darum, Deanna zu retten. Aber selbst wenn Ihnen das gelingt, könnten Sie damit alles noch viel schlimmer machen. Sie kennen vierzig Jahre subjektive Zukunft, und ein falsches Wort zur falschen Zeit würde vielleicht genügen, um eine verheerende Lawine aus Konsequenzen zu verursachen. Wissen ist Macht, wie es so schön heißt. Und das Wissen um die Zukunft kommt einer *Allmacht* gleich. Niemand von uns ist weise genug, um eine solch kolossale Macht richtig zu nutzen. Das Verbot, Einfluß auf Entwicklungen in der Vergangenheit zu nehmen, hat daher mindestens ebensoviel Sinn wie die Erste Direktive. Manchmal fällt es schwer, diese Vorschrift einzuhalten – aber es ist notwendig.«

Riker kehrte Data den Rücken zu, und der Androide beobachtete, wie die Schultern des Admirals langsam nach unten sanken. Zuvor hatte er die Hände krampfhaft fest um die Tischkante geschlossen gehabt, doch jetzt erschlafften sie. Hoffnungslosigkeit löschte das Feuer des Temperaments.

Die alte Niedergeschlagenheit erklang wieder in seiner Stimme, als er murmelte: »Deanna ist … nicht wichtig genug?«

»Sie sind gewissenhaft und haben hohe ethische Grundsätze, Admiral. Daher sollten Sie wissen, daß man wegen einer einzelnen Person nicht die ganze Realität aufs Spiel setzen darf.«

»Na schön.« Riker seufzte müde. »Sie haben mich überzeugt. Vielleicht … wird es Zeit für mich, endlich einen Schlußstrich zu ziehen.«

»Das wäre sicher besser, Sir.«

Riker drehte sich um, und in seinem Gesicht sah Data jene Mutlosigkeit, die er schon einmal in den Zügen des Admirals gesehen hatte – auf Betazed.

»Bringen Sie mich nach Hause«, sagte er leise. »Lassen wir Deanna in Frieden ruhen.«

Der Rückflug zur Starbase 86 blieb ohne irgendwelche Zwischenfälle. Admiral Riker entfaltete keine plötzliche Aktivität und verließ nur selten seine Kabine. Data besuchte ihn mehrmals und versuchte, ihn in Gespräche über irgendwelche Routineangelegenheiten zu verwickeln. Manchmal fragte er ihn auch um Rat.

Riker antwortete jedesmal nur mit einigen knappen Worten. Er lehnte Gesellschaft nicht ab, doch er hieß sie auch nicht willkommen. Er ... existierte einfach nur noch und begegnete dem Rest der Welt mit Gleichgültigkeit.

Eine Zeitlang dachte Data an die Möglichkeit, daß Riker insgeheim Pläne schmiedete. Wartete er nur ab, bis sie Starbase 86 erreichten, um sich dann auf den Weg zum Wächter der Ewigkeit zu machen? Der Androide verabscheute es, die Privatsphäre des Admirals zu verletzen und das Mittel der List zu verwenden, doch in diesem Fall blieb ihm keine Wahl. Er schickte den Bordcounselor zu Riker, der sich bei der letzten kurzen Unterredung mit ihr als wenig kooperativ erwiesen hatte. Und wenn schon – der Counselor stammte von Betazed und verfügte über ein hohes telepathisches Potential, das ihn auch dort Antworten finden ließ, wo die Zunge – oder andere Sprechwerkzeuge – keine geben wollte. Data teilte dem Betazoiden mit, daß es besonders wichtig sei, Informationen darüber zu gewinnen, was den Admiral bewegte. Dieser Hinweis genügte. Der Counselor setzte seine speziellen Fähigkeiten ein und nahm eine zwar sanfte, aber recht gründliche mentale Sondierung vor.

Anschließend berichtete er genau das, was Data von ihm zu hören hoffte. »Admiral Riker ist sehr deprimiert, Commodore. Es gibt ein Wort, das seinen Zustand besser beschreibt als alle anderen: Resignation.«

»Er hat sich mit dem gegenwärtigen Stand der Dinge abgefunden?« vergewisserte sich Data.

»Und noch mehr als das: Er hat sich regelrecht ... aufgegeben.«

Eigentlich waren das gute Nachrichten für den Androiden, doch gleichzeitig hatte er das ... Gefühl, etwas verloren zu haben, und zwar den energischen, voller

Vitalität und Lebensfreude steckenden Riker der Vergangenheit.

Als sie Starbase 86 erreichten, packte der Admiral stumm seine Sachen, und Data begleitete ihn zum Transporterraum.

»Ich beame mich zusammen mit Ihnen in die Station, wenn Sie nichts dagegen haben«, sagte der Androide.

Riker zuckte mit den Schultern. »Bei uns ist jeder willkommen, und das gilt auch für den Kommandanten der *Enterprise.*« Es war der längste Satz seit vierundzwanzig Stunden.

Lieutenant Dexter begrüßte sie in der Starbase mit dem für ihn typischen schiefen Lächeln. »Freut mich, daß Sie zurück sind, Admiral. Ich hoffe, auf Betazed lief alles glatt.«

»Ja.« Riker nickte in Richtung seines Begleiters. »Kennen Sie Commodore Data?«

»Ich habe von ihm gehört«, sagte Dexter und schüttelte die Hand des Androiden.

Riker trat an ihnen vorbei und ging zu seinem Büro. Dexter wollte ihm folgen, doch Data hielt ihn zurück. »Der Admiral hat auf Betazed viel durchmachen müssen. Während der nächsten Tage sollten Sie ihn im Auge behalten.«

»Ist er etwa krank?« fragte Dexter nervös und sah Riker nach.

»Nein. Seine Probleme sind emotionaler Natur. Er ist sehr niedergeschlagen. Ich rate Ihnen, sich so zu verhalten wie immer. Und falls der Admiral ein Gebaren zeigt, das von der Norm abweicht … Bitte benachrichtigen Sie mich per Subraum-Kommunikation, falls so etwas geschieht.«

»Das verspreche ich Ihnen, Commodore.«

»Danke.« Etwas lauter fügte Data hinzu: »Ich muß jetzt zur *Enterprise* zurückkehren, Admiral. Wenn ich Ihnen noch irgendwie helfen kann …«

Riker blieb stehen und sah den Androiden traurig an. »Nein, Commodore. Sie haben mehr als genug für mich getan.« Er betrat das Büro, und hinter ihm schloß sich die Tür mit einem leisen Zischen.

Dexter schauderte. »Er scheint ziemlich weit unten zu sein.«

»Ja«, bestätigte Data. »Schon seit vierzig Jahren.«

»Morgen um diese Zeit trifft die *Chance* ein«, sagte Dexter. »Wir haben alle nötigen Vorbereitungen getroffen, um ihre Vorräte zu erneuern. Oh, und Starfleet hat noch einmal betont, wie wichtig es ist, daß der Papierkram pünktlich erledigt wird.«

Riker begegnete Dexters Blick. »Teilen Sie Starfleet folgendes mit: Der Papierkram wird pünktlich erledigt, sobald man uns Papier zur Verfügung stellt.«

Der jüngere Mann blinzelte. »Sir … Heutzutage wird praktisch kein Papier mehr verwendet. Es ist nur … eine Redewendung, eine Art Metapher. Sozusagen.«

»Na schön. Dann richten Sie Starfleet aus, daß wir die Papierkram-Metapher in Zukunft pünktlich erledigen werden – sozusagen.«

»Ja, Sir«, erwiderte Dexter müde.

»Gibt es sonst noch etwas?«

»Nein, Sir.« Der Lieutenant klopfte auf seinen Datenblock.

»Dachte ich mir«, sagte Riker langsam. »Wie immer gibt es sonst *nie* etwas. Alles die übliche Routine. Tagein, tagaus. Und die Zeit vergeht.«

»Ja, Sir.« Dexters Stimme klang nun ein wenig nervös. »Ist, äh, alles in Ordnung mit Ihnen, Admiral?«

»Ja.« Riker seufzte laut. »Ja, alles in bester Ordnung.«

Dexter nickte und wich zur Tür zurück, wobei er sich mehr Zeit ließ als sonst. Er beobachtete den Admiral, der das Kinn auf eine Hand stützte und seinem Stellvertreter mit der anderen kurz zuwinkte.

Kurz darauf war Riker wieder allein.

Er drehte den Sessel, sah aus dem Fenster und beobachtete die Sterne. Die *Enterprise* befand sich längst nicht mehr in der Nähe von Starbase 86. Sie flog nun wieder durchs All, irgendwelchen neuen Abenteuern entgegen. Die Galaxis war groß. Es gab noch immer viel zu entdecken und zu erforschen.

Doch dafür interessierte sich Riker längst nicht mehr.

Er hörte es hinter sich.

Tick.

Tick.

Tick.

Die Standuhr, auf die er so stolz war.

Ein Symbol für verstreichende Zeit.

Er sah, wie das Pendel mit erbarmungsloser Regelmäßigkeit von einer Seite zur anderen schwang, von rechts nach links, von links nach rechts – wie eine große, schwarze Sense, die unermüdlich damit beschäftigt war, die Zeit in kleine Stücke zu zerschneiden. Jede Sekunde unbeeinflußt von der vorherigen, und gleichgültig gegenüber der nächsten. Für das Pendel gab es keine Unterschiede zwischen ihnen.

Nicht die geringsten.

Es fuhr damit fort, die Zeit zu zerschneiden.

Tick.

Tick.

Tick.

Das Geräusch schien immer lauter zu werden, hallte durch Rikers Bewußtsein und vermittelte ihm eine unmißverständliche Botschaft: Die Zeit kannte keine Gnade. Sie existierte einfach und erfüllte ihren Zweck, indem sie verstrich, gleichmäßig, linear.

Will stellte sich das mechanische Innenleben der Uhr vor. Er sah Zahnräder, die sich drehten und ineinandergriffen, ohne jemals innezuhalten.

Und dann sah er *sie*.

Die Imagination projizierte ein klares Bild vor dem

inneren Auge: Deanna lag zwischen den Zahnrädern, die auch diesmal nicht verharrten. Sie blieben in Bewegung und zermalmten die Frau, zerrissen und zerfetzten sie wie etwas, das nicht die geringste Bedeutung hatte.

Tick.

Tick.

Tick.

Riker stieß einen wütenden Schrei aus, sprang auf, packte die Standuhr und zerrte mit ganzer Kraft an ihr. Sie neigte sich und kippte wie ein gefällter Baum und prallte mit lautem Krachen auf den Boden. Glas zerbrach. Holz splitterte. Hinzu kam ein überaus befriedigendes Klirren und Rasseln, als sich Zahnräder voneinander lösten, fortrollten, sich noch einige Male drehten und dann reglos liegenblieben.

Ein sehr besorgter Dexter betrat das Zimmer und sah, wie Riker mit geballten Fäusten und einem grimmigen Lächeln vor dem Trümmerhaufen stand.

Der Admiral blickte den Lieutenant an und sagte nur: »Na so was.«

Als zwölf Stunden später das Vermessungsschiff *Chance* eintraf, war Riker bereit.

36

Die *Enterprise* 1701-F raste mit Warpgeschwindigkeit durch den interstellaren Raum, als eine Kom-Nachricht eintraf, die sofort Datas Aufmerksamkeit weckte.

Der Computer informierte ihn darüber, woher die Mitteilung kam, und daraufhin stellte Data einen direkten Kontakt her. »Hier ist die *Enterprise*«, meldete er sich.

»Commodore Data?«

Der Androide erkannte die Stimme sofort und ahnte, welche Neuigkeiten sie für ihn bereithielt – sicherlich keine erfreulichen. »Ja, Lieutenant Dexter. Visuelle Verbindung, Computer.«

Direkt vor Data entstand ein Hologramm, das ihm einen nervösen Dexter zeigte. »Wir haben ein Problem, Commodore.«

»Worum geht es?«

»Um den Admiral.«

Blair und Data wechselten einen raschen Blick. »Ist er krank?« erkundigte sich der Androide.

»Nein. Er ist verschwunden.«

»Wissen Sie, wohin er verschwunden ist?«

»Nein.« Dexter klang irgendwie zerknirscht. »Er hat sich an Bord der *Chance* gebeamt – angeblich ist es dabei um irgendeine Routineangelegenheit gegangen. Kurz darauf hat das Schiff dann den Warptransfer eingeleitet – mit dem Admiral an Bord.«

»Haben Sie versucht, einen Subraum-Kontakt herzustellen?«

»Ja, natürlich. Aber ohne Erfolg. Die *Chance* antwortet nicht und wahrt völlige Kom-Stille.«

»Kein Wunder«, sagte Data. Er schien ganz und gar nicht überrascht zu sein. »Das ist sicherlich eine der ersten Anweisungen des Admirals gewesen.«

»Aber warum?« fragte Dexter. »Was hat er vor? Haben Sie eine Ahnung, Commodore?«

»Ich habe eine *Vermutung,* Lieutenant. Über die ich jedoch nicht reden möchte, solange es keine Bestätigung gibt. Danke für die Mitteilung. Ich kümmere mich sofort um die Sache. *Enterprise* Ende.«

Dexters Abbild löste sich auf, bevor der Lieutenant einen weiteren Ton von sich geben konnte.

Data drehte den Sessel und sah Blair an.

»Sie wissen, wohin er unterwegs ist, nicht wahr, Commodore?« fragte der wissenschaftliche Offizier. »Gibt es irgendeinen Zusammenhang mit den Ereignissen auf Betazed?«

Data fühlte die Blicke aller Brückenoffiziere auf sich ruhen. *Sie sind ebenso Teil dieser Realität wie ich,* dachte er. *Wenn unser Zeitstrom verändert wird, so werden wir uns ebenfalls verändern. Vielleicht gibt es dann für einige von uns keinen Platz mehr in der neuen Wirklichkeit ...*

Er mußte unbedingt verhindern, daß es zu einer – wie auch immer beschaffenen – Manipulation der Vergangenheit kam.

»Die Höchstgeschwindigkeit der *Chance* beträgt Warp acht«, sagte er, als er eine seiner internen Datenbanken öffnete und Informationen daraus abrief. »Und am Ziel kann kein Zweifel bestehen: die Ewigkeitswelt. Navigation, Kurs berechnen und programmieren. Warp acht.«

»Kurs berechnet und programmiert, Sir.«

»Ausführung«, sagte Data ruhig.

Die *Enterprise* wurde noch schneller.

Der Androide stand auf. »Mr. Blair, bitte begleiten Sie mich ins Besprechungszimmer. Wir müssen uns überlegen, was wir unternehmen, wenn es zum Schlimmsten kommt.«

Blair kam der Aufforderung nach. Als sich die Tür des Konferenzzimmers hinter dem Kommandanten und seinem wissenschaftlichen Offizier schloß, wandte sich die Navigatorin Lamont an Tucker, der am Operatorpult saß. »Was ist besser: auch weiterhin nicht zu wissen, was vor sich geht, oder es herauszufinden?«

»Wir nähern uns der Ewigkeitswelt, Commodore.«

Data hatte die ganze Zeit über wie erstarrt im Kommandosessel gesessen und sein ganzes intellektuelles Potential auf das zu lösende Problem konzentriert. »Sensorsondierung«, sagte er noch ruhiger als sonst. »Befinden sich andere Schiffe im Orbit des Planeten?«

»Negativ«, meldete Margolin, der die Kontrollen der taktischen Station bediente. »Das heißt... Moment mal ...«

Die *Enterprise* erzitterte, als sie in den Wirkungsbereich der Zeitverzerrungswellen geriet, die sich immer wieder in der Nähe des Planeten bildeten.

»Die Sensoren orten einen Raumer im Standard-Orbit«, fuhr Margolin fort. »Konfiguration und ID-Kennung sind eindeutig: Es handelt sich um die *Chance.* Bitte entschuldigen Sie, Sir. Die Verzerrungswellen sind ...«

Diesmal zitterte die *Enterprise* nicht nur – sie schüttelte sich, und zwar so heftig, daß die Sicherheitsharnische der Sessel reagierten. Energetische Schellen hielten die einzelnen Brückenoffiziere auf ihren Plätzen fest.

»... noch stärker als sonst«, beendete Margolin den begonnenen Satz. Es klang so gelassen, als berichte er von einer banalen Unannehmlichkeit. »Sie stören die Sensorerfassung.«

»Signalkompensation, Mr. Margolin. Öffnen Sie einen Korn-Kanal zur *Chance.*«

»Kanal geöffnet, Commodore.«

»*Chance,* hier ist die *USS Enterprise.* Bitte melden Sie sich.«

Das kleinere Schiff antwortete nicht. Während Data wartete, schlingerte die *Enterprise* immer wieder in den Verzerrungswellen. Der Androide spürte, daß die Zeit knapp wurde – in mehr als nur einem Sinn.

Ein zweiter Versuch der Kontaktaufnahme blieb ebenso erfolglos wie der erste, und daraufhin gab Data einen Befehl, der ihn selbst verblüffte. »Mr. Margolin … Phaser vorbereiten.«

»Sir?« erwiderte Margolin verblüfft.

Erneut ruhten alle Blicke auf Data, und Bestürzung zeichnete sich in den Mienen der Brückenoffiziere ab. Der Androide wußte, daß er keine andere Wahl hatte. »Ich habe Ihnen eine Anweisung erteilt, Mr. Margolin.«

»Ja, Sir.« Es klang dumpf. »Phaser mit Energie beschickt und ausgerichtet.«

»Mr. Blair, teilen Sie dem Transporterraum mit, daß wir beide uns innerhalb der nächsten zwei Minuten auf den Planeten beamen. Achtung, *Chance.*« Data hob die Stimme und reaktivierte damit die Kom-Verbindung. »Unsere Phaser sind einsatzbereit und auf Sie gerichtet. Wenn Sie nicht sofort antworten, bin ich gezwungen, das Feuer auf Sie zu eröffnen. Melden Sie sich, wenn Sie vermeiden wollen von uns angegriffen zu werden.«

Es knackte und rauschte im Lautsprecher. »*Enterprise*«, ertönte eine rauhe, verärgerte Stimme, »hier spricht Captain Tennant von der *Chance.* Was fällt Ihnen ein?«

»Ich glaube, diese Frage könnte ich genauso gut an Sie richten, Captain«, erwiderte Data.

»Wir führen nur unsere Befehle aus«, sagte Tennant. »Wir sind mit einer geheimen Mission beauftragt, deren Einzelheiten ich Ihnen nicht nennen darf, selbst wenn Sie der Kommandant eines Flottenflaggschiffes sind.«

»Sie brauchen mir keine Details zu schildern«, sagte Data. »Weil ich sicher bin, daß die angebliche geheime Mission nur erfunden ist. Nun, ich nehme an, Ihre Anweisungen sehen auch Kom-Stille vor. Einen Augenblick, bitte.« Der Androide wandte sich an Margolin. »Sind wir in Reichweite der Ewigkeitswelt?«

»Ja, Sir.«

»Stellen Sie einen Kontakt mit der Forschungsstation her«, befahl er und setzte seinen Dialog mit der *Chance* fort. »Captain Tennant, habe ich recht mit meiner Vermutung in Hinsicht auf die Kom-Stille?«

»Ja. Und um ganz ehrlich zu sein – ich gefährde den Erfolg der Mission, indem ich mit Ihnen rede. Aber da Sie mit einem Angriff gedroht haben ... Um die Sicherheit von Schiff und Crew zu gewährleisten, habe ich antworten und damit einem direkten Befehl zuwiderhandeln müssen.«

»Eine kluge Entscheidung, Captain«, entgegnete Data. »Admiral Riker befindet sich nicht mehr an Bord, oder?«

»Er hat sich vor fünfzehn Minuten auf den Planeten gebeamt. Wir haben in der Umlaufbahn bleiben und Kom-Signale weiterhin ignorieren sollen.«

»Das habe ich mir gedacht.«

»Sir ...« Margolin drehte sich um. »Es meldet sich niemand.«

»Was mich kaum überrascht. Transporterraum: Können Sie den Transferfokus auf planetare Lebensformen richten? Wenn sich das bewerkstelligen läßt ... Bitte beamen Sie alle lokalisierten Individuen hoch an Bord.«

Stille herrschte, während der Transporterchef eine Sondierung vornahm. Kurz darauf teilte er dem Kommandanten mit: »Negativ, Sir. Die registrierten Bio-Signale lassen keine genaue Ortung zu. Wenn sich jemand dort unten befinden und uns genaue Koordinaten übermitteln würde, wär's kein Problem. Aber wenn ich unter den gegebenen Umständen versuche, jemanden anzupeilen und an Bord zu holen ... Wer weiß, was von ihm hier einträfe? Vielleicht gar nichts. Oder nur ein Haufen Protoplasma. Ich benötige zuverlässige Transferdaten.«

»Nun gut«, sagte Data. »Bitte begleiten Sie mich, Mr. Blair.«

Data ging zum Turbolift, gefolgt vom wissenschaftlichen Offizier. Über die Schulter hinweg rief der Androide. »*Chance* ... Halten Sie Ihre gegenwärtige Position. Sie hören von uns, falls wir Ihre Hilfe brauchen.«

»Würden Sie uns bitte verraten, was das alles soll, *Enterprise?*« tönte die Stimme von Captain Tennant aus den Lautsprechern der externen Kommunikation. »Admiral Riker sprach von einer geheimen und sehr wichtigen Mission für Starfleet. Er zeigte mir seine Einsatzorder ...«

»Er zeigte Ihnen eine *gefälschte* Einsatzorder«, sagte Data. »Sie sind tatsächlich mit einer Mission beauftragt, *Chance.* Doch sie findet nicht etwa für Starfleet statt, sondern für Admiral Riker.«

»*Was?* Was hat das alles zu bedeuten, *Enterprise?*«

»Seien Sie unbesorgt, Captain Tennant. Ganz gleich, ob es dem Admiral gelingt, einen Erfolg zu erzielen oder nicht – Sie werden keinen Unterschied feststellen können. *Enterprise* Ende.« Data unterbrach die Verbindung, um nicht noch mehr Zeit zu verlieren.

Außerdem war es vermutlich völlig sinnlos, solche Gespräche zu führen.

Als Data und Blair auf dem Planeten materialisierten, bot sich ihnen der erwartete Anblick.

Hier und dort lagen reglose Wissenschaftler umher. Rasche Tricorder-Untersuchungen wiesen darauf hin, daß sie von niederenergetischen Phaserstrahlen betäubt worden waren. Offenbar hatte Riker einen kleinen Strahler mitgenommen, ohne daß jemand etwas davon bemerkt hatte – andernfalls hätte Tennant bestimmt darauf hingewiesen.

Während Data zusammen mit Blair durchs Lager schritt, fragte er sich, wie es Riker gelungen war, den Captain der *Chance zu* überzeugen. Welche angebliche Gefahr hatte den Kern des Lügengespinstes gebildet? Eine Verschwörung der Sindareen? Ein bevorstehender Angriff der Romulaner? Vielleicht irgendwelche Tricks der Ferengi? Es gab viele Möglichkeiten für jemanden, der genügend Phantasie hatte, und daran mangelte es Riker gewiß nicht.

Data ließ einen analysierenden Blick über das wissenschaftliche Camp schweifen. »Mary Mac ist nicht hier«, sagte er wenige Sekunden später.

»Was bedeutet ...«

»Sie ist beim Admiral«, fügte der Androide hinzu. »Und vermutlich leistet sie ihm nicht freiwillig Gesellschaft.«

Das dumpfe Heulen des Windes strich über sie hinweg, und die Luft schien immer wieder zu knistern. Gelegentlich flackerten Blitze über den Himmel. Data glaubte zu spüren, wie sich undefinierbare Energien aufstauten, um sich bei irgendeinem wahnsinnigen Experiment zu entfalten.

»Er ist verrückt«, brummte Blair. »Er ist vollkommen verrückt.«

»Nein, Mr. Blair«, widersprach Data und ging etwas schneller. »Er ist nicht verrückt, sondern zu allem entschlossen und davon überzeugt, die richtige Entscheidung getroffen zu haben.«

Der Wind heulte lauter, und Blair hob die Stimme. »Vielleicht stimmt das sogar. Können wir sicher sein, daß er sich irrt?«

»Nein. Aber wir dürfen kein Risiko eingehen.«

Sie eilten den Hang einer Anhöhe empor. In der Ferne zeigten sich die uralten Ruinen, so stumm und rätselhaft wie immer. Vor ihnen erhob sich der Wächter der Ewigkeit.

Das Schutzfeld glühte nach wie vor.

Und Riker befand sich jenseits der energetischen Barriere.

Ebenso wie Mary Mac. Der Admiral hielt sie am Unterarm fest, doch die grünhäutige Frau setzte sich mit der Wildheit einer Orionerin zur Wehr. Sie fletschte die Zähne, und ihre Fingernägel wirkten wie Krallen. Rikers Tricorder lag auf dem Boden – er brauchte beide Hände, um mit der Frau fertig zu werden.

Sie rief etwas, doch ihre Worte verloren sich im Fauchen und Zischen der Böen – selbst für Data und seine hochempfindlichen akustischen Rezeptoren. Der neben dem Wächter errichtete große Bildschirm zeigte eine schrecklich vertraute Szene: Deanna Troi wand sich auf dem Boden ihres Quartiers hin und her, während ein verwirrter Commander Riker so hilflos wie nie zuvor in seinem Leben neben ihr stand.

Der auf dem Boden liegende Tricorder zeichnete alles auf.

Data bedeutete Blair mit einem Wink, ihm zu folgen, und die beiden Starfleet-Offizier setzten den Weg zum Wächter fort.

Mary Mac riß Rikers Arm herum und bohrte die Zähne hinein. Der Admiral gab einen schmerzerfüllten Schrei von sich, ballte die Faust und rammte sie der Orionerin ins Gesicht. Mary Mac ließ los, taumelte und wischte sich Blut vom Mund.

»Sie zerstören *alles!*« rief sie.

»Dieses ›alles‹ dürfte überhaupt nicht existieren!«

»Eine Entscheidung darüber steht nicht Ihnen zu!«

»Da irren Sie sich. Ich bin der einzige, der sie treffen kann.«

Die Frau sprang auf ihn zu und knurrte dabei wie ein wildes Tier. Riker duckte sich, und Mary Mac sauste über ihn hinweg. Einen Sekundenbruchteil später richtete sich der Admiral wieder auf, packte seine Gegnerin und riß sie zu Boden. Der Aufprall preßte ihm die Luft aus den Lungen, aber er schüttelte seine Benommenheit sofort ab, holte aus und versetzte der Wissenschaftlerin einen wuchtigen Hieb an den Kopf. Sie verdrehte die Augen und erschlaffte.

Riker tastete unter ihr Kinn, um den Puls zu fühlen. Er wußte nicht genau, was in dieser Hinsicht bei Orionerinnen normal war, aber er spürte ein kräftiges Pochen. Offenbar bestand keine Lebensgefahr.

Rasch griff er nach dem Tricorder und zwang sich zur Ruhe, als er das Gerät programmierte. Mit der angebrachten Sorgfalt justierte er das Instrument auf den großen Schirm, der die vom Wächter projizierten temporalen Szenen zeigte. Der Tricorder sollte die Projektionsgeschwindigkeit der Entität messen, insbesondere den Unterschied zwischen den präsentierten Originalbildern und ihren Wiederholungen auf dem Bildschirm. Riker hoffte, daß ihn eine genaue Datenkorrelation in die Lage versetzen würde, den richtigen Zeitpunkt für seinen Transfer in die Vergangenheit zu bestimmen.

Eine hundertprozentige Garantie gab es in diesem Zusammenhang natürlich nicht, aber Riker sah keinen anderen Weg. Der Retransfer sollte in unmittelbarer Nähe des zentralen Ereignisses stattfinden. Er wußte: Je länger er sich an Bord der *Enterprise* 1701-D aufhielt, desto größer wurde die Wahrscheinlichkeit, daß er auch andere Ereignisketten beeinflußte. Die zeitliche Distanz zum Tod von Deanna Troi mußte so gering wie möglich sein und ihm gleichzeitig genügend Handlungsspielraum lassen, etwas zu unternehmen.

Seine Finger huschten über die Kontrollen des Tricorders, während das Gerät die Daten der beiden verschiedenen Projektionen empfing und miteinander verglich. Riker gab ein kleines Programm ein, das im großen und ganzen einen Countdown bewirkte: Wenn sich der entscheidende Augenblick näherte, würde eine grüne Kontrollampe aufleuchten. Anschließend ging es darum, genau fünf Sekunden später das Tor zu passieren. Will hatte diesen Verzögerungsfaktor gewählt, weil es ihn etwa soviel Zeit kostete, zwei Schritte nach vorn zu treten und zu springen.

»Wächter!« rief er. »Noch einmal die gleichen Darstellungen, und zwar auf mein Zeichen hin. Drei ... zwei ... eins ... Jetzt!«

Einmal mehr formte die Entität Bilder, und sie folgten so schnell aufeinander, daß Riker kaum mehr sah als vage Schemen. Seine ursprüngliche Anweisung war ganz einfach gewesen. Er hatte den Wächter aufgefordert, ihm die Geschichte der *Enterprise* zu zeigen. Die temporale Entität hatte ihm diesen Wunsch erfüllt und mit dem ersten Ereignis begonnen, das sie in Hinsicht auf den letztendlichen Bau der *Enterprise* für wichtig hielt. Dabei hatte es sich um einen Wendepunkt in der Geschichte der Menschheit gehandelt – die Bändigung des Feuers. Es waren Bilder von Wesen erschienen, die kaum Ähnlichkeit mit Menschen aufgewiesen und um einem kleinen Haufen aus brennendem Holz gehockt hatten. Damit hatte Riker natürlich nur wenig anfangen können.

Zum Glück zeichnete sich der Wächter durch eine sehr hohe Projektionsgeschwindigkeit aus. Innerhalb weniger Sekunden hatte Will die Erfindung des Rades erlebt, und es war die Entwicklung von Werkzeugen gefolgt. Unter anderen Umständen wäre Riker überaus interessiert und fasziniert gewesen, doch in diesem Fall hatte er nur wachsende Ungeduld verspürt.

Das neue Programm des Tricorders wurde aktiv, als der Wächter mit einer neuen visuellen Sequenz begann. Das Gerät summte leise, und in seinen elektronischen Schaltkreisen begann der Countdown.

Riker klopfte auf die Jackentasche, in der er die Phiole verstaut hatte.

»Admiral!« erklang es hinter ihm.

Er drehte sich um, sah Blair und Data. Jähe Panik suchte ihn heim – er befürchtete plötzlich, daß der Androide und sein Begleiter ihn im letzten Augenblick daran hindern könnten, seine Absicht zu verwirklichen. Doch dann erinnerte er sich an das abschirmende Kraftfeld. »Sie kommen zu spät, Data!« rief er. »Jetzt können Sie mich nicht mehr aufhalten!«

Data und Blair blieben dicht vor der energetischen Barriere stehen. Riker sah deutlich, wie der Wind am Pelz des wissenschaftlichen Offiziers zupfte und zerrte.

»Ist mit Mary Mac alles in Ordnung?« fragte Data.

Riker warf einen kurzen Blick zum Wächter. Leonardo da Vinci rieb sich nachdenklich das Kinn und betrachtete Zeichnungen einer primitiven Flugmaschine.

»Ja, Data«, antwortete er. »Sie ist nicht gerade begeistert gewesen, als ich sie mit dem Phaser bedroht und gezwungen habe, das Kraftfeld vorübergehend zu deaktivieren. Ich habe ihr gesagt, daß ich sie auch betäuben könnte, um anschließend von den Scannern Handabdruck und Netzhautmuster sondieren zu lassen. Auf diese Weise hätte ich ebenfalls eine Zugangsberechtigung erhalten. Mary Mac hat es vorgezogen, bei Bewußtsein zu bleiben, vermutlich in der Hoffnung, mich zur ›Vernunft‹ bringen zu können. Als sie die Aussichtslosigkeit eines solchen Unterfangens begriffen hat, versuchte sie, mich zu überwältigen. Fast wäre es ihr gelungen.« Bei diesen Worten rieb sich Riker den Nacken.

»Wenn Sie Ihren Plan durchführen, beschwören Sie eine Katastrophe herauf, Admiral.«

Erneut sah Will zum Wächter. Alexander Graham Bell teilte Watson gerade mit, daß er seine Hilfe brauchte. Ein anderes Bild gesellte sich hinzu: Thomas Edison bestaunte das vor ihm glühende Licht.

»Ich werde Deanna retten, Data! Vierzig Jahre lang habe ich mir selbst Vorwürfe gemacht, weil ich nichts unternommen habe. Sie hat mich gebeten, ihr zu helfen, und ich habe es ihr versprochen ... Aber dann habe ich einfach nur dagestanden und sie sterben lassen.«

»Was Sie jetzt vorhaben, Admiral, hätte sie sich gewiß nicht gewünscht. Sie bringen alles in Gefahr!«

»Erinnern Sie sich an den Titel von James Kirks Autobiographie?« erwiderte Riker.

Data fand die entsprechenden Informationen in einem internen Speichermodul. *»Die Gefahr ist unser Job.«*

»Genau! Ich bin es Deanna schuldig, *alles* zu versuchen! Und damit meine ich wirklich *alles.*«

»Admiral ... Wenn Sie sich nicht unverzüglich vom Wächter der Ewigkeit abwenden und hierherkommen, befehle ich der *Enterprise,* mit den Phaserkanonen auf das Kraftfeld zu schießen. Eine solche Maßnahme könnte Ihren Tod zur Folge haben.«

»Und vielleicht auch die Zerstörung des Wächters«, gab Riker zu bedenken. Er trat einen Schritt näher an das Zeittor heran. Vor wenigen Sekunden war eine Rakete vom Typ Saturn V gestartet, und jetzt schickte sich Zephram Cochrane an, das erste Warptriebwerk zu aktivieren. »Wären Sie wirklich bereit, die Vernichtung der temporalen Entität zu riskieren, Data? Begreifen Sie denn nicht? Sie haben sich immer gewünscht, die menschliche Natur zu verstehen und eine Seele zu haben. Nun, Mr. Data ... Der Wächter ist ein Ruheplatz für die Seelen aller Epochen. Er bildet Gottes Fenster zur Ewigkeit! Und Sie wollen es zerstören? Für wen halten Sie sich?«

»Ich habe bereits Kontakt mit Starfleet Command aufgenommen, Admiral«, sagte Data mit unerschütterlicher Ruhe. »Die Befehle sind eindeutig: Ich bin angewiesen worden, die Integrität des Zeitstroms zu schützen – um jeden Preis. Deanna Troi muß tot bleiben. Um das zu gewährleisten, wird auch der Verlust des Wächters in Kauf genommen. Außerdem gibt es niemanden, der besser geeignet wäre als ich, ›Gottes Fenster‹ zu zerstören – immerhin gehöre ich nicht zu Gottes Geschöpfen.« Data neigte ein wenig den Kopf. »*Enterprise:* Zielerfassung auf das Kraftfeld vor mir. Eröffnen Sie das Feuer, wenn ich den Befehl dazu gebe.«

»Sie machen einen großen Fehler, Data!« Ein flehentlicher Klang vibrierte in Rikers Stimme, als er hinzufügte: »Bitte bringen Sie Deanna nicht um.«

»Ich töte sie nicht, Admiral. Aber um die Sicherheit des Zeitstroms zu gewährleisten, würde ich nicht zögern, ihr mit eigenen Händen das Leben zu nehmen. Genugtuung irgendeiner Art wäre damit nicht verbunden. Auf meine eigene Art und Weise habe ich Counselor Troi ebenso zu schätzen gewußt wie Sie. Aber ich bin bereit, in ihrem Tod einen Teil der natürlichen Ordnung aller Dinge zu sehen. Und ich werde nichts unversucht lassen, diese Ordnung zu bewahren.«

In Datas Stimme kam die gleiche Entschlossenheit zum Ausdruck, die auch Riker empfand. Der Admiral gelangte zu dem Schluß, daß es keine Kompromisse geben konnte. »Dies hier ist der *falsche* Zeitstrom, Data. Sie bewahren das Ergebnis einer temporalen Manipulation!«

Der Androide schüttelte den Kopf. »*Enterprise ...*« Eine kurze Pause. »Feuer.«

Strahlen zuckten aus den Phaserkanonen des großen Raumschiffs im Orbit und trafen das Kraftfeld direkt über Riker. Es schimmerte und gleißte, aber es widerstand der destruktiven Energie.

Es handelte sich um das stärkste Schirmfeld, das von der Föderationstechnik geschaffen werden konnte und sich durchaus mit den Schilden der *Enterprise* vergleichen ließ. Außerdem verfügte die Ewigkeitswelt über

Verteidigungsanlagen, die von ähnlichen Kraftfeldern geschützt wurden. Falls ein *feindliches* Schiff in der Umlaufbahn erschienen wäre, hätten sich die Wissenschaftler auf eine sehr wirkungsvolle Weise zur Wehr setzen und das Schiff noch im Orbit zerstören können.

Aber die *Chance* war kein feindlicher Kreuzer, und der ehrenwerte Admiral William T. Riker wurde sicherlich nicht als Gegner eingestuft. Die Forscher auf dem Planeten hatten ihm geglaubt, als er eine wichtige Starfleet-Mission erwähnte.

Sie hatten ihren Fehler zu spät bemerkt.

Data wußte, daß der Zeitfaktor eine immer wichtigere Rolle spielte. Mit ausdrucksloser Miene beobachtete er, wie die Phaserstrahlen der *Enterprise* über das Kraftfeld tasteten. Irgendwann würden sie es bestimmt schaffen, eine Strukturlücke entstehen zu lassen. Die Frage lautete nur, ob es noch rechtzeitig geschah.

Riker wich einen Schritt zurück und beobachtete die Phaserenergie mit einer Mischung aus Trotz und Verzweiflung. Das Gefühl der Hilflosigkeit kehrte zurück. Er war im Innern des Kraftfelds gefangen.

Er vernahm ein leises Stöhnen. Mary Mac kam wieder zu sich.

Prächtig, dachte er. *Genau das hat mir jetzt noch gefehlt.*

Das Schirmfeld wurde instabil. Hier und dort trübte es sich – an den entsprechenden Stellen kündigten sich Strukturlücken an. Eine Ironie des Schicksals, fand Riker. Er stand an einem Tor, das ihm Zugang zu allen Zeitepochen gewährte – doch was ihm fehlte, war ausgerechnet *Zeit.*

Er sah auf den Tricorder hinab.

Eine grüne Kontrollampe leuchtete.

Will zuckte unwillkürlich zusammen. Er hätte vor dem Wächter stehen, die Bildsequenzen beobachten und auf den richtigen Augenblick warten sollen. Seit wann leuchtete das grüne Signal bereits? Schon seit einigen Sekunden?

Zu weit! fuhr es ihm blitzartig durch den Sinn. *Ich hin zu weit von der Entität entfernt!*

Er wirbelte um die eigene Achse und sprintete zum Tor. Sand knirschte unter seinen Stiefeln. Die Bilder … Q tanzte mit Lwaxana Troi, und unmittelbar darauf bedrohte Locutus das Schiff. Alles verschmolz miteinander …

»Seien Sie vernünftig, Admiral!« rief Data. Es gelang ihm, das Heulen des Winds und das Kreischen der Phaserstrahlen zu übertönen. Blair fügte den Worten des Androiden etwas hinzu, aber seine Bemerkung blieb unverständlich.

Keine Zeit! Keine Zeit!

Hilf mir, Imzadi … Die Stimme reichte über eine Kluft aus vier Jahrzehnten.

Riker sprang.

Und stürzte durch die Zeit.

37

Lieutenant Barclay stand auf dem Holo-Deck der USS *Enterprise* 1701-D und ließ die Fingerknöchel knakken.

Er wußte, daß sein Plan nicht den üblichen Maßstäben von Moral und Ethik entsprach. Wenn man ihn dabei ertappen würde ... Doch die Wahrscheinlichkeit dafür war sehr gering. Captain Picard, Commander Riker und die übrigen Senioroffiziere mußten sich an diesem Abend um diplomatische Aufgaben kümmern. Mit ziemlicher Sicherheit kamen sie nicht einmal in die Nähe des Holo-Decks.

Außerdem war er nicht im Dienst. Und er hatte diese Art von Aktivität auf einmal pro Woche reduziert. Sie blieb ohne Einfluß auf seinen Dienst an Bord und beschränkte sich auf seine persönliche Unterhaltung. Gab es daran etwas auszusetzen?

Er hatte dem Computer bereits genaue Anweisungen erteilt und sagte nur: »Programm starten.«

Eine Sekunde später stand er auf einer weiten Wiese. In der Ferne erhoben sich die prächtigen Mauern des alten Roms. Direkt vor ihm stand ein kleiner Tempel mit Säulen.

Und dort wartete ... Deanna Troi auf ihn. Sie trug ein hauchdünnes Gewand aus feiner Gaze, streckte ihm die Arme entgegen und sagte mit melodischer Stimme: »Ich bin die Göttin der Seele.«

Barclay trat auf sie zu und erwiderte fest: »Ich bin jener, der dich verehrt – und den du ebenfalls verehren wirst.«

Genau in diesem Augenblick erschien jemand anders auf dem Holo-Deck. Er kam wie aus dem Nichts.

Barclay blieb verwirrt stehen. Der Neuankömmling trug eine Kombination, die einer Starfleet-Uniform nachempfunden zu sein schien. Aber die Farben stimmten nicht, und ...

Dann sah er das Gesicht.

»Lieber Himmel ...«, hauchte Barclay.

Die neue Holo-Person präsentierte sich als eine ältere Version von Riker und blickte sich verwundert um.

»Riker«, bemerkte Deanna und wandte sich wieder an Barclay.

Riker stemmte die Hände in die Hüften und sagte streng: »Ich hätte es wissen sollen. Sie können es einfach nicht lassen, nicht wahr, Lieutenant?«

»Computer«, brachte Barclay verdutzt hervor. »Entferne ... die zusätzliche holographische Projektion.« Er wußte nicht, wie er *ihn* – beziehungsweise das Etwas – sonst nennen sollte. »Führe anschließend eine Systemkontrolle durch.«

Riker stand auch weiterhin da und verschwand nicht. »Ich bin eine Sicherheitskomponente des Holo-Decks«, verkündete er. »Meine Aufgabe besteht darin, die von Ihnen benutzten Programme zu kontrollieren, Mr. Barclay. Es enttäuscht mich *sehr,* daß Sie noch immer dazu neigen, derart ... bizarre Szenarios zu benutzen. Ich möchte, daß Sie sofort damit aufhören.« Er hob den Zeigefinger. »Ist das klar?«

»J-ja, Sir«, stotterte Barclay. »Computer! Lösche dieses Programm. Besser noch ... Lösche alle von mir geschaffenen Programme. Und streiche meinen Namen gleich ganz aus der User-Liste!«

Rom, der kleine Tempel und Deanna Troi lösten sich auf. Von einem Augenblick zum anderen stand Barclay in einer leeren Kammer mit gelben Gittermustern. Riker leistete ihm noch immer Gesellschaft.

»Ausgezeichnet, Lieutenant«, sagte er anerkennend.

»Ah, gehen Sie jetzt, Sir?« fragte Barclay hoffnungsvoll. Warum zeigte sich die Sicherheitskomponente ausgerechnet in Gestalt eines älteren Riker? Nun, was auch immer der Grund dafür war – es war verdammt wirkungsvoll. Barclay spürte, wie ihm die Knie schlotterten.

»Ja, ich gehe jetzt«, antwortete Riker. »Doch bevor ich Sie allein lasse, möchte ich Ihnen noch folgendes sagen: Wenn Sie nichts von diesem Zwischenfall verlauten lassen, werde ich ebenfalls schweigen. Dann bleibt die Sache unter uns.«

»D-danke, Sir«, stammelte Barclay.

Riker schritt zur Tür. Barclay rechnete damit, daß sich die Gestalt jeden Moment verflüchtigen würde – immerhin konnten außerhalb des Holo-Decks keine holographischen Projektionen existieren. In diesem Fall jedoch glitt das Schott beiseite, und Riker trat in den Korridor und wandte sich dort nach links. Hinter ihm schloß sich die Tür wieder.

Eine Zeitlang rührte sich Barclay nicht von der Stelle. Irgendwann gab er sich einen Ruck und kehrte zu seiner Kabine zurück.

Das Holo-Deck suchte er nie wieder auf.

Admiral Riker eilte mit langen Schritten durch den Korridor, ohne nach rechts oder links zu blicken. Er begegnete einigen Besatzungsmitgliedern, die ihm verblüffte Blicke zuwarfen. Vielleicht vermuteten sie, daß ein Onkel des Ersten Offiziers an Bord gekommen war oder *Commander* Riker gerade von einer Kostümparty kam. Er ging schnell genug, um zu vermeiden, daß ihn jemand genauer musterte oder ihm gar Fragen stellte.

Er mußte sich orientieren und herausfinden, wieviel Zeit ihm noch verblieb. Natürlich hätte er Barclay fragen können, doch dann wäre der Lieutenant vielleicht mißtrauisch geworden. Er sollte den älteren

Riker auch weiterhin für eine spezielles Kontrollprogramm halten.

Will betrat ein nahes Zimmer, von dem er wußte, daß sich dort niemand aufhielt. Es handelte sich um eines der Gästequartiere.

»Computer«, sagte er in dem Raum, »nenn mir Uhr- und Sternzeit.«

Es gab einige kurze Phasen in Rikers Leben, an die er sich ganz deutlich erinnerte, bis hin zu kleinsten Details. Dazu gehörten auch der Tag und Zeitpunkt von Deanna Trois Tod. Er entsann sich an Beverly Crushers Stimme, daran, wie sie versucht hatte, Deanna ins Leben zurückzuholen, daß ihre Bemühungen erfolglos geblieben waren und wie sie sich schließlich der Erkenntnis hatte stellen müssen, daß sie ihre beste Freundin verloren hatte ... Daraufhin hatte sie sich mit erstickt klingender Stimme an den Computer gewandt: »Zeichne Datum und Zeit des Todes auf.«

Der Computer hatte die entsprechenden Daten genannt, und jede einzelne Silbe hatte viel zu kühl und ... gleichgültig geklungen.

Riker hatte den sachlich-neutralen Klang der Zahlen gehört und auch Beverlys Schluchzen vernommen, selbst aber keinen Ton von sich gegeben. Eine dunkle Wolke hatte sich auf ihn herabgesenkt – eine Wolke aus Niedergeschlagenheit und Kummer, die während der nächsten vierzig Jahre nicht von ihm gewichen war.

Jetzt hörte er, wie die Sprachprozessorstimme des Computers erneut Zeit und Datum nannte.

Riker hielt den Atem an, und sein Puls raste plötzlich.

Er hatte gehofft, ein oder zwei Tage vor dem tragischen Zwischenfall einzutreffen, um vorsichtig Kontakt mit Deanna aufzunehmen und ihr behutsam zu erklären, was sich anbahnte. Und um ihr das Gegenmittel zu geben, das sicher in seiner Jackentasche ruhte.

Natürlich war er nicht so dumm zu glauben, daß überhaupt keine Gefahr drohte. Vielleicht hatte es Data für besser gehalten, gewisse Maßnahmen zu ergreifen, um auf alles vorbereitet zu sein. Vielleicht gab es hier andere Leute aus der Zukunft, die bereits auf Riker warteten. Andererseits mußte Data sehr vorsichtig sein – schließlich ging es ihm um die Integrität des Zeitstroms. Will stellte sich eine ganz besondere Art von Schachpartie vor, die in den Korridoren der *Enterprise* 1701-D stattfand.

Doch jetzt wichen jene Vorstellungsbilder einer bitteren Realität.

Riker hatte keine Zeit, um vorsichtige Kontakte zu knüpfen.

Ihm blieben nur noch dreiundzwanzig Minuten!

Wenn er nichts unternahm, würde Deanna Troi in dreiundzwanzig Minuten tot auf Beverly Crushers Diagnosetisch liegen.

»*Verdammt!*« knurrte Riker.

Er justierte sein Chronometer, lief los und stürmte durch den Korridor zu Deannas Kabine.

Seine Beine pumpten wie die Kolben eines Motors, und als er um eine Ecke sprintete, hörte ein Sicherheitsoffizier das Geräusch seiner Schritte. Der Mann drehte sich um. Riker kannte ihn nicht. Dieser Umstand allein war ohne Bedeutung. Ein Erster Offizier konnte nicht alle Besatzungsmitglieder eines derart großen Schiffes wie der *Enterprise* persönlich kennen. Außerdem konnte es sich um jemanden handeln, der vielleicht erst seit kurzer Zeit zur Crew gehörte. Hinzu kam, daß seine diesbezüglichen Erinnerungen vierzig Jahre alt waren. Zeit genug, um das eine oder andere Gesicht zu vergessen.

Andererseits: Vielleicht sah Riker nun keinen gewöhnlichen Sicherheitsoffizier vor sich, sondern jemanden, den Data geschickt hatte.

Der Mann runzelte die Stirn und tastete nach seinem

Phaser. »Halt, stehenbleiben!« rief er. Derzeit befanden sich viele Würdenträger an Bord der *Enterprise,* und daher erschien es durchaus angebracht, nach Ungewöhnlichem Ausschau zu halten. Genau in diese Kategorie fiel ein Riker, der plötzlich um vierzig Jahre gealtert war und so durch den Gang lief, als sei der Teufel höchstpersönlich hinter ihm her.

Will hob den Arm vors Gesicht, um nicht erkannt zu werden, und einen Sekundenbruchteil später prallte er gegen den Mann und riß ihn von den Beinen, ehe er seinen Phaser ziehen konnte.

»Sicherheitsalarm, Deck vierzehn!« rief der Wächter, bevor Riker ihn packte und so heftig an die Wand stieß, daß er das Bewußtsein verlor.

Will griff nach dem Phaser und wußte, daß es in nur einer Minute hier von Sicherheitswächtern wimmeln würde. Er dachte daran, verhaftet und zur Arrestzelle gebracht zu werden, wo sich ein Verhör anschließen würde. Bis es ihm gelang, alles zu erklären und seine Zuhörer zu überzeugen, würde es mit Sicherheit längst zu spät sein.

Es gab nur eine Person an Bord, der er vertrauen konnte.

Zum Glück brauchte er nur eine vergleichsweise kurze Strecke zurückzulegen, um die Kabine des Betreffenden zu erreichen.

Diese Gedanken *rasten* durch Rikers Bewußtsein, und er lief los, noch bevor der betäubte Sicherheitswächter zu Boden gesunken war.

Er folgte dem Verlauf eines Seitenkorridors, wandte sich erst nach rechts und dann nach links. Kurze Zeit später verharrte er vor einem Quartier und schnappte nach Luft. Die Tür war verriegelt, doch daraus sollten sich eigentlich keine Probleme ergeben – an seinem verbalen Muster hatte sich nichts geändert.

»Computer, hier spricht William Riker. Elektronische Verriegelung desaktivieren.«

Der Computer identifizierte die Stimme des Ersten Offiziers William T. Riker, und die Tür glitt auf.

Will trat rasch ein.

Vom Bett her vernahm er leise, gleichmäßige Atemzüge. Hinter ihm schloß sich die Tür wieder, und er blinzelte mehrmals, bis sich seine Augen an die Dunkelheit gewöhnt hatten.

Bislang hatte er überhaupt nicht darüber nachgedacht, wie er auf eine Konfrontation mit seinem jüngeren Selbst reagieren würde. Es regte sich weder Unbehagen noch Unsicherheit in ihm, was er mit Erleichterung zur Kenntnis nahm. In dem anderen Riker sah er vor allem ein Mittel zum Zweck.

Vielleicht bekam er das große Zittern, wenn alles vorbei war. So wie Deanna vor vielen, vielen Jahren.

Für einige wenige Sekunden ließ er sich von dem Erinnerungsbild einer Deanna ablenken, die ihm im Dschungel von Jalara Gesellschaft geleistet hatte. Aber seine Gedanken kehrten sofort ins Hier und Heute zurück, als sich der Mann im Bett aufsetzte.

Commander Riker blinzelte in der Dunkelheit und starrte auf sein älteres Selbst, ohne Details zu erkennen. Er öffnete den Mund, um ›Licht‹ zu sagen.

Der Admiral setzte sich in Bewegung, und die Dunkelheit behinderte ihn überhaupt nicht. Immerhin war dies sein altes Quartier, und er entsann sich genau daran. Neben dem jüngeren Mann sank er auf die Bettkante und preßte ihm die Hand auf den Mund.

Der Commander setzte sich zur Wehr und wollte den Arm beiseite stoßen. Doch die Hand des älteren Riker wich nicht fort.

»Licht an«, sagte er ungeduldig.

Der jüngere Will erstarrte – vermutlich klang die Stimme vertraut für ihn. Es wurde hell im Zimmer, zu hell für den Commander.

»Halbe Leuchtstärke«, sagte der Admiral, und daraufhin war sein jüngeres Ich nicht mehr geblendet.

Verdutzt erblickte Commander Riker … sich selbst, um vier Jahrzehnte gealtert. »Sei still!« zischte der andere, fast greisenhafte Riker. »Wir haben nicht viel Zeit.«

Aus einem Reflex heraus versuchte Will erneut, sich aus dem festen Griff zu befreien.

Der Admiral dachte an die immer knapper werdende Zeit und verlor den Rest seiner Geduld. »Hast du nicht gehört? Bleib endlich still liegen, du Narr! Praktisch jeden Augenblick könnte hier jemand eintreffen und versuchen, mich an meinem Vorhaben zu hindern. Lieg still und hör mir gut zu. Du mußt bereit sein, dich ganz genau an meine Anweisungen zu halten. Deanna Trois Leben hängt davon ab.«

Dieser Hinweis genügte, um Wills Aufmerksamkeit zu fesseln. Er blieb ruhig liegen und begriff allmählich, daß er nicht angegriffen wurde. Es schien sich auch nicht um einen Traum zu handeln, sondern um eine neue, überaus faszinierende Form der Realität.

»Ich nehme jetzt die Hand von deinem Mund«, kündigte der Admiral an. »Aber eines schwöre ich dir: Wenn du schreist, schlage ich dich bewußtlos und kümmere mich selbst um die Sache. Und wenn's dann schiefgeht, weil ich zu auffällig bin … In dem Fall liegt die Schuld ganz allein bei dir.«

Will nickte, und die Hand des Admirals entfernte sich langsam von seinen Lippen. Er wich zurück, als sich der jüngere Riker erneut aufsetzte. Das glatte, faltenlose Gesicht zeigte Verwunderung und Erstaunen. »Wer … sind Sie?«

»Der Osterhase«, lautete die spöttische Antwort. »Meine Güte, wer *könnte* ich wohl sein? Wir vergeuden Zeit, kostbare Zeit. Zieh dich an. Schnell. *Schnell!*«

Will stand auf und griff nach seiner Uniform, ohne den Blick von seinem älteren Ebenbild abzuwenden. »Du kommst aus der Zukunft, nicht wahr?«

»Ja. Das scheint dich kaum zu überraschen.«

»Als Captain Picard sich einmal selbst begegnet ist ... da habe ich mir vorgenommen, mich von solchen Dingen nicht verblüffen zu lassen.«

»Ah, ja.« Der Admiral nickte. »Das habe ich mir damals tatsächlich vorgenommen.« Übergangslos wurde er wieder ernst. »Hör gut zu und unterbrich mich nicht. Deanna ist in großer Gefahr.«

»Warum halte ich mich dann damit auf, die Uniform überzustreifen?«

»Weil man vielleicht nach ungewöhnlichen Dingen Ausschau hält. Und wenn du im Schlafanzug durch die Korridore der *Enterprise* rennst ... Das *wäre* ziemlich ungewöhnlich, oder?«

»Wen meinst du mit ›man‹?«

»Du sollst mich nicht unterbrechen. Es geht um folgendes: Deanna wird vergiftet.« Will riß die Augen auf, und der Admiral zog die Phiole aus der Tasche. »Dies ist das Gegenmittel. Du mußt das Quartier der Betazoidin aufsuchen und sie veranlassen, es zu trinken. Und dafür bleiben dir noch ...« Er sah aufs Chronometer. »... etwa fünfzehn Minuten.«

In diesem Augenblick piepte Wills Insignienkommunikator.

»Du hast keine Zeit!« flüsterte der Admiral.

Will behielt ihn im Auge, als er das kleine Kom-Gerät aktivierte. »Hier Riker.«

»Sicherheitsalarm, Sir«, erklang die Stimme des Klingonen Worf. »In der Nähe Ihres Quartiers wurde ein Eindringling gesichtet. Haben Sie ihn gesehen?«

Will musterte sein zukünftiges Selbst.

Der Admiral begriff, daß die Entscheidung *jetzt* fiel, in diesen Sekunden. Ein Wort von Commander Riker, und Worf kam mit einer Sicherheitsgruppe, um den ›Fremden‹ zu verhaften.

Ist es mir gelungen, mein jüngeres Selbst zu überzeugen? dachte der Mann aus der Zukunft. *Habe ich die richtigen Worte gewählt, um jeden Zweifel auszuräumen?*

Worte.

Seine eigenen Worte …

»Hoffst du mit mir auf eine glückliche Zukunft?« fragte er leise. »Sie ist voller Verheißungen. Ich kann mir nicht vorstellen, wie ich die Vergangenheit ohne dich überlebt habe.«

Will schnappte nach Luft, und erneut erklang Worfs Stimme. »Commander? Ich habe Sie nicht richtig verstanden …«

»Schon gut«, antwortete der Erste Offizier. »Um Ihre Frage zu beantworten: Nein, ich habe den Eindringling nicht gesehen. Ich bin gleich bei Ihnen. Ich muß mich nur schnell anziehen. Riker Ende.«

Stille folgte – eine Stille, die sich zu dehnen, endlos zu dauern schien. »Sie ist gestorben«, murmelte Will schließlich. »Deanna ist in deiner Vergangenheit gestorben und wird es in meiner Zukunft tun. Und du bist zurückgekehrt, um ihren Tod zu verhindern. Du … du manipulierst den Zeitstrom. Jetzt weiß ich auch, wer mit man gemeint ist: Leute aus deiner Zeit, vielleicht Wissenschaftler. Oder gar Angehörige von Starfleet, die versuchen, dich an der Veränderung der Vergangenheit zu hindern.«

»Deanna sollte nicht sterben«, betonte der Admiral. »Ihr Tod war falsch. Für sie selbst, für mich, für alle. Ich bin hier, um den Zeitstrom zu *korrigieren,* und in dieser Hinsicht sind mir die Vorschriften völlig schnuppe. Diese Einstellung solltest du teilen, wenn du Deanna liebst, wenn du wirklich ihr *Imzadi* bist.«

»Aber … Wie kann ich dir glauben? Wie soll ich imstande sein, die … Zukunft in meine Hände zu nehmen? In *unsere* Hände?«

Der Admiral trat einen Schritt näher. »Das geschieht praktisch in jedem Augenblick unseres Lebens. Wir nehmen die Zukunft jeden Tag in unsere Hände. Aber irgend jemand hat beschlossen, Deanna um ihre Zukunft zu bringen, und ich bin hier, um das zu verhindern.«

»Aber du befürchtest, daß Leute aus der Zukunft hier sind, um deine Pläne zu vereiteln. Und das wiederum bedeutet: Andere Personen sind anderer Auffassung als du und der Ansicht, daß der Zeitstrom geschützt werden muß.«

Admiral Riker packte Will Riker am Uniformpulli. Er mochte vierzig Jahre älter sein, aber er war noch immer sehr kräftig. »Verdammt, du frömmlerischer Dummkopf! Glaubst du vielleicht, alles zu wissen? Himmel, du hast *überhaupt keine* Ahnung! Gewißheit möchtest du haben? Wie gefällt dir das? Deanna wird sterben! Stell dir vor, wie sie sich auf dem Boden hin und her windet und dich anfleht, ihr zu helfen. Aber du stehst einfach nur hilflos da und beobachtest, wie sie einem massiven kardiovaskulären Kollaps erliegt. Und *erst dann* begreifst du, wie sehr du sie geliebt und gebraucht hast, du blinder Narr!«

»Es ist… falsch«, brachte Will mühsam hervor. Widerstreitende Empfindungen zeichneten sich in seiner Miene ab. »Es ist falsch, die Vergangenheit zu ändern. Ich… ich kann mir nicht vorstellen, daß ich… jemals imstande wäre…«

»Maßt du dir an, über mich zu urteilen?« fragte der Admiral. »Erinnerst du dich daran, was wir geschrieben haben? ›Ich kann mir nicht vorstellen, wie ich die Vergangenheit ohne dich überlebt habe.‹ Fällt es dir wieder ein? Nun, *ich bin* die Zukunft ohne sie, mein Junge, und deshalb darf ich dir versichern: Wenn sich *nichts* ändert, wirst du an den nächsten vierzig Jahren keinen großen Gefallen finden.« Er drückte die Phiole in Wills Hand. »Es wird geschehen! In einigen wenigen Minuten! Deanna stirbt, wenn du nichts unternimmst. Du hast die Möglichkeit, sie zu retten. Aber du mußt *sofort handeln* und darfst keine Zeit damit vergeuden, über Moral zu philosophieren und zu überlegen, was unter den gegebenen Umständen richtig oder falsch ist. Akzeptiere endlich die Tatsache, daß Deannas

Leben auf dem Spiel steht und nur du in der Lage bist, sie zu retten. Wenn du es *nicht* tust... Dann wirst du die nächsten vier Jahrzehnte in deiner ganz persönlichen Hölle verbringen. Dann wirst du dich andauernd mit Selbstvorwürfen und dergleichen quälen müssen.«

Der Admiral zögerte kurz, bevor er hinzufügte: »Ich hatte ständig das Gefühl, versagt zu haben, ohne jemals zu wissen, wo und wann. Aber bei dir sieht die Sache anders aus. Du weißt jetzt, daß du imstande bist, Deannas Tod zu verhindern. Woraus folgt, daß deine Schuldgefühle weitaus intensiver sein werden als meine. Wenn du in Gedanken *Imzadi* rufst und keine Antwort erhältst und im Kern deiner Seele eine Leere herrscht, die nie wieder gefüllt werden kann... Was wirst du dabei empfinden? *Verdammt,* Will! Du riskierst, daß man dir das Herz aus der Brust schneidet. Und schlimmer noch: Das Messer ruht in deiner eigenen Hand!«

Der junge Riker war nun bleich, und das Herz klopfte ihm bis zum Hals.

»Deanna!« rief er, stürmte los und verließ sein Quartier.

38

Dhann küßte Deannas Hals, und seine Lippen wanderten langsam nach unten. Die Betazoidin seufzte auf eine wohlige und gleichzeitig verführerische Art. Sie lag auf dem Bett und trug ein dünnes Gewand, das sie sich nun von den Schultern streifte – Dhann sollte auf dem Weg nach unten auf keine Hindernisse treffen.

Doch irgend etwas beunruhigte sie. »Ist alles in Ordnung mit dir?« fragte sie leise.

Der Mann hob den Kopf. »Ja, natürlich«, antwortete er. »Warum sollte etwas nicht in Ordnung sein?«

»Ich weiß nicht. Ich … spüre …«

Deanna vernahm eine Stimme inmitten ihrer Gedanken und richtete sich verwirrt auf.

»Will?« hauchte sie erstaunt.

»Was ist los?« erkundigte sich Dhann.

»Will Riker … Etwas stimmt nicht. Ich fühle … Panik. Und der emotionale Aufruhr bezieht sich auf mich. Ich …«

»Beruhig dich, Deanna.« Dhann griff nach den Schultern der Betazoidin. »Wahrscheinlich ist er nur eifersüchtig. Das erklärt eine Menge. Bestimmt schläft er, und du empfängst irgendwie seine Träume. Ich weiß, daß ihr euch nahesteht, aber …«

»*Nein!*« Die Counselor stieß Dhanns Hände beiseite. »Irgend etwas geht nicht mit rechten Dingen zu.«

»Deanna …«

Sie stand auf, rückte das Gewand zurecht und trat an den Stuhl heran, auf dem ihre Uniform lag. Dort berührte sie den Insignienkommunikator und sagte: »Troi an Riker.«

»Deanna!« Wills Stimme klang verzweifelt. »Bleib da! Rühr dich nicht von der Stelle! Ich bin gleich bei dir!«

Die Betazoidin drehte sich um. »Hast du das gehört? Er hat Angst – um mich!«

»Ja«, erwiderte Dhann kummervoll. »Und es überrascht mich kaum.«

Will raste mit Warpgeschwindigkeit durch den Korridor. Einmal rutschte er aus und hätte fast die Phiole fallen gelassen. Im letzten Augenblick fand er das Gleichgewicht wieder und schlitterte um eine Ecke.

Seine Gedanken rasten. Er wußte nicht, wie und warum dies alles geschah, aber es gab zwei Dinge, von denen er absolut überzeugt war: Sein zukünftiges Selbst hatte ihn besucht – und Deanna würde in einigen wenigen Minuten sterben, falls er nicht eingriff.

Er erreichte das Quartier der Bordcounselor und betrat es sofort. Deanna saß auf dem Bett und sprach mit Dhann. Sie stand auf, als er hereinkam.

»Will …«

Er streckte ihr die Phiole entgegen. »Trink das! Schnell!«

Dhann schob sich zwischen sie. »Sind Sie übergeschnappt? Wie können Sie von Deanna verlangen, irgendeine ihr unbekannte Flüssigkeit zu sich zu nehmen? Verlassen Sie diese Unterkunft!«

»Trink das, Deanna«, wiederholte Riker. »Dein Leben hängt davon ab.«

Die Betazoidin spürte natürlich, daß Will die Wahrheit sagte – oder zumindest fest daran glaubte, es zu tun. Doch das änderte nichts an ihrer Verwirrung. »Mein *Leben?*«

»Aus dem Weg!« wandte sich Riker an Dhann und stieß ihn beiseite.

»Von wegen! Hör nicht auf ihn, Deanna! Er will dich verletzen. Weil er auf mich eifersüchtig ist.«

Dhann trat erneut zwischen Will und Deanna. Diesmal griff der Erste Offizier nach den Schultern des Mannes und versuchte, ihn zur Seite zu schieben. Doch Dhann verharrte wie angewurzelt an Ort und Stelle. Er war einen Kopf kleiner als Riker und ziemlich dünn, doch jetzt entfaltete er eine geradezu verblüffende Kraft. Seine Hände schlossen sich wie Stahlklammern um Wills Unterarme.

»Deanna!« rief Riker. Irgendwo in seinem Hinterkopf vernahm er ein leises Ticken, das ihn auf die gnadenlos verstreichende Zeit hinwies. Er hatte das Gefühl, daß sich seinen Bewegungen ein seltsamer Widerstand entgegenstemmte, als er sich in Dhanns Griff drehte und die Phiole zum Bett warf. Sie landete auf dem Laken und rollte der Kante entgegen. Deanna verhinderte, daß sie zu Boden fiel. Verwundert betrachtete sie das kleine Gefäß.

»Gib das mir!« rief Dhann. Deanna wandte sich um, als sie die plötzliche Schärfe in seiner Stimme hörte. Ruckartig streckte Dhann eine Hand nach der Phiole aus, aber Will reagierte sofort, drehte sich abrupt, winkelte die Arme an und nutzte das eigene Bewegungsmoment, um seinen Gegner quer durchs Zimmer zu schleudern.

»Trink es!« rief Riker Deanna zu. »Wenn du mir jemals vertraut, mich jemals geliebt hast – *trink die Flüssigkeit!*«

Das genügte Deanna als Aufforderung. Sie zog am Stöpsel.

Er steckte fest.

Dhann stemmte sich hoch, brüllte wie ein wildes Tier und sprang Deanna entgegen. Riker hechtete ihm entgegen, und beide Männer gingen zu Boden.

Riker rollte zur Seite, holte aus und versetzte dem Gegner mehrere Schläge an den Kopf – die jedoch völlig ohne Wirkung zu bleiben schienen. Sein Widersacher zog das Knie an und hebelte den Ersten Offizier von sich herunter. Doch Will hielt Dhanns Arme fest und schaffte es, ihn an die Wand zu stoßen.

Unterdessen versuchte Deanna, die Phiole zu öffnen. Immer wieder zerrte sie an dem Stöpsel, der sich viel zu langsam – Millimeter um Millimeter – löste.

Dhann veränderte sich.

Er wurde größer, und ein dichter brauner Pelz bildete sich auf seiner Haut. Die Finger metamorphierten zu langen Klauen.

Riker begriff sofort, zu welcher Spezies sein Kontrahent gehörte. Dhann war ein Chamäloid, ein Gestaltwandler. Solche Geschöpfe standen in dem Ruf, sehr kräftig und gefährlich zu sein.

Deanna zog noch immer am Stöpsel, und gleichzeitig starrte sie das Wesen an, das sie für Dhann gehalten hatte. Eine Sekunde später fühlte sie ein seltsames Brennen in der Brust.

Der Stöpsel löste sich aus der Phiole und fiel aufs Bett.

»NEIN!« heulte der Gestaltwandler und unternahm einen letzten, verzweifelten Versuch. Er schob Riker beiseite, und seine Klauen tasteten nach der Phiole. Doch Will grub die Hände ins dichte Fell, zog sich auf den Rücken des Wesens und schlang ihm die Arme um den Hals.

Deanna hob die Phiole und leerte sie in einem Zug.

Der Chamäloid grollte zornig und trachtete danach, Riker von sich abzuschütteln. »Idiot! Wissen Sie, was Sie angerichtet haben?«

Riker gab keine Antwort, sondern konzentrierte sich darauf, nicht den Halt zu verlieren und möglichst viel Druck am Hals auszuüben.

Doch gegen die Kraft des Chamäloiden konnte er kaum etwas ausrichten. Das Geschöpf brüllte, warf ihn zu Boden und ragte wie ein lebender Turm über ihm auf. »Sie egoistischer Mistkerl! Sie bringen alles in Gefahr!«

»Ich bin bereit, alles zu riskieren, um Deanna zu retten«, erwiderte Riker herausfordernd.

»Sie lassen mir keine Wahl …«, fauchte der Gestaltwandler.

Er wandte sich Deanna zu, streckte die Arme aus und …

Ein Phaserstrahl traf ihn von hinten, und er sank auf die Knie.

Worf stand mit gezücktem Strahler in der Tür. »Zur Seite, Commander«, sagte er, und Riker kam der Aufforderung sofort nach. Daraufhin feuerte der Klingone erneut. Betäubende Energie umhüllte den Chamäloiden, der noch einen letzten wütenden Schrei ausstieß, bevor er umkippte und bewußtlos auf Riker fiel.

Der klingonische Sicherheitsoffizier rollte den Gestaltwandler vom Ersten Offizier herunter. Riker stöhnte leise, richtete sich auf, sah zu Deanna und stellte fest, daß sie eine Hand an die Brust preßte. »Ist alles in Ordnung?« fragte er besorgt.

»Ich … habe etwas gespürt. Eine Art … Brennen. Was … was bedeutet das alles, Will? Wer ist das?« Sie deutete voller Abscheu auf den reglosen Chamäloiden. »Was hat es mit der Phiole auf sich? Woher hast du gewußt …?«

Riker ignorierte die eigene Verwirrung und klopfte Deanna beruhigend auf die Hand. »Worf …«, sagte er dann, »bringen Sie diesen Burschen in einer Arrestzelle unter. Geben Sie anschließend dem Captain Bescheid und bitten Sie ihn, vor meinem Quartier auf mich zu warten. *Vor* dem Quartier – betonen Sie das.«

»Ja, Sir«, bestätigte Worf. Er hob den Chamäloiden hoch und legte sich ihn über die Schulter. Zwei andere Sicherheitswächter trafen ein und erkannten auf den ersten Blick, daß der Sicherheitsoffizier die Situation unter Kontrolle hatte.

»Gehe ich recht in der Annahme, daß dies der Eindringling ist?« fragte der Klingone.

Will sah kurz zu ihm auf. »Es steckt noch weitaus mehr dahinter.«

Worf brummte etwas Unverständliches und stapfte mit dem Chamäloiden fort. Rikers rechter Arm hatte beim Kampf gegen den falschen Dhann sehr gelitten. Er bewegte ihn vorsichtig hin und her.

Troi richtete einen fast ehrfürchtigen Blick auf ihn. »Du hast mir das Leben gerettet«, sagte sie. »Mir hat Gefahr gedroht, und du bist sofort gekommen und hast sogar dein eigenes Leben riskiert, um mich zu schützen.«

»Ich will nicht prahlerisch klingen, aber ...« Riker holte tief Luft. »Um dich zu retten, habe ich nicht nur mein Leben aufs Spiel gesetzt, sondern noch viel mehr. Zieh dich an und komm mit. Selbst wenn ich dir jetzt alles erklären würde ... Du wärst bestimmt nicht bereit, mir zu glauben. Du mußt es mit eigenen Augen sehen. Ich ...« Er räusperte sich und deutete zum Korridor. »Ich warte dort draußen, während du dich ankleidest.«

»Das ist sehr rücksichtsvoll von dir.«

Deanna stand auf, trat näher und küßte Will.

»Danke dafür, daß du mich gerettet hast«, hauchte sie ihm ins Ohr. Riker lächelte müde. »Gehört alles zum Dienst.«

39

Als sich Will und Deanna dem Quartier des Ersten Offiziers näherten, wartete ein sehr besorgter Picard vor der Tür.

»Na schön, Nummer Eins«, sagte er steif und verschränkte die Arme. »Ich habe Ihre Wünsche respektiert – obwohl ich es nicht mag, wenn man mich warten läßt.«

»Die Counselor brauchte etwas Zeit, um sich zurechtzumachen«, erklärte Will.

»Für wen?« fragte Picard.

»Ja, für wen, Commander?« erkundigte sich auch Troi. Sie wirkte jetzt wieder völlig gefaßt. »Was hat das alles zu bedeuten?«

Will antwortete nicht, sondern betrat die Kabine und hoffte, dort sein zukünftiges Selbst anzutreffen. Er geriet in eine ziemlich schwierige Situation, wenn …

Vom älteren Riker fehlte jede Spur.

Will blieb in der Mitte des Zimmers stehen und wirkte plötzlich kummervoll. Troi und Picard folgten ihm. Das offensichtliche Unbehagen des Ersten Offiziers nahmen sie mit wachsender Verwirrung zur Kenntnis.

»Er ist weg«, brachte Riker enttäuscht hervor.

»Nummer Eins …« Picard sprach jetzt ganz langsam. »Wer … ist … weg?«

»Er meint mich.«

Die Antwort stammte von William Riker – aber nicht von jenem Riker, dem Picards Blick galt. Ein oder zwei Sekunden lang dachte der Captain, daß sich Will einen Bauchrednertrick oder etwas in der Art erlaubt hatte, doch dann begriff er, daß die Stimme hinter ihm erklungen war.

Er drehte sich um und sah, wie eine grauhaarige Version seines Stellvertreters aus dem Bad kam. »Ich bin noch immer hier«, sagte jener Mann. »Und ich …«

Er sah Deanna, die hinter dem jüngeren Riker stand. Will wich beiseite und deutete auf die Counselor. »Ich habe es geschafft. Das heißt – *wir* haben es geschafft.«

Picard war sprachlos, doch das spielte kaum eine Rolle. Admiral Riker schenkte ihm nicht die geringste Beachtung.

Er starrte die Betazoidin an, als wüßte er nicht, ob er seinen Augen trauen durfte. »Deanna …«, flüsterte er.

Sie trat einen Schritt näher. »Will …?«

Einen so schnellen und umfassenden emotionalen Wandel hatte Deanna nie zuvor erlebt. Eine Wolke aus Verzweiflung und Hoffnungslosigkeit hatte über dem Mann gehangen – bis er sie gesehen hatte. Daraufhin war die Düsternis verschwunden. War es möglich, daß eine Person – *eine einzige Person* – so etwas bewirken konnte?

Er näherte sich ihr nun und streckte die Hand aus. Picard und der junge Erste Offizier blieben reglos stehen und begnügten sich mit der Rolle von Beobachtern.

Der Admiral hob die Finger zum Gesicht der Betazoidin, doch sie verharrten einige Zentimeter von ihren Wangen entfernt. Vielleicht befürchtete er, daß eine Berührung die Frau als Trugbild entlarven könnte und ihn dadurch mit einer neuen Enttäuschung konfrontierte.

Dann nahm er seinen ganzen Mut zusammen und führte den Kontakt herbei. »O mein Gott«, hauchte er.

Rikers Gedanken kehrten zum Jalara-Dschungel zurück, und er begriff: Ihre Rollen schienen sich nun zu vertauschen. Er selbst begann heftig zu zittern, und Deanna reagierte instinktiv und schlang die Arme um ihn.

Gefühle brodelten immer heftiger und intensiver in ihm, und er begann zu schluchzen. Er scherte sich nicht darum, wer er war oder wer ihn sah. Ethik und Moral seines Verhaltens stellten keine Belastung dar. Es kam nur noch darauf an, daß Deanna lebte und er ihre warme Vitalität spürte. Viele Jahre des seelischen Schmerzes und der Selbstvorwürfe wurden nun fortgespült von heißen Tränen und den ersten echten Emotionen, die nicht aus Kummer bestanden.

Deanna hörte Rikers Gedanken, und dieses Erlebnis verblüffte sie ebensosehr wie damals. Oh, *Imzadi ... Ich bin wieder eins.* Es klang nach dem Dankgebet eines Mannes, der alles aufgegeben hatte, auch sich selbst. *Ich wußte nicht, was du mir bedeutest – bis ich dich verloren habe.*

»Es ist alles gut«, murmelte sie und drückte Riker an sich. »Es ist alles gut.«

Er wich ein wenig zurück und sah in Augen, die vier Jahrzehnte lang im Tod geschlossen gewesen waren. Jetzt glänzten sie so lebendig wie damals. Hier und dort zeigte sich Feuchtigkeit auf Deannas Wangen. Stammte sie von seinen Tränen oder von ihren eigenen?

Commander Will Riker stand ein wenig abseits, beobachtete das Paar und verspürte eine völlig irrationale Eifersucht.

»Worf an Riker.«

Der ältere Will hätte fast selbst geantwortet. Er unterdrückte die automatische Reaktion und nickte seinem jüngeren Selbst zu. »Ich glaube, du bist gemeint.«

Der Erste Offizier klopfte auf seinen Insignienkommunikator. »Ja?«

»Wir haben in Dhanns Kabine nachgesehen und den Botschafter dort bewußtlos vorgefunden. Vermutlich hat ihn der Chamäloid überwältigt, um seinen Platz einzunehmen.«

Der Admiral ließ Deanna los, wandte sich an Will und bedeutete ihm mit einer Geste, die Kom-Verbindung zu unterbrechen.

»Danke, Mr. Worf«, sagte der Commander. »Sorgen Sie für eine sichere Unterbringung des Chamäloiden. Riker Ende.« Und an sein zukünftiges Ich gerichtet: »Der Chamäloid gehört zu Ihren Verfolgern, nicht wahr?«

»Ich glaube schon. Wie sieht er aus? Ziemlich groß? Brauner Pelz?« Will nickte, und der Admiral fuhr fort: »Nun, wenn ich mich nicht sehr irre, befindet sich jetzt ein Offizier namens Blair in Ihrer Arrestzelle. Es gab nur einen Chamäloiden an Bord der … des Schiffes: Lieutenant Blair. So schnell kann niemand anderer in den Einsatz geschickt worden sein. Und natürlich hat er die Gestalt einer Person angenommen, die Deanna gut kennt. Man hat verhindern wollen, daß ich sie rette. Um das zu bewerkstelligen, hatte jemand bei den zentralen Ereignissen zugegen sein müssen, ohne dadurch Verdacht zu erregen. Als Dhann getarnt hatte mich Blair daran hindern wollen, meine Absichten zu verwirklichen.«

»Auch ich hätte einer von *ihnen* sein können«, meinte Will. »Als du zu mir gekommen bist … Du hattest damit rechnen müssen, daß dich eine Falle erwartet.«

»Ja. Deshalb habe ich aus dem Gedicht zitiert und deine Reaktion aufmerksam beobachtet. Es ging mir nicht nur darum, dich von meiner Identität zu überzeugen. Ich wollte auch herausfinden, ob du wirklich mein jüngeres Selbst bist.«

»Tut mir leid, daß ich Sie unterbrechen muß.« Picard trat vor. »Was mich betrifft … Ich habe nicht den geringsten Zweifel daran, ich selbst zu sein. Und ich würde jetzt endlich gern wissen, *was hier eigentlich los ist.*«

»Achten Sie darauf, in welchem Ton Sie mit mir

reden, Captain«, sagte der ältere Riker und lächelte. »Ich bin älter als Sie. Und ich bekleide einen höheren Rang.«

Picard ließ sich nicht leicht verblüffen, aber jetzt wirkte er völlig fassungslos. »Nummer Eins...?« Irgendwo in seiner Stimme vibrierte eine leise Warnung.

Will schob sich näher und deutete auf den grauhaarigen Mann. »Um es ganz einfach auszudrücken, Captain: Dies bin ich – mein älteres Selbst aus der Zukunft.«

»Das habe ich bereits vermutet, Nummer Eins«, erwiderte Picard. »Was macht er hier?«

»Nun, Captain...« Der Admiral holte tief Luft. »Ich möchte nicht viele Worte verlieren und gleich zum Kern der Sache kommen. Deannas Leben war in Gefahr. Ich bin in die Vergangenheit – Ihre Gegenwart – zurückgekehrt, um die Counselor zu schützen. Leider gibt es Leute, die das für falsch halten.«

»Will...«, begann Picard.

»Ja?« erwiderten die beiden Rikers.

Die Situation mochte recht ernst sein, aber es fiel Deanna trotzdem schwer, nicht zu lachen.

Picard korrigierte sich. »Admiral Counselor Troi ist schon des öfteren in Gefahr gewesen. Das gilt für uns alle. Warum sind Sie in diesem Fall das enorme Risiko einer Zeitreise eingegangen?«

»Deanna wäre gestorben.« Riker mied den Blick der Betazoidin. »Aber jetzt lebt sie. Und ich bin noch nicht in meine Zeit zurückgekehrt. Was nur bedeuten kann, daß noch immer Gefahr droht.«

Picard lehnte sich an den nahen Schreibtisch. »Auf welche Weise sind Sie hierher gelangt?«

Der Admiral maß ihn mit einem durchdringenden Blick. Einige Sekunden lang dachte er nach und rang sich dann zu einer Entscheidung durch. »Das kann ich Ihnen leider nicht sagen«, antwortete er.

Picard blinzelte. »Nun gut. Dann erklären Sie uns,

warum Counselor Troi ...« Er suchte nach den richtigen Worten. »... angegriffen worden ist?«

»Auch darüber muß ich schweigen.«

»Oh, um Himmels willen!« entfuhr es dem Captain. »Es scheint mir, als sei es erst gestern gewesen, daß wir diese Sache mit Rasmussen gehabt haben. Mit ihm haben wir ähnliche Diskussionen geführt – und dann stellte sich heraus, daß er nicht etwa aus der Zukunft gekommen ist, sondern aus der Vergangenheit.«

»Ich weiß«, sagte der Admiral. »Wir haben ihn gemeinsam kennengelernt.«

»Nun?«

Der Admiral preßte die Hände gegeneinander. »Jean-Luc ...«, begann er und bemerkte die Überraschung in den Zügen seines Gegenübers, das in ihm noch immer einen Untergebenen zu sehen schien. »Jean-Luc ... Ich bin tatsächlich ein enormes Risiko eingegangen, als ich mich auf eine Zeitreise hierher eingelassen habe. Sie wissen ebensogut wie ich, daß die Starfleet-Vorschriften Manipulationen des Zeitstroms strengstens verbieten.«

»Ja. Aber da Sie jetzt nun mal hier sind, und da Sie bereits direkten Einfluß auf die hiesigen Entwicklungen genommen haben ...«

»›Wennschon, dennschon‹? Meinen Sie das? Oder vielleicht so etwas wie: ›Wer A sagt, muß auch B sagen‹?« Der Admiral lächelte humorlos. »Ich wünschte, es wäre so einfach. Nun, ich bin nur aus einem einzigen Grund hergekommen – um Deanna zu retten. Mich über die Vorschriften hinwegzusetzen und die Verantwortung für das ganze Universum als schwere Bürde auf den Schultern zu spüren ... Es gibt nur eine Sache, die mich noch mehr belastet. Ich meine den gräßlichen Zwischenfall, als ich Sie damals zurücklassen mußte und die Romulaner Sie umgebracht haben.«

Picard erbleichte. Sein Gesicht war plötzlich so weiß wie nach seiner Verwandlung in einen Borg.

»Ich ...« Die Stimme war kaum mehr als ein Flüstern. »Ich bin den Romulanern zum Opfer gefallen?«

»Nein, Jean-Luc. Ich hab's erfunden.«

»Sie ...« Picard sah zu Will und Deanna, wandte sich dann wieder an den Admiral. »Sie haben es erfunden? *Warum?* Warum *scherzen* Sie mit so etwas?«

»Ich habe mir keinen Scherz erlaubt. Ich wollte nur auf etwas hinweisen. Wenn ich von Ereignissen berichte, die in keinem direkten Zusammenhang mit meiner Absicht stehen, könnte schon das eine oder andere falsche Wort weitere Veränderungen des Zeitstroms bewirken. Ich habe bereits Gott gespielt, als ich beschlossen habe, hier aktiv zu werden. Mehr davon kommt nicht in Frage. Wie würden Sie reagieren, wenn ich von jemandem an Bord dieses Schiffes – von Ihnen, Worf oder Beverly beispielsweise – in der Vergangenheitsform sprechen würde? Oder wenn ich irgendwie anders zu verstehen gäbe, daß in vierzig Jahren die eine oder andere Person nicht mehr leben wird? Sie und die anderen würden sich bei jeder gefährlichen Situation fragen: ›Ist es jetzt soweit? Muß ich jetzt sterben?‹ Auch das Gegenteil ist möglich. Jean-Luc ... Stellen Sie sich vor, von mir zu hören, daß Sie in vier Jahrzehnten der Oberbefehlshaber von Starfleet sind. Das Resultat wäre vielleicht ein Übermaß an Zuversicht. Sie würden sich möglicherweise zu Tollkühnheit und dergleichen hinreißen lassen. Womit Sie nicht nur sich selbst umbrächten, sondern auch die Crew Ihres Schiffes. Die Zeit ist keine eherne Konstante, sondern eine Art Knetmasse, die man leicht formen kann. Ich möchte ihre Struktur nicht noch mehr verändern.«

Die drei Offiziere musterten sich gegenseitig. Picard trommelte mit den Fingern auf den Schreibtisch. »Wenn Sie uns keine zusätzlichen Informationen geben ...«, sagte er schließlich. »Dann läßt sich nicht ausschließen, daß Deanna doch noch sterben wird.«

Riker warf der Counselor einen ernsten Blick zu.

»Ich weiß, Jean-Luc. Aber beim erstenmal wußte sie nichts. Jetzt ist sie vorgewarnt. Das muß erst einmal genügen. Außerdem habe ich noch immer einige Tricks auf Lager. Ich kann sie Ihnen nur nicht zeigen.«

Riker setzte sich, verschränkte die Arme und gab damit zu verstehen, daß er nichts mehr zu sagen hatte.

Picard seufzte. »Na schön. Ich kann nicht gerade behaupten, von der Situation begeistert zu sein. Andererseits haben wir es Ihnen zu verdanken, daß Counselor Troi noch lebt. Ich hoffe in diesem Zusammenhang, daß die guten Instinkte, die ich von meinem Ersten Offizier gewohnt bin, auch in seiner älteren Ausgabe vorhanden sind.«

Der Captain richtete sich auf, und Riker erhob sich. »Ich benötige eine neue Uniform, damit ich hier weniger auffalle.«

»Sie brauchen Lektüre, Admiral – um sich die Zeit zu vertreiben, während Sie hier warten«, erwiderte Picard. »Je weniger Besatzungsmitglieder Sie sehen, desto besser. Sie stehen in diesem Quartier unter Arrest. Die Tür wird mit einem Prioritätscode gesichert, der nur mir bekannt sein wird, und außerdem postiere ich Wächter im Korridor. Sie bleiben hier, Admiral.«

»Das ist doch Unsinn!« entfuhr es Riker verärgert. »Mir stehen ganz andere Möglichkeiten offen als Ihnen! Nur ich weiß, worauf es zu achten gilt!«

»Vielleicht«, räumte Picard ein. »Aber vielleicht auch nicht. Der Zeitsturm hat sich bereits verändert. Woraus folgt, daß wir von jetzt an alle improvisieren müssen. Und dazu bin ich ebenso imstande wie Sie. Sie bleiben in diesem Quartier, damit ich sicher sein kann, daß sich kein temporaler Manipulationsfaktur an Bord meines Schiffes herumtreibt. Counselor ...« Er wandte sich an Deanna. »Sie lassen sich von jetzt an auf Schritt und Tritt von Worf begleiten.«

»Wird er sich nicht über einen solchen Auftrag

wundern?« fragte Riker. »Immerhin muß er davon ausgehen, daß die Gefahr für Deanna vorbei ist.«

Picard, Will und Troi sahen ihn erstaunt an.

Der Admiral schnitt eine Grimasse. »Oh, ich verstehe. Natürlich. Als Klingone befolgt er einfach nur seine Befehle, und damit hat es sich. Entschuldigen Sie bitte. Es ist eine Weile her, seitdem ich ...« Er unterbrach sich. »Nun, es ist eine Weile her. Bitte glauben Sie mir, Captain – Sie haben sich gerade für den falschen Kurs entschieden. Es wäre weitaus besser, mir volle Bewegungsfreiheit zu gewähren.«

»Bitte durchsuchen Sie ihn nach Waffen, Nummer Eins«, sagte Picard ruhig.

Der Erste Offizier trat zu Riker, der völlig reglos dastand und den Captain mit einem finsteren Blick durchbohrte. Will nahm ihm den Phaser ab, der von dem Sicherheitsoffizier stammte, und fand noch einen anderen, wesentlich kleineren. Er zeigte ihn seinen Kollegen und pfiff leise durch die Zähne. »Meine Güte ... Was wird den Entwicklungstechnikern sonst noch alles einfallen?«

»Im Laufe der Zeit wirst du's herausfinden«, entgegnete der Admiral trocken.

Picard aktivierte seinen Insignienkommunikator und wies die Sicherheitsabteilung an, zwei Wächter vor Rikers Unterkunft zu postieren. Stille herrschte, während sie warteten, und schließlich war es der Captain, der das Schweigen beendete. »Können Sie mir wenigstens sagen, ob ... ob es in Ihrer Zeit noch ein Raumschiff namens *Enterprise* gibt?«

Riker lächelte dünn. »Ist das wichtig für Sie?«

»Ja.«

»Na schön. Die Antwortet lautet ja. Und die *Enterprise* meiner Gegenwart verdient ihren ehrenvollen Namen. Sie ...« Riker zögerte. »Sehen Sie? Ich wollte gerade sagen, daß Sie stolz auf sie *sein werden* oder *gewesen wären*. Solche Fehler unterlaufen einem viel zu leicht. Und da wir gerade bei Fehlern sind – es ist falsch, mich hier einzusperren.«

»Nun, wie heißt es so schön, Admiral? Fehler sind dazu da, um aus ihnen zu lernen.«

Rikers Blick wanderte zu Deanna, und in seinen Augenwinkeln bildeten sich noch mehr Falten. »Manche von uns lernen es nie«, sagte er. Seine Stimme klang amüsiert, aber es gab auch einen bitteren Unterton. »Und manche von uns sind bereit, Himmel und Hölle in Bewegung zu setzen – in der Hoffnung, eine Veränderung zum Besseren zu bewirken.«

Die Counselor senkte den Kopf und errötete ein wenig. Der Admiral verstand sofort. »Oh, entschuldige bitte. Ich bringe dich in Verlegenheit – weil ich meine Gefühle für dich ganz deutlich zum Ausdruck bringe. Weil ich mich nicht mehr auf die Zurückhaltung beschränke, an die wir uns beide gewöhnt hatten.«

Deanna nickte. »Ja«, gestand sie.

Der Admiral wandte sich an sein jüngeres Selbst. »Du dummer Narr«, sagte er streng. »Du wählst den einfachen, bequemen Weg, ohne zu ahnen, daß der schwierigere Pfad zu einem viel lohnenderen Ziel führt. Du hast nicht einmal genug Grips, um zu wissen, was wahres Glück bedeutet.« Riker schnaubte abfällig und sank in einen Sessel.

Picard, Will und Troi traten in den Korridor und ließen einen mürrischen Admiral zurück. Im Gang begegneten sie den Sicherheitswachen, und Picard erteilte ihnen ihre Anweisungen: Sie sollten neben der Tür des Quartiers Aufstellung beziehen, nach Problemen aller Art Ausschau halten und sofort dem Captain Bescheid geben, wenn sich irgend etwas tat. Der Einsatzbefehl beinhaltete das ausdrückliche Verbot, die Kabine zu betreten. Die beiden Wächter nickten, und Picard wies den Computer an, den Zugang zu blockieren – die Tür sollte sich nur auf seinen ausdrücklichen Befehl hin öffnen.

Als sie fortgingen, sagte Will: »Ich möchte Sie um Entschuldigung bitten, Captain. Und Sie ebenfalls, Counselor.« Der Erste Offizier siezte die Betazoidin jetzt wieder.

Picard sah ihn ebenso überrascht an wie Deanna. »Weshalb denn, um Himmels willen?«

»Wegen des Verhaltens des Admirals.«

»Dafür sind Sie ja wohl kaum verantwortlich, Nummer Eins«, erwiderte der Captain. »Ich meine, Sie sind zwar gewissermaßen er, und er ist Sie, aber ... Vierzig Jahre trennen Sie voneinander. Und viele Erfahrungen.«

»Nun, zu beobachten, wie das eigene Selbst ein solches Gebaren an den Tag legt ...«

Deanna zuckte mit den Schultern. »Meiner Ansicht nach hat er sich überhaupt nicht danebenbenommen.«

»Soll das ein Witz sein?« entfuhr es Will. »Nun, ich verdanke ihm zwar eine Menge ...« Ein kurzer Blick zur Betazoidin sagte deutlich, was er meinte. »Aber irgend etwas an ihm ... hat mich gestört.«

»Sie haben Ihr zukünftiges Ich gesehen, Nummer Eins«, sagte Picard. »Was auch immer Ihnen unangenehm aufgefallen ist – es muß ein Aspekt Ihres Wesens sein.«

»Nein«, widersprach Riker. »Das kann ich nicht glauben. Dieses Etwas hat mich zu sehr an ...« Seine Stimme verklang.

»An wen hat es Sie erinnert, Nummer Eins?«

Will seufzte. »An meinen Vater.«

Deanna lachte leise, und daraufhin verzog Will das Gesicht.

»Nun ...« Es fiel Picard sehr schwer, nicht zu lächeln. »Wie dem auch sei – wir sind in einer sehr schwierigen Situation, und je weniger Leute davon wissen, um so besser. Allerdings ... Es gibt da eine ganz bestimmte Person, die von dieser Angelegenheit erfahren sollte. Ich bin sicher, daß sie uns den einen oder anderen Rat wird geben können.«

Data befand sich im Kontrollraum der *Enterprise*, als sein Insignienkummunikator zirpte. »Hier Commander Data.«

Die vertraute Stimme des Captains erklang. »Ich möchte eine wichtige Sache mit Ihnen besprechen. Bitte suchen Sie unverzüglich Ihr Quartier auf.«

»Mein Quartier?« wiederholte der Androide. »Das ist recht ungewöhnlich, Captain.«

»Es handelt sich auch um etwas recht Ungewöhnliches, Mr. Data.«

»Nun gut, Captain.« Der Commander stand auf. »Ich bin unterwegs.«

Lieutenant Barclay schritt durch den Korridor und fühlte sich irgendwie desorientiert. Als er an der Kabine des Androiden vorbeikam, stieß er gegen Data, der ihn neugierig musterte. »Ist alles in Ordnung mit Ihnen, Lieutenant?«

»Es ... es geht mir gut«, erwiderte Barclay dumpf.

»Wie Sie meinen.« Data drehte sich um und betrat das Quartier. Barclay seufzte. Er wußte noch immer nicht, was er von seinen Erlebnissen auf dem Holo-Deck halten sollte. Vielleicht brauchte er schlicht und einfach Urlaub. Und zwar einen Urlaub, der nichts mit irgendwelchen holographischen Pseudorealitäten zu tun hatte. Irgendein Ausflug in die Wirklichkeit ...

Fiel es ihm womöglich schwer, das Imaginäre vom Realen zu trennen? Verlor er allmählich den Kontakt zur Welt, die ihn umgab?

Nein, dachte er. *Unmöglich. Ausgeschlossen.*

Er brachte eine Ecke hinter sich und stieß gegen Data.

Barclay wich zurück und schnappte verdutzt nach Luft. »Aber, aber ...«

Der Androide sah ihn an, und Neugier leuchtete in

seinen gelben Augen. »Ist alles in Ordnung mit Ihnen, Lieutenant?«

Barclay versuchte vergeblich, ein immer stärker werdendes Déjà-vu-Gefühl zu unterdrücken. »... geht mir gut«, sagte er.

»Wie Sie meinen.« Data setzte den Weg zu seiner Unterkunft fort.

Barclay blinzelte mehrmals, lehnte sich an die Wand und wimmerte leise.

Data betrat die Kabine. »Captain?«

Die Tür schloß sich hinter ihm, und abgesehen von dem leisen Zischen blieb alles still.

»Captain?« wiederholte der Androide.

Er spürte eine eigenartige Präsenz, drehte sich um und ...

Eine Hand berührte seinen Desaktivierungsschalter, und Data erschlaffte. Er bekam nicht einmal Gelegenheit, den Angreifer zu sehen.

Der Eindringling ließ den nun völlig reglosen Androiden aufs Bett sinken und wich zurück. Nach einigen Sekunden wandte er sich dem Spiegel zu und betrachtete sich.

Perfekt. Natürlich hatte er nichts anderes erwartet. Immerhin war er das gleiche Individuum. Er alterte nicht. Sein Körper wies immer dieselbe Struktur auf, und es gab auch keine Beeinträchtigungen seiner intellektuellen Leistungsfähigkeit.

Er war imstande, praktisch jede beliebige Stimme nachzuahmen, auch die des Captains – ein Talent, das sich nun als sehr nützlich erwiesen hatte.

Data neigte den Kopf zur Seite, als ihm etwas einfiel. Er erinnerte sich nicht an diesen besonderen Zwischenfall, obgleich das Geschehen seine eigene Vergangenheit betraf. Wie war es möglich, daß sich etwas ereignet hatte, ohne Spuren in seinem Gedächtnis zu hinterlassen?

Ähnliches galt auch für Admiral Riker. Sein Verhalten bei dem Bestreben, Deanna Troi zu retten, deutete darauf hin, daß er nicht wußte, was passieren würde. Aber wenn er in seine eigene Vergangenheit zurückkehrte, um sie zu verändern, so mußte er als sein älteres Selbst seit vierzig Jahren von den bewirkten Veränderungen wissen. Gehörte vielleicht ein ausgeklügeltes Täuschungsmanöver zu seiner Strategie?

Nein. Derartige Annahmen hielt Data für unwahrscheinlich. Er glaubte vielmehr, daß der Admiral und er selbst aus dem Grund keine Erinnerungen an die Ereignisse hatten, weil sie hier und jetzt geschahen. Mit anderen Worten – die Zukunft formte sich in der Gegenwart.

Allerdings ... Die Zukunft hatte sich bereits geformt. Besser gesagt: *eine* Zukunft. Rikers Absicht bestand darin, sie zu verändern, und Data wollte sie bewahren.

Deanna Troi durfte auf keinen Fall die Möglichkeit erhalten, Einfluß auf den Verlauf der Friedenskonferenz mit den Sindareen zu nehmen. Sie mußte sterben, so wie es die Geschichte verlangte.

Er nahm den Insignienkummunikator des desaktivierten Androiden und befestigte ihn an der Uniform, die er sich aus einem Lagerraum besorgt hatte. Auch in dieser Hinsicht wollte er nichts dem Zufall überlassen.

Data klopfte auf das kleine Gerät. »Computer«, sagte er, »lokalisiere Counselor Deanna Troi.«

Ein oder zwei Sekunden lang hoffte er auf folgende Antwort: »Counselor Troi ist tot und liegt in einem Stasisfeld.« Dann wäre alles viel einfacher gewesen.

Statt dessen sagte der Computer. »Deanna Troi befindet sich in ihrem Quartier.«

Data nickte und näherte sich seinem Ebenbild, um aus Sicherheitsgründen eine kleine Veränderung an ihm vorzunehmen. Anschließend machte er sich auf den Weg zur Unterkunft der Counselor.

40

Picard begab sich in die Bar im zehnten Vorderdeck, sprach dort mit Guinan und erstattete ihr einen knappen Bericht. Anschließend fragte er: »Was halten Sie davon?«

»Was ich davon halte?« wiederholte sie. »Meiner Ansicht nach klingt es absurd.«

»Aber würden Sie nicht etwas spüren?« erkundigte sich Picard. »Wenn sich unser Zeitstrom auf irgendeine Weise verändern würde – wären Sie in der Lage, es zu bemerken? Sie haben mehrmals angedeutet, daß Ihnen in dieser Hinsicht eine besondere Sensibilität zu eigen ist.«

»Ja, das stimmt. Doch verwechseln Sie das nicht mit Allwissenheit.« Sie füllte ein Glas für den Captain, reichte es ihm und blickte dann eine Zeitlang ins Leere. »Ich lebe von Tag zu Tag, ebenso wie Sie. Ebenso wie alle anderen. Wenn es nun zu einer starken Störung im Raum-Zeit-Kontinuum kommt, die ihre Ursache in der Vergangenheit hat, könnte ich Sie vielleicht darauf hinweisen, daß irgend etwas nicht mit rechten Dingen zugeht. Aber wenn so etwas wie jetzt geschieht, in der aktuellen Gegenwart …« Guinan schüttelte den Kopf. »Dann weiß ich ebenso wenig wie Sie.«

Picard nickte. »Ich habe mit dem Gedanken gespielt, die Friedenskonferenz abzusagen. Logischerweise ist ein Zusammenhang zwischen dem Mordanschlag auf Deanna und der Konferenz zu vermuten. Es wäre auch möglich, die Delegierten zu verhören, und …« Der

Captain seufzte tief. »Doch damit wagen wir uns aufs Glatteis temporaler Spekulationen und Mutmaßungen. Wie weit darf ich gehen? Abgesehen davon, Deanna zu schützen, meine ich. Wenn dies alles nicht passiert wäre, hätte es keinen Grund für mich gegeben, besondere Maßnahmen zu ergreifen. Was vielleicht bedeutet, daß ich besser darauf verzichten sollte.«

»Es mag klug sein, den Dingen ihren Lauf zu lassen«, sagte Guinan.

Wieder nickte Picard.

In diesem Augenblick kam Data herein. Nachdenklich blickte er sich um und trat näher, als der Captain ihn heranwinkte. Neben ihm nahm er Platz und begrüßte Guinan mit einem höflichen Nicken.

»Eine Frage, Captain«, sagte er. »Warum bewachen Lieutenant Worf und drei Angehörige der Sicherheitsabteilung das Quartier der Counselor?«

Picard wechselte einen kurzen Blick mit Guinan und stellte sein Glas ab. »Na schön, Data. Ich weihe auch Sie ein und werde Commander Riker mitteilen, daß Sie Mitglied unserer kleinen Runde geworden sind. Aber das Wissen muß unbedingt auf uns beschränkt bleiben. Der *offizielle* Grund besteht darin, daß es ein unbekannter Attentäter auf das Leben der Counselor abgesehen hatte – jemand, der nun in der Arrestzelle sitzt. Bis dahin stimmt alles. Leider ist die ganze Sache noch viel komplizierter ...«

Das wußte Data natürlich.

Als er die Wächter vor Deannas Unterkunft und zudem auch den klingonischen Sicherheitsoffizier Worf gesehen hatte, der alle Vorbeikommenden argwöhnisch beobachtet hatte, hatte er begriffen, daß er ein Problem hatte. Es wäre ihm natürlich nicht schwer gefallen, Worf und die drei anderen Männer zu überwältigen. Sie sahen ihn nicht als Gegner an, und er hätte sie sofort neutralisieren können, ohne daß sie die Möglichkeit gehabt hätten, nennenswerten Widerstand zu leisten. Und im Anschluß daran ... Deannas Tod, den niemand hätte verhindern können. Er hätte den Zeitstrom wieder in die richtige Richtung gelenkt, was ihn und vermutlich auch Riker und Blair in ihre eigene Zeit zurückgebracht hätte.

Aber ein offener, direkter Angriff hätte unmißverständlich darauf hingedeutet, daß an Bord der *Enterprise* nicht nur ein Data existierte, sondern zwei. Schlimmer noch: Wenn es dem Data dieser Epoche nicht gelang, die anderen von seiner Unschuld zu überzeugen, mußten Kommandant und Offiziere des Raumschiffes zu dem Schluß gelangen, daß Data auch in vierzig Jahren noch existieren würde – eine Erkenntnis, die Konsequenzen nach sich ziehen würde –; oder sie würden glauben, daß der Androide plötzlich den Verstand verloren haben muß, und vielleicht beschließen, ihn zu demontieren. Und in diesem Fall ...

Was dann?

Würde dadurch die Existenz des zukünftigen Datas enden? Und wenn es ihn in vierzig Jahren gar nicht mehr gab – wer kehrte dann in die Vergangenheit zurück, um Admiral Rikers Pläne zu vereiteln? Wenn er dann nicht existierte, konnte er auch nicht in die Vergangenheit reisen, um Admiral Rikers Absichten zu durchkreuzen. Unter solchen Voraussetzungen wiederum würde allerdings auch jene Ereigniskette ausbleiben, die zu seiner eigenen Demontierung geführt hätte.

Und dann ...

Data unterbrach diese Überlegungen. Mit solchen Gedanken bewegte er sich in einer Endlosschleife. Sie betrafen ein theoretisches Paradoxon, das Geordi La-Forge einmal mit folgenden Worten kommentiert hatte: »Genau aus diesem Grund bekomme ich immer Nasenbluten, wenn's um Zeitreisen geht.«

Datas Nase blutete nicht, aber er wußte, daß er sich in einer schwierigen Situation befand.

Das Problem konnte nur gelöst werden, wenn er sich zusätzliche Informationen beschaffte.

Und genau das versuchte er jetzt.

Sobald er über die erforderlichen Daten verfügen würde, würde er sicher einen Weg finden, sein Ziel doch noch zu erreichen.

41

Inzwischen war bei der Wache vor Deannas Quartier ein Schichtwechsel erfolgt. Worf jedoch ließ sich nicht ablösen, was kaum jemanden überraschte. In ähnlichen Situationen hatte der Klingone mehr als nur einmal im wahrsten Sinne des Wortes unmenschliches Durchhaltevermögen bewiesen.

Als sich Will Riker näherte, zeigte das finstere Gesicht des Sicherheitsoffiziers nicht die geringsten Ermüdungserscheinungen.

»Niemand hat Counselor Troi besucht oder mit ihr gesprochen«, meldete Worf. »Abgesehen von Dr. Crusher. Ihr Aufenthalt in der Kabine ist selbstverständlich überwacht worden.«

Riker nickte anerkennend. »Gut. Nun, trotz der Ereignisse vor einigen Stunden äußerte Deanna die Absicht, an der Konferenz teilzunehmen.« Er klopfte auf seinen Insignienkommunikator. »Riker an Counselor Troi. Sind Sie wach?«

Aus irgendeinem Grund brachte es der Commander nicht fertig, die Betazoidin zu duzen. Lag es an der Anwesenheit von Worf und den anderen Sicherheitsleuten?

»Ja«, meldete sich Troi. »Ich bin wach und fertig.«

»Gut.« Will bedeutete dem Klingonen und seinen Männern, ihm zu folgen. Worf stellte fest, daß der Erste Offizier einen Phaser bei sich führte, was er für durchaus angemessen hielt.

Deanna trat ihnen entgegen und sah hinreißend aus.

»Wie geht es Ihnen heute, Counselor?«

»Nun ...« Sie tastete nach dem Nacken. »Ich muß beim Schlafen irgendwie falsch gelegen haben. Mein Hals ist ganz steif.«

»Brauchen Sie eine kleine Massage?«

»Nein.« Deanna lächelte. »Die Schmerzen sind kaum der Rede wert. Und sie erinnern mich daran, daß ich noch lebe.«

Riker erwiderte das Lächeln. »Ich kenne bessere Möglichkeiten, um sich daran zu erinnern, am Leben zu sein.«

Deanna wußte, was er meinte. »Ja, Commander, das glaube ich Ihnen gern.« Sie stand auf. »Gehen wir zur Friedenskonferenz.«

Sie schritten durch den Korridor: Deanna, Worf, Riker und die Sicherheitswächter. Andere Crewmitglieder warfen ihnen neugierige Blicke zu.

»Brauche ich ein solches Gefolge?« fragte Deanna leise.

»Bis zum Konferenzzimmer – ja«, antwortete Riker. »Wir haben eine spezielle Sicherheitskammer vorbereitet und mit einem Neutralisierungsfeld ausgestattet, das auf Waffen reagiert. In diesem Raum droht Ihnen keine Gefahr mehr. Wenn Sie dort eingetroffen sind, können Worf und seine Leute zu ihren Pflichten zurückkehren.«

»Meine Aufgabe besteht darin, die Sicherheit aller Personen an Bord zu gewährleisten«, erklärte der Klingone.

»Und Sie leisten ausgezeichnete Arbeit«, versicherte ihm Deanna.

Worf brummte nur.

»Ist bestimmt alles in Ordnung mit Ihnen?« wandte sich Riker noch einmal an Deanna.

Sie nickte. »Ja. Beverly hat mich untersucht.«

»Ich habe von einem überwachten Aufenthalt der Ärztin in Ihrem Quartier gehört.«

»Ihre Geräte und Instrumente haben nichts feststellen können, und doch … Für einige Sekunden habe ich erneut etwas gespürt, wieder dieses Brennen in der Brust, das ich bereits erwähnt habe. Doch dann ist es verschwunden. Was auch immer die Phiole enthielt, ich schätze, es hat so gewirkt, wie es wirken sollte. Ich bin Ihnen zu großem Dank verpflichtet – Ihnen *beiden.*«

»In der vergangenen Nacht habe ich darüber nachgedacht«, sagte Will. »Vielleicht bin ich ein wenig zu voreilig gewesen, als ich Kritik an seinem Verhalten geübt habe. Ich meine, es gehört wirklich Mumm dazu, in die Vergangenheit zu reisen und so viel zu riskieren. Ich wäre sicher nicht dazu imstande.«

Deanna legte ihm die Hand auf den Arm. »Sie zweifeln zu sehr an sich selbst. Nun, wollen wir nur hoffen, daß Sie nie eine derartige Entscheidung zu treffen haben.«

Admiral William Riker befand sich noch immer im Quartier seines jüngeren Selbst und zerrte ungeduldig am Absatz eines Stiefels.

Immer wieder warf er einen prüfenden Blick aufs Chronometer. »Computer, lokalisiere Deanna Troi«, sagte er.

Commander Riker hatte das Kommunikationspotential seiner Kabine ganz bewußt deaktiviert. Klugerweise hatte er damit gerechnet, daß der Admiral die Ähnlichkeit ihrer Stimmen zu nutzen versuchen würde, um die Hilfe irgendeines Unwissenden in Anspruch zu nehmen. Die Lokalisierungsfunktion war allerdings nach wie vor in Betrieb.

»Deanna Troi befindet sich auf Deck dreiundzwanzig«, erwiderte der Computer.

»Wahrscheinliches Ziel?«

Riker bekam sofort Antwort. »Der Sicherheitsraum dreiundzwanzig D wurde für die Sindareen-Friedenskonferenz reserviert, und Counselor Troi soll an den Beratungen teilnehmen. Derzeit beträgt ihre Entfernung zum genannten Zimmer hundertfünfzig Meter. Die Wahrscheinlichkeit dafür, daß es ihr Ziel ist, beläuft sich auf …«

»Schon gut. Ich habe verstanden.«

Der Admiral drehte den Absatz des Stiefels, der sich daraufhin löste. Er drehte ihn herum und hielt dabei die Hand auf.

Wenige Sekunden später ertasteten seine Finger einen Mini-Phaser.

Er nickte anerkennend und rückte den Absatz wieder zurecht.

Gleichzeitig hoffte er, die richtige Entscheidung getroffen zu haben, als er eine ganz bestimmte Information für sich behalten hatte. Er hätte darauf hinweisen können, daß es die Sindareen nicht ernst meinten und eigentlich gar keinen Frieden wollten. Wenn er dieses Wissen mit Picard und den anderen geteilt hätte, wären vielleicht alle Schwierigkeiten überwunden gewesen – insbesondere wenn tatsächlich die Sindareen hinter der ganzen Sache steckten.

Aber er hatte den Captain nicht angelogen – in diesem Zusammenhang bewegte er sich tatsächlich auf sehr unsicherem Grund. Wie freizügig durfte er mit Informationen umgehen? Sollte er vom Doppelspiel der Sindareen berichten? Sollte er die Möglichkeit erwähnen, daß sich vielleicht ein zweiter Androide an Bord befand – ein aus der Zukunft stammender Data? An Datas Stelle hätte Riker kaum gezögert, ebenfalls in die Vergangenheit zu reisen. Data kannte alle Einzelheiten des Schiffes. Und angesichts eines unverändert gebliebenen äußeren Erscheinungsbilds fiel er nicht auf.

Nein, Riker mußte diese Dinge für sich behalten, wenn er weitere Veränderungen des Zeitstroms verhindern wollte. Wenn er derartige Informationen preisgab – wohin mochte das noch führen? Welche Konsequenzen ergaben sich daraus?

Es blieb nur eine Möglichkeit. Er mußte selbst aktiv werden, ohne Erklärungen. Er beschloß, Deannas Schutzengel zu sein, ihr …

… Imzadi.

Doch dieser Pflicht konnte er nur gerecht werden, wenn er aus dieser Unterkunft herauskam.

Er trat an die gegenüberliegende Wand heran. Der Offizier, der das angrenzende Quartier bewohnte, befand sich schon seit einer Weile im Dienst, und daher bot sich diese Fluchtroute an.

Riker wählte die geringste Emissionsstufe des Mini-Phasers. Er durfte auf keinen Fall riskieren, die Wächter zu alarmieren.

Er betätigte den Auslöser, und ein dünner Strahl gleißte auf. Der Admiral faßte sich in Geduld, als er begann, damit ein Loch in die Wand zu schneiden.

Das automatische Sicherheitssystem der *Enterprise* erkannte 398 verschiedene Waffen, war jedoch nicht imstande, den Miniaturphaser aus der Zukunft zu identifizieren. Natürlich registrierte er die energetischen Emissionen und nahm eine Kategorisierung vor. Danach ging er davon aus, daß in der Kabine des Ersten Offiziers ein kleiner Schweißapparat zum Einsatz gelangte. Bei solchen Geräten handelte es sich nicht um Waffen – es gab also keinen Grund, einen Sicherheitsalarm auszulösen.

Riker setzte seine Arbeit ungestört fort.

Als Will und Deanna den Konferenzraum betraten, waren Picard sowie die Delegierten der Cordianer, Luss und Byfrexianer bereits anwesend. Nur die Sindareen fehlten noch.

Dhann saß neben dem Botschafter der Luss, und in seinem Gesicht zeigte sich noch immer Verwirrung.

Warum war er irgendwann in seinem Quartier erwacht? Diese Frage hatte er sich mehrmals gestellt, ohne eine befriedigende Antwort zu bekommen. Als er Deanna eintreten sah, erhob er sich und richtete einen hoffnungsvollen Blick auf sie – vermutlich rechnete er damit, Auskunft zu bekommen. Doch die Counselor bedeutete ihm stumm, wieder Platz zu nehmen. Irgendwie gelang es ihr, ihm folgende Botschaft zu übermitteln: *Wir reden später miteinander.*

Will wandte sich an Worf und die Sicherheitswachen. »Jetzt droht keine Gefahr mehr«, sagte er leise.

»Glauben Sie?« grollte Worf.

»Ja.« Der Erste Offizier klopfte auf seinen Phaser. »Ich habe die einzige funktionstüchtige Waffe in diesem Raum – sie ist auf den Sicherheitscode des Neutralisierungsfelds programmiert. Ich werde neben Deanna sitzen und dafür sorgen, daß ihr niemand zu nahe kommt. Es gefällt ihr allerdings nicht sonderlich, so sehr im … Zentrum der allgemeinen Aufmerksamkeit zu stehen.«

»Na schön«, brummte der Klingone. »Aber benachrichtigen Sie mich sofort, wenn es irgendwelche Anzeichen für Probleme gibt.«

Es klang nach einem Befehl, obgleich der Sicherheitsoffizier einen niedrigeren Rang bekleidete. Will nahm keinen Anstoß daran. »Ja, Sir«, sagte er.

Wenn Worf den amüsierten Sarkasmus zur Kenntnis nahm, so ließ er sich nichts anmerken. Er nickte knapp, drehte sich um und ging hinaus. »Die Sindareen sind noch nicht da«, stellte Picard überflüssigerweise fest, als Riker und Troi Platz nahmen.

»Vielleicht sollten wir trotzdem beginnen«, schlug der cordianische Botschafter vor. »Ich nehme an, ohne die Sindareen können wir bei dieser Friedenskonferenz eine schnellere Einigung erzielen.«

Darauf hin lachten die Delegierten.

Picard schmunzelte. »Ich halte es für besser, daß wir höflich sind und noch ein wenig warten.«

Data saß auf der Brücke und blickte auf den großen Wandschirm, der den Heimatplaneten der Sindareen zeigte.

Die Tür des Turbolifts öffnete sich, und Worf betrat den Kontrollraum. Data wartete, bis der Klingone an seinen Posten zurückgekehrt war. Dann stand er auf und sagte: »Ich muß mich um eine wichtige Angelegenheit kümmern, Mr. Worf. Sie haben das Kommando.«

Er verließ die Brücke, bevor der Klingone Antwort geben konnte.

Worf nahm die Anweisung mit der für ihn üblichen Gelassenheit hin. Was auch immer die Aufmerksamkeit des Androiden verlangte – es ging ihn nichts an.

Lieutenant Barclay hielt die vergangene Nacht inzwischen für einen üblen Traum, hervorgerufen durch eine übermäßige Stimulierung seiner Phantasie. Er trat aus der Hygienezelle und streifte seine Uniform über, um den Dienst anzutreten.

Die beiden Sicherheitsleute vor Rikers Quartier drehten sich nicht um, als die Tür der nächsten Unterkunft aufglitt.

Dadurch hatten sie keine Möglichkeit, rechtzeitig zu reagieren. Aus dem Miniaturphaser in der Hand von Admiral Riker löste sich ein Betäubungsstrahl, erfaßte die Männer und ließ sie bewußtlos zu Boden sinken.

Riker sah sich rasch um und stellte erleichtert fest, daß sich nach rechts und links ein leerer Korridor erstreckte. Er griff nach den Armen der Sicherheitsleute und zog die Reglosen in das Quartier, aus dem er eben gekommen war. Dabei strengte er sich so sehr an, daß er stechenden Schmerz in den Muskeln spürte. Einmal mehr verfluchte er sein Alter.

Er ließ die beiden Männer auf dem Boden liegen, direkt neben dem Segment, das er aus der Wand geschnitten hatte. Die betäubende Wirkung des Phaserstrahls hielt mindestens eine Stunde an. Er hatte also etwas Zeit.

Als er erneut in den Korridor trat, trug er die Uniform einer Sicherheitswache. Er hoffte, damit nicht ganz so auffällig zu sein. Obwohl sich an seiner Ähnlichkeit mit dem Ersten Offizier dieses Schiffes natürlich nichts geändert hatte.

Data, dachte er. *Wenn Sie hier sind … Wo würden Sie aktiv werden? Und auf welche Weise? Wären Sie wirklich bereit, Deanna kaltblütig umzubringen? Und wie würden Sie dabei vorgehen?*

Die Transportkapsel des Turbolifts trug Data durchs Raumschiff. Er hatte sich die notwendigen Informationen besorgt und einen Plan entwickelt, der Erfolg versprach.

Ein Resultat würde sicherlich aus Verwirrung bestehen. Doch damit ließ sich leicht leben. Wichtig war, daß nichts *Konkretes* zurückblieb.

Abgesehen von Deannas Leiche.

Die Sindareen betraten den Konferenzraum. »Wir bitten um Entschuldigung«, sagte Botschafterin Nici. »Wir wußten nicht, daß die Beratungen in diesem Raum stattfinden.«

Eza musterte Troi, und dabei veränderte sich sein Gesichtsausdruck auf eine sonderbare Weise. Deanna spürte, wie hinter ihrer Stirn etwas zu prickeln begann – etwas, das ihr vertraut erschien …

Dieses Empfinden hatte sich schon einmal in ihr geregt – vor Jahren, als sie eine Geisel der Sindareen gewesen war.

Admiral Riker eilte durch den Korridor – und verharrte plötzlich.

»*Natürlich*«, hauchte er.

Abrupt drehte er sich um und lief zurück in die Richtung, aus der er gekommen war.

Der Androide verließ den Turbolift, und jemand rief: »Data!«

Geordi LaForge schloß zu ihm auf. »Freut mich, daß ich Sie hier treffe. Es gibt einige seltsame Varianten in den Warpfeld-Fluktuationen.«

»Ich habe jetzt leider keine Zeit, Geordi.« Data ging weiter.

Der Chefingenieur versperrte ihm den Weg. »Ist alles in Ordnung mit Ihnen?«

»Ich funktioniere einwandfrei. Lassen Sie uns die Feldfluktuationen an einem späteren Zeitpunkt erörtern, Geordi. Ich muß mich jetzt um andere Dinge kümmern.«

»Diese Sache ist wirklich seltsam. Die Raum-Zeit-Kapazitoren reagieren auf irgendeinen unbekannten Faktor ...«

»Später«, sagte Data fest. Mit langen, zielstrebigen Schritten marschierte er durch den Korridor und ließ einen verwunderten LaForge hinter sich zurück.

Will Riker musterte die Diplomaten am Tisch. Alle wirkten ruhig, gelassen und freundlich – oder zumindest höflich.

Er sah zu Deanna hinüber. In ihrem Gesicht zeichnete sich ein Hauch Verwirrtheit ab. Will kannte diesen Ausdruck. Die Betazoidin konzentrierte sich und versuchte, Gefühle zu empfangen, um sie zu deuten und aus deren emotionalen Mustern auf Absichten zu schließen.

Der Erste Offizier spielte mit dem Gedanken,

Deanna zu fragen, wie die Atmosphäre im empathischen Äther beschaffen war. Doch er entschied sich dagegen. Früher oder später würde sie es ihm sicherlich mitteilen.

Lieutenant Barclay warf einen Blick auf den Arbeitsplan und stellte fest, daß ihn keine besonderen Aufgaben erwarteten. Er sah noch einmal in den Spiegel, strich das Haar glatt und pfiff munter vor sich hin, als er die Kabine verließ. Er freute sich auf einen Tag ohne unliebsame Zwischenfälle.

Im Korridor begegnete er Lieutenant Commander Data, der ihm einen flüchtigen Blick zuwarf.

»Guten Morgen, Sir.«

»Guten Morgen, Lieutenant Barclay. Heute wirken Sie viel entspannter.« Data setzte den Weg fort, und Barclay pfiff noch immer, als er zum Turbolift ging.

Admiral Riker stürmte ins Quartier des Androiden und stöhnte leise auf.

Data lag reglos auf seinem Bett. Ganz offensichtlich war er deaktiviert und dann einfach aufs Polster geworfen worden.

Unglücklicherweise fehlte ihm der Kopf.

Riker gab sich sechzig Sekunden Zeit für die Suche danach. Anschließend blieb ihm nichts anderes übrig, als das Quartier wieder zu verlassen und dem Data aus der Zukunft zu folgen. Es wäre sicher vorteilhaft für ihn gewesen, auf die Kraft des gegenwärtigen Androiden zurückzugreifen, aber wenn das nicht möglich war, würde er irgendwie auch alleine damit zurechtkommen.

Bislang war ihm das jedenfalls immer gelungen.

Beziehungsweise würde es ihm immer gelingen.

Riker ächzte innerlich.

Die Tür des Konferenzzimmers öffnete sich, und Data kam herein. Picard sah ihn fragend an.

»Es handelt sich um eine private Angelegenheit, die Counselor Troi betrifft, Sir.«

»Nun gut«, entgegnete der Captain verwundert.

Deanna stand auf, ebenso wie Will. Zusammen mit Data zogen sie sich in eine Ecke des Raumes zurück.

»Sie wissen sicher, daß mich der Captain informiert hat«, sagte Data leise. Als Riker und Troi nickten, fuhr er fort: »Ich bringe schlechte Nachrichten. Ihr Selbst aus der Zukunft, Admiral Riker … Er hat einen Herzanfall erlitten. Dr. Crusher bezeichnet seinen Zustand als sehr ernst. Er …« Der Androide wandte sich an Troi. »Er möchte Sie sprechen, Counselor.«

Deanna runzelte die Stirn. »Ich … spüre überhaupt nichts von ihm.«

»Er ist kaum mehr bei Bewußtsein, Counselor. Vielleicht beeinflußt das Ihre empathischen Fähigkeiten. Oder die Nähe von *Commander* Riker hindert Sie daran, den mentalen Fokus auf *Admiral* Riker zu richten. Ich habe es für besser gehalten, Sie persönlich zu unterrichten, anstatt den Kommunikator zu benutzen. Für den Fall, daß jemand das Kom-System angezapft hat und mithört …«

»Da haben Sie völlig richtig gehandelt, Mr. Data«, sagte Riker. »Es war richtig, uns persönlich zu verständigen.«

»Ich sollte sofort zu ihm gehen.« Deutliche Besorgnis erklang in Deannas Stimme.

»Ich komme mit«, bot sich der Erste Offizier an.

»Halten Sie das für klug, Commander?« fragte Data. »Stellen Sie sich vor, Ihrem eigenen Tod beizuwohnen … Es wäre sicher kein angenehmer Anblick.«

Deanna wandte sich an Will. »Er hat recht. Bitte … Ich möchte nicht, daß du solchen Belastungen ausgesetzt wirst.« Sie duzte den Commander nun wieder. »Mir passiert bestimmt nichts – schließlich ist Data bei mir. Und um ganz ehrlich zu sein – ich glaube, du machst dir zu viele Sorgen. Wahrscheinlich ist die Gefahr längst überstanden.«

Data nickte zustimmend.

42

Die von ihm selbst gesetzte Frist betrug nur noch drei Sekunden, als Admiral Riker endlich Datas Kopf fand. In eine Decke gehüllt lag er ganz hinten im Schrank. Am Zweck dieses Manövers bestand nicht der geringste Zweifel. Die Suche nach dem Schädel sollte nur Zeit kosten, ohne daß die Existenz des Androiden tatsächlich in Gefahr geriet.

Riker strich die Decke beiseite und aktivierte den Kopf. Data blinzelte, sah sich um und richtete den Blick dann nach oben.

»Ich nehme an, Sie sind nicht die Person, die mich in diese Lage gebracht hat.«

»Nein«, erwiderte der Admiral. »Dafür sind Sie selbst verantwortlich.«

»Offenbar sind Sie ein älterer Riker.«

»In der Tat.« Er stand auf. »Können Sie Ihren Körper ohne einen direkten physischen Kontakt kontrollieren?«

Das positronische Gehirn des Androiden sendete einige kybernetische Impulse, und daraufhin erhob sich der kopflose Körper. Die Szene erinnerte an eine Sequenz aus einem alten Horrorfilm.

»Gut«, sagte Riker. »Ich informiere Sie unterwegs. Kommen Sie.«

»Achten Sie darauf, daß mein Gesicht nach vorn weist«, meinte Data. »Ich möchte sehen können, wohin ich gehe.«

Riker verließ das Quartier und hastete mit Datas

Kopf unter dem Arm durch den Gang. Der Körper des Androiden folgte ihm im Dauerlauf.

»Würden Sie mir bitte erklären, was dies alles bedeutet?« fragte Data.

Mit dieser Frage hatte der Admiral natürlich gerechnet, und er wußte, daß sich noch größere Probleme ergeben konnten, wenn er Data die Wahrheit sagte – oder auch nur einen Teil davon. Wenn dieser Data beispielsweise zu dem Schluß gelangen würde, daß sich sein zukünftiges Ebenbild richtig verhielt, würde Riker es vielleicht mit zwei Androiden zu tun bekommen. Und die Situation war auch so schon schwierig genug.

Deshalb log er.

»Ich *bin* Will Riker, aber ich komme aus einer anderen Dimension und verfolge jemanden namens Lore. Er ist in unser Universum herübergewechselt und hat Deanna Troi umgebracht – aus Gründen, die wir nicht verstehen. Jetzt schickt er sich an, den gleichen Mord auch hier zu begehen. Wir wissen nicht, was ihn dazu bewegt.«

»Lore ist bekannt für sein irrationales Verhalten«, erwiderte Data. »Seine Pläne müssen unbedingt vereitelt werden. Sollten wir nicht eine Kom-Verbindung zu Counselor Troi herstellen und sie warnen?«

»Nein. Vielleicht überwacht Lore die Frequenzen. Wir sollten statt dessen versuchen, ihn zu überraschen.«

Commander Will Riker setzte sich, als Data und Troi in den Korridor hinaustraten. Picard beugte sich zu ihm und fragte leise: »Nummer Eins?«

»Der Admiral ist … krank«, flüsterte er. »Data hat gemeint, daß er mit Deanna sprechen möchte. Sie ist jetzt unterwegs zu ihm.«

Picard musterte seinen Ersten Offizier, um festzustellen, wie dieser mit der Nachricht fertig wurde.

Doch Rikers Gesichtsausdruck ließ sich kaum deuten. Er wirkte nicht kummervoll, sondern eher nachdenklich …

Data trat durch die Tür des Konferenzzimmers und wich zur Seite.

»Nach Ihnen, Counselor.«

Deanna Troi nickte geistesabwesend. Ihre Gedanken weilten bei Riker, während sie durch den Korridor hastete. Data folgte ihr dichtauf.

Barclay verließ den Turbolift – und hielt unwillkürlich den Atem an.

Der ältere Riker vom Holo-Deck lief an ihm vorbei – was völlig unmöglich war, denn schließlich konnten holographische Gestalten nicht ganz nach Belieben das Schiff durchstreifen. Unter dem einen Arm trug er den Kopf von Lieutenant Commander Data, wobei es sich um eine zweite Unmöglichkeit handelte – immerhin erinnerte sich Barclay genau daran, dem Androiden erst vor einigen Minuten begegnet zu sein. Er sah dem seltsamen Gespann verblüfft hinterher. Eine Sekunde später wurde er unsanft zur Seite geschoben, und zwar von einem kopflosen Körper, der sich zu Riker und seinem unvollständigen Begleiter in den Lift gesellte.

»Bleiben Sie sauber, Barclay«, rief Riker.

»Guten Morgen«, ließ sich Datas Kopf vernehmen. »Heute wirken Sie viel entspannter.«

Die Tür des Turbolifts schloß sich mit einem leisen Zischen.

»Danke, Sir«, brachte Barclay hervor, bevor er in Ohnmacht fiel.

Unterdessen setzten Deanna Troi und der Androide ihren Weg durch den Korridor fort. Data hatte bereits beschlossen, die Schuld Lore zuzuschieben, um Beeinträchtigungen seiner eigenen Zeitlinie zu vermeiden. Er betrachtete den langen Hals der Betazoidin und fragte sich, auf welche Weise er sie umbringen sollte. Natürlich lag ihm nichts daran, sie leiden zu lassen. Irgendeine schmerzlose Methode …

Seltsam – als nun der entscheidende Zeitpunkt näherrückte, verspürte Data fast so etwas wie … Unbehagen.

Aber an erster Stelle stand natürlich die Pflicht.

Im Konferenzzimmer zuckte Riker so heftig zusammen, als hätte ihm jemand einen Knüppel in die Seite gestoßen.

Nici hatte gerade mit ihrer Eröffnungsrede begonnen und sah ihn mißbilligend an.

»Commander?« fragte Picard.

»Data meinte, ›mein älteres Selbst hat 'n Herzinfarkt erlitten‹.« Riker wandte sich Picard zu.

Der Captain beobachtete, wie sein Erster Offizier erbleichte. Der Grund dafür blieb ihm ein Rätsel. »Ich weiß, Nummer Eins. Sie haben mir mitgeteilt, daß …«

»Sie verstehen nicht.« Riker sprach jetzt lauter. »Data hat *exakt* diese Worte benutzt. Er sagte: ›Er hat 'n Herzanfall erlitten.‹ Data benutzte eine *Verkürzung!*«

»Und das macht er sonst nie …«

Beide Offiziere sprangen auf. Riker war noch etwas schneller als der Captain und erreichte die Tür vor ihm. Die Diplomaten sahen erstaunt zu, wie Picard und der Erste Offizier in den Korridor sprinteten.

Will sah, wie Deanna und Data weiter vorne hinter einer Ecke verschwanden.

»Deanna!« rief er, und seine Stimme erklang auch im mentalen Kosmos. *»Es ist eine Falle, Deanna!«*

Die Worte hallten in Trois Ohren und ertönten auch in ihrem Innern. Sie drehte den Kopf …

Data begriff, daß man ihn durchschaut hatte, und er holte zum Schlag ans. Deanna sah die Bewegung aus den Augenwinkeln: Der Androide trat einen Schritt näher, und seine Faust zielte auf ihr Gesicht.

Aus einem Reflex heraus wich Deanna zurück, und die Faust zuckte dicht an ihr vorbei und bohrte sich mit einem lauten Krachen in die Wand.

Die Betazoidin wollte fliehen, doch Data streckte das rechte Bein und brachte sie damit zu Fall. Will stürmte heran und hob den Phaser. Der Androide riß den Arm aus dem Loch in der Wand, löste gleichzeitig ein Bruchstück daraus und schleuderte es dem Ersten Offizier entgegen. Riker duckte sich und feuerte, als das Metallfragment über ihn hinwegsauste.

Data bewegte sich blitzartig auf ihn zu und griff nach Rikers Strahler. Will wußte, daß er gegen die überlegene Kraft des Androiden nichts ausrichten konnte, und daher beschloß er, alles auf eine Karte zusetzen: Er versuchte nicht, noch einmal zu schießen, sondern wandte sich statt dessen zur Seite und tastete nach dem Aus-Schalter des Androiden.

Er fehlte.

»Ich habe ihn entfernen lassen, Commander«, sagte Data. Es klang fast entschuldigend. »Weil er immer wieder zu ärgerlichen Zwischenfällen geführt hat.« Er drückte fester zu, und Riker mußte den Phaser loslassen, um keine zerquetschte Hand zu riskieren.

Es knirschte, und unmittelbar darauf ließ der Androide die Reste des kleinen Phasers fallen. Er packte Riker und stieß ihn so wuchtig an die Wand, daß Nebel der Benommenheit in Rikers Bewußtsein aufstiegen.

Picard erschien wie aus dem Nichts und stürzte sich von hinten auf Data. Der Androide griff nach dem Arm des Angreifers, zog daran und drehte ihn herum. Jean-Luc gab einen schmerzerfüllten Schrei von sich, zögerte jedoch nicht, Data die freie Hand ins Gesicht zu stoßen – das einzige Ergebnis bestand aus einer Verstauchung.

»Letztendlich vertrete ich Ihre eigenen Interessen«,

sagte Data. Wie entschuldigend fügte er hinzu: »Wenn es eine andere Möglichkeit gäbe, würde ich sie gerne wahrnehmen. Leider bleibt mir keine Wahl.« Er hob Picard hoch, um ihn in Richtung der Diplomaten zu werfen, die nun ebenfalls das Konferenzzimmer verlassen hatten. Sie wichen hastig zurück.

Will Riker stieß sich von der Wand ab, griff nach den Beinen des Androiden und brachte ihn dadurch aus dem Gleichgewicht. Data ließ den Captain fallen, und Picard fiel auf den Ersten Offizier.

»Aufhören!« rief Deanna. *»Schluß damit!«*

Picard und Riker griffen nach den Armen des ebenfalls am Boden liegenden Data und versuchten, ihn festzuhalten. Es klappte nicht – der Androide war viel zu stark für sie. Er drehte sich, und sein Bewegungsmoment sorgte dafür, daß Riker gegen Picard stieß. Anschließend stand Data auf.

Die Botschafter schrien.

Data wandte sich Deanna zu.

Riker gab noch immer nicht auf und klammerte sich am Bein des Androiden fest. Unterdessen zog sich Picard an der Wand hoch.

Chaos herrschte und stimulierte bei jedermann intensive Emotionen ...

Plötzlich deutete Troi zu den Delegierten der Sindareen.

»Sie wollen uns täuschen und hintergehen!« entfuhr es ihr.

Die Zeit selbst schien zu erstarren.

»Das ist eine Lüge«, erwiderte Nici bemerkenswert ruhig.

»Nein.« Deanna sprach nun mit mehr Nachdruck und zusätzlicher Selbstsicherheit. »Nein, es ist keineswegs gelogen.«

»Seien Sie still«, zischte Eza. Und an Nici gewandt. »Sie soll still sein.«

»Ich spüre es ganz deutlich«, fuhr Deanna fort. Sie

zeigte auf Data. »Sie wünschen ihm Erfolg. Sie sind nicht mit lauteren Absichten gekommen. Nein, Sie treiben ein doppeltes Spiel. Sie lügen und betrügen, um Zeit für die Sindareen zu gewinnen.«

»Das ist doch verrückt.« Nicis Stimme klang jetzt nicht mehr ganz so ruhig.

Deanna ignorierte sie und konzentrierte ihre Aufmerksamkeit auf Eza. »Und Sie… wollen meinen Tod! Nichts wünschen Sie sich sehnlicher! Sie… haben bereits versucht, mich umzubringen – und zwar mit einem Gift in meinem Getränk! Mordgier prägt Ihre Emotionen!«

Die Luft im Korridor schien zu prickeln. Irgendwo knisterte Energie…

»Empathische Hexe!« heulte Eza. *»Sie haben alles ruiniert!«*

Er zog einen Phaser aus dem Ärmel – die meisten Anwesenden hatten nie zuvor eine so winzige Waffe gesehen.

Der Sindareen hatte ein freies Schußfeld und konnte Deanna nicht verfehlen.

Ein goldgelbes Objekt flog durch den Gang und über die Betazoidin hinweg, prallte an Ezas Brust und stieß ihn nach hinten. Der Phaser entlud sich mit einem leisen Fauchen, doch der Strahl zuckte an Deanna vorbei.

Das goldene Etwas rollte über den Boden und blieb vor Troi liegen. Verblüfft blickte sie in Datas Gesicht.

»Ich schlage vor, Sie lassen sich fallen, Counselor«, sagte er.

Deanna starrte auf den Schädel hinab, rührte sich nicht und war auch weiterhin eine lebende Zielscheibe. Datas Körper prallte gegen sie und warf sie neben seinem Kopf nieder, der sich in aller Form dafür entschuldigte. Wieder zuckte ein Phaserstrahl auf, erfaßte Eza und hüllte den schreienden Sindareen in einen Kokon aus wabernder Energie.

Admiral William T. Riker näherte sich und feuerte noch immer auf Eza. »Bleib liegen, Deanna. Es ist eine Menge Betäubungsenergie erforderlich, um diese verdammten Mistkerle außer Gefecht zu setzen.«

»Mistkerle!« empörte sich Nici. »Captain Picard, ich protestiere gegen eine derartige Bezeichnung und ...«

»Schweigen Sie!« unterbrach der Kommandant die Botschafterin.

Eza wand sich im Phaserstrahl hin und her. Die kleine Waffe rutschte ihm aus der Hand und fiel zu Boden. Doch der Zorn brannte so heiß in dem Sindareen, daß er nach wie vor auf den Beinen blieb.

»Sie stammen aus meiner Zeit, nicht wahr?« fragte der Admiral, ohne den Finger vom Auslöser zu nehmen. »Ein derartiger Strahler kann nur aus der Zukunft stammen – aus meiner Gegenwart. Sie gehören ebenfalls in meinen Zeitstrom. Sie haben festgestellt, daß dieser Zeitpunkt hier den Niedergang Ihres Volkes eingeleitet hat. Und deshalb haben Sie beschlossen, die Vergangenheit zu verändern und diejenige Frau zu töten, die den hinterhältigen Plan der Sindareen erkannt hat. In einer Realität sind Sie damit durchgekommen. Aber nicht in meiner, Sie Mörder! Nein, in *meiner* Realität nicht! Weil Sie *den falschen Fokuspunkt gewählt haben!*«

Das Fauchen des Phasers verlor sich in einem anschwellenden, seltsamen Heulen. Eza wankte, und ein jäher Windstoß schien ihn an die Wand zu pressen. Dann sank er bewußtlos zu Boden.

Aus dem Heulen wurde das Donnern und Tosen eines Sturms – es klang wie der Ruf aus einer anderen Zeit, aus einem Kosmos, dessen Struktur aus zahllosen Möglichkeiten bestand. Ein schimmernder, funkelnder Strudel bildete sich in der Luft.

Ezas Leib verlor an Konsistenz, und die Moleküle seines Körpers verschwanden im bunten Wogen.

Will Rikers Hände lösten sich nur langsam von

Datas Bein. Ein oder zwei schreckliche Sekunden lang befürchtete er, der Androide würde einen letzten und verzweifelten Versuch unternehmen, Deanna doch noch zu töten. Unmittelbar darauf begriff er seinen Irrtum. Datas Gestalt verflüchtigte sich ebenfalls. Wills Hände griffen ins Leere.

Deanna drehte sich zum Admiral um.

Der Auflösungsprozeß betraf auch ihn. Riker schien an Farbe und Substanz zu verlieren, hatte das Gefühl, von etwas fortgezogen zu werden.

»Deanna!« rief er.

Die Betazoidin ignorierte den Umstand, daß sie sich erheblicher Gefahr aussetzte. Sie streckte diesem Mann, der die Kluft der Zeit überbrückt hatte, um ihr Leben zu retten und dem Universum eine neue Form zu geben, die Hand entgegen.

Ihre Finger glitten durch seinen Arm, als sei Riker nur noch ein Phantom.

Ein Phantom, das Ihnen eine Zukunft verhieß...

Rikers Körper wurde flach, schrumpfte aus dem Dreidimensionalen ins Zweidimensionale zusammen.

»Es tut mir leid!« rief Deanna. »Ich hätte dich gern ein letztes Mal berührt!«

Der Admiral lächelte, während sein Körper nach und nach verschwand. »Sei nicht traurig«, erwiderte er, und seine Stimme schien dabei bereits aus weiter Ferne zu kommen. »Vielleicht haben wir uns nicht zum letzten Mal gesehen. Außerdem – was spielen körperliche Kontakte schon für eine Rolle? Für die junge Deanna Troi sind sie nicht weiter wichtig gewesen. Sie hat den Standpunkt vertreten, daß es in erster Linie auf den Geist ankommt. Und der ist ewig...«

Diesmal heulte der Wind nicht nur, sondern wehte tatsächlich durch den Korridor – die Anwesenden spürten ihn ganz deutlich.

Als kurz darauf wieder Stille herrschte, war von Admiral William T. Riker nichts mehr zu sehen.

43

Der Türmelder summte. »Herein«, sagte Deanna.

Riker betrat die Kabine und legte seine Hände auf den Rücken. Er blieb stehen, als sich das Schott hinter ihm schloß. »Ist alles in Ordnung mit dir?«

Die Counselor schaltete den Computerschirm aus und faltete die Hände. »Warum sollte etwas nicht in Ordnung mit mir sein?«

»Nun ... Du hast eine Menge hinter dir.«

»Wir beide«, erinnerte Deanna ihn. »Aber inzwischen sind vierundzwanzig Stunden vergangen. Und ich erhole mich schnell.«

Will trat langsam näher. »Falls es dich interessiert – der Chamäloid ist zur gleichen Zeit verschwunden wie die anderen.«

»Das habe ich vermutet«, sagte die Betazoidin ruhig.

»Die Botschafterin der Sindareen ist aufgefordert worden, ihre Sachen zu packen. Ihre Begeisterung hält sich in Grenzen. Damit ist die Friedenskonferenz gescheitert, noch bevor sie überhaupt begonnen hat. Nach Ansicht der Fachleute steht der Sindareen-Zivilisation nun ein wirtschaftlicher Niedergang bevor. Man diskutiert bereits darüber, auf welche Weise die Föderation beim späteren Wiederaufbau helfen soll und kann.«

»Solche Maßnahmen wären sehr human.«

»Oh, und Data trägt seinen Kopf wieder auf den Schultern – im wahrsten Sinne des Wortes. Der ... Admiral hat ihm erklärt, daß es sich bei dem anderen Androiden nicht um sein älteres Ebenbild gehandelt hat, sondern um Lore.«

»Glaubst du, daß er das akzeptiert?«

Riker zögerte. »Ich bin mir nicht sicher«, antwortete er langsam. »Aber vielleicht *will* er ja daran glauben. Weil er sich nicht vorstellen kann, irgendwann einmal fähig zu sein, dir nach dem Leben zu trachten.«

»Wir haben keine Ahnung, welche Erfahrungen und Erlebnisse in den nächsten vierzig Jahren Datas Persönlichkeit formen werden«, meinte Deanna. »Wenn ihn die Umstände zwingen, das Leben einer Frau der Stabilität eines ganzen Zeitstroms gegenüberzustellen – dann kommt er vielleicht doch zu dem Schluß, daß dem Schutz des Zeitstroms Vorrang gebührt.«

»Selbst wenn diese Frau Deanna Troi heißt?«

»Selbst dann. Und ehrlich gesagt... Ich könnte es sogar verstehen.«

»Nun, wir sind vielleicht imstande, es zu verstehen. Aber für Data würden sich daraus bestimmt enorme Belastungen ergeben. Deshalb wäre es besser...«

»... wenn wir unsere Vermutungen für uns behalten?« Riker nickte.

»Einverstanden.« Deanna lehnte sich zurück. »Bist du hergekommen, um über alles zu reden – nur nicht über das, was dich momentan bewegt?«

»Sondern?«

»Über uns.«

Will seufzte leise, während die Betazoidin schwieg und wartete.

»Ich weiß nicht, was aus uns werden soll«, begann Riker. »Ich habe gesehen, was ohne dich aus meinem Leben wird, wozu *ich* werde. Es gefällt mir nicht sonderlich. Andererseits hat es diesen anderen William T. Riker nur deshalb gegeben, weil er vierzig Jahre ohne dich verbracht hat und es dich überhaupt nicht mehr in seinem Leben gab. Für uns beide sieht die Sache anders aus. Wir könnten uns auch weiterhin darauf beschränken, gute Freunde zu sein... Ich schätze, dann käme alles in Ordnung.«

»Ja, das wäre durchaus möglich«, räumte Deanna ein. »Allerdings – wenn wir wieder zu einem Paar werden würden, könnte alles noch besser für uns werden.«

»Oder schlechter«, gab Riker zu bedenken.

»Oder schlechter«, bestätigte die Counselor.

Will schüttelte den Kopf. »Ich komme mir so närrisch vor. Müssen wir wirklich vierzig Jahre warten, um eine Chance zu erhalten?«

»Nein.« Deanna lächelte. »Wir brauchen nur zu warten, bis wir bereit sind. Vielleicht dauert es vierzig Jahre, vielleicht aber auch nur vierzig Tage. Lassen wir uns überraschen. Wenigstens *haben* wir eine Chance. Und es liegt an uns, sie zu nutzen.«

Riker nickte. »Oh, da fällt mir ein ... Ich habe etwas für dich. Das Objekt sieht zwar bestimmt nicht genauso aus wie sein Original, aber schließlich standen mir auch nur meine Erinnerungen zur Verfügung. Außerdem bin ich damals abgelenkt gewesen von dem Anblick einer nackten und überaus attraktiven Brautjungfer.«

Verwirrungsfalten bildeten sich in Deannas Stirn. »Wovon redest du da?«

Riker zog die Hände hinter dem Rücken hervor. Seine Finger hielten ein Stirnband aus weißer Gaze.

Troi starrte verdutzt darauf. Und dann begriff sie plötzlich. »So ein Band hat Chandra getragen!«

»Es ist mir also gelungen, für ausreichende Ähnlichkeit zu sorgen. Gut. Wenn du bitte den Kopf drehen würdest ...«

Deanna kam der Aufforderung nach, und Riker zog das Band vorsichtig über das dunkle, lockige Haar.

Anschließend stand Troi auf und präsentierte sich ihm. »Na, wie sieht's aus?«

»So wundervoll wie dic Frau, die es trägt.«

Etwas in Deanna schmolz, und sie trat auf Riker zu. Er umarmte sie, und ihre Lippen berührten sich ....

Die verwirrende Komplexität ihres Lebens an Bord der *Enterprise* fiel plötzlich von ihnen ab, und sie waren einfach nur Mann und Frau, die sich nacheinander sehnten – ein junges Paar, das fast scheu voneinander lernte. Behutsam erforschten und entdeckten sie sich, wuchsen zusammen, um die Lücken in ihren Selbstsphären zu schließen und ihr Wesen zu vervollständigen. Sie waren wieder die jungen Leute im Dschungel, vom Blütenduft und der eigenen Liebe berauscht – Deanna, die Frau, der er das Leben gerettet hatte, und Riker, der Mann, der durch sie zu einem neuen, erfüllten Leben fand.

Und sie hatten alle Zeit des Universums …

DER ANFANG VOM ENDE

44

Mary Mac beobachtete erstaunt, wie vier Personen im wogenden Zeittor des Wächters materialisierten: Admiral Riker, Commodore Data, Lieutenant Blair und ein bewußtloser Sindareen.

Sie trat an die reglose Gestalt heran, drehte sie auf den Rücken und sah ihren Verdacht bestätigt. »Das ist Mar Loc!«

Data sah sie an und neigte den Kopf ein wenig zur Seite. »Meinen Sie den Wissenschaftler, der Sie verlassen hat?«

Die Orionerin nickte in stummer Verwunderung.

Dann erklang die gewaltige Stimme des Wächters der Ewigkeit.

»Alles ist ... wie es war.«

Data wandte sich der Entität zu. »Soll das heißen, Admiral Riker hat dem Zeitstrom die ursprüngliche Struktur zurückgegeben?«

»Alles ist, wie es war«, wiederholte der Wächter.

Blair trat vor, und der Wind zupfte an seinem Pelz. »Aber ...« begann er mit einer Mischung aus Ärger und Verwirrung. »Wenn du gewußt hast, daß die Vergangenheit manipuliert wurde und es dem Admiral nur um die Neutralisierung einer derartigen Manipulation ging – warum hast du uns nichts davon gesagt?«

»Man hat mich nicht danach gefragt«, erwiderte die Entität ruhig und gelassen.

Etwa zehn Sekunden lang gab niemand einen Ton von sich. Nur der Wind heulte. Dann brachte Blair hervor: »Wir haben nicht *gefragt?*«

Riker begann zu lachen.

»*Wir haben nicht gefragt!*« sagte Blair noch einmal, und jetzt klang es fast wütend. »All die Mühen und Gefahren, all die schwierigen Entscheidungen, die wir treffen mußten … *Wir haben nicht gefragt!*«

»Das stimmt«, ließ sich Data vernehmen. »Wie dumm von mir. Die Starfleet-Vorschriften geben dem Schutz der Integrität des Zeitstroms oberste Priorität, und ich bin in erster Linie *darauf* konzentriert gewesen …«

Inzwischen hatte sich Riker wieder beruhigt. »Dabei haben Sie die wichtigste *Pflicht* von Starfleet vergessen. Sie fiel mir ein, als ich mit Captain Wesley Crusher gesprochen habe und wir uns an seine nicht immer einfache Zeit auf der Akademie erinnert haben. Ich meine eine Pflicht, die über alle Vorschriften und Direktiven hinausgeht …«

»Das Gebot, immer nach der Wahrheit zu suchen«, warf Data ein.

»Ja.« Riker zerrte den bewußtlosen Mar Loc alias Eza hoch. »Und die Wahrheit ist, daß dieser Mistkerl beschlossen hat, die allgemeine Situation für sein Volk zu verbessern. Mary Mac, haben Sie an sich in den vergangenen Wochen irgendwelche Flecken auf der Haut bemerkt?«

»Ja«, entgegnete die Orionerin. »Wissen Sie noch, Commodore? Das runde Mal an meinem Oberarm …«

»Es stammte von einem Injektor«, sagte Riker. »Wenn man damit zu fest zudrückt, bleibt ein solcher Fleck zurück. Eines Nachts, als Sie geschlafen haben, hat Mar Loc Ihnen irgendein Mittel injiziert, um Sie nicht aufwachen zu lassen. Vielleicht hat es sich um etwas gehandelt, das eine Art Schlafwandeln bewirkt. Dann hat er Sie zum Wächter geführt, mit Ihrer unfreiwilligen Hilfe das Kraftfeld geöffnet, und nachdem er Sie wieder ins Lager zurückgebracht hat, hat er dann das Zeittor durchschritten …«

»Und der Rest ist im wahrsten Sinne des Wortes Geschichte«, kommentierte Blair.

Riker lächelte. »Jetzt nicht mehr.«

Mary Mac bat Blair um Hilfe, und gemeinsam trugen sie Mar Loc fort. Beide nahmen sich vor, in ihrem Bericht an den wissenschaftlichen Rat der Föderation auf folgendes hinzuweisen, daß Mar Loc an einem Ort untergebracht werden sollte, der ihm Gelegenheit gab, das Phänomen der Zeit noch besser kennenzulernen. Angesichts seiner Verbrechen in bezug auf Mary Mac war es denkbar, ihn in einem orionischen Gefangenenlager unterzubringen. Dort konnte das Leben schwer genug sein, um Tage so langsam wie Jahre verstreichen zu lassen.

»Ich möchte darauf hinweisen, daß ich mein Verhalten jetzt sehr bedauere, Admiral«, sagte der Androide, als sie ins glühende Zeittor des Wächters der Ewigkeit blickten.

»Machen Sie sich nichts daraus, Data. Sie haben es gut gemeint. Aus Ihrer Perspektive konnten Sie gar keine anderen Entscheidungen treffen.«

»Seltsam. In meinem Bemühen, Deanna Troi zu töten, sind mir mehrere Fehler unterlaufen, obwohl ich so etwas habe vermeiden wollen. Ich habe mich fast ... tolpatschig angestellt.«

»Vielleicht hat eine verborgene Absicht dahintergesteckt, Data. Vielleicht hat es tief in Ihrem Innern etwas gegeben, das keinen Erfolg zulassen wollte.«

Data musterte den Admiral neugierig. »Ist das möglich?«

»Und ob. Einer der wichtigsten Faktoren des menschlichen Wesens besteht darin, daß man nicht immer weiß, was richtig ist.«

»Wie sonderbar. Ich muß zugeben, daß ich mich ein wenig wie ... Brutus fühle.«

»Nun, Brutus war ein ehrenwerter Mann«, sagte Riker. »Wie dem auch sei, es kommt in erster Linie darauf an, daß alles gut ausgegangen ist.«

»Ist denn tatsächlich alles gut ausgegangen?«

Der Admiral maß den Androiden mit einem nachdenklichen Blick. »Wie meinen Sie das?«

Data vollführte eine Geste, die der Umgebung galt. »Solange wir uns auf diesem Planeten befinden, im Zentrum des temporalen Strudels, bleiben wir von allen Veränderungen der Vergangenheit unbeeinflußt. Als Mar Loc den Zeitstrom manipuliert hat, haben wir alle neue Erinnerungen bekommen – ohne uns dessen bewußt zu sein. Unser Selbst hat sich den restrukturierten Ereignisketten angepaßt. In diesem Fall jedoch sind die Veränderungen direkt von uns ausgegangen. Mehr noch, als Sie die Korrektur der Zeitlinie vorgenommen haben, Admiral, waren wir nicht mehr im Hier und Heute präsent. Was heißt: Der Wechsel im Gefüge der Vergangenheit konnte sich gar nicht direkt auf uns auswirken. Wer weiß, was mit uns passiert, wenn wir diesen Planeten verlassen? Vielleicht erfolgt eine neuerliche Anpassung unserer Erinnerungen. Oder wir behalten unsere aktuellen Reminiszenzen und finden uns in einer unvertrauten Welt wieder. Es gibt sogar die Möglichkeit, daß wir einfach verschwinden, weil unsere Existenz mit dem neuen Zeitstrom unvereinbar ist.«

»Ich glaube nicht, daß so etwas geschehen wird. Und zwar aus gutem Grund, Data. Ich bin nach wie vor davon überzeugt, daß diese Entität Gottes Fenster darstellt.« Riker deutete zum Wächter. »Gott hätte uns bestimmt nicht erlaubt, durch Sein Fenster zu klettern, wenn Er nicht möchte, daß wir in Seinem Haus leben.«

»Eine sehr philosophische Einstellung, Admiral.«

»Früher bin ich nicht sehr philosophisch gewesen. Aber ich habe eine gute Lehrerin gehabt, die mich auf die Bedeutung des Geistigen hingewiesen hat.«

Riker sah zum Himmel und beobachtete ein Durcheinander aus dunklen Wolken, farbigen Streifen und temporalen Störungsfronten – so bot sich das Firmament der Ewigkeitswelt dar.

»Ich weiß nicht, was ich sonst noch sagen soll, Data«, murmelte er geistesabwesend.

»Wie wär's mit ›Laßt uns von hier verschwinden‹?«

Rikers Blick galt auch weiterhin dem Himmel, als er nickte. »Ja, das klingt angemessen«, erwiderte er und weilte in Gedanken noch immer ganz woanders.

In dem bunten Wallen glaubte er, die Darstellungen eines Gemäldes wiederzuerkennen, das er vor vielen Jahren gesehen hatte …

»Wir bekommen es nun mit einem für uns völlig neuen Universum zu tun, Admiral. Sind Sie überhaupt nicht besorgt?«

Riker sah rote und purpurne Tönungen, und im Zentrum des großen Strudels, der die kosmische Existenz repräsentierte, erschien ein Gesicht …

»Nein, Data«, sagte er ruhig. »Nein, ich bin nicht besorgt. Ich glaube, es wird alles gut werden.«

Er rief in Gedanken nach ihr. Er rief sie auf die gleiche Weise wie während jener langen, nur mit Hoffnungslosigkeit und Verzweiflung gefüllten Jahre.

Und er erhielt Antwort.

Er wußte nicht, ob sie aus seinem eigenen Innern kam oder von einem anderen Ich, das den besseren Teil seines Selbst darstellte.

Wichtig war nur, daß jetzt keine Stille mehr herrschte. Tränen rollten über Rikers Wangen, als er hinter seiner Stirn jene Worte hörte, die er sich seit vierzig Jahren wünschte. Und die Stimme – sie klang wie eine Melodie und versprach Glück.

Die Worte lauteten:

Willkommen zu Hause … Imzadi …

STAR TREK™

in der Reihe
HEYNE SCIENCE FICTION & FANTASY

STAR TREK: CLASSIC SERIE

Vonda N. McIntyre, Star Trek II: Der Zorn des Khan · 06/3971
Vonda N. McIntyre, Der Entropie-Effekt · 06/3988
Robert E. Vardeman, Das Klingonen-Gambit · 06/4035
Lee Correy, Hort des Lebens · 06/4083
Vonda N. McIntyre, Star Trek III: Auf der Suche nach Mr. Spock · 06/4181
S. M. Murdock, Das Netz der Romulaner · 06/4209
Sonni Cooper, Schwarzes Feuer · 06/4270
Robert E. Vardeman, Meuterei auf der Enterprise · 06/4285
Howard Weinstein, Die Macht der Krone · 06/4342
Sondra Marshak & Myrna Culbreath, Das Prometheus-Projekt · 06/4379
Sondra Marshak & Myrna Culbreath, Tödliches Dreieck · 06/4411
A. C. Crispin, Sohn der Vergangenheit · 06/4431
Diane Duane, Der verwundete Himmel · 06/4458
David Dvorkin, Die Trellisane-Konfrontation · 06/4474
Vonda N. McIntyre, Star Trek IV: Zurück in die Gegenwart · 06/4486
Greg Bear, Corona · 06/4499
John M. Ford, Der letzte Schachzug · 06/4528
Diane Duane, Der Feind – mein Verbündeter · 06/4535
Melinda Snodgrass, Die Tränen der Sänger · 06/4551
Jean Lorrah, Mord an der Vulkan Akademie · 06/4568
Janet Kagan, Uhuras Lied · 06/4605
Laurence Yep, Herr der Schatten · 06/4627
Barbara Hambly, Ishmael · 06/4662
J. M. Dillard, Star Trek V: Am Rande des Universums · 06/4682
Della van Hise, Zeit zu töten · 06/4698
Margaret Wander Bonanno, Geiseln für den Frieden · 06/4724
Majliss Larson, Das Faustpfand der Klingonen · 06/4741
J. M. Dillard, Bewußtseinsschatten · 06/4762
Brad Ferguson, Krise auf Centaurus · 06/4776
Diane Carey, Das Schlachtschiff · 06/4804
J. M. Dillard, Dämonen · 06/4819
Diane Duane, Spocks Welt · 06/4830
Diane Carey, Der Verräter · 06/4848

STAR TREK™

Gene DeWeese, Zwischen den Fronten · 06/4862
J. M. Dillard, Die verlorenen Jahre · 06/4869
Howard Weinstein, Akkalla · 06/4879
Carmen Carter, McCoys Träume · 06/4898
Diane Duane & Peter Norwood, Die Romulaner · 06/4907
John M. Ford, Was kostet dieser Planet? · 06/4922
J. M. Dillard, Blutdurst · 06/4929
Gene Roddenberry, Star Trek (I): Der Film · 06/4942
J. M. Dillard, Star Trek VI: Das unentdeckte Land · 06/4943
David Dvorkin, Die Zeitfalle · 06/4996
Barbara Paul, Das Drei-Minuten-Universum · 06/5005
Judith & Garfield Reeves-Stevens, Das Zentralgehirn · 06/5015
Gene DeWeese, Nexus · 06/5019
D. C. Fontana, Vulkans Ruhm · 06/5043
Judith & Garfield Reeves-Stevens, Die erste Direktive · 06/5051
Michael Jan Friedman, Das Doppelgänger-Komplott · 06/5067
Judy Klass, Der Boacozwischenfall · 06/5086
Julia Ecklar, Kobayashi Maru · 06/5103
Peter Norwood, Angriff auf Dekkanar · 06/5147
Carolyn Clowes, Das Pandora-Prinzip · 06/5167
Diana Duane, Die Befehle des Doktors · 06/5247
V. E. Mitchell, Der unsichtbare Gegner · 06/5248
Dana Kramer-Rolls, Der Prüfstein ihrer Vergangenheit · 06/5273
Michael Jan Friedman, Schatten auf der Sonne · 06/5179
Barbara Hambly, Der Kampf ums nackte Überleben · 06/5334
Brad Ferguson, Eine Flagge voller Sterne · 06/5349
Gene DeWeese, Die Kolonie der Abtrünnigen · 06/5375
Michael Jan Friedman, Späte Rache · 06/5412
Peter David, Der Riß im Kontinuum · 06/5464
Michael Jan Friedman, Gesichter aus Feuer · 06/5465
Peter David/Michael Jan Friedman/Robert Greenberger, Die Enterbten · 06/5466
L. A. Graf, Die Eisfalle · 06/5467
John Vornholt, Zuflucht · 06/5468
L. A. Graf, Der Saboteur · 06/5469
Melissa Crandall, Die Geisterstation · 06/5470
Mel Gilden, Die Raumschiff-Falle · 06/5471
V. E. Mitchell, Tore auf einer toten Welt · 06/5472
Victor Milan, Aus Okeanos Tiefen · 06/5473
Diane Carey, Das große Raumschiff-Rennen · 06/5474
Diane Carey, Kirks Bestimmung · 06/5476

STAR TREK™

STAR TREK: THE NEXT GENERATION

David Gerrold, Mission Farpoint · 06/4589
Gene DeWeese, Die Friedenswächter · 06/4646
Carmen Carter, Die Kinder von Hamlin · 06/4685
Jean Lorrah, Überlebende · 06/4705
Peter David, Planet der Waffen · 06/4733
Diane Carey, Gespensterschiff · 06/4757
Howard Weinstein, Macht Hunger · 06/4771
John Vornholt, Masken · 06/4787
David & Daniel Dvorkin, Die Ehre des Captain · 06/4793
Michael Jan Friedman, Ein Ruf in die Dunkelheit · 06/4814
Peter David, Eine Hölle namens Paradies · 06/4837
Jean Lorrah, Metamorphose · 06/4856
Keith Sharee, Gullivers Flüchtlinge · 06/4889
Carmen Carter u. a., Planet des Untergangs · 06/4899
A. C. Crispin, Die Augen der Betrachter · 06/4914
Howard Weinstein, Im Exil · 06/4937
Michael Jan Friedman, Das verschwundene Juwel · 06/4958
John Vornholt, Kontamination · 06/4986
Mel Gilden, Baldwins Entdeckungen · 06/5024
Peter David, Vendetta · 06/5057
Peter David, Eine Lektion in Liebe · 06/5077
Howard Weinstein, Die Macht der Former · 06/5096
Michael Jan Friedman, Wieder vereint · 06/5142
T. L. Mancour, Spartacus · 06/5158
Bill McCay/Eloise Flood, Ketten der Gewalt · 06/5242
V. E. Mitchell, Die Jarada · 06/5279
John Vornholt, Kriegstrommeln · 06/5312
Laurell K. Hamilton, Nacht über Oriana · 06/5342
David Bischoff, Die Epidemie · 06/5356
Diane Carey, Abstieg · 06/5416
Michael Jan Friedman, Relikte · 06/5419
Michael Jan Friedman, Die Verurteilung · 06/5444
Simon Hawke, Die Beute der Romulaner · 06/5413
Rebecca Neason, Der Kronprinz · 06/5414
John Peel, Drachenjäger · 06/5415
Diane Duane, Dunkler Spiegel · 06/5417
Susan Wright, Der Mörder des Sli · 06/5438
W. R. Thomson, Planet der Schuldner · 06/5439
Michael Jan Friedman & Kevin Ryan, Requiem · 06/5442
Dafydd ab Hugh, Gleichgewicht der Kräfte · 06/5443

STAR TREK™

STAR TREK: DIE ANFÄNGE

Vonda N. McIntyre, Die erste Mission · 06/4619
Margaret Wander Bonanno, Fremde vom Himmel · 06/4669
Diane Carey, Die letzte Grenze · 06/4714

STAR TREK: DEEP SPACE NINE

J. M. Dillard, Botschafter · 06/5115
Peter David, Die Belagerung · 06/5129
K. W. Jeter, Die Station der Cardassianer · 06/5130
Sandy Schofield, Das große Spiel · 06/5187
Lois Tilton, Verrat · 06/5323
Diane Carey, Die Suche · 06/5432
Esther Friesner, Kriegskind · 06/5430
Melissa Scott, Der Pirat · 06/5434
Nathan Archer, Walhalla · 06/5512
Greg Cox/John Gregory Betancourt, Der Teufel im Himmel · 06/5513
Robert Sheckley, Das Spiel der Laertianer · 06/5514

STAR TREK: STARFLEET KADETTEN

John Vornholt, Generationen · 06/6501
Peter David, Worfs erstes Abenteuer · 06/6502
Peter David, Mission auf Dantar · 06/6503
Peter David, Überleben · 06/6504
Brad Strickland, Das Sternengespenst · 06/6505
Brad Strickland, In den Wüsten von Bajor · 06/6506
John Peel, Freiheitskämpfer · 06/6507
Mel Gilden & Ted Pedersen, Das Schoßtierchen · 06/6508
John Vornholt, Erobert die Flagge! · 06/6509
V. E. Mitchell, Die Atlantis Station · 06/6510
Michael Jan Friedman, Die verschwundene Besatzung · 06/6511
Michael Jan Friedman, Das Echsenvolk · 06/6512
Diane G. Gallagher, Arcade · 06/6513
John Peel, Ein Trip durch das Wurmloch · 06/6514
Brad & Barbara Strickland, Kadett Jean-Luc Picard · 06/6515

STAR TREK: VOYAGER

L. A. Graf, Der Beschützer · 06/5401
Peter David, Die Flucht · 06/5402
Nathan Archer, Ragnarök · 06/5403
Susan Wright, Verletzungen · 06/5404
John Betancourt, Der Arbuk-Zwischenfall · 06/5405

STAR TREK™

Christie Golden, Die ermordete Sonne · 06/5406
Mark A. Garland & Charles G. McGraw, Geisterhafte Visionen · 06/5407
S. N. Lewitt, Cybersong · 06/5408

DAS STAR TREK-UNIVERSUM, 2 Bde.,
überarbeitete und aktualisierte Neuausgabe!
von *Ralph Sander* · 06/5150

DAS STAR TREK-UNIVERSUM, Ergänzungsband
von *Ralph Sander* · 06/5151

William Shatner/Chris Kreski, Star Trek Erinnerungen · 06/5188
William Shatner/Chris Kreski, Star Trek Erinnerungen: Die Filme · 06/5450

Phil Farrand, Cap'n Beckmessers Führer durch STAR TREK – DIE NÄCHSTE GENERATION · 06/5199
Phil Farrand, Cap'n Beckmessers Führer durch STAR TREK – DIE CLASSIC SERIE · 06/5451

Ralph Sander, Star Trek Timer 1997 · 06/1997
Nichelle Nichols, Nicht nur Uhura · 06/5547
Leonard Nimoy, Ich bin Spock · 06/5548
Lawrence M. Krauss, Die Physik von Star Trek · 06/5549
J. M. Dillard, Star Trek: Wo bisher noch niemand gewesen ist · 06/6500
Judith & Garfield Reeves-Stevens, Star Trek – Deep Space Nine: Die Realisierung einer Idee · 06/5550
Judith & Garfield Reeves-Steven, Star Trek Design · 06/5545
Aris Kazidian & Bruce Jacoby, Das Star Trek Kochbuch · 06/5546

Diese Liste ist eine Bibliographie erschienener Titel
KEIN VERZEICHNIS LIEFERBARER BÜCHER!